**Knaur.**

*Im Knaur Taschenbuch Verlag ist bereits
folgendes Buch der Autorin erschienen:*
Götterdämmerung

*Über die Autorin:*
Tanja Kinkel, geboren 1969 in Bamberg, gewann bereits mit 18 Jahren ihre ersten Literaturpreise. Sie studierte in München Germanistik, Theater- und Kommunikationswissenschaft und promovierte über Aspekte von Feuchtwangers Auseinandersetzung mit dem Thema Macht. 1992 gründete sie die Kinderhilfsorganisation Brot und Bücher e. V., www.brotundbuecher.de, um sich so aktiv für eine humanere Welt einzusetzen. Tanja Kinkels Bücher wurden in mehr als ein Dutzend Sprachen übersetzt. Sie spannen den Bogen von der Gründung Roms bis zum Amerika des einundzwanzigsten Jahrhunderts. Zu ihren bekanntesten Romanen gehören *Die Löwin von Aquitanien* (1991), *Die Puppenspieler* (1993), *Mondlaub* (1995), *Die Schatten von La Rochelle* (1996), *Unter dem Zwillingsstern* (1998), *Die Söhne der Wölfin* (2000) sowie *Götterdämmerung* und *Der König der Narren* (beide 2003).

Mehr Informationen über Tanja Kinkel und ihre Romane finden sich auf ihrer Homepage: www.tanja-kinkel.de

# Tanja Kinkel

## *Der König der Narren*

Roman

KNAUR TASCHENBUCH VERLAG

Besuchen Sie uns im Internet:
www.knaur.de

Sagen Sie uns Ihre Meinung zu diesem Buch:
phantasien@droemer-knaur.de

Vollständige Taschenbuchausgabe Mai 2005
Knaur Taschenbuch.
Ein Unternehmen der Droemerschen Verlagsanstalt
Th. Knaur Nachf. GmbH & Co. KG, München
Copyright © 2003 by Tanja Kinkel, München und AVA international
GmbH Autoren- und Verlagsagentur, Herrsching/Breitbrunn (Germany)
Copyright © 2003 für die deutschsprachige Ausgabe by Droemersche
Verlagsanstalt Th. Knaur Nachf. GmbH & Co. KG, München
Alle Rechte vorbehalten. Das Werk darf – auch teilweise –
nur mit Genehmigung des Verlages wiedergegeben werden.
Redaktion: Dr. Andreas Gößling, München
Umschlaggestaltung: ZERO Werbeagentur, München
Umschlagabbildung: Photonica/Silvia Otte/FinePic, München
Satz: Ventura Publisher im Verlag
Druck und Bindung: Clausen & Bosse, Leck
Printed in Germany
ISBN 3-426-62995-X

2 4 5 3 1

# KAPITEL 1

Die Luft war noch feucht und lag schwer über der Ebene von Kenfra, als Res aus dem Haus schlüpfte. Sie fröstelte in dem milchigen, wabernden Nebel, durch den erst wenige Sonnenstrahlen tanzten, aber wenn sie länger wartete, würde ihre Mutter sie heute nicht mehr fortlassen, und es kam ihr vor, als wäre sie die ganzen letzten Tage eingesperrt gewesen.

Ihre Mutter gehörte zu den Weberinnen von Siridom und war entschlossen, dafür zu sorgen, dass Res in ihre Fußstapfen trat. Daran war an und für sich nichts Schlechtes; die Weberinnen von Siridom wurden in ganz Phantásien hoch geachtet, und die Teppiche, Vorhänge und Gewänder, die von Kenfra aus ihren langen Weg in die verschiedenen Reiche antraten, galten als die schönsten der Welt. Zu den Weberinnen von Siridom zu zählen war eine große Ehre; nur selten, vielleicht einmal in drei Generationen, gelang es einer Frau, die nicht in der Ebene geboren worden war, von ihnen aufgenommen zu werden, und selbst für die Töchter von Weberinnen war es nicht leicht. Res sollte daheim bleiben und sich auf ihre Prüfung vorbereiten, statt durch die Gegend zu streunen, pflegte ihre Mutter zu sagen.

Aber Res konnte die Zukunft so deutlich vor sich sehen wie das Webschiffchen, das hin- und hereilte, hin und her, mit einem Faden an das Gewebe gefesselt wie die Weberinnen an ihre Webstühle, und die Aussicht würgte sie bisweilen in der Kehle. Es gab noch anderes, als eine Weberin von Siridom zu sein. Es musste etwas anderes geben.

Sie lief zur Hauptstraße, zu dem Meilenstein, der selbst noch nicht lange wach und daher schlechter Laune war.

»Noch keine Wagen von der Händlergilde heute Morgen«, beschwerte er sich, »und kein Öl. Ich bin doch kein Kiesel mehr, und ich trockne aus!«

Es war Sitte, dass ihn jeder Reisende, der Siridom im Herz der Ebene betrat, mit ein wenig Öl übergoss, aber der Grund, warum Res und ihr bester Freund Kunla sich so häufig beim Meilenstein trafen, war ein anderer; viele Reisende warfen just an dieser Stelle auch ihre Abfälle hinaus. Auf diese Weise hatte Res schon einmal einen Zauberspiegel gefunden. Gut, es war ein leicht beschädigter Spiegel gewesen, der einem immer nur nutzlose Sachen wie alte, längst ausgewaschene Soßenflecken auf den Kleidern zeigte oder die Falten, die man einmal als alte Frau haben würde, aber es war ein echter Zauberspiegel aus einem Land, das weit von der Ebene von Kenfra entfernt war, und Res war immer noch gekränkt, dass ihre Mutter den Spiegel einfach wieder fortgeworfen hatte.

Während der Meilenstein noch weiter über zu wenig Öl dieser Tage grummelte, sah sie Kunlas stachligen Grünschopf im Nebel auftauchen und winkte ihm.

»Es ist heute noch niemand gekommen«, sagte sie, als er sich neben ihr in den Straßengraben fallen ließ.

»Das ist seltsam«, meinte Kunla. »Wir haben schon seit drei Tagen keinen Tross mehr gehabt. Mein Vater schimpft ständig über die Verspätungen.«

Kunlas Vater gehörte zur Kaufmannsgilde, die zwischen den Weberinnen und dem Rest von Phantásien vermittelte. Er besorgte ihnen die Aufträge und organisierte die Trosse, die ihre Stoffe in die verschiedenen Reiche brachten. Das bedeutete, dass Kunla mit einigen der Trosse würde reisen dürfen, wenn er die Welt der Kinder verließ, was schon bald der Fall sein würde, und Res beneidete ihn glühend darum.

»Ich hoffe, heute kommt einer«, sagte Res und zog eine Grimasse. »Morgen muss ich wirklich mit meinem Gesellenstück anfangen.«

Kunla grinste und zog sie an ihren Zöpfen. »Aber wer will denn einen braunen Teppich haben?«

Sie versetzte ihm einen Ellenbogenstoß. Wie alle zukünftigen Weberinnen besaß Res langes, sehr langes Haar, aber anders als bei den meisten war es von einer langweiligen Farbe. Das Haar ihrer Mutter leuchtete in Purpur. Bei anderen Weberinnen glänzte Gold auf dem Kopf oder auch Himmelblau, aber die drei Zöpfe, die Res über die Schultern hingen, so hastig geflochten, dass sich bereits mehrere Strähnen gelöst hatten, waren langweilig, durchschnittlich braun. Es würde ihre Aufgabe nur erschweren. Für ihr Gesellenstück schnitt sich ein Mädchen, das von den Weberinnen aufgenommen werden wollte, ihr Haar ab und webte es in den Teppich, den sie schuf, so mit ein, dass es wie eine kunstvolle Verzierung wirkte. Res würde viele bunte Fäden kaufen müssen, um das fade Braun wettzumachen.

»Hast du deinen Vater gefragt?«

Kunla biss sich auf die Lippen. »Ja, und er ist immer noch dagegen. Er meint, deine Mutter würde es dir bestimmt nicht erlauben, und Ärger mit den Weberinnen seist du nicht wert.«

Res starrte auf die Straße und versuchte sich ihr Verletztsein nicht anmerken zu lassen. Natürlich war ihre Hoffnung,

Kunlas Vater würde sich für sie einsetzen und ihr gestatten, mit einem Tross zu reisen, immer sehr klein gewesen.

Kunla, der wusste, wie sehr sie sich danach sehnte, die Welt zu sehen, meinte: »Sicher wirst du dafür mal die beste Weberin von Siridom, und die Kindliche Kaiserin selbst bittet dich, für den Elfenbeinturm zu weben.«

»Die beste werde ich nie«, stellte Res nüchtern fest, »und selbst wenn, was nützt es mir, wenn ich den Elfenbeinturm doch nie selbst sehe?«

»Nun, zumindest weißt du, wie er aussieht«, sagte Kunla.

Jede Weberin wusste, wie der Elfenbeinturm aussah, der Turm Xayídes oder die übrigen berühmten Orte Phantásiens. Sie wussten es, weil ihre Teppiche nichts anderes darstellten als Ereignisse aus der Geschichte Phantásiens, Ereignisse, die manchmal so weit zurücklagen, dass sich selbst die ältesten Weberinnen nicht erinnern konnten, um wen es sich bei den Figuren handelte, die unter ihren Fingern erblühten. All das spielte sich jedenfalls an Orten ab, die keine von ihnen je erblickt hatte und die es vielleicht nicht mehr gab. Aber sie webten, wie ihre Mütter und Großmütter gewebt hatten, erschufen die gleichen Gestalten und Muster stets aufs Neue.

»Warum?«, gab Res angriffslustig zurück. »Weil bei uns daheim ein Teppich hängt, der ihn zeigt? Woher soll ich wissen, dass er immer noch so aussieht? Vielleicht hat die Kindliche Kaiserin ihn längst verändern lassen? Hier kümmert das bestimmt keinen. Der Turm sah einmal so aus, vor Urzeiten, und nun wird er bis in alle Ewigkeit so aussehen, weil sich hier nichts verändert!«

Bei den letzten Worten war sie lauter und lauter geworden, und Kunla legte ihr eine Hand auf den Arm.

»Schschsch«, sagte er. »Ich glaube, der Tross kommt endlich.«

Der Nebel der Ebene trug Geräusche besonders gut, und Res hörte das Scharren und Klappern, ehe sie die dunklen Umrisse in der Dämmerung ausmachte. Dieser Tross wurde von Laufvögeln gezogen, denen man die Schwungfedern genommen hatte. Sie waren schneller als die meisten anderen Lasttiere, aber nicht ganz so stark; gewiss nicht stark genug, um all die Ballen zu tragen, die sich inzwischen in den Lagerhäusern aufgestaut hatten. Kunlas Vater würde nicht erfreut sein.

Als die Wagen näher kamen, fiel Res auf, dass etwas fehlte. Neben den Scharrgeräuschen, die von den Klauen der Vögel auf der Straße herrührten, hörte sie nichts. Gar nichts. Keine Töne der Erleichterung, wie Reisende, die in der Nacht unterwegs gewesen waren, sie beim Anblick des Meilensteins üblicherweise ausstießen. Kein Fluchen. Kein Antreiben der Laufvögel. Nichts.

Der Nebel wurde dünner, und die Wagen hoben sich schwarz gegen den rosigen Morgen ab, gezogen von den großen weißen Tupfen, die immer deutlicher die langhalsige Form der Laufvögel annahmen. Aber keine weitere Form, keine andere Farbe zeichnete sich gegen die dunklen Wagenplanen ab.

»Res«, sagte Kunla, »da stimmt etwas nicht.«

Ein Überfall, dachte Res. Vielleicht war der Tross von Räubern überwältigt worden. Das würde die tagelange Verspätung erklären. Sie kniff die Augen zusammen. Die Federn der Laufvögel waren staubbedeckt, aber keines der Tiere schien verwundet zu sein. Auch an den Wagen entdeckte sie kein Zeichen von Kampf oder Zerstörung.

Der Meilenstein war beim Näherkommen des Trosses verstummt, vermutlich weil er sich schon auf sein Öl freute. Nun rief er seinen Gruß, wie er ihn für jeden vortrug, der die Ebene von Kenfra durchquerte: »Willkommen, Fremde! Willkommen in Siridom! Wer seid Ihr, und wer führt Euch her?«

Es kam keine Antwort, und der Meilenstein murrte: »Unhöflich, unhöflich. Gewiss wird ihr Öl ranzig sein.«

»Meilenstein«, murmelte Res und strich ihm beruhigend über die von vielen Händen geglättete graue Kuppe, »ich glaube, es gibt kein Öl für dich von diesem Tross.«

Bisher hatten sie und Kunla hinter dem Stein im Graben gehockt, aber nun erhob sie sich.

Kunla zögerte. »Was ist, wenn sie krank sind?«, fragte er. »Wir sollten die Garde holen.«

»Wenn du nicht selbst etwas unternimmst, wirst du nie mit einem Tross reisen dürfen«, gab Res heftig zurück und stellte fest, dass sie ärgerlich war, weil es nicht stimmte. Kunla, der vorsichtige, zurückhaltende Kunla, würde die Ebene von Kenfra in jedem Fall verlassen dürfen, wenn er wollte. Er würde seinen ersten Reisezug begleiten, sobald sein Vater entschied, dass er alt genug war, zumal er sich ohne sie, die ihn hin und wieder zu Widersetzlichkeiten anstiftete, nie eine unüberlegte Handlung zuschulden kommen ließ. Er würde seinen Vater mit Stolz und Zufriedenheit erfüllen. Kunla stand die Welt offen, und das Schlimmste war, dass sie ihn noch nicht einmal darum beneiden konnte, ohne sich zu schämen. Kunla war ihr einziger Freund; die Mädchen, die sie kannte, verstanden nicht, warum sie nicht glücklich und dankbar war, eine Weberin werden zu dürfen, und die anderen Jungen wären nie bereit gewesen, mit einem Mädchen zu spielen. Ohne Kunla und seine verlässliche Freundschaft wäre sie in Siridom völlig allein gewesen, vor allem in den letzten Jahren, seit sie beide begonnen hatten, immer rascher zu wachsen. Sie schämte sich dafür, dass sie manchmal vor Eifersucht fast erstickte, wenn sie daran dachte, dass Kunla fast alles, was ihr verboten war, eines Tages in den Schoß fallen würde.

Damit er nicht merkte, was ihr durch den Kopf ging, rannte sie die paar Schritte zu dem Tross und ergriff die losen Zügel des vordersten Laufvogels. Es war nicht schwer, ihn zum Stehen zu bringen; die Tiere waren erschöpft. Sie schnalzte beruhigend mit der Zunge. Kunla, der ihr langsamer gefolgt war, ging um den ersten Wagen herum.

So nah neben den Vögeln wurde Res bewusst, dass noch etwas fehlte. Die Ankunft des Trosses hatte keine neuen Gerüche mit sich gebracht; sie roch das morgenfeuchte Gras zu beiden Seiten der Straße, und die aufkommende Brise trug etwas von den beißenden Schwaden mit sich, die aus den Farbmischtrögen im Innern des Ortes strömten. Aber die Vögel, die direkt neben ihr standen und leicht zitterten, roch sie nicht. Die Wagen hätten genausogut nicht da sein können. Sie spürte, wie sich die Haare auf ihrem Arm aufstellten.

Kunlas Stimme klang leicht erstickt. »Sie sind alle leer«, rief er.

Res stellte sich auf die Zehenspitzen und versuchte dem Laufvogel, dessen Zügel sie hielt, in die Augen zu schauen. Laufvögel sprachen normalerweise nicht mit anderen Phantásiern, aber sie verstanden Anweisungen und daher bestimmt auch Fragen. »Was ist geschehen?«

Der Laufvogel senkte den Kopf, und als sein Blick sie traf, trat Res unwillkürlich einen Schritt zurück. Statt in runde, dunkle Augen, wie sie erwartet hatte, schaute sie in zwei blassgraue Löcher.

Verblasst, dachte Res, und ihr wurde kälter und kälter. Das ist das richtige Wort für diesen Tross. Verblasst, nicht ganz hier, wie eine Blume, aus der Duft und Farben herausgepresst worden waren, oder wie eine alte Erinnerung.

Sie konnte den Blick des Vogels nicht länger aushalten, fasste sich ein Herz und kletterte in den Wagen hinein. Wie Kunla gesagt hatte, schien er leer zu sein, aber die Stille und Dunkelheit fühlten sich ähnlich verblasst an. Sie erkannte drei große Weidenkörbe im hinteren Teil des Wagens.

»Komm da raus«, sagte Kunla plötzlich. Er musste erneut um den Wagen herumgegangen sein, denn seine Stimme kam nun von vorne. »Res, wir sollten wirklich die Garde holen.«

Die Weidenkörbe erschienen ihr fester, wirklicher als alles andere in diesem Wagen. Vorsichtig streckte sie eine Hand aus und fühlte die geflochtenen Zweige unter ihren Fingerspitzen. Es war alles ganz gewöhnlich, bis der Korb begann, sich unter ihrer Hand zu bewegen. Unwillkürlich schrie Res auf und zuckte zurück.

»Res?«

Sie hörte, wie Kunla in den Wagen kletterte, aber sie brachte es nicht fertig, die Augen von dem Weidenkorb zu wenden.

»Res, ist dir etwas geschehen?«

Scham und Dankbarkeit erfüllten sie von neuem. Kunla wollte nichts lieber, als den Tross sich selbst überlassen und die Garde holen, aber wenn er glaubte, dass sie Hilfe brauchte, dann stürzte er sich ins Unbekannte. Er war ein guter Freund, und sie hätte ihn vorhin beinahe einen Feigling genannt. Nun galt es, selbst Mut zu zeigen.

»Der Korb da ... hat sich bewegt!«, stieß sie hervor.

Als wären ihre Worte ein Zeichen gewesen, begann das Weidengeflecht erneut zu zittern, ja hin und her zu rutschen. Außerdem drangen dumpfe Laute aus dem Inneren.

»Oh«, sagte Res erleichtert und schalt sich töricht. »Es ist etwas darin eingesperrt.«

»Ja, aber was?«, gab Kunla zurück.

Diesmal war sie ernsthaft versucht, auf ihn zu hören und die Garde zu holen. Sollten die Wächter doch den Weidenkorb öffnen. Aber sie hatte sich noch etwas zu beweisen. Zögernd rutschte sie wieder an den Korb heran. Er war mit einem landrinischen Knoten geschlossen, doch nach all den Jahren Unterricht von ihrer Mutter gab es wenige verknüpfte Fäden, die sie nicht lösen konnte.

»Du ...«, begann Kunla, stockte und seufzte. »Du machst ja doch immer, was du willst.«

In Wahrheit hatte sie Mühe, ihre Hände am Zittern zu hindern, aber sie versuchte so unbekümmert und mutig wie möglich die Achseln zu zucken. Ihre Finger waren feucht, und ein paarmal glitt ihr der Knoten einfach aus der Hand. Dann löste er sich. Sie schluckte und hob mit der anderen Hand vorsichtig den Deckel auf, Stück für winziges Stück. Im dichten Dunkel des Wagens fiel es ihr schwer, Einzelheiten auszumachen, und durch den schmalen Rand unter dem Deckel zu schielen brachte noch weniger.

Res öffnete den Korb ein wenig weiter. Noch ehe sie Zeit hatte, Luft zu holen, flog ihr etwas entgegen, warm und ungestüm, das sich so heftig in sie verkrallte, dass ihr Ärmel am Oberarm zerriss.

»Eine Katze!«, stieß Kunla hervor und rettete Res so davor, sich durch einen weiteren Schrei zu blamieren. Ihr fehlte noch immer ein wenig die Luft, aber als sie auf das Pelzknäuel niederblickte, das sich an ihr festhielt, war es tatsächlich eine Katze, mit einem Fell so hellgelb wie frisch gemachte Butter und blauen Augen. Ihr kleiner, warmer Körper fühlte sich etwas feucht an; sie roch nach Angst, nach Eingesperrtsein und dem Drang nach Freiheit. Nichts Verblasstes war an ihr.

»Katze, was ist hier geschehen?«, fragte Res und spürte, wie sich die Krallen etwas lockerten. Doch die Katze blieb stumm, bis auf ein Maunzen, das begann, sobald Res Anstalten machte, sich vom Fleck zu rühren.

»Schon gut«, sagte Res hilflos.

»Ich glaube, sie hat einfach Hunger«, meinte Kunla. »Wer weiß, wie lange sie hier eingesperrt war.«

Schließlich wanderten Res und Kunla mit der Katze, den jammernden Meilenstein hinter sich lassend, in den Ort zurück. Das Haus, in dem Res wohnte, lag näher, also schlichen sie so leise wie möglich hinein, um der Katze zu trinken zu geben. Das Tier schleckte bereits eifrig die Milch, die Res ihr hingestellt hatte, als Res' Mutter die Küche betrat.

»Guten Morgen, Weberin Krin«, sagte Kunla mit verlegener Miene, und Res biss sich auf die Lippen. Ihre Mutter schwieg; sie brauchte nicht zu sprechen, um ihr deutlich zu machen, dass sie enttäuscht war. Mit ihrem kurzen purpurnen Haar und den Schatten unter den Augen sah sie aus wie ein beschwerter Blütenkelch, und ihre Hände, die Wunder erschaffen konnten, hingen wie erschöpfte Blätter an ihrer Seite.

»Morgen«, sagte Res hastig, »fange ich mit den Plänen für mein Gesellenstück an. Aber es ist etwas geschehen …«

»Es wird immer etwas geschehen«, erwiderte ihre Mutter. »Es wird immer etwas geben, das dir wichtiger erscheint, wenn du so weitermachst. Eine Weberin von Siridom kannst du nicht zwischendurch sein, wenn du gerade Lust dazu hast. Es ist eine Ehre, der man sein ganzes Herz schenkt, sonst ist man ihrer nicht wert.«

Kunla hielt es für geraten, sich zu verabschieden. »Ich werde meinem Vater Bescheid wegen des Trosses geben«, sagte er zu Res, verbeugte sich vor Krin und suchte hastig das Weite.

Einen Moment lang wünschte sich Res, sie wären trotz

der hungrigen Katze gleich zu Kunlas Vater oder zur Garde gegangen. Dann hätte sie nicht nur die Begegnung mit ihrer Mutter etwas aufschieben, sondern auch als Erste von dem leeren Tross berichten können.

Ihr Blick fiel auf die Katze, die gerade die letzten Reste der Milch aufschleckte. Ohne dich wäre ich jetzt nicht hier, dachte sie. Zu ihrer Überraschung schaute die Katze auf.

*Aber du bist hier. Nun bring mir mehr Milch,* verlangte sie. *Ein Fisch wäre auch recht.*

»Das ist doch ...«, begann Res, als ihr bewusst wurde, dass ihre Mutter nicht im geringsten auf die Worte der Katze reagierte. Erst da begriff sie, dass die Katze nicht gesprochen hatte. Jedenfalls nicht laut.

»Hast du dir wenigstens schon Gedanken gemacht, was du auf deinem Teppich darstellen möchtest?«, fragte Krin, während die Katze begann, sich zu putzen.

Es war eine neue Art von Folter, entschied Res. Wenn die Katze sprechen konnte, ganz gleich auf welche Weise, dann war es auch möglich, sie zu befragen, was mit dem Tross geschehen war. Aber nicht, wenn ihre Mutter gleichzeitig eines der Gespräche führen wollte, die Res bei sich »Zukunftsgespräche« nannte. Immerhin konnte sie es sich nicht verkneifen, anklagend zur Katze hinüberzustarren.

*Wenn du sprechen kannst, warum hast du dann nicht gleich mit uns geredet?,* dachte sie.

Die Katze ignorierte sie und putzte sich weiter.

»Res?«, fragte ihre Mutter und klang mittlerweile nicht nur traurig und enttäuscht, sondern auch scharf, wie die Messer, wenn sie auf dem Wetzstein nachgeschliffen wurden.

»Ich ... ich dachte ...«

*Es ist äußerst unhöflich, jemanden bei seiner Pflege zu unterbrechen. Ich würde nie mit dir reden, wenn du dich wäschst,* sagte die Katze, neigte ihren Kopf zur Seite und begann erneut eine ihrer Pfoten zu lecken.

»Du weißt es noch nicht«, stellte ihre Mutter fest. »Dir ist schon das ganze Jahr über bekannt, dass du in einer Woche spätestens mit deinem Teppich begonnen haben musst, und du hast dir noch nicht einmal Gedanken über das Thema gemacht.«

»Tut mir Leid«, murmelte Res und wünschte sich, die heutige Lektion wäre endlich vorbei, damit sie die Katze über den Tross ausfragen konnte.

»Nein, es tut dir nicht Leid«, sagte Krin grimmig. »Aber das wird es noch.«

# KAPITEL 2

Das Gebäude, in dem die schönsten und ältesten Teppiche der Weberinnen von Siridom aufbewahrt wurden, war ursprünglich aus Muscheln gebaut worden; da die Ebene von Kenfra einmal von nichts als Meer bedeckt gewesen war, ehe die Feuergeister hier ihren letzten Kampf ausgefochten hatten, gab es davon mehr als genug. In all den Jahren seither, mehr Jahren, als Fäden in einen Teppich passten, waren mehr und mehr Räume nötig geworden, und aus der Urform des Gebäudes, der Legende nach dem Haus der ersten Weberin von Siridom, war der Kelch einer Blüte geworden, um die sich zahllose Blätter rankten. Die Weberinnen nannten das Haus Arachnion.

Das Licht innerhalb des Arachnions war nie sehr hell, denn um die alten Teppiche zu schützen, hatte man die Fenster mit Schleiern verhüllt. Res erinnerte es jedes Mal an das, was man sah, wenn man morgens gerade erst aufgewacht war und sich noch die Augen rieb, und sie bildete sich immer ein, es müsste doch irgendwann heller werden oder sie selbst wacher. Dazu kam, dass es im Arachnion nichts Hartes, Kantiges gab; jedes Stückchen Wand und Boden war mit Teppichen und Schleiern ausgekleidet, und obwohl die Beläge auf dem

Boden keine unsterblichen Meisterwerke waren und regelmäßig ausgetauscht wurden, bewegten sich doch alle sehr rücksichtsvoll auf ihnen. Bei jedem Schritt hatte Res, von dem Moment an, da sie ihre Ferse aufsetzte, bis zu dem Moment, an dem sie ihr Gewicht auf die Zehenspitzen verlagerte, das Gefühl, in Gefahr zu sein, etwas Unwiederbringliches zu zerstören.

»Du darfst ins Arachnion? Du Glückliche!«, hatte Kunlas ältere Schwester, die nie eine Weberin werden würde, einmal gesagt. Es war Res unmöglich gewesen zu erklären, warum sie das Arachnion immer mehr mied, je älter sie wurde.

Manchmal träumte sie davon, die Schleier von den Fenstern zu reißen und mit dem Wind, der gegen Mittag durch die Ebene fuhr, jeden einzelnen Teppich davonwehen zu lassen. Dann wieder tat ihr die Vorstellung, das Arachnion bar seiner Schätze zu sehen, weh. Sie war mit sich selbst nie einig, wenn ihre Mutter sie hierher brachte, und es wurde mit jedem Besuch schlimmer. So schlimm wie an dem Tag, als sie die Katze gefunden hatte, war es allerdings noch nie gewesen.

Es war natürlich undenkbar, die Katze mit ins Arachnion zu nehmen. Nichts mit scharfen Krallen durfte auch nur in die Nähe gelassen werden. Und Krin ließ sich nicht überzeugen, Res auch nur eine weitere Stunde Aufschub zu gewähren.

»Aber Mutter, lass mich doch erst mit der Katze sprechen! Sie hat wichtige Dinge gesehen.«

»Diese Katze redet nicht, das siehst du doch. Hör mit deinen Ausreden auf, Res.«

Natürlich hatte die Katze keine Anstalten gemacht, auch nur ein Wort an ihre Mutter zu richten, um Res zu helfen oder Res das Geheimnis um den leeren Tross einfach mitzuteilen. O nein, die Katze hatte ihre blauen Augen verengt, bis sie nur noch aus Schlitzen bestanden, es sich neben dem Herd in der Küche bequem gemacht und war schließlich eingeschlafen. Kein drängender Gedanke und keines der Worte von Res hatten sie bewegen können, wieder aufzuwachen.

Auf dem Weg ins Arachnion fiel Res auf, dass viel mehr Leute auf den Straßen standen und miteinander schwatzten, als das für gewöhnlich der Fall war. Es war auch kein gemütliches, wohlgefälliges Schwatzen, wie es zwischen den Weberinnen üblich war, wenn mehrere von ihnen zusammenarbeiteten, sondern ein aufgeregtes Gewisper und Gezisch wie von brodelndem Wasser in einem Kochtopf.

»Weberin Krin«, rief die Marktfrau Dazumal, als sie Res und ihre Mutter entdeckte, »Weberin Krin, haben Sie schon das Neueste gehört?«

»Noch nicht, aber bald«, erwiderte Krin. Seit dem Tod von Res' Vater meinte jede verheiratete Frau des Ortes, bei jeder sich bietenden Gelegenheit mit ihr »ein ablenkendes Wort« reden zu müssen, wie sie es nannten. Zumindest verzichteten die Damen dieser Tage darauf, ihren Kindern das Gleiche in Bezug auf Res zu befehlen, nachdem sie sich mit einigen der Gleichaltrigen geprügelt und die jüngeren durch ihr abenteuerliches Herumstreunen ebenfalls zahllose blaue Flecken davongetragen hatten.

»Der Tross ist heute Morgen endlich angekommen ... aber er war völlig leer. Oh, und mein Otto sagt, die Kaufmannsgilde wüsste schon länger von ähnlichen Vorkommnissen. Nur uns hat man bisher nichts erzählt, aber heute, heute werden sie damit herausrücken müssen. Schließlich kann jeder die leeren Wagen sehen.«

Ich habe sie zuerst gesehen, dachte Res, und wenn ich endlich die Katze dazu bekomme, mir zu verraten, was geschehen ist, dann weiß ich mehr als ihr alle.

Aber ihr Ärger wich mehr und mehr der Neugier. Davon,

dass die Kaufmannsgilde längst Bescheid über ähnliche Ereignisse wusste, hatte Kunla nie etwas erwähnt. Entweder er verheimlichte ihr Dinge, oder sein Vater verhielt sich ihm gegenüber in diesem Punkt ungewöhnlich schweigsam.

Sie wäre gern noch etwas länger in den Straßen geblieben, um mehr über diese Vorkommnisse zu erfahren, doch ihre Mutter zog sie weiter zum Arachnion. Von dem aufgeregten Gelärm des hellen Tages, in dem sich jeder Schatten scharf im Sand der Straße abzeichnete, in das ruhige, dämmrige Arachnion zu treten, erinnerte Res daran, wie sie als kleines Kind einmal fast in den Woll- und Seidenknäueln ihrer Mutter versunken war. Das Gefühl weicher Wolle auf ihrer Haut war angenehm, aber gleichzeitig bekam sie keine Luft mehr.

»Die Weberin Krin und ihre Tochter Res«, sagte ihre Mutter zu dem Türpfosten, während sie ihn mit Öl bestrich, »bitten darum, bis ins Innerste vorgelassen zu werden.«

Der Türpfosten, der sehr viel schlanker war als sein Vetter, der Meilenstein am Ortseingang, räusperte sich. »Wenn die Weberin Krin das Wohlverhalten ihrer Tochter versprechen kann.«

»Ich bin kein kleines Kind mehr«, sagte Res gekränkt. »Ich kann für mich selbst sprechen. Im Übrigen habe ich nicht die Absicht, lange hier zu bleiben.«

»O doch, das wirst du«, sagte ihre Mutter.

Die Teppichfasern unter ihren bloßen Füßen kitzelten, während Res mit zusammengepressten Lippen weiterging. Im Laufen zogen die Wandbehänge, die sie zum größten Teil schon kannte, an ihr vorüber. Der Bau des Elfenbeinturms wechselte sich mit der Großen Reise des Grasvolks ab, der Tanz der Glücksdrachen mit dem Kampf der Feuergeister, der ein Meer in nichts als Nebel und Dampf auflöste. Früher hatte sie diese Figuren mit Begeisterung betrachtet, doch jetzt schienen sie ihr nur noch Schatten zu sein, und sie wünschte sich nichts mehr, als mit eigenen Augen zu sehen, wer diese Schatten warf.

In den Gängen begegneten sie anderen Weberinnen, aber im Gegensatz zu den Leuten auf der Straße sprach niemand ihre Mutter an; man begrüßte sich nur durch ein respektvolles Nicken und glitt aneinander vorbei. Werde ich in ein paar Jahren auch so sein?, fragte sich Res.

Endlich kamen sie in einen Bereich, in dem sie nie zuvor gewesen war; das Herz des Gebäudes, den Blütenkelch. Hier gab es so gut wie überhaupt kein Licht mehr, doch ihre Mutter bewegte sich so sicher, als stünde man im hellsten Sonnenschein. Res fühlte sich mit einem Mal an das Wageninnere gemahnt. Das half ihr nicht; es erinnerte sie an das lockende Geheimnis, das draußen auf sie wartete.

Da ihre Mutter immer noch ihre Hand festhielt, merkte Res, dass sie niederkniete, und tat das Gleiche. Der Teppich unter ihren Knien fühlte sich dünn und hart an.

»Ehrwürdige Pallas«, sagte ihre Mutter leise, »ich bringe meine Tochter, Res.«

Aus dem Dunkeln drang eine Stimme, und allmählich erkannte Res, dass jemand dort saß, mit milchigen Augen und schlohweißem Haar.

»Was hat sie getan, dass du sie mir bringst, Krin?«

»Sie besitzt das Talent«, erwiderte ihre Mutter, »aber ihr Herz bleibt verstockt, und sie vergeudet lieber ihre Zeit, als es zu nutzen.«

»Ich vergeude nicht meine Zeit«, unterbrach Res sie. »Ich verstehe nur nicht, warum ich mich jetzt schon hinsetzen soll, um genau das Gleiche zu tun, was alle anderen Weberinnen seit der Entstehung der Ebene von Kenfra getan haben.

Warum kann ich nicht etwas anderes tun? Warum kann ich die Welt nicht sehen, bevor ich sie darstelle?«

Ihre Mutter seufzte. Die Gestalt im Dunkeln dagegen lachte.

»Ich habe Siridom nie verlassen, Kind«, sagte sie, »und doch weiß ich mehr von Phantásien als alle Angehörigen der Kaufmannsgilde zusammen. Nun gut, Krin, ich werde sehen, was sich mit der Kleinen tun lässt.«

»Die Kleine« genannt zu werden, wo sie doch bereits fast so groß wie ihre Mutter war, fand Res so demütigend wie den gesamten Gang hierher. Die Hand ihrer Mutter öffnete sich, und Res glaubte zu begreifen, worauf das Ganze hinaussollte. Das also würde ihre Strafe sein; hier gelassen zu werden, im Dunkeln mit der unheimlichen Pallas, um sich weitere Reden über die Pflichten einer Weberin von Siridom anzuhören. Oder darüber, was für eine Ehre es war, als künftige Weberin auch nur in Erwägung gezogen zu werden.

Sie hatte heute einen Korb geöffnet, obwohl sie darauf gefasst gewesen war, dass sich darin ein Ungeheuer befinden könnte, keine harmlose Katze. Eine alte Frau und endlose Reden konnten sie gewiss nicht einschüchtern. Sie hoffte nur, dass die Katze nicht auf die Idee kam, vor ihrer Rückkehr zu verschwinden oder einem anderen ihre Geschichte zu erzählen.

»Sei würdig, Res«, sagte ihre Mutter in drängendem Ton, dann entfernten sich ihre Schritte.

»Woran denkst du, Kind?«, fragte Pallas, und Res beschloss, so nahe an der Wahrheit wie möglich zu bleiben.

»An den leeren Tross, der heute ankam. Daran, dass die Marktfrau Dazumal behauptet, Ähnliches sei bereits häufiger geschehen und die Kaufmannsgilde hätte es verheimlicht. Daran, was das alles zu bedeuten hat.«

»Und in keinem Winkel deines Herzens ist ein Gedanke für das Hier und Jetzt?«

»Aber das, was geschieht, das, was verheimlicht wird, das ist das Hier und Jetzt«, entgegnete Res heftig. »Und wenn meine Mutter keine Weberin wäre und nicht wollte, dass ich auch eine werde, dann wüsste ich schon längst mehr.«

»Hm. Weißt du, was ich hier tue, Kind?«

»Nein«, antworte Res ehrlich.

»Dann ist es ein Geheimnis für dich. Sag mir, ist es nicht einfacher, das Geheimnis zu ergründen, das vor dir liegt, als einem hinterherzujagen, an dem du doch nichts ändern kannst?«

»Wer sagt, dass ich nichts ändern kann?«, murmelte Res, dann gab sie sich einen Ruck und fragte: »Was tust du hier?«

»Hättest du mich eher gefragt«, erwiderte Pallas, »hätte ich es dir vielleicht verraten. Da es dir jedoch nicht wichtig erscheint, wirst du es selbst herausfinden müssen durch das, was ich dich tun lasse. Und nun«, endete sie, »gib mir deine Hand.«

Res zuckte zusammen, als sich die weißen Finger über den ihren schlossen. Sie hatte Pallas für eine alte Frau gehalten und eine ausgedörrte, sehnige Hand erwartet. Stattdessen spürte sie glatte, faltenlose Haut und Stärke, die nicht zitterte. Die Finger glitten an ihrer Hand hoch und hinunter, als prüften sie ein neues Webschiffchen oder einen Faden auf seine Stärke.

»Gut«, sagte Pallas sachte. »Nun kenne ich dich.«

Erst in diesem Moment begriff Res, dass Pallas blind war. Sie sog unwillkürlich den Atem ein, und Pallas lachte leise.

»Hat sie es dir nicht gesagt? Ich bin ein Schattenkind. In der Sonne könnte ich nicht leben.«

»Aber«, platzte Res heraus, »dann kannst du keinen einzigen der Teppiche, die im Arachnion hängen, sehen.« Sie biss sich auf die Lippen und wünschte, sie hätte den Mund gehalten. Gleichzeitig schämte sie sich. Sie hatte sich die ganze Zeit bedauert, weil man sie davon abhielt, die Welt zu sehen, und Pallas war es noch nicht einmal möglich, die Schönheit um sich herum zu erkennen. Ganz gleich, wie sehr Res auch wünschte, anderswo zu sein, sie hatte nie daran gezweifelt, dass das Arachnion der schönste Ort von Siridom und der gesamten Ebene war.

»Nein«, bestätigte Pallas ruhig, »das kann ich nicht.« Sie ließ Res los. »Zu deiner Rechten liegen mehrere Spindeln«, fuhr sie fort. »Reiche mir die mit der braunen Radagast-Wolle.«

»Es ist zu dunkel, um die Farbe zu erkennen!«, protestierte Res.

Pallas blieb ungerührt. »Um sie zu sehen, nun, das glaube ich dir gerne. Aber braune Radagast-Wolle fühlt sich auch ganz unverwechselbar an. Wie lange webst du nun schon?«

»Seit ich aufrecht sitzen kann«, gab Res zurück und tastete neben sich. Tatsächlich, dort lagen, säuberlich nebeneinander, mehrere Spindeln und zwischen ihnen auch ein Wollknäuel. »Manchmal denke ich, meine Mutter hat es mir beigebracht, bevor sie mich lehrte zu sprechen.«

»Dann hast du mehr als genug Zeit gehabt, um einzelne Fäden auch mit geschlossenen Augen zu erkennen«, stellte Pallas fest, und die Tortur begann.

Ihre Finger waren taub, ihr Kopf schmerzte, und das Licht, das im Haus ihrer Mutter brannte, schmerzte sie, als wäre es so grell wie die Mittagssonne, als Res am Abend in ihr Heim zurückkehrte. Ihre Mutter, die noch an ihrem Webstuhl saß, warf einen Blick auf sie und sagte mit einer deutlichen Spur von Belustigung:

»Dein Essen steht in der Küche, falls Kunla es nicht aufgezehrt hat. Er wollte auf dich warten.«

»Die Katze auch?«, fragte Res hoffnungsvoll.

»Die Katze habe ich nicht mehr gesehen, seit ich zurückgekommen bin«, sagte ihre Mutter, »und ganz ehrlich, Res, das ist auch besser so. Eine Katze in einem Haus voller Webstücke? Das kann nicht gut gehen.«

Res sackte in sich zusammen und ging schleppenden Schrittes in die Küche. Sie fühlte sich wie eine Neunzigjährige.

Der sonst so ruhige Kunla sprang dagegen von der Küchenbank auf, sowie er sie sah, fasste ihre Schultern und überschüttete sie mit einem Wortschwall, der länger war als alles, was er bisher je an einem Stück gesagt hatte. »Res, du kannst dir nicht vorstellen«, begann er, »was heute alles passiert ist!«

Nein, das konnte sie wirklich nicht. Sie hatte gelernt, Fäden nur dem Gespür nach zu unterscheiden, obwohl ihre Augen ganz ausgezeichnet sahen. Sie hatte stundenlang im Dunkeln gesessen, so lange, bis sie daran zweifelte, je wieder ans Licht zu gelangen, und bis sie plötzlich befürchtete, dass Pallas ein Beispiel dafür war, was mit Mädchen geschah, die keine Weberinnen werden wollten – man blendete sie, so dass ihnen keine andere Wahl mehr blieb. In ihrem Kopf wusste sie, dass dergleichen Befürchtungen töricht waren, aber in ihrem Herzen stimmte sie das nicht ruhiger.

Und die Katze, das einzige bisschen Neuigkeit, das sie Kunla hätte präsentieren können, war auch fort.

»Es ist unglaublich! Die letzten paar Trosse, die hier ankamen, haben bereits davon erzählt, aber die Kaufmannsgilde hat es der Garde und allen anderen, die davon hörten, bei Todesstrafe verboten, darüber zu sprechen. Erst heute, wo jeder den leeren Tross gesehen hat, wurde das Verbot aufgehoben. Res, erinnerst du dich an die Eierwagen vor vier Wochen, die sonst immer zu dritt kommen, nicht zu zweit? Nun, der dritte hatte keinen Unfall, oder besser gesagt, es war kein gewöhnlicher Unfall. Er besteht nicht mehr.«

»Jemand hat ihn zerstört?«

»Nein. Er geriet zu nahe an etwas, das kein Phantásier bisher beschreiben konnte. Es ist einfach ... nichts. Und nun ist der dritte Eierwagen auch nichts. Außerhalb der Ebene gibt es offenbar noch andere Stellen, die nichts sind, aber die Kaufmannsgilde wollte nicht, dass irgendjemand davon erfährt, damit der Handel nicht aufhört.«

Ihre Erschöpfung verflog in der Empörung, die sie erfasste. »Die Gilde wusste Bescheid und hat trotzdem nichts dagegen getan?«

»Ob sie etwas getan haben, konnte ich nicht herausfinden«, räumte Kunla ein, »aber Bescheid wussten sie und wollten, dass es ein Geheimnis bleibt.«

Res setzte sich auf die Küchenbank und begann grimmig die Honigbeerensuppe in sich hineinzulöffeln, die ihre Mutter ihr aufbewahrt hatte. Sie dachte an die vielen Reisenden, die Kunla und sie schon am Meilenstein beobachtet hatten: Geschöpfe aus allen Teilen Phantásiens und die Bewohner Siridoms, die für sie so alltäglich waren wie der Staub unter ihren Füßen und die sie darum beneidet hatte, die Ebene von Kenfra verlassen zu können. Die Vorstellung, dass dort draußen etwas Gefährliches auf sie wartete, kein Ungeheuer, keine Aufgabe, die man bestehen konnte, sondern einfach das Nichts, und dass die Gilde davon gewusst und es absichtlich verschwiegen hatte, erweckte in ihr den Wunsch, lauthals zu schreien.

»Bei dem Tross mit Gewändern für die Weidenleute«, stieß sie hervor und umklammerte den Löffel so fest, dass die Knöchel ihrer Hand weiß wurden, »der vor vier Wochen abfuhr, da war Lesterfeld mit dabei.«

»Ich weiß«, murmelte Kunla.

Lesterfeld gehörte zu den ältesten Mitgliedern der Gilde und hatte immer Zeit für sie beide gehabt, um ihnen von seinen Reisen zu erzählen oder ihre Fragen zu beantworten. Der Tross zu den Weidenleuten hatte sein letzter sein sollen; eigentlich war er schon viel zu alt, um noch als Begleiter in Frage zu kommen, aber die Weidenleute gehörten zu seinen liebsten Handelspartnern, und jeder glaubte, dass es ein schöner, friedlicher Abschluss seiner Gildentätigkeit werden würde. Wenn Lesterfeld etwas geschehen war, dann wünschte sich Res die gesamte Gilde ins Nichts, aber sie brachte es nicht über sich, das zu Kunla zu sagen. Er würde sich verpflichtet fühlen, seinen Vater zu verteidigen, sie würden miteinander streiten, und der Tag war schon schlimm genug gewesen.

»Was will die Gilde jetzt unternehmen?«, fragte Res schließlich, nachdem sie ihren Wunsch zu schreien niedergerungen hatte.

»Sie beraten noch«, erwiderte Kunla. »Vater meint, das Beste wäre, ein paar wirklich kostbare Teppiche gegen Schutzzauber einzutauschen, damit die Wege wieder sicher sind.«

Das hielt sie für keinen guten Plan; wenn etwas Gefährliches jenseits der Ebene lauerte, sollte man losziehen und es bekämpfen, dachte Res, nicht nur versuchen, sich davor zu schützen. Außerdem konnte in der gesamten Ebene von Kenfra niemand Schutzzauber verhängen, und ganz gleich, ob man sie nun von den Dschinn oder Feen, den Feuergeistern oder Rabenschwätzern erwerben wollte, eine Reise durch die Glasberge würde doch nötig sein. Aber als sie diese Gedanken laut aussprach, entgegnete Kunla nur, die Gilde wisse sicher mehr als sie, und der rechte Weg werde bestimmt gefunden werden. Erst als er wieder verschwunden war, bemerkte Res, dass er sie überhaupt nicht gefragt hatte, was mit ihr geschehen war, seit sie sich getrennt hatten.

Obwohl sie nach der stundenlangen Arbeit müde war, hielten die Entdeckungen des heutigen Tages sie wach. Alles kam ihr vor wie ein verfilztes Wollknäuel, das man neu wickeln musste. Es gab dort draußen etwas, das Dinge und Leute verschwinden ließ. Die Gilde, die doch die Aufgabe hatte, Siridom zu beschützen, wusste davon und hatte es verschwiegen. Und niemand ahnte, was als Nächstes zu tun war. Nein, das stimmte nicht; sie wusste nur zu genau, was sie als Nächstes tun würde. Sie würde im Arachnion mit Pallas Fäden ertasten und ihr Gesellenstück planen.

*Hör auf zu jammern,* sagte in ihrem Kopf eine Stimme, die seltsam vertraut klang. Res schaute auf und erkannte auf dem Fenstersims ihres Zimmers, vom Mondlicht ganz in Weiß getaucht, die Katze. Ihre blauen Augen wirkten sehr dunkel in der Nacht. Sie neigte den Kopf zur Seite, dann machte sie einen Satz und sprang zu Res auf das Bett. *Kraul mich lieber. Du weißt, dass du es möchtest.*

»Wo warst du?«, fragte Res, während sie ihre Finger in dem weichen Fell der Katze vergrub und begann, sie zu streicheln. Das Tier fing an zu schnurren, und sie spürte den warmen Körper unter ihren Fingern vibrieren.

*Ich komme und gehe, wie es mir gefällt. Ich bin eine Katze,* erwiderte die Katze, als sei nichts selbstverständlicher.

»Kannst du mir verraten, was genau mit dem Tross geschehen ist? Hast du es miterlebt, das Nichts? Was ist es?«

*Fragen, Fragen. Du weißt, was du weißt.*

Res hörte mit dem Kraulen auf, und die Schwanzspitze der Katze zuckte unwillig.

*Mach weiter.*

»Das Nichts«, beharrte Res.

*Wenn ich es wirklich erlebt hätte*, sagte die Katze, *dann wäre ich jetzt nicht hier. Es ist eine ganz und gar unkätzische Angelegenheit und fühlt sich an, als sei man ein blindes Neugeborenes. Früher oder später kommt es auch zu euch. Bring mich weg von hier. Ich brauche jemanden, der für meine Weiterreise sorgt, und du scheinst nicht ganz so hundedumm zu sein wie der Rest in diesem Ort.*

»Du machst dir wohl nur um dich selbst Sorgen?«, fragte Res anklagend.

Die Katze drehte ihr den Kopf zu und musterte sie aus inzwischen halb geschlossenen Augen. *Natürlich. Ich bin eine Katze.*

# KAPITEL 3

Res spürte die dünnen Seidenfäden unter ihren Fingerspitzen und erinnerte sich gerade daran, dass Seide bei Teppichen für gewöhnlich nur zur Darstellung von Wundern verwendet wurde, als ihr klar wurde, mit welcher Aufgabe Pallas im Arachnion betraut war. Ihre Augen hatten sich zwar ein wenig an das Dunkel gewöhnt, doch noch immer konnte sie kaum mehr als das schlohweiße Haar von Pallas' vorgebeugtem Kopf erkennen.

Sie räusperte sich. »Du betreust die ältesten Teppiche, nicht wahr? Diejenigen, die so alt sind, dass sie im Licht zu Staub zerfallen würden. Du findest heraus, welche Art von Fäden bei ihrer Erschaffung benutzt wurde, und besserst sie aus, damit sie weiterleben können.«

Das unsichtbare Lächeln drang durch Pallas' Stimme wie eine dunkle Glocke. »Und ich dachte, du schmollst zu sehr, um deinen Verstand zu gebrauchen. Ja, das stimmt, Res.« Ihr weißes Haupt hob sich. »Niemand sonst darf die ältesten Gewebe berühren. Sie sind unser Erbe. Wenn ich einen Fehler beginge, auch nur einen, würde sich das nie mehr gutmachen lassen.«

Das Vertrauen, das die Weberinnen in Pallas haben mussten, die Ehre, die ihr zuteil wurde, all das breitete sich vor Res aus wie ein prächtiger Teppich, der entrollt wurde. Doch ihr Widerspruchsgeist trieb sie dazu, Pallas herauszufordern.

»Aber hast du dir nie gewünscht, etwas zu verändern?« fragte sie in die Dunkelheit hinein. »Wenn du spürst, dass ein Baum ursprünglich braun dargestellt wurde, aber dir denkst, dass er in Purpur interessanter wäre? Oder wenn du Ygramul, die Viele, zum zwölften Mal durch schwarze Seidenknöpfchen gezeichnet findest, hast du dir nie überlegt, dass graues Taugespinst viel unheimlicher wirken würde? Und wer könnte dich daran hindern, etwas zu verändern, wenn du es willst?«

Noch ehe das letzte Wort ihrem Mund entflohen war, wurde Res bewusst, dass ihre Beispiele an Pallas abperlen würden. Was konnten Pallas einzelne Farben bedeuten? Nur ein etwas anderes Gefühl unter ihren Fingern. Trotzdem, auf das Prinzip kam es ihr an, und sie wartete gespannt, ob Pallas wütend werden und sie hinauswerfen würde.

»Mein eigenes Gewissen würde mich daran hindern«, gab Pallas ruhig zurück.

Res war enttäuscht. Sie wusste nicht, warum, aber es war ihr mit einem Mal wichtig zu beweisen, dass Pallas die Geduld verlieren und aufbrausen konnte wie jeder andere Phantásier auch. »Aber hast du dir nie, wirklich nie gewünscht, etwas zu verändern?«, beharrte sie.

Eine weitere Frage kam ihr in den Sinn, die Pallas gewiss ihre Beherrschung kosten würde, die Frage, ob Pallas sich nie danach gesehnt hatte, sehen zu können. Aber diese Frage zu stellen wäre grausam gewesen, und Res wollte Pallas nicht verletzen. Sie wollte nur diese überlegene, eherne Ruhe durchbrechen. Ihre eigenen Gedanken liefen hierhin und dahin, von der geheimnisvollen Bedrohung durch das Nichts zu der Furcht, die Gilde könnte Lesterfeld und eine Menge anderer gleich ihm in ihr Verderben geschickt haben, bis zu dem alltäglichen Gefühl, von den Plänen ihrer Mutter aufgesaugt und zu einer neuen Res, mit der die alte nichts zu tun hatte, umgeformt zu werden. Es gab keine Ruhe in ihrem Herzen, nicht das geringste bisschen, und deswegen nahm sie es übel, dass Pallas so gelassen blieb. »Eines«, erwiderte Pallas langsam und so nachdenklich, dass Res sich schämte. »Ich habe mich immer danach gesehnt, das Wandgehänge vom Verlorenen Kaiser vollenden zu können. Es ist ein Kunstwerk, das mein Herz stocken lässt, jedes Mal, wenn ich es berühre, doch die Weberin, die diesen Teppich schuf, hat ihn nie vollendet. Sie starb vorher, und in ihrer Generation gab es niemanden, der ihr ebenbürtig war, also ließ man den Teppich unvollendet. Weil er unvollendet war, wurde er auch nie kopiert und erzählte seine Geschichte nur ein einziges Mal. Das«, schloss Pallas, »ist die einzige Veränderung, die ich mir wünsche. Den Teppich des Verlorenen Kaisers zu vollenden.«

Res hatte noch nie von diesem Wandteppich gehört, aber da er nie nachgeahmt und wiederholt worden war, wunderte sie das nicht. Ihre Neugier erwachte. »Warum vollendest du ihn nicht?« fragte sie und setzte hastig hinzu: »Ich meine, warum webst du ihn nicht noch einmal, als ein zweites Stück, und bringst ihn zu einem Ende? Dann könnte dir niemand vorwerfen, etwas verfälscht zu haben, und gleichzeitig hättest du etwas Neues geschaffen.«

»Das würde ich gerne«, seufzte Pallas, »doch niemand weiß, was mit dem Verlorenen Kaiser geschah. Ich kenne alle Webstücke, die sich mit der Geschichte Phantásiens beschäftigen, und kein anderes stellt ihn dar. Und solange ich nicht weiß, was geschah, kann ich den Teppich auch nicht zu einem Ende bringen.«

Ein Ziehen um ihren Ringfinger machte Res darauf aufmerksam, dass sie begonnen hatte, sich die Seidenfäden um die Hände zu wickeln, hin und her, quer und lang, in Häkchen und Knoten. Ein Glück, dass Pallas nicht sehen konnte; Seide war kostbar und nicht für dergleichen Spielereien gedacht.

»Mir hat nie jemand vom Verlorenen Kaiser erzählt«, sagte sie halblaut. »Ich dachte, die Kindliche Kaiserin habe uns immer regiert. Gab es denn vor ihr einen anderen im Elfenbeinturm?«

»Nein«, entgegnete Pallas, und ihre weiße, feste Hand legte sich auf Res' unruhige Finger, die versuchten die Seide wieder zu entwirren. Schuldbewusst hielt Res inne, aber sagte nichts. Stattdessen löste sie die Knoten Stückchen für Stückchen auf. »Die Kindliche Kaiserin erscheint ebenfalls auf jenem Teppich. Der Verlorene Kaiser kam zu ihr aus einem anderen Reich, zu einer Zeit, als sich Phantásien in großer Gefahr befand. Er rettete Phantásien und dann verschwand er.«

»Vielleicht ist er in seine Heimat zurückgekehrt?«, schlug Res vor.

Pallas schüttelte den Kopf. »Nein. Er kam als Flüchtling nach Phantásien. Die Weberin, die seinen Teppich geschaffen hat, benutzte Tränenblau, um ihn darzustellen, und du weißt, was das bedeutet.«

Tränenblau war so selten, dass es nur verwendet wurde, um die Last einer fürchterlichen Schuld zu beschreiben. Die Irrlichter, die das verschwundene Volk der Habubi in den Sumpf der Traurigkeit geführt hatten, die drei Brüder, die den Allerhöchsten Schwur geleistet und dann gebrochen hatten –

das waren die einzigen Res bekannten Wesen, die auf Teppichen mit Tränenblau gewebt, gestickt oder geknüpft worden waren. Sie nickte, bis ihr einfiel, dass Pallas eine andere Bestätigung brauchte.

»Das weiß ich. Aber wenn er so etwas Fürchterliches getan hat, wie konnte er dann ein Held sein und Phantásien retten?«

»Vor der Kindlichen Kaiserin gelten alle gleich«, entgegnete Pallas in sachlichem Tonfall. »Was dir und mir abscheulich erscheint, ist für sie nicht anders als die rühmenswerteste Lebensweise. Mich wundert es nicht, dass sie einen Retter nach Phantásien rief, der in seinem Reich anscheinend verhasst war.«

Res dachte an die Sorgen, die sie sich um Lesterfeld und die übrigen Trossreisenden machte, und an den Zorn, den sie auf die Gilde empfand. Sie konnte sich nicht vorstellen, jemanden wie Lesterfeld, der sein Leben lang gewiss nur Gutes getan hatte, auf eine Stufe mit den Gildemitgliedern zu stellen, die bereit gewesen waren, ihn und die anderen in den Tod ziehen zu lassen, um ihre Handelsgewinne nicht zu verlieren. Das erschien ihr als höchst ungerecht.

»Wenn ich Kaiserin wäre, würde ich nur Gute belohnen und die Bösen bestrafen.«

»Nun, dann ist es ein Glück, dass du nicht Kaiserin bist. Sonst wäre Phantásien gewiss schon ein Dutzend Mal vernichtet worden, während du noch auf einen Retter wartetest, der nichts als ein Held sein dürfte.«

»Ich würde nicht auf einen Retter warten«, erwiderte Res energisch, »ich würde Phantásien selbst retten.«

Pallas lachte. »Dann hältst du dich also für gut? Würde deine Mutter das auch von dir behaupten?«

Da sie ihre Arme immer noch um Res gelegt hatte, um ihr beim Entwirren der Seidenfäden zu helfen, musste sie die Hitze spüren, die Res in die Wangen stieg. Verlegen sagte das Mädchen, um abzulenken und den Treffer nicht eingestehen zu müssen:

»Aber wie hat der Verlorene Kaiser Phantásien denn gerettet? Was für eine Gefahr war das, und wie hat er sie besiegt?«

»Wie er sie besiegt hat, das ist eine der Ungelösten Fragen, genau wie ›Wie alt müssen Alte Weise Männer mindestens sein, um junge Helden zu betreuen?‹ und ›Welches Geschlecht haben Irrlichter?‹ Was die Gefahr betrifft, nun, da bin ich mir auch nicht ganz sicher, aber immerhin wissen wir in diesem Punkt etwas mehr. Ich denke, es muss eine Seuche gewesen sein, die alle Phantásier, ganz gleich, aus welchem Reich sie stammten, angriff, eine Art Gliederfraß. Auf dem Teppich gibt es Steinbeißer, denen die Beine fehlen, und Grauhuster ohne Brustkorb.«

Etwas in Res' Verstand machte »Klack«, wie ein Webschiffchen, das so schnell durchgezogen wurde, dass es mit dem Rahmen des Webstuhls zusammenstieß. Wenn sie nicht fast die ganze Nacht darüber gegrübelt hätte und wenn ihre Gedanken nicht ständig Kobolz gelaufen und immer wieder zu den Ereignissen des Vortags zurückgekehrt wären, dann wäre ihr die Vermutung, die sie jetzt packte, vielleicht nie gekommen. Sie war so aufgeregt, dass sie aufsprang und Pallas dabei fast umstieß.

»Tut mir Leid«, sagte Res, »aber weißt du, Pallas, das klingt wie ... sag mal, der Gliederfraß, wie ist der dargestellt? Was für ein Material hat die Weberin genommen, um die fehlenden Stellen anzuzeigen?«

»Gar keines«, erwiderte Pallas, und Res konnte erkennen,

wie sie sich das Kinn rieb. »Das liegt wohl daran, dass sie nie fertig geworden ist, aber an diesen Stellen besteht der Teppich nur aus den Grundfäden.«

»Und wenn Steinbeißern Glieder fehlen«, fuhr Res fort, und jedes Wort quoll so schnell aus ihr hervor, dass sie es kaum zu Ende sprechen konnte, ehe sie das nächste begann, »kann es sein, dass auch Gegenstände auf dem Teppich nicht vollständig sind?«

Nun erhob Pallas sich ebenfalls. Es war das erste Mal, seit Res sie kennen gelernt hatte, dass sie stand, und Res war überrascht zu entdecken, dass Pallas nicht viel größer als sie selbst war.

»Woher weißt du das?«, fragte sie. Unruhe lag in ihrer Stimme und beschwerte sie mit einem rauen Tonfall, der ihr die gewohnte Harmonie nahm. Doch Res war zu gefangen von der Bedeutung ihrer Entdeckung, um darauf zu achten, dass sie nun tatsächlich Pallas' Ausgeglichenheit durchbrochen hatte.

»Weil es wieder geschieht«, antwortete sie und griff nach den Händen der anderen, die bei ihren Worten zu zittern begannen. »Weil es wieder geschieht, genau jetzt!«

Das Gildehaus in Siridom bestand im Gegensatz zum Arachnion nur aus geraden Wänden und rechtwinkligen Ecken. Das alte Gildehaus, so erzählten es die Leute, war wie das Arachnion aus Muscheln erbaut gewesen, doch die Oberhäupter der Gilde, die gewählt worden waren, als Res' Großmutter jung gewesen war, hatten angeordnet, es niederzureißen und einen neuen Bau zu errichten. Das neue Gildehaus, dessen Vorläufer bereits Res' Mutter Krin nicht mehr gekannt hatte, bestand aus Material von allen Ecken und Enden Phantásiens, um die weit gespannten Handelsbeziehungen der Gilde zu verdeutlichen. Schwarze und goldene Palisaden aus dem Reich der Bibla-Schmiede ragten in die Höhe, mit blassbraunen Gittern wetteifernd, die von den Weidenleuten gefertigt worden waren. Es war das höchste Gebäude von Siridom; erst vor kurzem war der Antrag gestellt worden, ein weiteres Stockwerk zu bauen, doch inzwischen hatte die Gilde andere Sorgen.

Res kannte im Gildehaus vor allem die Ställe und den Raum, in dem Kunlas Vater für gewöhnlich residierte. Aber sie wusste aus Kunlas und Lesterfelds Erzählungen, wo sich das große Beratungszimmer befand, und lief, nachdem sie sich erst einmal durch die Ställe ins Haus geschmuggelt hatte, geradewegs dorthin. Noch während des Laufens zerbrach sie sich den Kopf, wie sie die Flügeltür zum Beratungszimmer dazu bringen könnte, sie einzulassen. Die Tür stammte aus dem Unteren Sumeria, und die Gilde hatte teuer für ihre Sicherheitszauber bezahlt.

»Versuche es erst gar nicht«, brummte die Tür, als Res den Mund öffnete. »Du stehst nicht auf der Liste, genauso wenig wie die zwölf anderen Tunichtgute, die heute schon hier eindringen wollten. Dem nächsten, der mir mit einem *Sesam öffne dich* kommt, schleudere ich einen Knauf ins Gesicht.«

»Dazu müsstest du dich aber öffnen«, sagte Res.

»Ich bin eine Tür aus dem Geschlecht der Unterweltschwellen«, entgegnete die Tür erhaben. »Für uns gelten Regeln der Logik nicht. Versuch nur die Beratung zwischen den Gildemeistern und den Weberinnen zu stören, und du wirst meinen Knauf kennen lernen, ohne je das Innere des Beratungszimmers zu sehen.«

Res spitzte die Ohren. Davon, dass die Weberinnen sich mit den Häuptern der Gilde berieten, hatte sie nichts gewusst, aber es passte ihr hervorragend. Sie holte tief Luft und warf sich in Positur. »Meine Mutter, die Weberin Krin, ist dort drinnen«, verkündete sie, »und ich bringe ihr eine Botschaft aus dem Arachnion, von Pallas, der Hüterin des Ältesten, auf die sie dringend wartet. Wenn du mich noch lange hier draußen stehen lässt, Tür, dann prophezeie ich dir, dass du die nächsten vier Wochen nicht mehr geölt werden wirst.«

»Glaubst du, ich sei eine Zwergenpforte, dass ich mich von derlei Ausreden überlisten lasse?«, fragte die Tür und knarrte im Vollgefühl ihrer Überlegenheit. »Ich werde die Weberin Krin bitten, zu dir hinauszugehen, und wenn sie dich nicht kennt, wirst du dir noch wünschen, nur mit meinem Türpfosten Bekanntschaft geschlossen zu haben.«

Die Vorstellung, vor den Gilderat zu treten und von ihrer Entdeckung zu berichten, verlor mit einem Mal einiges von ihrem bunten Glanz und nahm die blasse, öde Farbe einer mütterlichen Abkanzlung an. Statt einer Heldin, die mit den wichtigsten Personen der Stadt sprach, würde sie ein Mädchen sein, dessen Gedanken von seiner Mutter am Ende nicht ernst genommen und als Träumereien abgetan würden. Res presste die Lippen zusammen. Nicht so. Sie konnte sich nur zu gut ausmalen, wie ihre Mutter ihr Vorwürfe machte, statt ihren Erklärungen zuzuhören.

Als die Tür überrascht brummte: »Sie kommt«, und sich langsam öffnete, rannte Res los. Sie stieß ihre Mutter beinahe um, aber es gelang ihr in das Beratungszimmer einzudringen, ehe sich die beiden Flügel der Tür wieder geschlossen hatten.

»Res!«, rief ihre Mutter verdutzt und vorwurfsvoll in das

tiefe, ächzende Schimpfen der Tür hinein. Die Leute dagegen, die eben noch miteinander geredet hatten, verstummten plötzlich. Die Gildemitglieder mit ihren zugeknöpften Wämsern standen so steif da, als habe man ihnen ihre Lederhosen nass angepasst und auf dem Leib trocknen lassen. Die bauschigen Röcke der Weberinnen, die neben ihnen wie bunte Vögel zwischen Käuzen aussahen, knisterten, als die Frauen zur Tür blickten und unwillkürlich näher zusammentraten.

Aller Augen auf sich gerichtet zu sehen, war bei weitem kein so aufregendes Gefühl, wie Res geglaubt hatte. Es glich mehr dem Gestochenwerden mit Nadeln, wenn man beim Weben und Sticken etwas verpatzt hatte. Doch was sie zu sagen hatte, war zu wichtig, um sich einschüchtern zu lassen.

»Es ist alles schon einmal geschehen«, stieß sie hervor, und ihre Stimme kam ihr hoch und dünn vor. Rasch schöpfte sie Atem und bemühte sich in gedämpftem Ton zu sprechen, um erwachsener zu wirken. »Das Nichts. Es hat sich schon einmal ereignet, und wir haben den Beweis dafür.«

Kunlas Vater räusperte sich und warf Res' Mutter einen missbilligenden Blick zu. »Weberin Krin, ich hätte nicht gedacht, dass Sie und die anderen Weberinnen Ihre Beschwerden mit Ihren Kindern besprechen, ehe Sie zum Rat damit gehen.«

Angesichts der Tatsache, dass er selbst Kunla einiges verraten haben musste, war dieser Vorwurf im höchsten Maß heuchlerisch, doch Res hatte nicht die Zeit, um sich darüber zu empören. Erfreut nahm sie jedoch wahr, dass ihre Mutter und die anderen Weberinnen mit dem Vorgehen der Gilde, die ihnen die nahende Gefahr verschwiegen hatte, offenbar genauso wenig glücklich waren wie sie selbst.

»Meine Mutter hat mir gar nichts erzählt«, gab sie erregt

zurück. »Ich habe mit Pallas im Arachnion gesprochen. Dort gibt es einen uralten Wandteppich, der eine Zeit darstellt, in der eine solche Gefahr schon einmal über Phantásien gekommen ist. Wir brauchen keine Schutzzauber, um die Straßen zu sichern, wir brauchen den Verlorenen Kaiser, damit er uns verrät, wie er Phantásien damals gerettet hat!«

In die Weberinnen kam Bewegung, während sich die Gildemitglieder nach wie vor nur darüber zu empören schienen, dass Res in ihr Beratungszimmer eingedrungen war. Die Männer fingen an, untereinander zu tuscheln. Dagegen rafften nun auch die wenigen Weberinnen, die noch bei den Gildemitgliedern gestanden hatten, ihre Röcke und gesellten sich zu den anderen Frauen, so dass die Männer von der Gilde wie eine Reihe einheitlicher Schwertgehänge aus Leder zurückblieben.

»Ich entschuldige mich für das ungebührliche Verhalten meiner Tochter«, sagte Krin, »aber sie arbeitet tatsächlich mit Pallas. Wenn eine solche Gefahr schon einmal bestand, nicht nur in unseren Nachbarländern, wie die ehrenwerten Gildemitglieder uns berichteten, sondern in ganz Phantásien, dann sollten wir dies wissen, ehe wir eine Gesandtschaft zum Elfenbeinturm schicken.«

Eines der Gildemitglieder zupfte sich am Bart. »Wirft jetzt endlich jemand das Kind hinaus?«, fragte er.

»Mit Verlaub«, erklärte Kunlas Vater, »wir ehren die Weberinnen natürlich für ihre Kunst. Aber was auf Teppichen dargestellt ist, muss nicht immer mit der Wirklichkeit übereinstimmen. Es sind schöne Verzierungen, keine Berichte. Wir wissen nur, dass sich in den Gegenden jenseits unserer Ebene ein paar seltsame Ereignisse zugetragen haben. Von ganz Phantásien war nie die Rede. Schön, vielleicht hätten wir das früher bekannt machen sollen. Um das wieder gutzumachen, bin ich bereit, selbst zum Elfenbeinturm zu reisen, durch alle Gefahren hindurch, und um Hilfe zu bitten, die uns die Kindliche Kaiserin gewiss nicht versagen wird. Das ist ein vernünftiger Plan. Dagegen unser Heil in alten Teppichen zu suchen ...« Er schnalzte spöttisch mit der Zunge, und ein weiteres Ratsmitglied fiel ein:

»Das kann doch nicht Ihr Ernst sein, meine Damen?«

»Jemand soll endlich das Kind hinauswerfen«, beharrte der bärtige Gildemeister, während die übrigen Gildeangehörigen die Arme vor der Brust verschränkten und auf die Weberinnen hinabschauten.

Der Ersten Weberin war flammende Röte in die Wangen gestiegen. »Darüber sprechen wir noch«, erwiderte sie. »Weberin Krin, bringen Sie Ihre Tochter fort.«

Res öffnete den Mund, um zu protestieren, doch die Nägel ihrer Mutter gruben sich in ihre Hand, schmerzhaft tief. Krin packte sie so fest, dass sie laufen musste, um nicht wie ein Kleinkind hinausgezerrt zu werden. Als sich die Flügel der Tür mit einem befriedigten dumpfen Schlag hinter ihnen schlossen, sagte Krin:

»In meinem ganzen Leben habe ich mich noch nicht so geschämt.«

»Aber was ich gesagt habe, stimmt! Es ist wichtig!«

»Ich behaupte ja auch nicht, dass du lügst. Aber warum hast du nicht einfach gewartet, bis du mir oder einer anderen Weberin in Ruhe davon erzählen konntest? Dann hätten wir es vor den Rat gebracht und kein Mitglied der Gilde hätte es als Kinderei abtun können. Aber nein, du hast nicht einen Moment an die Gemeinschaft gedacht und an die Folgen. Dir ging es nur darum, die Heldin zu spielen.«

Während sie das Gildehaus verließen, schwieg Res. Was ihre Mutter sagte, hatte den stachligen, schmerzenden Klang der Wahrheit, aber die ganze Wahrheit war es nicht. Sie hatte eine Heldin sein und ernst genommen werden wollen, doch noch mehr wünschte sie sich, etwas zu tun, um die Gefahr zu besiegen, die auf einmal in ihrem Leben aufgetaucht war; etwas zu unternehmen, ganz gleich was, damit keine weiteren leeren Trosse nach Siridom kamen, besonders nicht der, mit dem Lesterfeld fortgereist war.

»Wohin gehen wir?«, fragte sie, weil ihre Mutter die falsche Richtung einschlug.

»Nach Hause. Danach gehe ich ins Arachnion, um mit Pallas zu sprechen, aber du verdienst es nicht, dort zu arbeiten. Putz das Haus, zu etwas anderem bist du offensichtlich nicht nütze.«

Ihre Augen brannten, doch Res verbot sich zu weinen. Sie schmeckte Salz in ihrem Mund; das mussten die heruntergeschluckten Tränen sein, denn sie war sich ganz sicher, dass sie nicht weinte, kein bisschen. Warum auch? Im Dunkeln zu sitzen und Fäden zu unterscheiden war kein schönes Leben und gewiss nicht das, was sie sich wünschte. Außerdem zählte doch, dass etwas unternommen wurde, und nun wussten wenigstens alle Bescheid.

Trotzdem, wie ein unerwünschtes Paket daheim abgesetzt und eingesperrt zu werden war fast so demütigend wie die spöttischen Blicke der Ratsmitglieder. Res begann mit dem Putzen; im Allgemeinen langweilte es sie, aber es war besser, als nichts zu tun und darüber zu brüten, dass sie ihre Mutter enttäuscht hatte. Sie kämpfte noch mit dem Besen, als sich etwas zwischen ihre Beine schob und sie beinahe zum Stolpern brachte.

*Hast du schon gepackt?*, fragte die Katze.

Res erwiderte nichts und spürte auf einmal einen heftigen Stich am linken Bein. Ungläubig hielt sie inne und schaute auf die winzigen Blutstropfen, die der Schlag einer Pfote hinterlassen hatte. »Du hast mich gekratzt!«

*Du hörst ja sonst nicht zu*, entgegnete die Katze. *Pack endlich und vergiss nicht, etwas gedörrtes Fleisch für mich mitzunehmen.* Ihre kleine raue Zunge fuhr rasch über die Kratzer. *Du musst fort von hier, Res, und das so schnell wie möglich.*

»Wer auch immer zum Elfenbeinturm geschickt wird«, gab Res düster zurück, »ich werde bestimmt nicht dabei sein.«

Die Katze begann zu schnurren und ihren Kopf an Res' Fußknöchel zu reiben. *Natürlich nicht. Da will ich ja auch nicht hin. Auf dem Weg zur Kindlichen Kaiserin begegnet man gewiss dem Nichts, und ich will, dass du mich fort von der Gefahr bringst, nicht hin zu ihr.*

Mit einem Laut, der irgendwo zwischen einem Lachen und einem Seufzer lag, stellte Res den Besen in die Ecke und kniete sich auf den Boden, um die Katze zwischen den Ohren zu kraulen. »Wenn ich hier weggehen würde, dann bestimmt nicht, um dich in Sicherheit zu bringen, sondern um den Verlorenen Kaiser zu suchen«, sagte sie. »Damit er uns verrät, wie er damals das Nichts besiegt hat.«

*Welchen von ihnen?*, fragte die Katze.

Res zuckte zusammen. Diese Frage hatte sie nicht erwartet. Ihre Stirn legte sich in Falten, und das Schnurren der Katze hörte auf.

*Kraul mich weiter. Du liebst mich. Das weißt du doch.*

»Wie meinst du das, welchen von ihnen?«

*Kraule.*

»Nein«, sagte Res. »Und ich werde dir auch nichts zu essen und zu trinken geben, bis du meine Frage beantwortet hast. Aber wenn du sie beantwortest, dann kraule ich dich nicht nur, sondern bürste dich von der Schwanzspitze bis zum Schnurrbarthaar, solange du willst.«

Die Katze kringelte ihren Schwanz und stimmte ein kleines Lied an, das Res unbekannt war. *Sie kommen, sie gehen, sie retten und sehen, am Ende jedoch muss man sie vertreiben, wenn sie zu lang in Glanz und Ruhm bleiben,* summte sie. *Es hat viele Kaiser gegeben, und alle gingen sie schließlich verloren.*

»Woher weißt du das? Und warum hat mir Pallas nicht gesagt, dass es mehr als einen gab?«

*Wahrscheinlich, weil sie es nicht weiß. Ich bin eine Katze. Wir sehen die Welt anders als der Rest von euch, und wir vergessen nichts in unseren neun Leben. Und nun fang mit dem Bürsten an. Mein Fell glänzt schon seit Tagen nicht mehr so, wie es sollte.*

Res wollte fragen, ob alle Katzen so eitel waren, doch sie ließ es sein und holte stattdessen einen der alten, stumpf gewordenen Kämme, die ihre Mutter früher benutzt hatte, um die Fäden zu glätten. Während sie sachte durch das buttergelbe Fell fuhr, sagte sie: »Verrate mir doch deinen Namen, Katze.«

*Warum?*

»Nun, damit ich dich nicht ständig mit Katze anreden muss. Damit ich dich rufen kann.«

*Du kennst keine anderen Katzen, und ich höre dich sehr gut, wenn du rufst,* entgegnete die Katze. *Es ist eine höchst vulgäre Gewohnheit von euch Zweibeinern, ständig Namen durch die Gegend zu schreien. Mein Name gehört mir, und bevor ich bereit bin, ihn dir mitzuteilen, muss ich mir schon sicher sein, dass du dich etwas besser beherrschen kannst. Bis jetzt hast du nur bewiesen, dass du gut im Ausplaudern von Geheimnissen bist.*

»Dann erzähl mir noch mehr von den Verlorenen Kaisern«, sagte Res und versuchte sich die Kränkung nicht anmerken zu lassen und nicht an die Worte ihrer Mutter im Gildehaus zu denken. »Warum hat man sie vertreiben müssen, und wohin sind sie verschwunden? Besonders derjenige, der Phantásien schon einmal vor dem Nichts gerettet hat.«

*Bring mich weg von hier*, beharrte die Katze. *Bring mich weg von hier, und ich erzähle dir mehr. Sonst erfährst du nichts.*

Das waren die letzten Worte, die sie an diesem Tag sprach, sosehr sich Res auch bemühte. Schließlich gab sie es auf und machte mit der Hausarbeit weiter. Als ihre Mutter schließlich zurückkehrte, wurde es schon dunkel, und sie hatte alles erledigt. Ihre Mutter begann schweigend, das Abendessen zuzubereiten.

In das Klappern von Geschirr hinein sagte Res leise: »Es tut mir Leid.«

»Mir auch«, entgegnete Krin ausdruckslos.

»Aber ich wollte nicht nur angeben. Ich denke, es ist wirklich wichtig, dass so etwas schon einmal passiert ist.«

Ehe ihre Mutter etwas erwidern konnte, klopfte es. Der Riegel war noch nicht vorgeschoben, und Kunla stürzte herein, nachdem er sich auf diese Weise angemeldet hatte. Er war so aufgeregt, dass seine grünen Haare im dämmrigen Licht aussahen wie eisgefrorene Grashalme.

»Mein Vater wird eine Gesandtschaft zum Elfenbeinturm anführen«, rief er ohne weitere Einleitung, »und ich darf ihn begleiten!«

Wenn der Boden sich unter ihren Füßen geöffnet hätte, wäre es für Res einfacher gewesen zu verstehen, was sie empfand. Im Grunde hatte sie immer gewusst, dass Kunla eines

Tages die Reisen würde unternehmen können, zu denen sie aufbrechen wollte, und dass sie nicht gemeinsam gehen würden, trotz aller geschmiedeten Pläne und Bitten an seinen Vater. Aber es war ein unbestimmtes Wissen gewesen, von etwas, das noch in der Ferne lag, auch wenn es allmählich näher rückte, so wie der Tag, an dem sie ihre Haare abschneiden und für immer eine Weberin sein würde. Auf einmal zu hören, wie die Ahnung zur Gewissheit wurde, hätte sie in jedem Fall bestürzt. Doch diese Reise, diese vor allen anderen, würde mehr als nur ein Tross sein. Sie würde über die Zukunft von Siridom entscheiden.

Zu ihrer Überraschung spürte sie die Hände ihrer Mutter auf ihren Schultern, nicht streng und mahnend wie im Gildehaus, sondern zart und stützend. »Das ist wunderbar, Kunla«, sagte Krin, und Res begriff, dass ihre Mutter verstand, was ihr gerade durch den Kopf ging, und ihr helfen wollte, damit Kunla es nicht merkte. »Du wirst dazu beitragen, uns allen die Sicherheit zurückzugeben, die wir brauchen. Wir sind sehr stolz auf dich.«

In Res' Innerem gab es ein kleines Mädchen, das mit dem Fuß auf den Boden stampfte und schrie: »Aber was ist mit mir? Ich habe das mit dem Teppich herausgefunden, ich sollte gehen!« Res holte tief Luft und versuchte ihre Empörung mit der Bitterkeit des gesamten Tages herunterzuschlucken. Kunla war ihr Freund und hatte Besseres verdient.

»Das ist die beste Neuigkeit der ganzen letzten Woche«, sagte sie und versuchte ihre Mundwinkel zu einem Lächeln zu heben.

Kunla lachte übermütig, erfasste ihre Arme und wirbelte mit ihr im Raum herum. »Es ist die beste Neuigkeit des ganzen Jahres!«, japste er, als sie endlich zum Stehen kamen. »O Res, ich hätte nie gedacht, dass mein erster Tross zum Elfenbeinturm ziehen wird! Mach dir keine Sorgen«, fügte er etwas ruhiger hinzu, »ich werde dir alles erzählen, wenn ich wiederkomme. Und ich komme bestimmt wieder – ich bin vorsichtig!«

»Das wissen wir«, bemerkte Res' Mutter ruhig.

Kunla stieß Res leicht mit dem Ellenbogen. »Da fällt mir ein, mein Vater hat gesagt, dass du heute im Gildehaus warst. Das hätte ganz schön danebengehen können, Res.«

Res bemühte sich nach Leibeskräften, die Erwiderung, die ihr auf der Zunge lag, zurückzuhalten, als ihre Muter sie ein weiteres Mal überraschte.

»Res hat mir eine Nachricht überbracht, Kunla«, sagte Krin. »Eine wichtige Botschaft aus dem Arachnion.«

Das sonnige Lächeln wich aus Kunlas Gesicht und machte einem Ausdruck der Verwirrung Platz. Sein Vater musste ihm erzählt haben, was genau vorgefallen war, aber um eine Weberin der Lüge zu zeihen, war er viel zu höflich. Mit einem Mal wurde Res sich bewusst, dass Kunla, ihr Freund Kunla irgendwann zu den Ratsmitgliedern gehören würde, die sich heute über sie lustig gemacht und die Gelegenheit genutzt hatten, die Beschwerden der Weberinnen herunterzuspielen. Er hatte von ihrem Auftritt wie von einem ihrer alten Streiche gesprochen, so wie damals, als sie sich in die Vorratskammer des Gildehauses geschmuggelt hatten. Dabei war es um viel mehr gegangen. Ihr Gesicht fühlte sich immer kälter und steifer an. Eine Hürde türmte sich zwischen ihr und Kunla auf, so sperrig wie die Tür, mit der sie heute verhandelt hatte.

Noch etwas anderes wurde Res klar. Ihre Mutter war heute wütend auf sie gewesen, aber trotzdem hatte sie sowohl vor dem Rat als auch jetzt hinter ihr gestanden. Impulsiv hob sie ihre Hand und berührte die Finger ihrer Mutter, die auf ihrer Schulter lagen.

»Es freut mich, dass die Gilde ihr Versagen wieder gutmachen und auf den Rat der Weberinnen hören wird«, sagte Res, und ihre Stimme hörte sich dünn an, schwankte jedoch nicht.

Kunla öffnete den Mund, als wolle er protestieren, und schloss ihn wieder, entweder aus Einsicht oder einfach weil er nicht streiten wollte. »Ich ... ich gehe dann besser«, sagte er nach kurzem Schweigen. »Ich wollte dir das ja nur erzählen. Gute Nacht, Res. Gute Nacht, Weberin Krin.«

Sie wünschten ihm beide eine gute Nacht. Bei jedem Schritt, den sich Kunla von ihnen entfernte, kam es Res so vor, als würde ihr Herz mit einem Löffel ausgehöhlt. Als er die Tür wieder hinter sich geschlossen hatte, gab sie endlich der Versuchung nach, gegen die sie den ganzen Tag angekämpft hatte, und brach in Tränen aus. Ihre Mutter sagte nichts, doch sie zog Res etwas näher zu sich heran und legte ihre Arme um sie.

Später löste Res ihre langen Zöpfe, um sie vor dem Schlafen noch einmal zu bürsten, als Krin in ihr Zimmer kam.

»Lass mich das machen«, meinte ihre Mutter, und bald spürte Res, dass ihre geschickten Finger die Flechten viel schneller entwirrten, als sie selbst es fertig brachte.

»Damit wird es bald vorbei sein«, seufzte Krin, und Res wusste, dass sie sich auf das Gesellenstück bezog.

»Ich dachte, ich sei es nicht wert, eine Weberin zu werden.«

»Res«, sagte ihre Mutter und begann den Kamm durch ihr Haar zu ziehen, was Res daran erinnerte, wie sie selbst die Katze gebürstet hatte, »ich war heute wütend auf dich, und ich denke, dazu hatte ich Grund. Aber ich war auch sehr stolz. Ich weiß, wie sehr du dich an Kunlas Stelle wünschst.«

Eine Weile herrschte Stille zwischen ihnen, doch es war nicht mehr das lastende, anklagende Schweigen, sondern eine goldene Ruhe, die Res wärmte wie eine gute Winterdecke.

»Glaubst du, dass Kunlas Vater der Kindlichen Kaiserin von dem Teppich im Arachnion erzählen wird, wenn er sie um Rat und Hilfe bittet?«, fragte Res endlich.

»Wenn er es nicht tut«, erwiderte ihre Mutter sachlich, »dann ist es sein Schaden, denn es sollte mich nicht wundern, wenn die Goldäugige Gebieterin der Wünsche alles darüber weiß.«

»Aber«, tastete sich Res weiter vor, »wenn sie es nun vergessen hat? Der Teppich ist wirklich alt. Was er zeigt, muss schon sehr lange her sein. Außerdem habe ich gehört, dass es nicht nur einen Verlorenen Kaiser gegeben hat, sondern viele. Was ist, wenn sie sich an den falschen erinnert?«

»Mir war selbst der eine unbekannt«, erklärte Krin kopfschüttelnd, »doch Pallas hat mir bestätigt, dass es ihn gab. Aber die Kindliche Kaiserin vergisst nichts. Sie wird Rat wissen.«

Res drehte sich zu ihrer Mutter um. Eine Frage brannte mehr als alle anderen in ihr, und jetzt, in der friedfertigen Stimmung, die sich über sie beide gesenkt hatte, brach sie aus ihr heraus. »Traut ihr der Gilde eigentlich noch? Nach dem, was sie uns verschwiegen haben? Sollte da nicht eine Weberin mit ihnen reisen, um sicherzustellen, dass die Kindliche Kaiserin die richtige Botschaft erhält? Ich meine nicht mich selbst«, setzte sie hastig hinzu, damit ihre Mutter nicht glaubte, dass es ihr nur um eine weitere Methode ging, ihrer Zukunft zu entkommen. »Ich meine, einfach jemand, der nicht der Gilde angehört.«

Das Purpurhaar ihrer Mutter sah im Licht der Kerze so

dunkel und dicht wie geronnenes Blut aus. Sie musterte ihre Tochter prüfend. Res fiel ein, wie die Katze heute kommentiert hatte, dass sie nie ein Geheimnis für sich behalten könne, und sie dachte daran, wie sie von Pallas geradewegs zum Gildehaus gerannt war.

»Ich werde es niemandem erzählen«, sagte Res beschwörend. Sie sah Kunlas Gesicht vor sich, erlebte wieder, wie seine freudige Miene zu einem Ausdruck der Verwirrung gerann. Er wusste, was sein Vater und die übrigen Ratsmitglieder getan hatten, und doch hatte er nicht verstanden, warum Res und ihre Mutter nicht in Feierstimmung gewesen waren. »Kunla ... er ist ohnehin bald fort«, schloss sie bedrückt. Sie meinte mehr als nur seine Abreise, und es tat ihr sehr weh.

»Ob wir der Gilde nun trauen oder nicht«, entgegnete ihre Mutter, »sie haben Erfahrung mit Reisen, sie haben die Reittiere, die Trosswagen und die Waffen gegen Räuber, die man für ein solches Unternehmen nun einmal braucht. Keine von uns hat je die Ebene von Kenfra verlassen. Und es liegt im Interesse der Gilde, die Sicherheit der Wege so schnell wie möglich wiederherzustellen.«

Mehr äußern wollte sie nicht, das sah Res ihrer Mutter an, und so ließ sie es für den Augenblick dabei bewenden. Aber das Gesagte beschäftigte sie und verstärkte das nagende Gefühl in ihrem Magen. Sie drehte sich wieder um, und ihre Mutter sagte, während sie den Kamm erneut in Res' Haar sinken ließ:

»Pallas hat mir erzählt, dass du dich nicht schlecht anstellst. Sie möchte dich noch ein paar Tage bei sich behalten.«

»Das ist schön«, antwortete Res und entdeckte, dass es nicht gelogen war, obwohl sie Pallas' Leben immer noch nicht teilen wollte.

*Dumm,* sagte die Stimme der Katze in ihrem Kopf, und Res überlegte, wo das Tier sich versteckt hielt. Nach einer Weile sah sie aus den Augenwinkeln, dass zwei Pfoten unter dem Bett hervorlugten. *Ihr Zweibeiner seid einfach dumm, euch zu Gruppen zusammenzuschließen und darauf zu verlassen, dass andere euch schützen. Jede Katze weiß, dass man für sich allein jagen muss.*

Deswegen brauchst du auch mich, um von hier fortzukommen, gab Res in Gedanken bissig zurück. Deswegen hast du den Tross gebraucht, um überhaupt bis Siridom zu gelangen. Warum fragst du nicht Kunlas Vater, ob er dich mitnimmt? Aber er zieht ja nicht in deine Richtung.

Die Katze schwieg, doch Res war sich sicher, gehört worden zu sein. Als ihre Mutter mit dem Kämmen fertig war und sich mit einem Kuss für die Nacht verabschiedete, grübelte Res immer noch über alles nach. Bislang war es ihr, trotz ihrer eigenen Wünsche, immer als ehrenvoll erschienen, als Weberin von Siridom zu leben. Es war nicht unbedingt das Dasein, das sie für sich selbst erstrebte, aber sie hatte wie alle, die sie kannte, geglaubt, dass die Weberinnen ob ihres Könnens und ihres Erbes hoch geachtete Frauen waren, berühmt in ganz Phantásien und in Siridom die Einflussreichsten.

Nun fragte sie sich auf einmal, ob sie nicht wirklich der Katze ähnelten, die hübsch anzusehen war, aber andere brauchte, die sie fütterten, pflegten und über weite Strecken geleiteten. Wenn die Gilde sich je gegen die Weberinnen stellen sollte, waren sie dann nicht alle wie Gefangene in der Ebene von Kenfra?

Das ist lächerlich, sagte sie sich gleich darauf. Du bist nur immer noch enttäuscht, weil heute so viel schief gegangen ist. Die Gilde braucht die Weberinnen. Ohne Weberinnen gibt es nichts, was man außerhalb Siridoms verkaufen könnte.

Schau dir nur an, wie es heute lief – sie waren vielleicht hochfahrend zu dir, aber trotzdem haben sie am Ende in etwa getan, was Mutter und die anderen Weberinnen verlangt haben. Du bist müde, das ist alles. Morgen ist alles besser. Sogar die Sache mit Kunla.

Gerade als der Schlaf dabei war, sie endlich einzuholen, blitzte ein Gedanke in ihr auf, der sie wieder hellwach machte: Der Elfenbeinturm lag weit, sehr weit entfernt. Was, wenn das Nichts in der Ebene von Kenfra auftauchte, ehe die Gesandtschaft mit Rat und Hilfe der Kindlichen Kaiserin zurückgekehrt wäre?

# KAPITEL 4

Das Arachnion erinnerte Res an das Herz eines Bienenstocks, an die Wabe, in der die Königin sich aufhielt.

»Warum?«, fragte Pallas, als sie diesen Gedanken einmal laut aussprach.

»Weil um uns herum nichts als Aufregung herrscht. Wer in Siridom nicht damit beschäftigt ist, in aller Eile den Tross für den Elfenbeinturm zusammenzustellen, klatscht darüber, was die Gilde uns sonst noch verschwiegen haben könnte. Aber nicht hier. Hier herrscht nichts als Ruhe, und trotzdem spürt man, dass etwas in der Luft liegt, genau wie die Königin sicher die anderen Bienen und deren Gesumm spürt.«

»Darüber weiß ich nichts«, entgegnete Pallas. »Ich kann dir alle Teppiche hier nennen, auf denen Bienen dargestellt sind, aber gehört habe ich natürlich nie welche.«

Pallas war wirklich wie eine Bienenkönigin, unentbehrlich, geschätzt und eingesperrt. Doch selbst Bienenköniginnen durften einmal im Jahr fliegen.

Res verbot sich die Frage, ob es sich mit den übrigen Weberinnen denn anders verhielt, nur dass ihre Wabe größer war. »Lass uns nach draußen gehen, Pallas«, sagte sie abrupt und erfasste die weißen, starken Hände. »Du zeigst mir hier so viel, und ich weiß, dass du meiner Mutter meinetwegen gut zugeredet hast. Lass mich dir auch etwas zeigen. Wir können sicher eine Pause machen; das alles hier läuft ja nicht davon.«

Mit einem Schwung, dem die überraschte Pallas sich nicht rechtzeitig widersetzte, zog sie die Weberin hoch. Zum ersten Mal, seit Res sie kennen gelernt hatte, klang Pallas unsicher.

»Ich danke dir für die Absicht, Res, aber in der Sonne kann ich nicht leben.«

»Heute ist ein wolkiger Tag, und die Nebel haben sich immer noch nicht gehoben«, sagte Res beschwichtigend. »Es ist kaum heller als sonst am späten Abend. Und du kannst einen Mantel anziehen, der dich schützt.«

»Nein«, protestierte Pallas, und diesmal war es eindeutig Furcht, die ihre Stimme in die Höhe trieb. »Ich kann nicht.«

Res schwankte. Ein Teil von ihr dachte, dass es nur gut für Pallas wäre, wenn man sie zwänge, nach draußen zu gehen. Wenn sie lange genug darauf bestünde, würde sich Pallas schon beugen. Aber dann sagte sie sich, dass es Pallas' Entscheidung war; außerdem hatte sie ihr eine Freude machen, nicht ihr Angst einjagen wollen. »Schon gut«, sagte sie schließlich und setzte sich wieder.

Auch Pallas ließ sich erneut auf den vertrauten Teppichstapel sinken und kehrte zu der zarten, weißen Ruhe zurück, die sie sonst immer umhüllte. »Möchtest du lieber dort draußen sein, um bei den Vorbereitungen zu helfen?«

»Ich weiß nicht«, erwiderte Res und zog die Schultern hoch. Früher hätte sie uneingeschränkt und sofort mit »ja« geantwortet. »Ich möchte helfen, aber ...«

Die Kluft zwischen der Gilde und den Weberinnen, zwischen Kunla und ihr, die ihr plötzlich bewusst geworden war, ließ sich so schwer in Worte fassen wie die unbestimmte Furcht, dass die Gesandtschaft von ihrer Reise zum Elfenbeinturm nicht rechtzeitig zurückkehren könnte.

»Warum hast du mir nicht gesagt, dass es viele Verlorene Kaiser gab, nicht nur einen?«, fragte sie und wechselte das Thema.

»Viele?«, wiederholte Pallas verblüfft. »Wer hat dir denn das erzählt?«

»Eine Katze.«

»Ah. Nun, über Katzen weiß ich nichts. Man lässt sie hier nicht hinein, was du sicher verstehen wirst. Aber kann es nicht sein, dass sie dich angelogen hat?«

»Eigentlich hat sie keinen Grund dazu«, sagte Res. »Du weißt also nichts von anderen Kaisern?«

»Nein. Nur von dem einen.«

Sie erhob sich, diesmal aus eigenem Antrieb, und verschwand in das völlige Dunkel. Als sie zurückkehrte, trug sie eine Rolle. Res sprang auf, während Pallas unendlich vorsichtig einen sehr, sehr alten Teppich ausbreitete.

»Du darfst ihn berühren«, sagte sie leise.

Res sank in die Knie und spürte, wie ihre Fingerspitzen zitterten, als sie über dem Teppich schwebten. Dichte, ruhmgolddurchwirkte Blätter am oberen Rand, die kratzten; weiche, alte Seide, die entweder weiß oder silbern sein musste; und immer wieder das unverwechselbare Gefühl von Tränenblau. Um die meisten der übrigen Fäden benennen zu können, war sie noch nicht geübt genug. Nach einer Weile reimte sie sich zusammen, dass die Seide benutzt worden war, um die Kindliche Kaiserin und den Elfenbeinturm darzustellen. Am Ende, als der Teppich in lose, unverknüpfte Fäden überging, waren die weiße Seide und das Tränenblau so weit voneinander entfernt, wie es nur ging.

»Warum hat sie ihren Retter nicht bei sich behalten? Wenn Gut und Böse ihr gleich gilt, dann kann es doch keine Rolle gespielt haben, was er in seiner Heimat war?«

»Ihr mag es gleich gewesen sein«, antwortete Pallas, »doch woher willst du wissen, ob es ihm gleich war?«

Das verstand Res nicht, also konzentrierte sie sich auf etwas, das sie begriff. »Wenn man ihn suchte, müsste man also weit vom Elfenbeinturm entfernt beginnen.«

»Das müsste man, wenn er überhaupt noch am Leben ist, was ich nicht glaube. Meiner Meinung nach hat die Weberin den Teppich nie beendet, weil er vorher starb.«

»Dann hätte sie seinen Tod als letztes Bild einfügen können«, gab Res zurück und verlagerte ihr Gewicht auf die Fersen.

»Nun ja«, sagte Pallas. »Wenn er noch am Leben ist und die Kindliche Kaiserin glaubt, er könne Phantásien erneut retten, dann hat sie vielleicht bereits nach ihm gesandt. Und nun nenne mir die Art Wolle, die benutzt wurde, um die Seide für den Elfenbeinturm zu stützen.«

Auf dem Nachhauseweg beschloss Res, noch einmal bei Kunla vorbeizuschauen. Sie wollte nicht, dass er auf die Reise ging, von der sie beide immer geträumt hatten, und den bitteren Wortwechsel vom Abend zuvor als letzte Erinnerung an sie behielt. Außerdem konnte sie versuchen, ihm zu erklären, was sie bedrückte. Sie waren schließlich Freunde. Um Freundschaft lohnte es sich zu kämpfen.

Das Gehöft, in dem Kunlas Familie lebte, lag in der Nähe

des Gildehauses, und Kunlas Vater hatte es sich nicht nehmen lassen, es wie das Gildehaus in Würfelform zu bauen. Lediglich die Türpfosten aus Muschelstein an der Eingangspforte waren rund, wie es die Tradition von Siridom eigentlich verlangte. Ihre ursprüngliche Rosafärbung hatte sich durch all das Öl, das die Besucher im Laufe der Jahre aufgetragen hatten, fast violett verdunkelt. Alter Gewohnheit entsprechend streckte Res beide Arme aus und strich mit den Händen hastig links und rechts über die glatte Oberfläche, um die Pfosten zu begrüßen, ehe sie durch die Pforte trat.

Die Pfosten erkannten ihre Berührung. »Geh wieder nach Hause, Res«, brummte der linke.

»Es ist niemand da«, setzte der rechte hinzu.

»Wie meint ihr das?«, fragte Res verblüfft. »Die bereiten sich hier auf eine große Reise vor, da gehen sie bestimmt nicht mehr aus. Oder sind sie alle im Gildehaus? Aber Kunlas Mutter doch bestimmt nicht.«

»Sie sind vor einer Stunde abgereist«, erwiderten die Türpfosten im Chor, »alle.«

Das war so unglaublich, dass Res sich in den Staub setzte. »Heute schon?«

Natürlich war es eine eilige Angelegenheit, aber sie hätte nicht gedacht, dass Kunlas Vater so schnell einen ganzen Tross zusammenstellen konnte. Vor einer Stunde. Sie war zu spät gekommen. Kein versöhnlicher Abschied von Kunla.

Dann drang etwas in ihr Bewusstsein, das sie zuerst überhört hatte. »Alle?«, wiederholte sie langsam. »Auch Schiri und Aife?«

»Alle«, wiederholte der rechte Pfosten.

Das ergab keinen Sinn. Kunlas Mutter Aife hatte nichts

für Reisen übrig. Sie war noch nicht einmal mitgekommen, als Kunlas Vater mit seinen Kindern und Res einen Ausflug in die Ebene von Kenfra gemacht hatte. Und die Reise zum Elfenbeinturm war keine Vergnügungsfahrt; im Gegenteil, es war eine bitterernste Mission, und man sollte annehmen, dass Kunlas Vater mit so wenig Gefährten wie möglich reisen wollte, um schneller voranzukommen. Dass er seinen Sohn, der ohnehin bald zum Gildenmitglied ausgebildet werden sollte, mitnahm, war verständlich, aber seine Tochter und seine Ehefrau?

»Das verstehe ich nicht«, sagte Res hilflos. Doch allmählich kam ihr ein ungeheuerlicher Verdacht. »Haben sie irgendjemanden eingeladen, um das Haus zu hüten?«, fragte sie und spürte, wie ihr Herz schneller schlug, während sie sich befahl, nicht verrückt zu spielen. Das, was sie vermutete, konnte unmöglich stimmen.

»Nein«, gab der linke Pfosten mürrisch zurück. »Ich sehe es kommen, schon bald wird Moos an uns wachsen, oder wir ersticken in Vogelmist, wenn wir nicht regelmäßig gepflegt werden. Seit drei Generationen hüten wir das Heim der Familie. Das haben wir wirklich nicht verdient!«

Sein schönes, kostbares Haus ungeschützt zurückzulassen, nicht nur seinen Sohn, sondern seine gesamte Familie auf eine solche Reise mitzunehmen, das ergab nur unter einer Voraussetzung einen Sinn: wenn Kunlas Vater nicht mehr erwartete, hierher zurückzukehren.

*Natürlich erwartet er das nicht,* raunte die Stimme der Katze in ihrem Kopf, und der gelbe Kopf stupste ihre Hand an, die reglos im Staub lag. *Der Mann kann rechnen, und er weiß wesentlich mehr über das Nichts als der Rest von euch. Er glaubt, dass es hier ist, noch ehe er den Elfenbeinturm erreicht.*

»Woher weißt du das?«, stieß Res hervor.

*Nun, ich habe natürlich versucht, ihn zu überzeugen, eine andere Richtung einzuschlagen und mich mitzunehmen,* entgegnete die Katze, ohne auch nur mit einem Schnurrbarthaar zu zucken. *Da du dir hier so lange Zeit lässt. Aber er will sich nicht ganz und gar pflichtvergessen vorkommen und denkt, dein Freund Kunla würde ihm nie verzeihen, wenn er nicht zumindest den Versuch macht, euch zu retten. Katzen sind da klüger. Unsere Jungen erwarten von uns nur, dass wir sie verteidigen, nicht die aus fremden Würfen.*

»Du meinst, er hat uns alle abgeschrieben? Uns alle als Verlust abgeschrieben.« Seltsamerweise war ihr nicht nach Weinen zumute, nicht wie gestern, als ihre Mutter ihr Vorwürfe gemacht hatte. Sie musste nicht die kleinste Träne unterdrücken. Dazu tat es zu weh. Kunlas Familie und Kunla waren verschwunden, hatten nicht vor, nach Siridom zurückzukehren, und überließen alle ihrem Schicksal. Vielleicht hatte der Gildeherr, mit dem Wissen, das er ihnen allen vorenthielt, diese Flucht schon lange vorbereitet, und der letzte Tross verschaffte ihm nur den Vorwand, den er brauchte, um sich aus dem Staub zu machen. Das Ausmaß des Verrats schnürte ihr die Kehle zu.

Die Katze setzte sich auf ihren Schoß, und Res stellte fest, dass sie auf das Tier nicht böse war, obwohl es nach eigenem Bekunden genau das Gleiche beabsichtigt hatte. Die Katze hatte nie vorgegeben, etwas anderes als selbstsüchtig zu sein.

Res nahm sie in die Arme und erhob sich. Ihre Beine kamen ihr schwer vor, wie Steinklumpen, doch sie zwang sich, Schritt für Schritt auf Kunlas Haus zuzugehen. Die Rufe der Türpfosten hinter ihr ignorierte sie.

Das Innere des Hauses sah aus, als wäre es durchwühlt

worden wie ein Kasten voller Nadelhüte und Bindfäden. Niemals hätte es Frau Aife freiwillig so zurückgelassen. An einer Wand zeichnete sich ein riesiger heller Fleck ab, und Res erinnerte sich, dass dort ein schöner Teppich gehangen hatte, ein Neujahrsgeschenk ihrer Mutter. Offenbar hatte er nicht zurückbleiben sollen. Statt sie zu besänftigen, machte dieser Anblick sie zornig.

Mit rascheren Schritten eilte sie in Kunlas Zimmer, das ordentlicher wirkte als der Rest des Hauses, weil hier kaum etwas fehlte. Kunla konnte nicht viel mitgenommen haben. Sie kniete nieder, ließ die Katze los und nahm den Holzblock aus der Wand, hinter dem er immer seine kostbarsten Schätze aus ihren gemeinsamen Expeditionen versteckt hatte. Ihre Fingerspitzen ertasteten etwas Längliches, das von einem Pergament umhüllt war. Sie zog es heraus und starrte auf den Dolch aus Fenelin-Silber, den Kunla von seinem Vater zu seinem letzten Geburtstag erhalten hatte, als Zeichen, dass er nun bald die Welt der Kinder verlassen würde. Dann entdeckte sie, dass jemand das Pergament, eine alte Warenliste der Gilde, mit hastiger Schmierschrift überschrieben hatte.

»Liebe Res«, stand dort in leuchtend grünen Buchstaben, grün wie Kunlas Haar, »ich schwöre dir, dass ich es nicht wusste. Gerade erst habe ich es erfahren. Aber ich werde dafür sorgen, dass Vater sein Versprechen hält und Hilfe holt. Deswegen muss ich ihn begleiten; wenn er nicht zum Elfenbeinturm zieht, tue ich es selbst. Der Dolch ist für Dich. Bis wir uns wiedersehen, Kunla.«

In ihr hob sich etwas, und sie kam sich nicht mehr ganz so vor, als habe sie jemand in den Magen getreten. Trotzdem wünschte sie sich immer noch, Kunlas Vater würde in den Nebeln der Ebene ersticken.

Die Katze beäugte den Dolch kritisch. *Gut zum Fleischzerlegen,* schnurrte sie, *aber um sich zu verteidigen, sind Krallen besser. Krallen kann man nie verlieren. So ein Ding dagegen schon.*

Res ließ den Dolch von einer Hand in die andere gleiten. Das Silber glänzte in dem schwachen, staubigen Licht, das die abendliche Sonne in Kunlas Zimmer warf. Es fühlte sich kühl und fest an. Die Klinge war so blank poliert, dass man sie als Spiegel benutzen konnte.

»Ich werde ihn nicht verlieren«, sagte sie laut. »Und ... ich werde auch nicht darauf warten, dass Kunla zurückkommt. Oder dass die Kindliche Kaiserin uns hilft. Wenn sie es tut, dann ist es gut, aber wir müssen auch versuchen, uns selbst zu helfen. Selbst einen Weg zu finden.«

Die Katze spitzte die Ohren. *Das war die ganze Zeit meine Rede. Führt dieser Weg weit vom Elfenbeinturm fort?*

Res nickte. »Ich«, fuhr sie fort und begann erst es zu glauben, als sie es laut aussprach, »ich werde versuchen, den Verlorenen Kaiser zu finden.«

Diesmal wollte sie überlegter vorgehen. Nicht wie im Gildehaus. Aber sie wusste genau, dass es viel Zeit brauchen würde, ihre Mutter zu überzeugen, und die Zeit lief ihnen davon. Also beschloss Res, zum Arachnion zurückzukehren. Auf Pallas hörten die Weberinnen gewiss viel eher als auf jemanden wie sie, die noch nicht einmal ihr Gesellenstück abgeliefert hatte, und Pallas hatte sich schon einmal für sie eingesetzt.

Das Arachnion in der Dämmerstunde zu betreten war nicht leicht. Der gedrechselte Türpfosten beharrte darauf, um diese

Zeit bedürfe Pallas der Ruhe und sonst befinde sich niemand mehr hier. Schließlich verlor Res die Geduld und zog Kunlas Dolch.

»Wenn du mich nicht mit Pallas sprechen lässt«, zischte sie, »dann richte ich dich so zu, dass du ersetzt werden musst!«

Der Türpfosten weinte harzige Tränen, doch er schniefte: »Ich bin bereit, mich im Dienst meiner Pflicht zu opfern, du grässliches Ding!«

*Lass mich nur machen,* murmelte die Katze. *Ich brauche ohnehin einen Kratzbaum.*

Res atmete einmal tief durch. »Hör zu«, sagte sie beschwörend. »Wenn du mich nicht hereinlässt, dann schreie ich hier draußen so lange, bis Pallas herauskommt. Und Pallas mag es nicht, ins Freie zu gehen. Sie hat Angst davor. Du würdest ihr wehtun. Das alles kannst du vermeiden, wenn du mich einfach mit ihr reden lässt. Es ist wirklich sehr wichtig.«

»Das ist es immer«, gab der Türpfosten zurück. »Aber gut denn. Doch die Katze«, bei dem letzten Wort kletterte seine Stimme ein paar Stufen in die Höhe, »bleibt draußen!«

Pallas war nicht in dem Raum, in dem sie während der letzten Tage miteinander gearbeitet hatten. Als Res ihren Namen rief, hörte sie die Stimme der Frau aus einem Nebenzimmer antworten. Sie ertastete sich ihren Weg dorthin und hatte das Gefühl, von einem Kokon umschlossen zu sein. Die Wände fühlten sich wie feste Seide an, es war warm, und sie sah überhaupt nichts, noch nicht einmal ihre eigenen Hände.

»Was gibt es?«, fragte Pallas aus unmittelbarer Nähe, doch Res war zu aufgeregt, um zusammenzuschrecken. Der Verrat des Gildeherrn und ihr Plan sprudelten aus ihr hervor, und mit jedem Wort war sie sich gewisser, dass ihr Vorhaben nötig war und die beste Möglichkeit für Siridom.

»Den anderen Gildenmitgliedern können wir nicht mehr trauen«, schloss sie, »und von den Weberinnen will bestimmt keine in die Ferne ziehen.«

»Wenn sie es müssten, würden sie gehen«, stellte Pallas fest. »Doch sag mir, wie willst du ohne Hilfe der Gilde reisen? Zu Fuß? Das dauert dann bestimmt zu lang.«

Das war ein so vernünftiger Einwand, dass Res stockte. Dafür müsste sich eine Lösung finden lassen. Vergeblich versuchte sie Pallas in der Dunkelheit auszumachen, als die Weberin fortfuhr:

»Wenn du mich fragst ... dann würde ich die Laufvögel und einen Wagen des verlassenen Trosses nehmen, von dem du mir erzählt hast. Niemand kann Anspruch auf sie erheben, und so fügst du auch niemandem einen Schaden zu.«

»Niemand *will* Anspruch auf sie erheben«, verbesserte Res und fröstelte bei dem Gedanken an die farb- und geruchlosen Vögel. »Sie sind unheimlich.« Dann schluckte sie. »Aber das ist eine gute Idee. Heißt das ... heißt das, du hilfst mir?«

»Wenn das Nichts kommt, werde ich es noch nicht einmal sehen und davonlaufen können«, erwiderte Pallas. »Ich werde einfach verschluckt werden. Nur darauf zu warten ... nein, ich helfe dir.«

Res drehte sich mit ausgestreckten Armen einmal um sich selbst, bis sie Pallas spürte, und umarmte sie ungeschickt. Pallas roch nach Zimt und dem Bienenwachs, mit dem die Weberinnen ihre Schiffchen pflegten, und ihre Haut war warm.

Mit Pallas als Verbündeter sah die Zukunft nicht mehr ganz so wie ein tollkühner Sprung ins Ungewisse aus. Durch ihr Talent, Kleinigkeiten zu erkennen und zu einem großen Bild zusammenzusetzen, kam Pallas bald darauf, dass die Weberin, die den Teppich über die Geschichte des Verlorenen Kaisers begonnen hatte, von irgendwoher den Auftrag erhalten haben musste, und ging mit Res in das Archiv der Bestellungen. Dort mussten sie einige schläfrige Glühwürmchen, die sich bereits zur Ruhe gebettet hatten, überzeugen zu leuchten, während Res auf Pallas' Anweisung die alten Dokumente durchging. Im Gegensatz zu den von Pallas betreuten Teppichen waren die Dokumente sehr staubig, als seien sie schon Ewigkeiten lang nicht mehr eingesehen worden, und Res hustete beim Umblättern immer wieder. Aber sie wurde fündig.

»Die Fürstin von Kading!«, rief sie triumphierend. »Sie war es, die den Teppich ursprünglich haben wollte.«

»Dann ist Kading dein erstes Ziel«, erklärte Pallas. »Dort werden sie wissen, was aus dem Verlorenen Kaiser geworden ist. Und nun sollten wir zu deiner Mutter gehen. Sie macht sich gewiss schon Sorgen um dich.«

»Wir? Du meinst ...«

»Ich werde dich begleiten«, erwiderte Pallas, und die Unsicherheit in ihrer Stimme fiel nur im Vergleich zu ihrer sonstigen Gelassenheit auf.

Von Kopf bis Fuß in weiße Gewänder gehüllt, wirkte Pallas wie ein Geist, als sie durch die nächtlichen Straßen von Siridom zog, und die Leute, die abends noch unterwegs waren, starrten sie mit weit aufgerissenen Augen an. Ihre Hand lag in der von Res und zitterte, aber ihre Schritte blieben fest, als gleite sie über die Teppiche des Arachnions. Res sprach die ganze Zeit mit ihr, beschrieb ihr, wo sie sich gerade befanden und wohin sie gingen. Die Katze war nach einem Blick auf Pallas mit gesträubtem Fell verschwunden, doch Res ahnte, dass sie sich irgendwo in der Nähe befinden musste.

Krin fiel die Schüssel, die sie gerade hielt, aus den Händen, als Res mit Pallas das Haus betrat. Ihr Gesicht war eine solche Mischung aus Entsetzen und Ehrfurcht, dass Res begann zu begreifen, wie ungeheuerlich es war, Pallas außerhalb des Arachnions zu sehen. Ein Stuhl musste für Pallas gefunden, ein Getränk angeboten werden, und in der Flut von Entschuldigungen und Erklärungen dauerte es einige Zeit, bis Res und Pallas dazu kamen, Krin von ihrem eigentlichen Anliegen zu berichten. Res begann mit der Entdeckung, die sie im Haus von Kunlas Vater gemacht hatte, und Pallas schloss mit dem Plan, den sie beide zur Rettung von Siridom gesponnen hatten.

Danach schwieg Krin. Res erwartete, dass ihre Mutter ihr voreilige Schlussfolgerungen vorhalten oder davon sprechen würde, wie unausgegoren und hoffnungslos ein solches Vorhaben sei. Oder, und das fürchtete sie am meisten, Krin würde die ganze Angelegenheit zu einem weiteren kindischen Versuch erklären, Aufmerksamkeit zu erregen. Was ihre Mutter dann jedoch sagte, war etwas ganz anderes.

»Warum meine Tochter? Warum Res? Sie ist doch ...« – *ein Kind,* stand in Krins Augen zu lesen, doch sie schluckte und fuhr stattdessen fort – »noch so jung!«

»Krin«, entgegnete Pallas weich, »du hast Teppich nach Teppich gewebt, in dem jemand aufbricht, um sich seinem Schicksal zu stellen. Du kennst die Zeichen. Jeder von ihnen hatte eine Mutter, die fragte: Warum mein Kind? Das ist eine der Ungelösten Fragen, und wir werden nie eine Antwort darauf finden.«

»Ich komme wieder«, rief Res impulsiv. »Ganz bestimmt!«

Später, während sie packte, fiel ihr etwas ein. Sie zögerte, dann nahm sie eine Schere und begann sich die Haare abzuschneiden. Es dauerte lange, und sie hob sehr sorgfältig jede einzelne Strähne auf und wickelte sie um eine Spindel. Ihre Mutter würde wissen, was es bedeutete: das Versprechen zurückzukehren und ihr Gesellenstück zu schaffen.

Ihr Kopf fühlte sich ungewohnt leicht und ihr Hals nackt an, als sie fertig war. Sie fror.

*Rührend,* sagte die Katze. *Aber du kommst nicht zurück.* Sie saß auf dem Weidenkorb, in den Res ein paar Kleider und Kunlas Dolch gesteckt hatte, und musterte sie mit halbgeschlossenen Augen. Ihre Vorderpfoten waren übereinander gelegt, und ihr Schwanz zuckte träge hin und her.

»Natürlich komme ich zurück. Ich bin nicht wie Kunlas Vater.«

*Zweibeiner,* gab die Katze verächtlich zurück. *Glaubst du im Ernst, du könntest etwas Verlorenes suchen, ohne selbst verloren zu gehen? Aber solange du mich dabei in die richtige Richtung bringst, soll es mir recht sein.*

Res warf mit einer leeren Spindel nach der Katze. »Wer behauptet denn, dass ich dich überhaupt mitnehme?«

Die Katze öffnete ihr Maul und gähnte. Res sah ihre rosa Zunge zwischen den nadelspitzen Zähnen.

*Ich behaupte das. Weil ich dir erzählen kann, wie du nach Kading kommst.*

»Es gibt Teppiche im Arachnion, die Kading zeigen und das Land um Kading herum«, gab Res zurück. »Ich habe sie mir bereits abgezeichnet.«

*Zu wissen, wo es liegt und wie man es betritt, sind zweierlei Dinge. Kading ist immer am gleichen Ort, aber nie in der gleichen Zeit. Mehr erfährst du nur,* schloss die Katze, *wenn du mich mitnimmst. Und nun kraule mich.*

# KAPITEL 5

Es gab nur zwei Möglichkeiten, die Ebene von Kenfra zu verlassen. Der Weg, der nach Siridom führte und an dessen Meilenstein Res und Kunla immer gewartet hatten, war die beliebtere von beiden. Er führte zu einem Pass durch die Glasberge, die einen schützenden Kreis um die Ebene bildeten. Der Pass war breit und für die meisten Trosse sehr gut geeignet.

Der einzige andere Weg durch die Glasberge war nicht nur schmal und holprig, sondern endete auch in einer Wüste jenseits der Berge. Niemand außer den Leonesen, die in der Wüste lebten, zog es auch nur in Erwägung, ihn zu benutzen. Hin und wieder stellte jemand in der Gilde den Antrag, einen dritten Weg durch die Glasberge zu bahnen, um so noch mehr Handel zu ermöglichen. Derartige Anträge wurden regelmäßig abgelehnt. Das Glas der Berge war eine der härtesten Substanzen von Phantásien. Steinbeißer, die ihrem Nachwuchs eine Lektion erteilen wollten, schickten die übermütigen jungen Leute in die Glasberge, um »sich die Zähne auszukauen«. Das war durchaus wörtlich zu verstehen. Den Glasbergen hatte es noch nie geschadet.

Einige Bewohner von Siridom spekulierten, dass man dem Glas der Berge vielleicht mit mächtiger schwarzer Magie beikommen könnte. Der richtige Zauber würde seine Wirkung schon tun, meinten sie. Aber die Waldhexen, die zu den Weideleuten gehörten und gelegentlich deren Trosse begleiteten, erklärten, das Glas der Berge stehe über ihrer Kunst. Eine von ihnen hatte vorgeschlagen, Xayíde zu Rate zu ziehen, doch davor schreckte selbst der gierigste Handelsherr zurück. Auch im abgelegenen Siridom wusste man, dass Phantásier, die Xayíde um Hilfe baten, gewöhnlich als deren Sklaven endeten, und das waren ein Tunnel oder ein weiterer Pass durch die Glasberge nicht wert.

Aus diesen Gründen musste Res gleich am ersten Reisetag eine Prüfung bestehen. Den breiten Weg zu nehmen, der irgendwo, irgendwann am Nichts vorbeiführen musste, kam nicht in Frage. Außerdem lag Kading ohnehin in der anderen Richtung. Also saß sie auf dem Wagenbock, hielt die Zügel der Laufvögel in der Hand und wurde von der selten befahrenen zweiten Straße mit ihren großen und kleinen Steinen, Muschelresten und Glassplittern durchgeschüttelt. Ihre Zähne klapperten, was mit Angst nichts zu tun hatte, sondern einzig und allein am Boden lag, und ihr war speiübel. Dass die Katze protestierend miaute, war auch nicht hilfreich. Die Einzigen, die sich nicht beschwerten, waren die Laufvögel, und zum ersten Mal verursachte ihr der leblose Gleichmut der Tiere kein Unbehagen.

Res hoffte nur, dass ihre Mutter mit den Leonesen Unrecht behielt. »Sie beziehen ihre fliegenden Teppiche von uns«, hatte Krin erläutert. »Das behaupten sie jedenfalls; sie sagen, dass ihre Magier die Teppiche, die wir für sie weben, zum Fliegen bringen können. Aber noch kein Leonese ist auf einem Teppich nach Siridom gekommen, und daher vermute ich, sie erzählen dergleichen nur, um unsere Teppiche mit Gewinn weiterverkaufen zu können. Aber ich werde dir für alle Fälle zwei Teppiche mitgeben, einen zum Tauschen und einen zum Fliegen, wenn es den Leonesen denn möglich ist.«

Die Aussicht zu fliegen kam ihr mit jeder ruckelnden Drehung der Wagenräder verlockender vor. Res fragte sich, ob die Laufvögel sich wünschten, ebenfalls fliegen zu können. Sie hatte noch nie erlebt, dass einer von ihnen sich in die Lüfte erhob; ihre Flügel, die sich schwarz und stummelig an die Körper pressten, waren dafür auch viel zu kurz.

Die morgendlichen Nebel sorgten dafür, dass sie noch nicht einmal Schlaglöcher rechtzeitig erkennen, die Zügel anziehen und ausweichen konnte. Als Res einfiel, dass sie Siridom für längere Zeit nicht mehr sehen würde, brachte sie die Laufvögel zum Stehen, schaute über die Schulter und versuchte an der Wagenplane vorbei noch einen letzten Blick auf ihre Heimatstadt zu erhaschen, aber der Dunst hatte Siridom bereits verschluckt. Jahrelang hatte sie sich gewünscht, Siridom zu verlassen, es einfach hinter sich zu lassen und ins Unbekannte aufzubrechen. Abenteuer zu erleben, statt hinter dem Webstuhl zu sitzen. Aber jetzt, da sich ihr Traum endlich verwirklichte, war ihre Aufregung von der Furcht gefärbt, ihre selbst gestellte Aufgabe nicht rechtzeitig zu erfüllen, von der Furcht und dem galligen Nachgeschmack des Verrats und der Enttäuschung.

Eine leichte Brise erhob sich aus Richtung der Berge, und die Klänge, die sie mit sich trug, lenkten Res von ihrer eigenartigen Stimmung ab. Sie waren hoch und fein; ein wenig wie das Pfeifen auf einem Kamm. Nach einer Weile begriff sie, dass es an den Geräuschen liegen musste, die der Wind machte, wenn er durch die Glasberge blies. Sie schnalzte mit der Zunge, und die Laufvögel setzten sich wieder in Bewegung.

Je näher Res den Bergen kam, desto lauter wurden die Klänge. Eigentlich hatte sie vorgehabt, die Nacht noch in der Ebene zu verbringen, denn sie bezweifelte, dass sie den Wagen auf einem engen und schlechten Pfad im Dunkeln lenken konnte, und sie würde die Berge nicht vor der Dämmerung erreichen. Aber sie konnte sich nicht vorstellen, bei diesem lauten Sirren auch nur eine Minute zu schlafen. Ein Gildenmitglied hätte vermutlich gewusst, dass man etwas mitnehmen musste, um die Ohren zu schützen, doch die Weberinnen ahnten natürlich nichts davon, und so hatte sie niemand warnen können.

Als sie anhielt, um sich die Füße zu vertreten und etwas zu essen, kam ihr eine Idee. Ihr Kopf schmerzte bereits von den durchdringenden Tönen, und sie holte eines der Wollknäuel, die ihre Mutter und Pallas ihr mitgegeben hatten, aus dem Weidenkorb. Sie entrollte ein Stück, biss den Faden durch und formte eine kleine Kugel, die sie mit dem Brotbissen vermischte, an dem sie gerade kaute, bis sie ein feuchtes und klebriges Klümpchen hatte, das sie sich ins Ohr stopfen konnte.

*Und was ist mit mir?*, fragte die Katze. *Mein Gehör ist sehr viel feiner als deines, und bei mir würde so etwas nie halten. Du musst noch in der Nacht durch die Berge. Morgen kannst du schlafen, solange du willst.*

»Wenn ich vom Weg abkomme und abstürze, hast du auch nichts davon«, entgegnete Res und biss das zweite Stück Wolle ab.

*Oh, ich würde rechtzeitig abspringen. Aber wenn du nicht auf mich hörst und mich hier ertauben lässt, dann wirst du morgen erblinden. Und erstickst oder der Wagen fängt Feuer.*

Res hielt mit dem Kauen inne. »Wie meinst du das?«

*Kannst du dir vorstellen, was für eine Helligkeit und Hitze die Glasberge abgeben, wenn die Sonne scheint?*, fragte die Katze zurück. *Man kann sie nur im Dunkeln durchqueren. Mach dir keine Sorgen wegen eines Unfalls. Im Gegensatz zu euch Zweibeinern kann ich in der Nacht hervorragend sehen. Ich werde dir sagen, wie du zu lenken hast.*

Das erklärte, warum die Glasberge immer in Flammenorange dargestellt wurden, dachte Res und schalt sich töricht, weil sie nicht von selbst darauf gekommen war. Immerhin, nachdem sie sich die zweite Kugel ins Ohr gestopft hatte, hörte sie nur noch ein feines Summen, und ihr Kopfweh ließ nach. Es wäre doch gelacht, wenn sie bereits am Anfang ihrer Reise aufgeben würde, nicht wegen eines Ungeheuers oder eines gewaltigen Zauberspruchs, sondern nur wegen des gellenden Windes, wegen Übelkeit und dem Bedürfnis, sich auszuruhen. Sie ließ die Laufvögel noch etwas im dünnen, braungrünen Gras der Ebene nach Würmern und Käfern schnappen und beobachtete die Katze dabei, wie sie eine Maus jagte. Im Gegensatz zu den Vögeln, die einfach nur das herauspickten, was sie brauchten, ließ die Katze ihre Beute ein paarmal weglaufen, fing sie wieder ein, warf sie in die Luft und machte sie glauben, sie könne entkommen, ehe sie dem kleinen Ding das Genick brach und anfing zu fressen.

»Das war gemein«, sagte Res, nachdem die Katze der Maus zum zweiten Mal eine Gelegenheit zur Flucht vorgegaukelt hatte. »Warum frisst du sie nicht einfach?«

*Ich bin eine Katze. Einfachheit liegt nicht in meiner Natur.*

Gegen Abend türmten sich die Glasberge so hoch vor ihr auf, dass Res den Himmel nicht mehr erkennen konnte. Sie fingen das Licht der untergehenden Sonne ein und erstrahlten in einem spiegelglatten roten Feuer. Res musste die Augen zusammenkneifen und spürte, wie ihr Tränen das

Gesicht herunterrannen. Das sirrende Klingen in ihren Ohren blieb erträglich dank der Stöpsel, die sie sich angefertigt hatte, aber sie hatte Mitleid mit der Katze, die zitternd auf ihrem Schoß saß und den Kopf in ihren Rockfalten vergraben hatte. Lediglich den Laufvögeln in ihrem grauen Einerlei war nichts anzumerken. Einen Herzschlag lang beneidete Res sie, dann sagte sie sich, dass die Vögel überhaupt nichts mehr zu berühren schien, nichts Schmerzendes und nichts Schönes. Das war kein Zustand, den sie sich wünschte. Der Anblick der Glasberge in ihrem furchtbaren Glanz mochte wehtun, aber sie würde ihn nie vergessen.

Res legte ihre Hände auf die Ohren der Katze, um sie vor dem Pfeifen des Windes zu beschirmen, während sich die Dunkelheit langsam über die Ebene senkte. Es war die erste Nacht, die sie jenseits von Siridom verbrachte. In ihren Träumen hatte sie sich immer vorgestellt, Teil eines Trosses zu sein, an einem Lagerfeuer zu sitzen und Lieder zu singen.

Sie räusperte sich und begann mit unsicherer Stimme: »Was gibt man Königen zum Lohn? Nun, Teppiche aus Siridom ...«

*Nein!*, protestierte die Katze. *Der Wind ist schon schlimm genug.*

»Soll ich meine Hände wegziehen, du undankbares Tier?«, fragte Res gekränkt. Die Katze schwieg.

Die riesigen Zacken aus Glas vor ihr schluckten allmählich die Dunkelheit in sich hinein. Wenn sie hinter sich blickte, konnte sie die Sterne am Himmel erkennen, aber vor ihr gab es nur glatte Schwärze. Zögernd nahm sie mit einer Hand die Zügel wieder auf.

*Geradeaus, dann etwas nach rechts*, sagte die Katze.

Res spürte, wie sich der Boden unter ihr veränderte, als die Laufvögel wieder zu traben begannen. Statt über holprige

Steine und durch Schlaglöcher fuhr der Wagen nun über etwas sehr Glattes und ab und zu über weiche, sandige Stellen.

*Oh, das ist kein Sand,* kommentierte die Katze. *Das ist Asche, von ein paar Narren, die unbedingt tagsüber versuchen mussten, die Glasberge zu durchqueren.*

Die Stimme der Katze in ihren Gedanken war das Einzige, was sie außer dem ständigen feinen Sirren deutlich wahrnahm; die Geräusche der Laufvögel oder das Drehen der Wagenräder wurden von ihren verstopften Ohren und der Nacht vor ihr verborgen. Der Wind, der ihr ins Gesicht blies, war inzwischen schneidend und kalt, und sie fror, aber sie wagte nicht anzuhalten, um sich eine Decke aus dem Weidenkorb zu holen.

Einmal überrollte der Wagen etwas Größeres, Festes, und sie musste sich anklammern, um nicht vom Wagenbock geschleudert zu werden.

Zum ersten Mal klang die Katze verlegen. *Tut mir Leid, ich hätte dich rechtzeitig warnen sollen. Das war die Hand eines toten Steinbeißers. Die zerfallen nicht zu Asche.*

Inzwischen war Res so erschöpft und müde, dass sie hätte umfallen können. Die Katze dagegen, die einen Teil des Tages dösend verbracht hatte, war hellwach, und das war ihrer beider Glück. Nachdem sie eine Weile immer nur geradeaus gefahren waren, sackte Res in sich zusammen und schloss die Augen. Nur einen Moment, sagte sie sich, nur ein wenig. Aber dann spürte sie einen Biss in ihrer Hand und stellte fest, dass sie eingeschlafen sein musste.

*Nicht, bevor wir die Berge durchquert haben,* rief die Katze scharf. *Sonst sterben wir hier!*

Res begann wieder zu singen, um sich wachzuhalten, und diesmal protestierte die Katze nicht. Sie maunzte nur hin und wieder. Erst als ihre Stimme heiser war, hörte Res auf, aber dann entdeckte sie, dass die Laufvögel langsamer und langsamer wurden.

*O nein, sagte die Katze. Das hatte ich befürchtet.*

»Was? Soll ich sie rasten lassen?«

*Das würde nichts nützen. Sie sind dem Nichts zu nahe gekommen, verstehst du. Sie haben es nicht berührt, sonst hätte es sie inzwischen verschluckt, aber es war so nahe, dass sie jetzt kaum mehr da sind. Und die Glasberge – es sind Spiegel, wenn man in der Nacht sehen kann, wie ich oder dieses langbeinige Federvieh.*

»Aber wie meinst du ... ?«

*Jedes Spiegelbild behält ein wenig von dir zurück,* unterbrach die Katze sie ungeduldig. *Wenn sich etwas spiegelt, das zur Gänze vorhanden ist, dann spielt das keine Rolle. Doch wenn etwas nur noch schwach vorhanden ist, dann kann es geschehen, dass die Spiegelbilder es gänzlich aufzehren.*

»Aber sie müssen die Glasberge doch schon einmal durchquert haben, auf dem Weg in die Ebene hinein!«

Die Antwort der Katze war so kalt wie der Wind, der ihr allmählich die Fingerspitzen abfror. *Wer sagt dir, dass sich das Nichts* außerhalb *der Ebene von Kenfra befand?*

Ihre Hände krampften sich um die Zügel, während das Entsetzen Res schüttelte. Wenn das Nichts bereits innerhalb der Ebene aufgetaucht war, auf dem Hauptweg, dann konnte es sein, dass Kunla und seine Familie geradewegs hineinrannten. Dann war es Siridom und ihrer Mutter schon viel näher, als sie geahnt hatte. Sie musste sich wirklich beeilen.

Aber die Vögel liefen immer schleppender, wie verzweifelt sie auch mit der Zunge schnalzte. Als Res wieder die Umrisse der Berge ausmachen konnte, dachte sie zuerst, es müsse wie im Arachnion daran liegen, dass ihre Augen sich an die

Dunkelheit gewöhnt hatten, bis sie begriff, dass die Morgendämmerung ihre ersten fahlen Strahlen aussandte. Dann wurden die Zügel in ihren Händen mit einem Mal schlaff. Sie schaute nach vorn, doch sie konnte gerade noch die Konturen der Laufvögel erkennen, ehe sie gänzlich verblassten, wie ihr Spiegelbild auf dem Bergmassiv.

»Wie ... wie weit ist es noch?«, fragte Res.

Das Fell der Katze auf ihrem Schoß hatte sich gesträubt. *Noch eine Stunde,* gab sie zurück. *Wenn wir Zugtiere hätten.*

Res holte tief Luft. »Ich ... ich werde versuchen, den Wagen selbst zu ziehen.«

Sie stieg vom Wagenbock ab, lief nach vorne, wo die leeren Halterungen der Laufvögel auf dem mit feiner Asche bedeckten Boden lagen, und band sie sich um die Schultern. Dann begann sie zu gehen. Es war furchtbar schwer, und sie fragte sich, ob es nicht besser wäre, alles zurückzulassen und ohne den Wagen weiterzulaufen. Aber dann stünde sie in der Wüste mit leeren Händen da und hätte nichts, um es den Leonesen zum Tausch anzubieten, und würde nie rechtzeitig den Verlorenen Kaiser finden. Sie dachte an ihre Mutter und Pallas, die vom Nichts bedroht wurden, und fand die Kraft, um weiterzuziehen.

Die nächste Stunde war eine einzige flammende, zerrende Qual. Bald war sie schweißgebadet, und es wurde immer heller. Ihre Augen brannten vor Müdigkeit und von dem Licht, dessen helle Gnadenlosigkeit stärker und stärker wurde. Ich muss es schaffen, sagte sich Res beschwörend, ich muss! Aber bald wusste sie gar nicht mehr, was sie schaffen wollte. Es gab nur noch die Hitze und den nächsten Schritt.

Rauch drang ihr in die Nase.

*Das hintere Wagenteil hat Feuer gefangen!,* rief die Katze, doch Res konnte es sich nicht leisten, sich umzudrehen. Sie zog weiter, weiter und bemerkte nicht, dass der Rauch aufgehört hatte, bis die Katze auf einmal zwischen ihren Beinen auftauchte.

*Manchmal lohnt es sich, im Zirkus gewesen zu sein,* sagte sie triumphierend. Res wollte fragen, was ein Zirkus sei, doch ihre Kehle war inzwischen zu ausgedörrt.

*Ich habe den Deckel von deiner Wasserflasche abgerissen,* fuhr die Katze fort, *und die Flammen gelöscht. Zum Glück war es nur ein kleines Schwelen. Aber sollten wir je eine andere Katze treffen, erzähl ihr nur nichts davon. Mit Flaschen im Maul herumzulaufen ist unkätzisch – das tun sonst nur Hunde!*

Res öffnete den Mund, um sich zu bedanken, aber sie brachte keinen einzigen Laut hervor. Inzwischen war es so hell, dass sie ihre Augen schließen musste. Sie zog und zog, blindlings geradeaus, bis der Wagen hinter ihr in etwas hineinsackte und steckenblieb. Schluchzend brach sie zusammen, und erst als sie auf die Knie sank, entdeckte sie, dass unter ihr nicht mehr Glas oder Asche war, sondern Sand.

Sie hatte die Wüste erreicht.

# KAPITEL 6

Die Hand, die Res an der Schulter berührte, fühlte sich rau an wie Schmirgelpapier, und im ersten Moment fragte sie sich, was um alles in der Welt mit ihrer Mutter geschehen war. Dann wurde sie etwas wacher und erinnerte sich wieder, wo sie sich befand: im Inneren des Wagens, in den sie erschöpft gekrochen war, nur um sofort einzuschlafen. Sie öffnete die Augen einen Spaltbreit und erkannte einen vage vertrauten Umriss, der sie an sich selbst erinnerte.

Die Leonesen hatten sie gefunden.

Da die Sandleute mit der Gilde Handel betrieben, hatte Res bereits ein paar von ihnen zu Gesicht bekommen. Nicht sehr viele, denn sie entfernten sich nur ungern von ihrer heimatlichen Wüste. Leonesen besaßen keine bestimmte Gestalt; aus Höflichkeit nahmen sie immer die Züge ihres jeweiligen Gegenübers an. Sie bestanden aus Sand und dem Wasser der Oasen, in deren Umkreis sie lebten, und ihre Farbe war etwas dunkler als das buttergelbe Fell der Katze, die mit zurückgestellten Ohren neben Res lag und misstrauisch die über Res gebeugte Leonesin musterte.

»Seid gegrüßt«, krächzte Res und setzte sich auf.

Die Miene des Sandwesens veränderte sich. »Brauchst Wasser«, stellte es mit schnarrender Stimme fest.

Res nickte. Binnen kurzem befanden sie und der Wagen sich auf dem Weg in das Lager der Leonesen, von zwei Sandleuten gezogen, die sich zu diesem Zweck zu Dromedaren verformt hatten.

*Ich traue keinen Wesen, die ständig ihre Gestalt verändern,* verkündete die Katze naserümpfend, *und erst recht keinen, die nur aus Dreck bestehen. Ob sie überhaupt Fisch zum Essen haben?*

Res war zu erleichtert, überhaupt noch am Leben zu sein, um sich über so etwas Gedanken zu machen. Sie lächelte nur schwach.

Die Katze warf ihr einen entrüsteten Seitenblick zu. *Wenn sie dich zu ihrer Leibsklavin machen und du für den Rest deines Lebens Staub aus Teppichen klopfen darfst, sag nicht, ich hätte dich nicht gewarnt.*

*Miesepeter. Ich glaube, ich nenne dich Miesepeter,* dachte Res und wusste, dass die Katze sie hörte.

*Du hast mich nicht verdient.*

Das Lager der Leonesen entpuppte sich als kleine Ansammlung von Zelten, die aus einem dichten, grünlichen Stoff bestanden. »Für die Teppiche«, erklärten die Sandleute, die Res gefunden hatten. »Lieben Teppiche. Dürfen nicht nass werden oder verbleichen. Selbst schlafen natürlich im Freien.«

Noch nie in ihrem Leben hatte etwas so gut geschmeckt wie das reine, klare Wasser, als Res auf dem Boden der Oase lag und aus der Quelle trinken durfte. Sie trank und trank, dann goss sie sich Wasser über Gesicht und Körper und meinte, sich in Wasser aufzulösen müsste herrlich sein. Danach dankte sie den Leonesen überschwänglich. Es war seltsam, einer Reihe von Wesen gegenüberzustehen, die alle ihre eigenen Gesichtszüge trugen, doch sie versuchte sich nicht daran zu stören.

»Ich bin eine Weberin von Siridom«, sagte sie, wobei sie die Wahrheit nur ein klein wenig zurechtbog, weil »Tochter einer Weberin« wahrscheinlich weniger Eindruck machen würde, »und ich habe einen Teppich zum Tausch mitgebracht.«

»Nicht nur einen«, berichtigte die Leonesin, die sie gefunden hatte und die sie mittlerweile anhand der Stimme von den anderen unterscheiden konnte. »Hast zwei dabei.«

»Ja, aber der zweite ist für mich. Ihr müsst mir nur den Zauber verraten, der ihn fliegen lässt. Wisst ihr, ich bin auf einer ungeheuer wichtigen Mission, und jetzt, wo meine Laufvögel fort sind, brauche ich unbedingt einen fliegenden Teppich.«

»Lieben Teppiche«, beharrten die Leonesen. »Zwei Teppiche. Möchten beide haben.«

Res hatte geglaubt, die Glasberge hätten jeden Tropfen Schweiß aus ihr herausgetrieben, aber offenbar war doch noch etwas vorhanden. Sie spürte, wie die Tropfen ihr den Rücken herunterrannen. Vom gekringelten Schwanz bis zu den herabhängenden Schnurrhaaren war die Katze ein einziges »Hab ich es nicht gleich gesagt?«.

»Wenn ich meine Aufgabe nicht erfülle, wird es bald keine Weberinnen von Siridom mehr geben«, versuchte Res es erneut. »Und auch keine Teppiche.«

»Behalten die letzten beiden dann«, gaben die Leonesen strahlend zurück.

»Das ... das ist nicht gerecht! Ihr seid doch ein ehrenhaftes Volk! Ihr könnt mir die Teppiche nicht einfach wegnehmen!«

Das brachte die Leonesen dazu, die Köpfe zusammenzustecken und einander die Arme auf die Schultern zu legen. Res hörte knirschende Geräusche, die sie nicht verstand, und begriff, dass die Sandleute gewöhnlich wohl nicht in Worten miteinander sprachen.

Als sie mit ihrer Beratung fertig waren, wandte sich eine von ihnen an Res. »Sind keine Diebe.« Res fiel ein Stein vom Herzen, bis die Leonesin fortfuhr: »Behältst Teppiche. Aber da nicht weiterreisen kannst, behalten dich. Wohnst als unser Gast in Zelt. Mit Teppichen.«

Es war eine Qual, mit sämtlichen Früchten, die in der Oase vorhanden waren, versorgt zu werden, inmitten einer guten Auswahl herrlicher Teppiche aus Siridom zu sitzen und mitgeteilt zu bekommen, man brauche sich für den Rest seines Lebens keine Sorgen mehr zu machen. Ganz gleich, wie oft Res versuchte, das geheimnisvolle Nichts zu schildern und die Gefahr, die irgendwann auch auf die Leonesen zukommen würde, ganz egal, wie flehentlich sie darum bat, weiterreisen zu dürfen, man begegnete ihr immer nur mit der gleichen undurchdringlichen Freundlichkeit und Verweigerung.

Das Schlimmste war, dass sie noch nicht einmal versuchen konnte, auf eigenen Füßen weiterzuziehen. Zu Fuß konnte sie die Wüste nicht durchqueren, egal wie viele Wasserflaschen und Schläuche sie mitnahm. Und zurück durch die Berge konnte sie auch nicht gehen. Res verfütterte den getrockneten Fisch aus dem Weidenkorb an die Katze und überlegte hin und her, ob sich nicht doch noch irgendwo eine Möglichkeit bot, die sie bisher übersehen hatte.

*Wie sind denn die Leonesen, die zu euch kamen, nach Siridom gereist?*, fragte die Katze. *Vielleicht haben sie ja doch nicht-leonesische Tiere aus Fleisch und Blut, wenngleich ich bisher noch keines in diesem Lager gerochen habe.*

»Mit Trossen der Gilde«, erwiderte Res düster. »Immer mit Trossen der Gilde.«

Dann kam es ihr in den Sinn, selbst auszuprobieren, ob einer der Teppiche sich zum Fliegen bewegen ließ, aber entweder fehlte ihr dazu der richtige Zauberspruch oder die Leonesen waren zu klug, um sie in einem Zelt mit fliegenden Teppichen unterzubringen. Oder, und das war der furchterregendste Gedanke, ihre Mutter hatte Recht und es gab überhaupt keine fliegenden Teppiche.

*Denk mehr wie eine Katze.*

»Wie meinst du das?«

Die Katze hörte auf, sich zu putzen, und begann Res um die Beine zu streichen. *Wir Katzen sind vieles. Manchmal auch hilfreich. Aber niemals nett. Wenn du dein Ziel erreichen willst, musst du aufhören, ein nettes Mädchen zu sein. Und du musst bald damit aufhören, sonst sitze ich noch in diesem Sandloch herum, wenn das Nichts kommt. Was ist den Leonesen so wichtig, dass sie dir dafür geben würden, was du brauchst? Nicht ein Teppich. Nicht zwei Teppiche. Aber ... was ist mit allen Teppichen?*

Den Leonesen fiel der weiße Qualm, der aus dem Teppichzelt drang, sehr schnell auf. Sie liefen in Scharen herbei. Als der erste die Zeltplane zurückschlug, sah Res sie im hellen Schein der frühen Nachmittagssonne beinahe vor sich aus dem Boden wachsen; eine Schar absolut gleicher Gestalten. Doch diesmal ließ sie sich nicht mehr davon verwirren. Sie hielt die Fackel in der Hand, die sie aus einer Deichsel und etwas

Stoff von der Wagenplane gefertigt hatte, sog die trockene, heiße Wüstenluft ein und sagte:

»Wenn ihr mir nicht gebt, was ich verlange, stecke ich sämtliche Teppiche hier in Brand. Und glaubt nicht, ihr könntet sie retten, indem ihr mich überwältigt. Ich habe sie alle mit Öl übergossen, und schon ein Funke genügt, um sie in Flammen aufgehen zu lassen.«

Ein entsetztes Knirschen stieg aus den Kehlen der Leonesen empor. »Bist eine Weberin!«

»Eine Weberin, die will, dass es noch länger Weberinnen gibt«, entgegnete Res ruhig und näherte sich um ein winziges Stück dem Teppichhaufen, den sie zusammengelegt hatte. Insgeheim zitterten ihr die Knie, aber sie bemühte sich, nach außen nichts als Standfestigkeit zu zeigen.

Wieder steckten die Leonesen die Köpfe zusammen. »Teppich fliegt nur für den, der Magie gibt«, verkündete einer von ihnen schließlich. »Flugmagie gibt man nur durch Opfer.«

»Was für ein Opfer?«

Ihr eigener Arm wies anklagend auf sie. »Musst die Spitze deines kleinen Fingers abschlagen, Zerstörerin. Für Sandleute möglich. Fleisch und Blut, niemals.«

»Wer sagt mir, dass ihr nicht lügt?«, fragte Res, während ihr bei der Vorstellung, sich die Fingerkuppe abzuhacken, fast schlecht wurde.

»Sandleute lügen nie!«

*Das glaube ich ihnen sogar*, sagte die Katze. *Sie sind nicht gerissen genug dafür, sonst hätten sie längst Mittel und Wege gefunden, um ihre kostbaren Teppiche vor dir in Sicherheit zu bringen.*

Sehr langsam, die Fackel immer noch nur eine Haaresbreite von den Teppichen entfernt, ging Res in die Knie. »Katze«, sagte sie laut, »nimm die Fackel in dein Maul und halte sie hier, bis ich wiederkomme. Wenn mir irgendetwas geschieht, zünde die Teppiche an.«

*Eine brennende Fackel? Was bin ich, ein dummer Hund?*

*Komm schon her, Miesepeter,* dachte Res wütend. *Wenn du jetzt nicht mitmachst, schaffen wir es nie aus dieser Wüste hinaus.*

Die Katze maunzte, und Res hörte sie in ihrem Kopf sagen: *Und ich dachte, ich wäre dem Zirkus entkommen, als ich Phantásien betrat.* Dann erhob sie sich geschmeidig, ging zu Res und nahm das Ende der Fackel in ihr Maul. Res richtete sich wieder auf und schaute den Leonesen ins Gesicht. Wenn sie sich verschätzt hatte, dann würden sie sich jetzt auf sie stürzen. Aber die braunen, körnigen Gestalten rührten sich nicht.

Sie hatte den Weidenkorb bereits für die Reise zusammengepackt. Nun öffnete sie ihn wieder, nahm eines ihrer sauberen Tücher, wickelte etwas Faden von einem Wollknäuel ab und sammelte sich. Dann nahm sie einen der Teppiche vom Stapel und ging zum Zelteingang.

»Weicht zurück«, befahl sie und hoffte verzweifelt, dass niemand ihr anmerkte, wie viel Angst sie hatte. »Weicht alle zwanzig Schritte weit zurück!«

Zu ihrer Überraschung gehorchten die Leonesen ohne das geringste Knirschen. Sie wartete, bis die Sandleute weit genug entfernt waren, dann breitete sie den Teppich vor dem Zelteingang aus, holte den Weidenkorb herbei und legte Tuch und Bindfaden bereit.

Für einen Moment schloss sie die Augen. Denk nicht darüber nach, sagte sie sich. Denk nicht darüber nach. Tue es einfach. Es muss sein.

Kunlas Messer, das sie an ihrem Gürtel trug, glänzte sehr hell im Sonnenlicht, als sie es zog.

Für meine Mutter. Für Pallas. Für Kunla. Für uns alle.

Sie spreizte ihren rechten kleinen Finger ab und schlug zu.

Im ersten Moment spürte sie nichts. Dann kam der Schmerz, reißend und betäubend wie der Blutschwall, der aus ihrem Finger quoll. Mit der linken Hand presste sie das Tuch auf den Finger. Sie rief nach der Katze. Rote Funken tanzten vor ihren Augen. Sie versuchte die Wunde abzubinden und begann zu schluchzen, als die Katze ihr auf den Schoß sprang.

»Teppich«, stieß Res mit letzter Kraft hervor, »flieg!«

Zuerst rührte sich nichts, und sie dachte: Es war alles umsonst. Bedrohliches Knirschen näherte sich ihr, und sie roch Rauch, starken Rauch. Dann blies ihr auf einmal der Wind ins Gesicht, und sie begriff, dass sie flog.

*Die Richtung,* mahnte die Katze, *du musst ihm die Richtung sagen!*

»Nach Westen!«, rief Res. Inzwischen konnte sie kaum mehr sehen. Sie ließ sich auf den Teppich fallen, doch ehe ihr Schmerz sie in die dunkle Flut der Bewusstlosigkeit hinwegtrug, hörte sie unter sich die Flammen prasseln und die Stimme eines Leonesen mit der Macht eines Donnerschlags zu ihr emporsteigen:

»Verfluchen dich! Verfluchen dich auf ewig!«

Da erst begriff sie, dass die Katze die Fackel inmitten der Teppiche fallen gelassen hatte, damit die Sandleute zur Rettung der Teppiche eilten und ihnen einen sicheren Abgang ermöglichten.

Wind und Kälte und ein dumpf pochender Schmerz in der Linken, während die rauhe Zunge der Katze über die andere Hand glitt.

*Wach auf,* sagte die Stimme der Katze. *Res, du musst aufwachen.*

Aber in der Bewusstlosigkeit war es besser. Dort gab es keine Qual, sondern nichts als stille Schwärze.

*Wenn du nicht aufwachst, sterben wir alle!*

Widerwillig öffnete Res die Augen. Über ihr flogen die Wolken, viel, viel schneller, als sie es gewohnt war, und sie kamen ihr so nahe vor, dass sie glaubte, sie berühren zu können. Dann fiel ihr wieder ein, wo sie sich befand. Der Kopf der Katze schob sich in ihr Blickfeld. Das sonst so gepflegte Fell wirkte zottig, als hätte es jemand gegen den Strich gebürstet.

*Res,* sagte die Katze und klang zum ersten Mal besorgt und freundlich, *du musst die Richtung ändern.*

»Warum?«, fragte sie benommen.

*Weil die Leonesen uns einen Sandsturm hinterhergeschickt haben und das westliche Ende der Wüste noch weit entfernt ist.* Gleichsam als Nachgedanken setzte die Katze hinzu: *Es kann auch nicht schaden, wenn sich ein Heiler deinen Finger ansieht.*

Res drehte sich um, so dass sie auf dem Bauch zu liegen kam, und zog sich an den Rand des Teppichs. Sie schaute hinab. Weit, weit unter ihnen flirrte eine endlose Weite von Gold und Rot. Trotz des Schmerzes nahm ihr das Gefühl, fliegen zu können, einen Moment lang den Atem. Dann krümmte sie sich, zog die Knie an und setzte sich langsam auf. Als sie über ihre Schulter blickte, erkannte sie, was die Katze gemeint hatte. Hinter ihnen zog sich eine dünne, aber unübersehbare Säule aus wirbelndem Sand in die Höhe, und sie folgte ihnen immer schneller.

»Du hättest ihre Teppiche nicht verbrennen sollen«, sagte Res schwach.

*Damit sie sich sofort auf uns stürzen oder uns hinterherfliegen, sobald ich die Fackel loslasse?*

Res schloss die Augen und konzentrierte sich auf die Darstellungen der leonesischen Wüste, die sie kannte. Sie erstreckte sich zwar am weitesten in westlicher Richtung, wenn man von den Glasbergen aus aufbrach, aber das war auch der direkte Weg nach Kading. Im Süden lagen die schwimmenden Städte von Ansalon, im Norden die Sümpfe der Traurigkeit. Beide boten wohl Schutz vor Sandstürmen aus der Wüste, aber sie wusste nicht, wie lange sie schon geflogen war und was von hier aus näher lag. Und sie hatte nicht die Zeit, um lange darüber nachzudenken.

»Teppich«, befahl sie mit einem jähen Entschluss, »flieg nach Süden!«

Die plötzliche Richtungsänderung warf sie erneut auf den nachgiebigen Boden unter ihr. Die Katze hatte sich bereits auf den Teppich gepresst und festgekrallt. Warum der Weidenkorb nicht längst heruntergefallen war, konnte Res sich nicht gleich erklären. Es musste wohl an den Reiseschutzzaubern für sämtliche Transportmittel liegen, mit denen die Weidenleute angeblich all ihre Waren versahen.

Die Sandsäule wirbelte einige Momente lang am gleichen Ort. Dann änderte sie ebenfalls die Richtung und folgte ihnen. So viel zu der Hoffnung, es handle sich vielleicht doch um einen zufälligen Sandsturm und nicht um die Rache der Leonesen.

»Schneller, Teppich«, schrie Res, und der Flugwind riss ihr die Worte aus dem Mund, »schneller!«

Der Teppich gehorchte. Aber wenn ihr der Wind bisher schneidend erschienen war, dann kam es ihr jetzt vor, als zöge er ihr jedes bisschen Haut ab, das nicht von ihrem Kleid bedeckt war. Sogar das Pochen in ihrem rechten kleinen

Finger war nur noch eine Note in einem Chor des Schmerzes. Sie lag auf dem Teppich, so flach wie möglich, doch sie wagte nicht, die Augen zu schließen. Wenn sie wieder bewusstlos wurde, dann waren sie in der Tat alle verloren.

*Du wirst nicht wieder bewusstlos, Res.*

*Warum,* dachte Res, *sprichst du mich auf einmal mit meinem Namen an?*

*Das war sehr tapfer, was du bei den Leonesen getan hast.* Ein leichtes Zögern, dann schloss die Katze: *Mein Name ist Schnurrspitz.*

Mit der linken Hand tastete Res nach der Katze, fand den geduckten kleinen Körper und vergrub ihre Finger in dem windzerzausten Fell. »Nicht Miesepeter?«, fragte sie laut und hoffte, dass die Katze ihre Worte als Scherz erkannte.

Den Mund zu öffnen erwies sich als Fehler. Sand drang in ihre Kehle; die Säule musste also schon sehr nah sein. So nah, dass sie raunende, drohende Stimmen in dem Pfeifen und Tosen hinter sich hörte.

»Bist verflucht! Wirst bezahlen!«

Mühsam drehte sie den Kopf, und tatsächlich konnte sie in der wirbelnden Sandsäule mittlerweile sogar Gesichter ausmachen. Ihr eigenes, immer wieder ihr eigenes Gesicht, wütend, erbittert, hassverzerrt.

»Es tut mir Leid wegen der Teppiche«, rief sie so laut wie möglich, doch sie war nicht sicher, ob man zwischen dem Peitschen des Windes und dem Gellen des Sturmes überhaupt noch etwas verstehen konnte. »Ich werde dafür sorgen, dass Siridom euch neue schickt!«

Wenn überhaupt, dann verzerrten sich die Gesichter innerhalb der Sandsäule noch mehr. »Und toter Bruder? Kannst toten Bruder auch ersetzen?«

Das verstand sie nun ganz und gar nicht, und es blieb auch

keine Zeit dafür. Wenn der Teppich nicht schneller fliegen konnte, dann musste man etwas anderes versuchen. »Teppich«, schrie Res, »flieg im Zickzack, aber behalte weiter die bisherige Richtung!«

Das erwies sich als guter Einfall. Ihr wurde schwindlig dabei, aber der Wirbelsturm aus Sand brachte es offensichtlich nicht fertig, ebenfalls ständig die Richtung zu ändern. Kaum hatte die Erleichterung darüber Res erfasst, da rief die Katze klagend:

*Jetzt sind sie vor uns!*

Die Sandsäule hatte sich in der Tat vor ihnen aufgebaut, sie überholt, statt weiterhin zu versuchen, es ihnen gleichzutun. Kleine Ableger begannen sich von ihr zu lösen, und Res begriff, dass sie ihr den Weg versperren wollten. Doch sie erkannte auch etwas anderes, als die Säule sich teilte. Der goldrote Boden unter ihnen war braun geworden, und in der Ferne blitzte etwas Blaues hervor. Rettung war in Reichweite, wenn es ihnen nur gelang, diese letzte Hürde zu überwinden.

Sie sammelte sich. Dann stieß sie hervor: »Teppich, flieg direkt auf die Hauptsäule zu!«

*Bist du wahnsinnig geworden?*

Auf den wutentbrannten Gesichtern in der Säule zeigte sich zum ersten Mal Überraschung. Der Sandsturm und seine kleineren Ableger verharrten wabernd, unsicher, während der Teppich gehorchte und auf die zentrale Sandsäule zusteuerte. Res wartete und wartete, obwohl ihr Herz raste, aber wenn sie ihren Plan zu früh preisgab, würden es die Leonesen ebenso hören wie der Teppich.

Einen Moment, ehe sie sicher war, dass der Wirbel sie erfassen würde, schrie sie: »Jetzt links und zwischen den Säulen durch!«

Mit einem Ruck wich der Teppich nach links aus, in Schräglage, so dass Res sicher war, sie würde herunterfallen. Der sandige Wind um die Säule herum presste ihr Nasenlöcher und Mund voll mit feinem Pulver. Erneut wurde ihr schwarz vor Augen. Sie würgte und spürte, dass der Teppich unter ihr wieder gerade flog.

*Bei Bastets Krallen,* stieß die Katze hervor, *ich glaube, wir ...*

Res konnte wieder sehen. Hinter ihnen brach ein einziger Wutschrei aus hundert Mündern. Aber vor sich sah Res die blaue, glitzernde See von Ansalon und einen graubraunen, schwimmenden Punkt mitten darin, der aussah wie ein Schiff auf einem Wandbehang.

»Teppich, lande auf dem Schiff dort vorne im Meer!«

Wieder presste Wind sich ihr in Mund und Nase, doch diesmal trug er weniger und weniger Sand mit sich. Es war Luft, reine Luft, und Salz, das sie auf ihren Lippen spürte. Die See kam näher und näher. Bald konnte sie Wellen erkennen, die sich rund um den immer größer werdenden graubraunen Punkt zogen. Je tiefer der Teppich flog, desto weniger glich das graubraune Etwas allerdings einem Schiff. Wenn überhaupt, dann sah es wie ein immenser Buckel aus, und was Res zunächst für Segelmasten gehalten hatte, besaß Blätter und wuchs aus dem Buckel hervor. Aber es konnte auch keine Insel sein; schließlich bewegte es sich.

*Res, das ist kein Schiff, das ist ein ...*

Der Teppich stieß mit einem der Blättergewächse zusammen und sackte mit seiner gesamten Last zu Boden.

*... Wal,* schloss die Katze in unglücklichem Tonfall.

# KAPITEL 7

Diesmal war das Gesicht, das sich über Res beugte, als sie wieder zu sich kam, ein völlig fremdes. Es gehörte einem breitnasigen Geschöpf mit großen, herabhängenden Ohren, rötlicher, schuppiger Haut und grünem Bart. Auf dem Kopf trug das Wesen eine Mütze, die aussah wie eine Muschelschale. Es nickte Res zu.

»Gestatten, Timotheus, Walführer Seiner Majestät Proteus des Vierundzwanzigsten.«

»Res«, sagte sie heiser, »Weberin von Siridom. Und ...« Sie stockte, als ihr einfiel, dass die Katze es nicht mochte, wenn Fremde ihren Namen erfuhren. »... Begleitung.«

»Angenehm. Aber darf ich fragen, was Sie hier machen, junge Dame? Für diese Fahrt hatten mein Wal und ich keine Passagiere eingetragen, nur Baumaterial vom Festland.«

»Wir hatten keine Wahl. Es war eine Notlandung«, erwiderte Res und schaute unwillkürlich auf ihre rechte Hand. Zu ihrer Überraschung war ihr kleiner Finger frisch verbunden, nicht mehr mit dem blutdurchtränkten Tuch aus ihrer Heimat, sondern mit einem grünen Gewächs.

Der Walführer Timotheus war ihrem Blick gefolgt. »Keine

Sorge«, sagte er. »Echter Seetang aus Ansalon heilt alles. Ich habe mir die Freiheit genommen, Sie zu versorgen. War das Ihr Tier, das Sie so zugerichtet hat? Es macht mir einen sehr fischunfreundlichen Eindruck.«

Res schaute sich nach der Katze um und fand sie auf dem Weidenkorb sitzend. Schnurrspitz fauchte in Timotheus' Richtung und meinte:

*Ich liebe Fische. In Einzelteilen.*

Zum ersten Mal war Res froh, dass niemand sonst die Katze hören konnte.

*Im Übrigen ist ein Wal kein Fisch. Ich bin nun mal nicht gern auf etwas, das jederzeit untertauchen kann. Wir Katzen sind keine Schwimmer!*

»Nein, die Katze hat damit nichts zu tun. Es ... es ist eine längere Geschichte«, entgegnete Res.

»Nun, es ist auch eine längere Fahrt nach Thalassa, meinem Ziel«, gab Timotheus zurück.

»Wird der Wal denn nicht bald wieder untertauchen?«

»Junge Dame«, verkündete Timotheus, »das ist ein ordentlich geprüfter und lizenzierter Beförderungswal. Wenn er noch ein junger Tauch-ins-Tief wäre, der sich nicht beherrschen kann, dann wäre wohl kaum eine Insel auf seinem Rücken entstanden, oder?«

Was die Teppiche von Siridom über Ansalon verraten hatten, reichte eindeutig nicht aus. Natürlich gab es die Möglichkeit, mit dem Teppich einfach weiterzufliegen. Aber Res war erschöpft, wund geschlagen und hungrig, und sie wettete, dass für die Katze das Gleiche galt. Und dass sie schlechte Erfahrungen mit den Leonesen gemacht hatte, hieß noch lange nicht, dass die Gastfreundschaft der Bewohner von Ansalon ebenfalls einen üblen Nachgeschmack haben würde. Im Übrigen, wenn sie jetzt wieder losflog, dann musste sie auf dem Weg nach Kading auch wieder über Land reisen, und dort konnte der Wirbelsturm immer noch auf sie warten. Nein, alles in allem war es besser, eine Pause zu machen.

Also erzählte sie ihre Geschichte und erfuhr im Gegenzug einiges über Ansalon. Die schwimmenden Städte hießen nicht so, weil sie über, sondern weil sie unter der Wasseroberfläche schwammen und auf diese Weise sicher vor jeder Art von Feinden waren. Sie bestanden aus riesigen Muschelschalen, zusammengesetzt und mit Perlen abgedichtet. Ein einziger Schacht aus Perlmutt führte zur Oberfläche. Durch ihn kamen und gingen die Bewohner mit ihren Walen. Schiffe konnte man hier unmöglich verwenden, denn das Salz der See von Ansalon war so scharf, dass Holz sofort zersetzt wurde.

»Wale und Muscheln dagegen«, erklärte Timotheus stolz, »sind Kinder der See und tragen solche Schärfe selbst in sich. Wir sind noch nie von irgendwelchen Feinden erobert worden. Aber was Sie da über das Nichts erzählen, Res, gefällt mir ganz und gar nicht.«

»Was ist geschehen, als es das letzte Mal über Phantásien kam«, fragte Res, »wissen Sie das? Was hat Ihre Stadt damals getan? Waren Sie mit dem Verlorenen Kaiser verbündet?«

»Wenn wir es waren, dann weiß ich nichts davon. Da müssen Sie Bertram fragen. Er ist unser Erinnerungsbewahrer. Aber ich kann Ihnen verraten, was die Leonesen Ihnen vorwerfen.«

Im Schatten einer Palme sitzend, die aus einem Wal wuchs, und auf nichts als Meer blickend, rechnete Res nicht damit, dass irgendetwas sie noch überraschen könnte.

»Die Sache ist die – ihre Wüste liegt gleich neben unserem

Meer, aber trotzdem kommen die Leonesen nicht selbst zu uns, um Handel zu treiben. Sie bestehen aus Sand, Wärme und ein wenig Feuchtigkeit. Wenn eines der Elemente zu stark überwiegt, ist es aus mit einem Leonesen. Deswegen haben sie Angst vor dem Meer. Und deswegen, wenn ich mir die Schlussfolgerung gestatten darf, haben sie ganz gewiss noch größere Angst vor dem Feuer. Es lässt Wasser verdampfen. Es ist Hitze pur. Wer auch immer versucht hat, ihre brennenden Teppiche zu retten, Mädchen, ist daran gestorben.«

»Das ... das wollte ich nicht«, flüsterte Res.

Timotheus zuckte die Achseln. »Es ist aber geschehen. Und nun haben Sie eine Lebensfehde mit den Leonesen am Hals. Ich möchte nicht Sie sein. Die Sandleute geben niemals auf.«

Res wünschte sich in diesem Moment auch, jemand anderes zu sein. Sie war schuld am Tod eines, vielleicht mehrerer Wesen. Kein Wunder, dass die Leonesen so zornig waren. Wenn jemand ihre Mutter umgebracht hätte, dann würde sie demjenigen auch nie vergeben.

Sie hatte diese Reise begonnen, um Leben zu retten, und stattdessen hatte sie jemandem den Tod gebracht. Verloren schlang sie die Arme um ihre angezogenen Knie und vergrub ihren Kopf darin. Sie versuchte den Kloß in ihrer Kehle herunterzuschlucken, aber falls sie doch weinen musste, wollte sie nicht, dass ein Fremder wie Timotheus es sah.

»Nun, nun«, murmelte Timotheus beschwichtigend und verlegen zugleich. »Sie können so lange bei uns bleiben, wie Sie wollen, junge Dame. Bei uns sind Sie vor den Leonesen sicher.«

»Darum geht es doch überhaupt nicht!«, entgegnete Res

heftig und blickte wieder auf. Dann versuchte sie sich zusammenzunehmen. Timotheus hatte es gut gemeint, und sie wollte ihn nicht kränken. Leiser fuhr sie fort: »Danke für das Angebot, aber ich kann nicht bei Ihnen bleiben. Ich habe jemanden getötet, das ist es.«

Die Katze sprang von dem Weidenkorb herab, den sie bewacht hatte, und schlüpfte zwischen Res und Timotheus. Sie drückte sich gegen Res, und Res spürte, dass sie fast unhörbar schnurrte.

*Wenn sie nicht versucht hätten, dich einzusperren, wäre es nicht geschehen. Wir sind Jägerinnen, du und ich. Jägerinnen töten, wenn sie müssen. Aber hör diesmal auf mich und lass dich nicht unter das Wasser drücken, wo es nur einen Fluchtweg gibt, den ein anderer schließt und öffnet.*

*Aber ich will mich ausruhen,* dachte Res. *Du nicht auch? Ich will wenigstens eine Nacht in einem Bett verbringen.*

*Du bist nicht auf diese Reise gegangen, um dich auszuruhen.*

Damit hatte Schnurrspitz Recht. Außerdem hatte ihre Mission bereits Leben gekostet. Das ließ sich vielleicht nicht entschuldigen, aber erklären, wenn sie weiterhin ihr Bestes gab. Sie hatte kein Recht mehr, weniger als alles zu geben.

»Timotheus«, sagte Res langsam, »wenn es ihnen hier zu feucht ist, können die Leonesen das Meer nicht überqueren, stimmt's? Und ihre Wüste kann doch nicht an alle Ufer des Meeres grenzen, oder?«

Timotheus schüttelte den Kopf und zupfte an seinem grünen Bart. »Nein. Genau am gegenüberliegenden Ufer liegt Haruspex, eine rundum steinige Gegend. Aber die Leonesen sind zähe Burschen, wenn ihnen etwas wirklich wichtig ist. Ich schätze, dass einige von ihnen in der Wüste Wache halten werden, für den Fall, dass Sie zurückkommen, während andere versuchen irgendeine Möglichkeit zu finden, um Ihnen zu folgen.«

Er beugte sich zu ihr herüber. »Aber wollen Sie denn nicht die Wunder von Thalassa genießen? Das ist die schönste Stadt der Welt. So etwas gibt es nicht noch einmal, selbst die übrigen schwimmenden Städte verblassen im Vergleich. Und unser König wäre bestimmt froh, mehr über dieses seltsame Nichts zu hören!«

»Ich würde Thalassa sehr, sehr gerne besuchen«, erwiderte Res aufrichtig, »und wenn die Gefahr vorüber ist, will ich es gewiss auch tun. Aber nun muss ich weiter.«

Angespannt beobachtete sie seine Miene. Wenn er sie nicht fortlassen wollte, wie die Leonesen, dann wusste sie nicht, wie sie ihn dazu zwingen sollte. Hier gab es keine Fackel, und er wirkte eindeutig stärker als sie. Gewiss, sie hatte immer noch ihr Messer, aber sie wusste nicht, ob sie es fertig brächte, nach jemandem zu stechen, jedenfalls nicht jetzt, wo sie noch die Stimmen der Leonesen im Ohr hatte: »Kannst toten Bruder ersetzen?«

Die Katze zwischen ihnen beobachtete Timotheus mit der gleichen Aufmerksamkeit. Ihr Schweif peitschte hin und her, und an ihren zuckenden Pfoten erkannte Res, dass Schnurrspitz Timotheus ins Gesicht springen würde, falls es nötig wäre.

Timotheus runzelte die Stirn, und die Ohren der Katze legten sich zurück. »Das«, begann er und klang sehr ungehalten, »tut mir Leid. Aber«, er seufzte, »jeder Walführer versteht, dass im Zweifelsfall das allgemeine Wohl vorgeht. Glück auf die Reise, junge Dame, und lassen Sie mich Ihnen wenigstens etwas von meinem Proviant mitgeben. Bei dem Zeug in Haruspex werden Sie es dringender brauchen als ich.«

Am liebsten wäre Res ihm vor Erleichterung um den Hals gefallen. Doch sie beschränkte sich darauf, ihn anzustrahlen und leidenschaftlich zu danken.

Während sie ihre Sachen zusammenpackte, reichte Timotheus ihr etwas, das er »Algenmarmelade auf Seegrasbrot« nannte und als besondere Köstlichkeit empfahl, sowie einen Topf mit »Tintenfischgulasch«, bei dessen Anblick sich die gerümpfte Nase der Katze in ein witterndes Näschen verwandelte. Außerdem bekam Res noch etwas Seetang, damit sie ihren Verband erneuern konnte. Sie stellte fest, dass sie ihre Verletzung in der letzten Stunde kaum gespürt hatte. Die Heilkräfte des Seetangs bestanden also wirklich, nicht nur in der Vorstellung des heimatliebenden Timotheus.

»Und Sie müssen sich noch von Olaf verabschieden.«

»Olaf?«

»Der Wal, meine Teure«, gab Timotheus leicht vorwurfsvoll zurück.

Er führte sie über den Rand der Insel hinweg und weiter auf den Rücken des Wales. Pallas wäre von dem Gefühl der festen und doch leicht nachgiebigen Oberfläche, die unter ihnen vibrierte, fasziniert gewesen. Res versuchte nicht daran zu denken, was geschehen würde, wenn der Wal sich plötzlich entschiede zu tauchen, trotz aller gegenteiligen Versicherungen von Timotheus. Schließlich kamen sie zu dem Atemloch. Timotheus kniete nieder und legte eine Hand daneben.

»Unser blinder Passagier möchte sich verabschieden, Olaf.«

Res folgte seinem Beispiel. Die Walhaut unter ihren Fingern war nicht kalt, was sie überraschte. »Danke, Olaf, dass du mich und die Katze auf deinem Rücken hast ausruhen lassen. Wir brauchten wirklich ...«

Heißer Dampf stieg aus dem Atemloch.

»Ach, du meine Güte«, sagte Timotheus. »Ich glaube, Sie hätten die Katze lieber nicht erwähnen sollen. Er wusste wohl nicht, um was es sich handelte.«

»Aber er ist doch hundertmal größer als ...«

»Olaf ist wirklich sehr sensibel«, unterbrach Timotheus sie und zerrte sie zur Insel zurück. Bald war es kein schnelles Gehen mehr; sie rannten, während die Schwanzflosse des Wales auf und nieder schlug und heftige Wellen auslöste, die immer höher schwappten. Zum Glück war der Teppich schon ausgebreitet, und Katze wie Weidenkorb saßen darauf.

»Es tut mir wirklich sehr Leid«, sagte Res hastig. »Auf Wiedersehen, Timotheus!«

Der Walführer winkte ihr zu und sprach gleichzeitig beschwichtigend auf den Wal ein. Res ließ sich auf den Teppich fallen und befahl ihm zu fliegen.

*Was habe ich gesagt?*, fragte die Katze, während sie sich in die Lüfte erhoben. *Man kann niemandem trauen.*

»Das dachte Olaf der Wal von dir auch«, gab Res trocken zurück.

Wenn sie sich umdrehte, konnte sie den Horizont in der Richtung, aus der sie gekommen war, nur schwer erkennen. Eine dichte Staubwolke hing dort und verdunkelte den Schein der Sonne. Sie fröstelte. Offenbar hatten die Leonesen noch nicht aufgegeben, aber konnten tatsächlich nicht das Wasser überqueren.

Während sie zur steinigen Küste auf der anderen Seeseite flogen, aß sie von den Algenmarmeladenbroten und stellte fest, dass sie rasenden Hunger hatte. Sie zwang sich, langsam zu essen; es war nicht gesagt, dass sie in Haruspex so schnell Ersatz finden würde. Die Katze machte sich über den Tintenfischgulasch her und ließ sich dann befriedigt auf Res' Schoß plumpsen, um zu schlafen.

Unter ihnen glitzerte die See. Ab und zu erkannte Res dunkle Punkte, die Walrücken sein mussten. Und irgendwo lag Thalassa. Timotheus war wirklich nichts als gastfreundlich gewesen; wahrscheinlich hätten sie ihr in Thalassa auch geholfen. Aber sie konnte eben nicht sicher sein. Auch die Leonesen hatten ihr nicht schaden wollen. Sie waren nur unfähig gewesen zu verstehen, worum es ihr ging, und nun war sie schuld am Tod eines Lebewesens. Von jetzt an musste sie mehr als vorsichtig sein.

In den kargen Klippen von Haruspex hingen Dörfer wie Vogelnester; keines war sehr groß, und jedes schien sich in den Stein hineinzubeißen. Sie waren alle von etwas umzäunt, das verdächtig nach Zähnen aussah. Res beschloss, in einem von ihnen zu landen, um den besten Weg nach Kading zu erfragen, der nicht zurück und vor allem nicht durch die Wüste führte. Außerdem konnte sie versuchen, ihren Proviant aufzustocken, und vielleicht trieb sie auch jemanden auf, der vom Verlorenen Kaiser gehört hatte.

*Und du musst mir mein Fell bürsten!,* rief die Katze energisch. *Es ist in einem fürchterlichen Zustand, bei all dem Flugwind. Wir Katzen sind entschieden nicht dazu gemacht, durch die Lüfte zu gondeln.*

Res besaß noch das meiste von dem, womit sie aus Siridom aufgebrochen war. Aber die Leonesen hatten ihr bewiesen, dass ein Tausch nicht immer nach den Regeln verlief. Am Ende gab es hier Wesen, die dachten, ein fliegender Teppich sei es wert, gestohlen zu werden. Res änderte ihren Plan.

»Teppich«, befahl sie, »lande vor dem Dorf – so weit weg wie möglich, ohne dass wir von der Klippe stürzen!«

Der Teppich gehorchte und setzte behutsam an der Spitze des Felsvorsprungs auf, auf dem das Dorf lag, das Res sich ausgesucht hatte. Sie rollte ihn zusammen, verstaute ihn im Weidenkorb und schulterte den Korb, der ihr, nachdem sie den Wagen gezogen hatte, gar nicht mehr schwer erschien. So ging sie auf das Dorf zu, die Katze an ihrer Seite.

Als sie näher kam, erkannte sie, dass es sich bei der Umzäunung tatsächlich um Zähne handelte. Riesige Zähne, gelblich; Res fragte sich, zu welcher Kreatur sie wohl gehört haben mochten. Zwischen den Zähnen hingen Gezweig und Federn, so dass nichts von dem Dorf dahinter zu erkennen war.

»Wer da?«, rief eine schnarrende Stimme.

»Res aus Siridom«, antworte Res, »eine Reisende auf der Suche …«

Sie kam nicht dazu, den Satz zu beenden. »Bleibt, wo Ihr seid! Rührt Euch nicht vom Fleck!«, ordnete die Stimme an, und Res gehorchte. Aus dem Gestrüpp zwischen den Zähnen schob sich ein Rohr, dessen Ende den Sonnenschein widerspiegelte; es musste aus Glas bestehen.

»Jetzt dreht Euch um. Ganz langsam.«

Res tat wie geheißen. Die Katze empfand dergleichen Kapriolen offenbar als würdelos; sie blieb gelangweilt sitzen.

»Na schön«, sagte die Stimme, »Ihr habt es nicht an Euch. Ihr könnt unser Dorf betreten.«

Das Rohr wurde zurückgezogen, und etwas von der Abdichtung zwischen den Zähnen verschwand. Zuerst dachte Res, dass es nur durch mehr Federn ersetzt wurde, doch dann begriff sie, dass dort ein Wesen stand. Sie wusste nichts über die Bewohner von Haruspex, aber offensichtlich reichten sie ihr nur bis zum Kinn und kleideten sich in Gewänder aus Federn.

Sie zwängte sich durch den Spalt, was mit dem Weidenkorb auf ihrem Rücken nicht leicht war. Kaum stand sie auf der anderen Seite, da schnellten die Zweige wieder zurück.

»Meine Begleitung ...«, protestierte Res.

»Die Katze bleibt draußen«, schnarrte der Dorfbewohner, der sie empfing. »Sie kann Euch später abholen, wenn Ihr wieder geht. An dem Tier stimmt etwas nicht; das rieche ich. Würde mich nicht wundern, wenn es mit dem Nichts zu tun hätte.«

Vor Überraschung schluckte Res ihren Widerspruch herunter. »Ihr wisst von dem Nichts?«

»Genug, um niemanden hier hereinzulassen, der damit in Berührung gekommen ist«, gab die Wache zurück.

*Schnurrspitz*, dachte Res, *warte hier auf mich. Ich werde dir zu fressen mitbringen und auch dein Fell bürsten, ich verspreche es. Aber wenn sie hier etwas über das Nichts wissen, dann muss ich herausfinden, was!*

Die Katze erwiderte nichts. Wahrscheinlich war sie beleidigt. Doch es gab hier oben auf den Klippen kaum einen anderen Ort, zu dem sie gehen konnten. Das nächste Dorf mochte genauso katzenunfreundlich sein, aber kein Wissen als Ausgleich zu bieten haben.

»In meiner Heimat haben wir schon von dem Nichts gehört, auch wenn es uns noch nicht erreicht hat«, erklärte Res dem Wächter, »und ich bin losgezogen, um ein Mittel dagegen zu finden.«

Der fedrige kleine Mann spie auf den Boden, dann rümpfte er die spitze Nase und erwiderte: »Wir haben hier das beste Mittel gefunden. Wir lassen niemanden herein, der etwas mit dem Nichts zu tun hatte. Uns wird nicht passieren, was mit To-Ti-La geschehen ist, o nein!«

»Was ist denn geschehen?«

»Fragt jeden hier im Dorf«, sagte der Wächter ungeduldig. »Ich kann nicht länger herumstehen und den Tag verschwatzen. Immer wachsam, nie ein Auge geschlossen, bis die Ablösung kommt, das ist mein Motto!«

Damit ließ er sie stehen und presste sein Gesicht wieder gegen das andere Ende des Rohres. Nach einem Moment der Verblüffung machte sich Res auf den Weg.

Die Häuser des Dorfes waren wie die meisten Gebäude Siridoms rundlich, und jedes war von einer eigenen kleinen Hecke umgeben. Man sah nicht viele Bewohner auf den Straßen, und diejenigen, die unterwegs waren, schienen es alle sehr eilig zu haben. Niemand schlenderte gemächlich oder ging, nein, alle hasteten, und ihre stockdünnen Arme machten zackige Bewegungen dabei.

Zu ihrer Erleichterung fand Res den Dorfbrunnen sehr schnell. Die Katze war nicht die Einzige, die das Bedürfnis hatte, sich zu putzen. Sie zog sich einen Eimer mit Wasser herauf, wogegen niemand etwas zu haben schien; zumindest beachtete sie niemand. Dann trank sie, wusch sich, so gut es ging, und erneuerte ihren Verband mit dem Seetang, den Timotheus ihr mitgegeben hatte. Es tat nicht weh, bis sie den alten Tang entfernte, aber der Anblick ihres verstümmelten kleinen Fingers ließ ihren Magen rumoren.

»Was ist das? Das sieht verdächtig aus!«

Jemand riss ihre Hand an sich, und erst da, als sie das Gefühl von kleinen Federspitzen auf ihrer Haut spürte, begriff Res, dass die Dorfbewohner nicht Federgewänder trugen; das Gefieder wuchs aus ihnen hervor. Sie schaute auf und blickte auf eine blaufedrige Gestalt mit schwarzen Knopfaugen.

»Es ist eine Wunde«, sagte Res so ruhig wie möglich, »und sie tut sehr weh, wenn ich sie nicht wieder verbinde.«

Die Winkel des dünnlippigen Mundes glitten nach unten, und die Stimme klang tatsächlich reuig, während die Gestalt ihre Hand losließ. »Oh. Ja. Jetzt sehe ich es. Eine normale Wunde. Kein Nichts. Tut mir Leid.«

Res begann ihren Finger mit Seetang zu umwickeln. Sie seufzte, als die erleichternde Betäubung zurückkehrte, dann stellte sie sich vor und fragte, mit wem sie die Ehre habe.

»Guin«, antwortete ihr Gegenüber, »Hutverkäuferin in Sto-Vo-Kor. Und es tut mir wirklich Leid, aber dies ist eine schlechte Zeit für Besucher, nach dem, was mit To-Ti-La geschehen ist. Wir haben alle Angst. Ihr solltet nach dem Reinigungsritual wiederkommen, dann wird es uns besser gehen.«

»Ich habe leider keine Wahl, was den Zeitpunkt betrifft«, sagte Res und erzählte ein weiteres Mal ihre Geschichte, wobei sie die Sache mit den Leonesen wegließ. Argwöhnischen Dorfbewohnern zu berichten, wie man aus Versehen jemanden umgebracht hatte, war gewiss keine gute Idee.

Den Kopf leicht zur Seite gelegt, lauschte Guin. Dann nickte sie. »Wir haben uns schon gedacht, dass es auch außerhalb von Haruspex auftaucht. Von einem Verlorenen Kaiser habe ich noch nie gehört, da kann ich Euch nicht weiterhelfen, aber wenn Ihr wollt, dürft Ihr das Reinigungsritual beobachten. Das schützt uns endgültig vor dem Nichts und sollte in Eurer Heimat ebenfalls wirken, wenn Ihr einen geeigneten Sühneträger findet.«

Res hatte keine Ahnung, was ein »Sühneträger« sein sollte, doch sie nahm die Einladung dankend an. Es stellte sich heraus, dass Guin Fäden und Wolle über alles liebte (»so viel besser als Gezweig zum Ausstopfen!«), und so hatte Res einiges, was sie mit ihr tauschen konnte. Ob die Katze sehr begeistert von einem Gericht sein würde, das sich »Würmerragout« nannte, wusste sie nicht, aber es war besser als nichts. Guin brachte sie in ihr Heim und schwatzte über die alten Tage, als noch viel mehr Besucher gekommen seien und der Handel floriert habe, und über den Untergang von To-Ti-La, dem Ort, aus dem die Gründer dieses Dorfes stammten. Dabei kredenzte sie Res Tee. Der Tee schmeckte köstlich, und Res war dankbar, etwas Warmes im Magen zu haben, aber als sie ihre Tasse hochhielt, um das gelbliche Material zu bewundern, erinnerte es sie sehr an die Zähne draußen im Dorfwall.

»Tja, Drachengeschirr hat nicht jeder«, sagte Guin, die ihrem Blick gefolgt war, stolz.

Res entschied sich, lieber nicht zu fragen, wo die Drachenzähne herstammten. »Was hat es mit dem Reinigungsritual und dem Sühneträger auf sich?«, erkundigte sie sich, um nicht darüber nachzugrübeln, ob der Drache lebendig oder tot gewesen war.

»Nun, das Nichts muss ja irgendwo herkommen. Irgendwer muss schuld daran sein. Aber den Schuldigen zu finden könnte zu lange dauern. Also wählen wir einen Sühneträger, auf den die Schuld übertragen wird. In diesem Jahr fiel die Wahl nicht weiter schwer.« Guin klatschte in die Hände, ein Geräusch, das sich anhörte wie das Flattern von Flügeln. »Ich kann ihn Euch zeigen! Dann wisst Ihr, nach welchen Kennzeichen Ihr in Siridom Ausschau halten müsst, um dort ebenfalls das Reinigungsritual durchzuführen.« Vertraulich fügte sie hinzu: »Mein Mann gehört zu den Wächtern und hat heute die Oberaufsicht, bis das Ritual anfängt. Eine besondere Ehre.«

Ein ungutes Gefühl machte sich in Res breit. Die Sache mit dem Sühneträger klang nicht sehr vernünftig und vor allem nicht nach etwas, das beim Kampf gegen das Nichts hilfreich sein konnte. Aber sie wollte ihre Gastgeberin nicht verärgern, also ließ sie sich in einen ovalen Bau führen, der nicht von einer, nicht von zwei, sondern von drei Hecken umgeben war.

Die Leute dort kannten Guin und begrüßten sie mit ruckartigen Kopfbewegungen. Auf Res warfen sie nur einen kurzen Blick und zuckten die Achseln. »Wenn man sie in das Dorf gelassen hat, muss sie wohl sauber sein«, bemerkte einer von ihnen.

Im Inneren des Gebäudes herrschte ein dämmriges Licht, das jedoch im Vergleich zur Düsternis im Arachnion geradezu gleißend war. Res konnte Guin mühelos folgen. Vor einer weiteren Hecke, einen Speer in der Hand, stand ein rotgefiederter Dorfbewohner. Noch immer konnte Res nicht erkennen, wie die Leute von Haruspex sich nach männlich und weiblich unterschieden, doch in diesem Fall war das auch nicht nötig. Der Wächter begrüßte Guin mit einem Kuss. Es musste ihr Gatte sein.

Um über den letzten Heckenrand zu spähen, musste sich Res auf die Zehenspitzen stellen. Sie fragte sich, wie die Dorfbewohner, die alle kleiner waren als sie, das anstellten, und entschied, dass sie wahrscheinlich Guckrohre wie der Torwächter benutzten. Sie reckte sich in die Höhe und sah eine Gestalt in einer kreisförmigen Aushöhlung inmitten der Mulde kauern. Es war, soweit sie erkennen konnte, ein grauhaariger, bärtiger Mann, der einen zerrissenen, vielfach geflickten Kittel trug und ständig vor sich hin murmelte. Sie musste sich anstrengen, um seine Stimme zu verstehen, zumal der Speerträger dazwischenredete:

»Unser Sühneträger«, sagte Guins Ehemann stolz. »Keiner von uns und vollkommen verrückt. Die ideale Wahl für das Reinigungsritual.«

»Rein, mein, fein ... silberne Drachen springen am Himmel ... Glimmer in der Tiefe ...«, sang der Gefangene mit erstaunlich melodischer Stimme.

»Und was wird bei dem Reinigungsritual geschehen?«, fragte Res verwirrt.

»Eine Prozession führt den Sühneträger zum Drachenfelsen außerhalb des Dorfes, und dort wird er von der Klippe gestürzt, was sonst?«, gab der Wächter zurück.

»Nachdem die Schuld am Verlust von To-Ti-La und am Nichts auf ihn geladen wurde«, fiel Guin wesentlich verbindlicher ein. »Danach ist sie getilgt, und das Nichts wird Sto-Vo-Kor nie etwas anhaben können.«

»Haben, laben, graben ... grab dir dein eigenes Grab so tief, so tief, und vergiss all die anderen Gräber«, murmelte der Gefangene.

»Aber, aber – das ist nicht gerecht!«, stieß Res entsetzt hervor. »Er hat doch nichts getan, und Ihr wollt ihn umbringen?«

Beide Eheleute stemmten die Arme in die Seiten und musterten sie missbilligend.

»Er ist der Sühneträger«, gab Guin zurück. »Das habe ich doch gerade erklärt. Sollen wir uns etwa vom Nichts verschlingen lassen? Wir sind bei der Auswahl so vorsichtig wie möglich vorgegangen. Er hat keine Familie, die um ihn trauern würde, und er ist auch zu nichts nutze, wie Ihr sehen könnt.«

»Ihr könnt gerne seinen Platz einnehmen, wenn Ihr sein Leben retten wollt«, knurrte ihr Mann. »Auch Ihr seid eine Fremde ohne Familie hier, oder Beruf.«

Guin schüttelte den Kopf: »Sie ist mein Gast, und sie hat eine Aufgabe, die sie für ihre Heimat erfüllen muss.«

Es war ein Glück, dass sie gesprochen hatte. Zu ihrer

Beschämung war Res' erster Gedanke gewesen: Nein, nicht ich! Ich will leben! Sie schluckte. Eine Stimme in ihrem Inneren teilte ihr mit, dass sie den Tod des Leonesen wieder gutmachen könnte, wenn sie hier ein Leben rettete. Aber es stimmte, was Guin gesagt hatte: Sie hatte eine Mission zu erfüllen. Sie durfte nicht aufgeben.

Zumindest redete sie sich das ein.

Wieder stellte sie sich auf die Zehenspitzen und schaute über die Hecke, zu dem grauhaarigen Mann, der plötzlich den Kopf hob und ihren Blick erwiderte. Er hatte dunkle, schräg geschnittene Augen, ein faltiges Gesicht und Brauen, die wie von einem Pinselstrich gezogen wirkten. Seine Hände waren in den zerfetzten Ärmeln seines Kittels vergraben.

»Schuldig«, sagte er leise. »Schuldig an tausendfachem Tod.«

»Wie heißt du?«, fragte Res mit belegter Stimme.

Die Klarheit wich wieder aus dem Blick des Mannes. »Namen, Rahmen, kamen, kamen hierher von weit, keine Zeit, alle Zeit, zu viel Zeit. Stets bereit.«

In Res festigte sich ein Entschluss. Sie konnte nicht zulassen, dass der arme Kerl von den Dorfbewohnern umgebracht wurde. Sie musste ihn retten. Aber dazu brauchte es einen besseren Plan, als auf die Hecke loszugehen und zu versuchen, ihn herauszuholen.

»Ich glaube, ich verstehe«, sagte sie traurig. »Und Ihr seid sicher, dass durch seinen Tod Euer Dorf geschützt wird?«

Guin nickte eifrig. »Sto-Vo-Kor ist nicht irgendein Dorf«, fügte sie hinzu. »Unseren Gründern ist es sogar gelungen, einen Glücksdrachen zu erlösen. Das arme Tier war nach einem Kampf mit einem Felsenwurm schwer verwundet und hätte sich gewiss ohnehin nicht erholt. Es wurde unser erster

Sühneträger, und seither hat Sto-Vo-Kor nur Glück gehabt. So ein Ort darf nicht untergehen!«

»Ich ... verstehe Euch«, antwortete Res und tat alles, um nicht die Beherrschung zu verlieren. »Auch ich würde nichts unversucht lassen, um Siridom zu retten.«

»Ich wusste, dass Ihr eine Gleichgesinnte seid!«, strahlte Guin.

»Ich wünschte, ich könnte der Zeremonie beiwohnen«, fuhr Res fort, »aber ich habe es wirklich eilig. Jeder Augenblick zählt. Könnt Ihr mir nicht schildern, was genau vor sich gehen wird?«

»Natürlich«, entgegnete Guin, fasste sie am Arm und führte sie aus dem Gefängnis heraus.

Als Res die Siedlung verließ, hatte sie nicht nur neuen Proviant, eine Beschreibung des Weges nach Kading und einige Informationen mehr, sondern auch eine Übersicht über den Ablauf des Reinigungsrituals erlangt. Sowie sie den äußersten Zaun hinter sich gebracht hatte, rief sie:

»Katze! Katze, komm, wir müssen weiter!« Still fügte sie hinzu: Aber es gibt noch etwas zu erledigen.

*Hast dir lange genug Zeit gelassen. Es ist windig hier draußen, und die Felsenmäuse sind so argwöhnisch wie diese Dorfbewohner. Ich habe keine einzige gefangen,* schmollte die Katze und sprang auf einen breiten Stein, hinter dem sie sich verborgen hatte. *Kämmst du jetzt mein Fell?*

»Gleich«, erwiderte Res.

Sie entfernte sich vom Dorf, so weit sie konnte, holte den Teppich hervor, breitete ihn aus und setzte sich mit dem Weidenkorb darauf. Die Katze sprang auf ihren Schoß, doch Res schüttelte den Kopf. »Nein, warte hier. Du musst mir gleich sagen, ob man mich von hier aus sehen kann, dort, wo ich sein werde.«

*Du würdest mich doch nicht im Stich lassen in diesem öden Bergnest?*, fragte die Katze.

»Nein«, gab Res gekränkt zurück.

Die Katze maunzte, dann verließ sie den Teppich wieder. Res befahl dem Teppich, unter die Klippe zu fliegen. Die Katze versicherte ihr, man könne sie von oben noch erkennen. Es dauerte eine ganze Weile, bis sie eine Position gefunden hatte, die vom Felsvorsprung aus unsichtbar war.

»Merke dir diese Stelle, Teppich. Wir kehren gleich hierher zurück.«

Dann holte Res die Katze und richtete sich auf das Warten ein, während sie ihr Versprechen erfüllte, und begann das Fell der Katze auszukämmen. Es war nicht einfach. Unter dem Felsen wehte der Wind zwar nur schwach, aber immer noch spürbar. Außerdem steckte Wüstensand und manches andere im Fell von Schnurrspitz; die Katze sah mittlerweile mehr hellbraun als buttergelb aus. Sie war so glücklich darüber, gekämmt zu werden, dass sie nicht fragte, was Res denn vorhatte, und Res kam von sich aus nicht darauf zurück. Die Katze würde es eine überflüssige Gefahr nennen, das konnte sie sich denken. Und wenn Schnurrspitz ihre Gedanken belauschte, dann jedenfalls ohne jeden Kommentar.

Res hatte tatsächlich bis auf den Schwanz alles durchgebürstet, als sie Gesänge über sich hörte. Es war so weit. Die Melodien klangen einfach und eingängig; auch für jemanden wie sie, der nicht wusste, was genau gesungen wurde, wäre es leicht gewesen mitzusummen. Dann verstummte das Lied, und eine schrille Stimme verkündete weithin vernehmbar, nun sei es so weit, der Sühneträger werde die Schuld auf sich nehmen und Sto-Vo-Kor so vor dem Untergang bewahren. Ein gewaltiges Flattergeräusch hob an; Res vermutete, dass alle in die Hände klatschten.

»Und nun stoßt ihn aus dem Nest!«

Res beugte sich vor. Ihr ganzer Körper war angespannt. Aber sie durfte nicht zu früh handeln. Sie hielt den Atem an und zählte in Gedanken jeden einzelnen Herzschlag. Dann zeichnete sich über ihr eine dunkle Gestalt ab, die sich von der Klippe löste.

»Teppich«, flüsterte sie, »jetzt! Flieg nach vorn, so dass der Mann neben mir landet!«

Der Körper, der immer schneller herabstürzte, überschlug sich und wurde vom Wind zur Seite gedrückt. Schon befand er sich unter ihnen, und einen entsetzten Augenblick lang glaubte Res, sie habe ihn verloren. Doch der Teppich ließ sich fallen, zog schräg an dem Fallenden vorüber und war endlich genau unter ihm. Res spürte die Erschütterung, als der Körper neben ihr aufprallte. Gleichzeitig erschallte über ihr ein Protestgeschrei, und sie wusste, dass sie nun sichtbar sein musste.

»Teppich, fort von hier, so schnell wie möglich – nach Süden!«

Die Schreie und Flüche von oben wurden lauter, als der Teppich wieder in die Höhe flog, und Res spürte einen scharfen Schmerz an der Schulter.

*Sie werfen mit Steinen,* stieß die Katze wütend hervor.

Dann waren sie außer Reichweite, und der Wind brachte nichts mehr als salzige Luft mit sich, die von Ansalon herwehte. Res atmete auf. Sie beugte sich zu dem zusammengekauerten Mann und sah jetzt erst, dass man ihm Hände und Füße gefesselt hatte. Als sie die erste seiner Fesseln löste, schlug er die Augen auf. Sie hielt unwillkürlich inne, denn was sie traf, war ein Blick ohne Erleichterung, ohne Dankbarkeit oder auch nur Erstaunen darüber, dass er noch am Leben war. Stattdessen hatte sie das Gefühl, in einen Abgrund aus Verzweiflung zu stürzen.

»Von dem Tod in die Not«, seufzte er. »Warum, darum, kommt um. Kein Frieden jemals beschieden.«

*Wunderbar,* sagte die Katze säuerlich. *Noch ein Esser, hat weniger Verstand als eine Feldmaus, und du hast dir wieder ein paar Feinde mehr gemacht. Wenn du das nächste Mal jemanden außer uns selbst rettest, dann lass es bitte jemanden sein, bei dem es sich lohnt.*

# KAPITEL 8

Res hatte ursprünglich geplant, den Sühneträger irgendwo abzusetzen, wo er nicht mehr in Gefahr war. Das schloss ganz Haruspex aus, da sie nicht wusste, ob es in anderen Dörfern ähnliche Bräuche wie in Sto-Vo-Kor gab, und je mehr Zeit verging, desto mehr bezweifelte sie, dass irgendein anderer Ort in Frage kam. Der Mann war vollkommen hilflos; als sie in einer Berghöhle übernachteten, weil sie kein weiteres Dorf aufsuchen wollte, stand er nur da, als wisse er nicht einmal, wie man sich hinlegte. Sie musste ihn füttern wie ein kleines Kind. Mit ihm zu sprechen war eine ständige Geduldsprobe; nichts von dem, was er sagte, ergab einen Sinn, und er schien keiner ihrer Fragen zu verstehen, noch nicht einmal die nach seinem Namen. Als er die Katze bemerkte, zeigte er mit dem Finger auf sie und stieß hervor: »Wanderer – böse!«

Aber später, als Res versuchte einzuschlafen, nahm er einen angekohlten Zweig aus dem Lagerfeuer, das sie entfacht hatte, verbeugte sich vor der Katze und begann ihre Umrisse an die Höhlenwand zu malen. Die Katze ihrerseits beäugte ihn äußerst misstrauisch.

*Was macht er da? Das gefällt mir nicht! Nutzloser Streuner!*

»Ist mir gleich, was er tut, solange er es ruhig tut«, gab Res zurück, drehte sich zur Seite und holte endlich etwas lang entbehrten Schlaf nach.

Als sie erwachte, entdeckte sie, dass der Mann nicht nur die Katze an die Wand gemalt hatte, sondern auch ein Gewirr von einzelnen Ästen. Vermutlich sollten das die Hecken sein, hinter denen er gefangen gehalten worden war, dachte sie, aber keine Weberin hätte Hecken so dargestellt; die Äste mit ihren zwei, drei Zweigen griffen nie ineinander, sondern waren untereinander gemalt, und manchmal ergaben sie sogar ein Viereck.

Der Sühneträger lag so weit vom Feuer entfernt wie möglich, doch er zitterte im Schlaf, als sie zu ihm ging, um ihn zu wecken. Res schüttelte den Kopf. Man konnte ihn eindeutig nicht sich selbst überlassen, aber wie sie jemand Vertrauenswürdigen finden sollte, der sich um ihn kümmerte, wenn sie nirgendwo lange genug bleiben konnte, um sich einer solchen Person zu vergewissern, das wusste sie nicht.

Noch ehe sie Haruspex hinter sich ließen, geschah es, dass Res zum ersten Mal selbst das Nichts sah. Die Felsen unter ihnen begannen grau zu werden, was ihr zunächst nicht auffiel; schließlich wusste sie nicht, wie die Landschaft hier normalerweise aussah. Dann sträubte sich das Fell der Katze gegen den Flugwind.

*Mach kehrt! Mach auf der Stelle kehrt! Es ist das Nichts!*

»Teppich, flieg in die andere Richtung«, sagte Res sofort, doch sie selbst wandte sich noch einmal um. Das Grau der Felsen ging am Horizont in etwas über, das ihren Augen wehtat. Es war nicht schwarz wie die Glasberge in der Nacht; es gab ihr das Gefühl, blind zu sein, und mehr noch: Sie spürte den Wind nicht mehr, wenn sie in diese Richtung schaute, sie spürte weder Kälte noch Wärme; es war, als wäre sie selbst ein Teil des Nichts.

Etwas kratzte sie am Bein. Res fuhr zusammen. Der Horizont wurde zu einem immerhin vorhandenen Grau, das rascher und rascher schwand. Schaudernd wandte sie sich wieder nach vorne und atmete erleichtert auf. Dort ragten zwar nur weitere Klippen empor, aber immerhin beruhigend solide und zweifellos vorhandene Klippen.

*Es ist nicht gut, da zu lange hineinzustarren,* sagte die Katze. *Ich hätte nicht gedacht, dass es schon hier ist. Wir bleiben doch in dieser Richtung, nicht wahr?*

»Nein. Du weißt doch, dass wir Kading erreichen müssen.«

*Du musst Kading erreichen,* antwortete die Katze. *Ich muss nur so weit wie möglich vom Nichts entfernt sein.*

Der Sühneträger, dessen langes Haar wirr im Wind flatterte, mischte sich ein. »Weint nicht die Nachtigall? Winde schlafen. Im Hain von Kading.«

»Kennst du Kading?«, fragte Res überrascht.

»Kennen, trennen, benennen, rennen. Fliehen. Verziehen.«

*Gib es auf,* kommentierte die Katze. *Du wirst nie etwas Sinnvolles aus dem da herausbringen. Im Übrigen brauchst du ihn nicht. Ich kenne Kading, das habe ich dir schon einmal gesagt. Ich weiß, wie man hineinkommt.*

»Erst einmal müssen wir überhaupt dorthin gelangen«, sagte Res und zog eine Grimasse. Bei dem ständigen Zickzackkurs, den sie eingeschlagen hatte, war es immer schwerer geworden, sich zu orientieren. Und es verlangsamte ihr Vorankommen. Sie dachte an das schreckliche Gefühl beim

Anblick des Nichts und ballte die Hände, als sie sich vorstellte, wie es sich Siridom näherte, wo ihre Mutter und Pallas hilflos waren. Dann fragte sie sich, wo Kunla und seine Familie sich wohl befinden mochten. Sie hatten den Elfenbeinturm gewiss noch nicht erreicht; mit all dem Gepäck konnte der Tross nicht sehr schnell vorankommen. Aber Kunlas Vater wusste zumindest, welche Phantásier einem helfen konnten und welche man meiden sollte. Anders als sie. Hoffentlich gelang es Kunla, dafür zu sorgen, dass sein Vater auch tatsächlich zum Elfenbeinturm zog.

Haruspex lag schließlich hinter ihnen, und mit dem Land auch das Felsgestein. Soweit es sich von hier oben erkennen ließ, befand sich unter ihnen eine riesige Ebene, die Res an das Meer von Ansalon erinnerte; bläulich und wellig, mit kleinen dunklen Punkten dazwischen. Zuerst fürchtete sie, dass sie einen Fehler gemacht hatte und tatsächlich an die See zurückgekehrt war, deswegen befahl sie dem Teppich, tiefer zu fliegen.

Aus größerer Nähe ließen sich Unterschiede zum Meer ausmachen, und Res war erleichtert. Dort unten lag kein Wasser; der bläuliche Eindruck rührte von dem Gesträuch her, das die Ebene überzog und Tausende von glockenförmigen Blüten hervortrieb. Je tiefer der Teppich sank, desto deutlicher sah Res, dass die Blüten keineswegs rein blau, sondern vielmehr eine Mischung aus Blau und Lila waren, die sie an etwas erinnerte. Sie nagte an ihrer Unterlippe.

»Sassafranisches Indigo«, rief sie, als es ihr endlich wieder einfiel. Es war eine Farbe, die ihre Mutter besonders gern verwendet hatte, und sie spürte beinahe die weiche Wolle unter den Fingern, die aus den wattigen Blüten gewonnen wurde. Sassafranisches Indigo stand für Weisheit und Entschlusskraft.

Der Sühneträger hatte sich wie Res über den Teppichrand gebeugt, um den Boden in Augenschein zu nehmen, doch er verlor das Gleichgewicht und stürzte kopfüber in das Blau hinunter.

»Teppich, ihm nach, fang ihn auf!«

*Wozu,* bemerkte die Katze, während der Teppich Res gehorchte, aber diesmal waren sie wesentlich tiefer, und den Mann noch einzuholen, in der kurzen Zeit bis zum Aufprall, schien unmöglich. Der Teppich legte sich so schräg, dass Res sich flach gegen seine Oberfläche drückte und mit der einen Hand die Katze, mit der anderen den Reisekorb festhielt, ganz gleich, welche versichernden Zauber die Weidenleute gesponnen haben mochten. Sie hatte selbst das Gefühl zu fallen, mitten in das Blau hinein. Im letzten Augenblick schob sich der Teppich unter den Sühneträger, doch das Gewicht, die Bodennähe und die Geschwindigkeit waren zu viel: Mit einem Ruck knallten sie auf den Boden.

Diesmal verlor Res wenigstens nicht das Bewusstsein. Ihr tat nur der ganze Körper weh, als sie sich mühsam aufsetzte. Etwas wie eine Wollflocke kitzelte sie dabei unter der Nase. Sie musste niesen und begriff, dass sie mitten in einem Indigowollfeld gelandet waren. Eine buttergelbe Schwanzspitze tauchte zwischen dem Blau auf, und sie hörte die Stimme der Katze protestieren:

*Das ist alles die Schuld dieses Irren! Er wird uns noch umbringen, wenn du ihn nicht loswirst!*

Zwei Hände griffen ihr unter die Schultern, und jemand zog sie hoch. Sie drehte sich um und blickte in das Gesicht des Sühneträgers, der eine zerknirschte Miene machte. Auch Res war wütend. Nicht nur, dass sie voll neuer blutiger Schrammen war und sich fühlte, als sei sie überall wund geschlagen worden; nicht nur, dass ihr Verband aufgerissen war und ihr kleiner Finger schmerzte, als stünde er in Flammen; Schnurrspitz hatte Recht – sie hätten alle sterben können.

»Was hast du dir nur dabei gedacht?«

Das gelbliche Gesicht des Mannes legte sich in tausend kleine Falten. Seine Mundwinkel zuckten, und einen Moment lang glaubte sie, er würde weinen. Dann teilten sich seine Lippen, und Res begriff, dass er lachte. Es war ein Lachen aus vollem Bauch heraus, tief und lauter als alles, was er bisher von sich gegeben hatte, so volltönend wie ein Bronzegong. Er klatschte in die Hände.

»Denken, schenken!« Geschwind bückte er sich, pflückte einen der blaulila Wollblütenzweige und überreichte ihn Res. »Mädchen. In Landschaft. Mond scheint über dem See.«

»Wir haben Tag, und die Sonne scheint!«, gab sie heftig zurück, doch sie spürte bereits, wie ihr Zorn angesichts seiner ungebrochen guten Laune verpuffte. Es war sinnlos, wütend auf jemanden zu sein, der noch nicht einmal begriff, dass man ihn anschrie.

Er strahlte, und seine schmalen, schräg geschnittenen Augen verschwanden beinahe. »Sonne, Wonne. In Sassafranien. Jugend und Tugend. Alter Verwalter. Schlüssel Kading. Ping!«

Res wandte sich ab und begann den Teppich auszuklopfen und glatt zu streichen. Dabei fielen ihr ein paar rostrote Flecken auf, und sie schaute erschreckt unter dem Teppich nach, ob sie auf irgendein Wesen gestürzt waren, bis sie sich wieder erinnerte, dass es die Spuren ihres eigenen Blutes waren.

Der Sühneträger fasste erneut ihre Schulter. »In Sassafranien«, wiederholte er drängend. »Jugend und Tugend. Alter Verwalter. Schlüssel Kading. Ping!«

Sie schluckte einen weiteren ärgerlichen Ausruf hinunter, als sich die Worte des grauhaarigen Mannes in ihrem Kopf auf einmal zu einem gewissen Sinn zusammensetzten.

»In Sassafranien«, sprach sie langsam nach und runzelte die Stirn. Er wusste also zumindest, wo sie sich befanden, was dem Eindruck zuwiderlief, er sei ganz und gar unfähig, Zusammenhänge herzustellen. »Hier gibt es den Schlüssel für das Betreten von Kading?«

»Ping!«, rief er glücklich und klatschte ein weiteres Mal in die Hände.

*Du verschwendest deine Zeit mit diesem Blödsinn*, sagte die Katze. *Um das mehr als Offensichtliche zu wiederholen, der Mann ist verrückt.*

»Deswegen kann er trotzdem etwas Wahres wissen«, erwiderte Res. Sie schaute sich um. Das Feld, in dem sie gelandet waren, quoll von reifen blauen Wollblüten beinahe über, aber wenn sie die Augen zusammenkniff, konnte sie ab und zu hoch- und niedergehende Hüte erkennen. Hier erntete jemand. Sie rollte den Teppich zusammen, schulterte den Weidenkorb und machte sich auf den Weg zu dem nächsten wippenden Hut. Mann und Katze folgten ihr, wobei der Mann unverbrüchlich lächelte und die Katze nichts als Feindseligkeit ausstrahlte.

Nun, da es wieder etwas anderes als Schmerzen gab, auf das sie sich konzentrieren konnte, fiel Res der herbe, würzige Geruch auf, der über dem Feld lag. Dieser Geruch war ihr von der sassafranischen Indigowolle her nicht bekannt. Er musste von den schmalen, länglichen Blättern mit ihren sichelförmigen Enden ausgehen, die sie ein wenig an die Augen des Sühneträgers erinnerten. Sie nahm den Zweig mit der Wollblüte, den er ihr gegeben hatte, und brach eines der Blätter ab. Eine weißliche Flüssigkeit strömte aus dem Stengel, die schnell hart wurde, und der Geruch wurde stärker. Er war nicht unangenehm, nur sehr deutlich. Sie nahm den Zweig in die rechte Hand und wurde sich plötzlich bewusst, dass ihr kleiner Finger unter dem zerrissenen Verband nicht mehr so wehtat. Der Zweig übte wohl eine ähnliche Wirkung wie der Seetang aus.

Das Gesträuch teilte sich, und sie standen einem Mann mit schlohweißem Haar unter einem geflochtenen Sonnenhut gegenüber, der einen ähnlichen Korb wie Res auf den Schultern trug. Es überraschte sie nicht, dass sein Korb mit den blauen Wollblüten gefüllt war, aber sein Verhalten verblüffte sie. Er starrte sie an, klatschte in die Hände wie der Sühneträger vorhin und rief:

»Gerjo, Gerjo, wir haben fremden Besuch!«

Eine junge, hohe Stimme antwortete aus den Feldern: »Dann sei artig, stell dich vor und frage, um wen es sich handelt.«

»Verzeihung«, sagte der Sassafranier zerknirscht zu Res. »Ehrenwerter Besuch, ich bin Lavan, Gerjos Sohn. Darf ich Euren Namen erfahren?«

»Res, aus Siridom. Tochter der Weberin Krin«, entgegnete Res, immer noch verwundert, weil ihr Gegenüber wie ein Greis aussah und sich wie ein Kind verhielt. Als sein Blick auf ihre Hand mit dem verstümmelten Finger fiel, riss er die Augen auf, und sie barg die Hand unwillkürlich in ihrem Rock.

»Und der junge Mann in Eurer Begleitung? Wie lautet sein Name?«

*Dummkopf*, warf die Katze ein. *Gemeingefährlicher Narr tut es auch. Allerdings scheint mir der da auch nicht vernünftiger.*

»Ich kenne seinen Namen nicht«, antwortete Res. »Wir ... sind uns zufällig begegnet, und, nun ja, er hat ihn mir noch nicht verraten.«

»Oh, und ich dachte, Ihr wäret seine Mutter«, sagte der Sassafranier.

*Das bestätigt es. Noch ein Verrückter. Du kannst den Kerl hierlassen, da ist er in guter Gesellschaft.*

Res war noch dabei, sich den Kopf wegen einer Antwort zu zerbrechen, als sich das Gesträuch erneut teilte und ein kleines Mädchen auftauchte, das aussah, als sei es etwa zehn Jahre alt. Es hatte blonde Haare, die Res im ersten Moment für weiß hielt, so hell waren sie, und trug eine ernste Miene zur Schau.

»Sie kommt aus Siridom, Gerjo«, sagte der Sassafranier aufgeregt, »wie unser Teppich daheim. Der Mann ist aber nicht ihr Sohn. Und sie heißt Res.«

Das Mädchen begrüßte Res mit gemessener Stimme und fügte hinzu: »Wir warten schon lange auf den nächsten Tross aus Siridom; die Ernte staut sich in unseren Hallen.«

»Ich gehöre nicht zu einem Tross«, erklärte Res verlegen, »doch ich fürchte, ich weiß, warum er noch nicht hier ist. Aber das ist eine lange Geschichte.«

»Dann lasst uns zu mir nach Hause gehen«, erwiderte das kleine Mädchen, »denn ich möchte sie hören, und«, fuhr sie mit einem leichten Schmunzeln fort, »ich kann mir vorstellen, dass auch Ihr Fragen habt.«

Auf dem Weg durch die Felder erfuhr Res, dass die Sassafranier alt geboren wurden und jung starben. Zuerst hielt sie das nur für seltsam und interessant, bis Gerjo ihr mehr erzählte. Als Sassafranier erwachte man anscheinend gebrechlich, alt und hilflos im Haus seiner Eltern. Je jünger, kräftiger und vernünftiger man wurde, desto mehr wurden die Eltern, ohne ihre Weisheit zu verlieren, zu Kleinkindern, die kaum mehr sprechen konnten. Irgendwann war es dann so weit, dass sie als Säuglinge in eine Erdmulde gebettet werden mussten.

»Meine Mutter schrie herzzerreißend, und ich begrub sie bei lebendigem Leib, wie alle meines Alters, wie es unser Brauch verlangt und wie es mein Sohn bei mir tun wird. Am nächsten Tag war dann mein Sohn auf der Welt. Das ist der Fluch, unter dem wir leben.«

Das Wort »Fluch« meinte Gerjo buchstäblich. »Es ist die Schuld der Fürstin von Kading«, sagte sie. »Sassafranien war ihr früher untertan. Aber wir erhoben uns gegen sie, und bei diesem Aufstand starb ihre gesamte Familie, nur sie nicht. Ehe sie die Schutzzauber wirkte, die Kading nun durch die Zeit wandern lassen, schwor sie, dass wir alle gleich ihr erleben sollten, wie man von eigenen Händen verliert, was man liebt, und verfluchte uns.«

Von dem Nichts hatte Gerjo bereits gehört, nicht weil es schon in ihr Land gekommen wäre, sondern weil vor kurzem ein Gesandter der Kindlichen Kaiserin die Sassafranier besucht und um Hilfe bei seiner Suche gebeten habe.

»Er trug den Glanz«, berichtete Gerjo in ehrfürchtigem Tonfall, »und natürlich hätten wir ihm gerne beigestanden, aber es gab nichts, was wir für ihn tun konnten, also zog er weiter. Die Kunde, die er brachte, war bitter. Wusstet Ihr, dass dieses Nichts nur eine der Gefahren ist, die Phantásien bedrohen? Die Kindliche Kaiserin ist krank, das hat uns ihr

Gesandter erzählt. Niemand weiß, was ihr fehlt oder wie man es heilen kann. Nun zieht er durch ganz Phantásien auf der Suche nach einem Mittel gegen ihre Krankheit und gegen das Nichts.«

Ihre Worte trafen Res tief. Bis zu diesem Zeitpunkt hatte sie es sich nicht eingestanden, aber die Hoffnung, die Kindliche Kaiserin könnte helfen, wenn Kunla und seine Familie sie nur rechtzeitig erreichten, die Gewissheit, dass ihre eigene Reise nicht die einzige Möglichkeit war, um Siridom vor der drohenden Gefahr zu bewahren, all das hatte ihr Stärke verliehen und geholfen. Ungeachtet ihrer trotzigen Worte, man müsse sich selber retten, war es beruhigend zu wissen, dass noch andere Chancen zur Rettung bestanden. Dass die Kindliche Kaiserin nicht wusste, wie man der Gefahr zu begegnen hatte, war schlimm genug. Dass sie krank war, traf Res wie ein furchtbarer Schlag. Sie war wie jedes andere Wesen in Phantásien mit der Gewissheit groß geworden, die Kindliche Kaiserin sei ewig. Ihr Dasein war einfach selbstverständlich und gab jedermann seine Kraft. Es war undenkbar, dass sie eines Tages nicht mehr da sein könnte.

Sie näherten sich einem riedgedeckten Heidehäuschen aus getrockneten Lehmziegeln, in dem Gerjo und Lavan lebten. Vor dem Haus standen mehrere Ballen blauer Wollblüten, in Netze verpackt, mit großen Blättern abgedeckt und abholbereit. Unwillkürlich fragte sich Res, ob je wieder ein Tross eintreffen würde, um sie zu holen, oder ob alle Trosse so verschwunden sein würden wie der von Lesterfeld. Ihre Augen brannten. Sie schluckte und spürte wieder das Salz der Tränen, die sie nicht weinte, in ihrem Mund.

Um sich abzulenken, fragte sie Gerjo, ob es sich bei ihrem grauhaarigen Mann möglicherweise um einen Sassafranier handele. Das schien ihr eine gute Erklärung für das seltsame Verhalten ihres Schützlings zu sein; wenn er in Wirklichkeit noch ein Kind war, wunderte es sie nicht mehr, wie unvernünftig er sich benahm.

Gerjo schüttelte energisch den Kopf. »Nein. Keiner von uns hat schwarze Haare oder solche Augen. Außerdem, wäre er einer der unsrigen, dann könnte er bereits allein in die Felder gehen und benähme sich viel vernünftiger.«

Ihr Sohn hatte immer wieder versucht, eine Unterhaltung mit dem Mann anzuknüpfen. Obwohl Res und Gerjo ein paar Schritte hinter den beiden liefen und mit gesenkten Stimmen sprachen, schien der Grauhaarige genau zu wissen, dass von ihm die Rede war. Er drehte sich um und nickte, dann rief er fröhlich:

»Sterne scheinen zur Mittagszeit!«

»Nein, ich fürchte, der bleibt so«, schloss Gerjo. Sie öffnete die Tür zu ihrem Haus und hieß jedermann, einzutreten und sich zu setzen. Statt Stühlen besaß sie Sessel, die aus Sackleinen bestanden und mit Wollblumen ausgestopft waren. Man sank förmlich hinein. Es war ein sehr angenehmes Gefühl. An der Wand hing ein Teppich, den Res mit Kennerblick sofort als ein Werk aus Siridom einordnete. Als sie näher trat, erkannte sie das Meisterzeichen von Penelo, der Großtante ihrer Mutter: ein Kleeblatt, unauffällig in die Girlande gewebt, die als Außenmuster diente. Die Farben waren bereits ein wenig verblasst; es handelte sich um ein altes Stück, das längst nicht so gut geschützt wurde wie die Teppiche im Arachnion. Res starrte auf die schlangenlinienförmigen Muster am Rand und empfand einen Stich, der sich verdächtig nach Heimweh anfühlte. Sie verstand sich selbst nicht. Sie hatte sich immer gewünscht, auf Abenteuer zu gehen und mehr im Leben zu tun zu haben, als Teppiche zu weben.

Am linken unteren Eck wies der Teppich, mitten in der Gestalt eines Borkentrolls, einen feinen, aber unübersehbaren Riss auf. »Das war Lavan. Ein kleiner Fehler mit den Netzhaken. Ich, äh, hatte daran gedacht, Euch zu fragen, ob Ihr das nicht ausbessern könnt. Besser als ich, meine ich. Wo Ihr doch eine Weberin von Siridom seid«, schloss Gerjo sichtlich verlegen.

Res willigte ein und versuchte ihre Gedanken zu ordnen, während Gerjo der Katze etwas Milch in eine Schüssel goss und sich daranmachte, eine Mahlzeit für alle zuzubereiten. So schlimm die Krankheit der Kindlichen Kaiserin und die Tatsache, dass sie offenbar nicht wusste, wie man dem Nichts begegnen konnte, auch war, Res durfte sich davon nicht entmutigen lassen. Im Gegenteil, nun war es nur noch wichtiger, dass sie Erfolg hatte. Sie nahm vorsichtig Gerjos Wandteppich ab und durchsuchte ihre rasch schwindenden Vorräte auf braune Nussfäden, die für den Borkentroll offenkundig verwendet worden waren. Zu ihrer Erleichterung fand sie etwas. Wie Pallas es ihr beigebracht hatte, schloss sie die Augen und tastete die Gestalt ab, um sich einzuprägen, mit welchem Schwung die ursprüngliche Weberin den Troll in das Gesamtmuster des Teppichs eingefügt hatte. Dann machte sie sich an das Stopfen.

»Wenn die Fürstin von Kading Euch verflucht hat«, sagte sie dabei so beiläufig wie möglich, »dann gibt es wohl keine Beziehungen mehr zwischen Kading und Euch?«

»Nur eine«, entgegnete Gerjo düster. »Sie erwartet immer noch, dass wir sie untertänigst um Verzeihung bitten, damit sie den Fluch von uns nimmt, und wieder ihre Untertanen werden. Es gab natürlich einige, die das versucht haben, denn es ist bitter, in Hilflosigkeit zu schrumpfen und seine Eltern lebendig begraben zu müssen. Aber keiner von denen, die aufgebrochen sind, um sich für uns alle zu entschuldigen, ist je aus Kading zurückgekehrt, und der Fluch liegt noch immer auf uns.«

Res biss einen Faden ab. »Seid Ihr denn sicher, dass sie überhaupt nach Kading gegangen sind? Oder dass sie den Fluch für Euch alle aufheben wollten, nicht nur für sich selbst?«, fragte sie und dachte voll Bitterkeit an Kunlas Vater und die Art, wie er Siridom verlassen hatte.

»Ihr habt eine scharfe Zunge«, gab Gerjo zurück, und Res errötete. Doch in Gerjos Stimme lag nur sachliche Feststellung, kein Tadel. »Um ehrlich zu sein, ich habe bisweilen auch schon gedacht, dass es sich so verhalten könnte. Aber wir sind ganz sicher, dass jeder von ihnen nach Kading gegangen ist. Seht Ihr, um ihre Rache auszukosten, hat die Fürstin uns mitgeteilt, wie man Kading betreten kann. Die Art und Weise ... schließt es aus, dass man stattdessen irgendein anderes Ziel aufsucht.«

Die Katze, die gerade noch den letzten Rest Milch von der Schüssel ableckte, hob abrupt den Kopf.

»Welche Art und Weise ist das?«, erkundigte sich Res.

Gerjo war inzwischen mit den Vorbereitungen zum Essen fertig und deckte das runde Tischchen, das zwischen den Sesseln stand. Sie stellte erst eine Schüssel ab, dann schaute sie zu ihrem Sohn, obwohl sie weiterhin zu Res sprach. »Das ist unser Geheimnis. Nehmt es mir nicht übel, aber es gehört nicht zu den Dingen, die man Besuchern einfach so erzählt.«

*Bah,* sagte die Katze. *Wahrscheinlich hatten diese angeblichen Kading-Besucher nur so wenig Lust auf ein Leben als Wollpflücker wie du auf ein Leben als Weberin und haben die erstbeste Gelegenheit genutzt, um sich davonzumachen, und ihr ist es peinlich, das zuzugeben.*

Wie bei vielem Beleidigenden, das Schnurrspitz sagte, steckte ein Stück Wahrheit darin. Res wollte sofort entgegnen, dass sie Siridom verlassen hatte, um es zu retten, aber es stimmte auch, dass sie sich oft genug fortgesehnt und die Gelegenheit beim Schopf ergriffen hatte.

Du behauptest, du weißt, wie man nach Kading kommt, antwortete sie der Katze still, aber du hast mir noch nichts darüber erzählt, nicht die kleinste Kleinigkeit. Wenn du es wirklich weißt, dann verrate es mir jetzt.

*Natürlich weiß ich es. Aber ich habe keine Lust, es dir zu erzählen. Wir Katzen haben das Recht, unsere Meinung zu ändern. Frag mich ein andermal.*

Ich glaube dir nicht. Ich glaube, du hast mich angelogen, nur damit ich dich mitnehme.

Als von der Katze nur noch Schweigen kam, holte Res Luft und sagte zu Gerjo: »Was, wenn ich Euch einen Handel anböte?«

»Das käme auf den Handel an«, entgegnete Gerjo langsam.

»Es werden lange Zeit keine Trosse mehr aus Siridom eintreffen«, sagte Res, und obwohl es ihr wehtat, setzte sie hinzu: »Vielleicht überhaupt nie mehr. Aber ich bin eine Weberin von Siridom. Schaut nur« – sie breitete Gerjos Wandteppich aus –, »man sieht nichts mehr von dem Schaden.«

Gerjo beugte sich über die Ecke mit dem Borkentroll. »Das stimmt«, bestätigte sie.

»Ich kann mehr für Euch tun, als nur einen Teppich auszubessern. Ich kann Euch einen Teppich weben. Keinen großen, dazu habe ich nicht die Zeit. Aber einen Teppich. Ein neuer Teppich von einer Weberin aus Siridom. Es könnte der letzte sein.«

*Bist du verrückt? Ist das ansteckend? Wir können hier nicht herumsitzen, während du einen Teppich webst. Ich bin mit dir gekommen, damit du mich so weit wie möglich vom Nichts fortbringst, und wenn es in Haruspex aufgetaucht ist, dann ist es bald auch hier. Außerdem bist du doch noch gar keine Weberin!*

In Gerjos grünen Augen flackerte Begehrlichkeit auf, doch gleich schon wurde ihre Miene wieder vorsichtig.

»Das ist ein verlockendes Angebot«, begann sie, »aber ... «

»Nach dem, was Ihr mir erzählt habt, wird es bestimmt der letzte Teppich für Euch sein. Ihr seid bereits sehr klein«, unterbrach Res sie. Ein Teil von ihr hörte ihre eigene Stimme und konnte kaum glauben, dass sie grausam genug war, jemandes Furcht vor seinem Tod auszunutzen.

*Du hasst es doch zu weben!*

Ich hasse es nicht, teilte Res der Katze schweigend mit. Ich habe es gehasst, dass ich keine Wahl hatte, dass ich nichts anderes tun sollte.

»Wie lange würdet Ihr brauchen?«, fragte Gerjo abrupt.

»Zwei Tage und zwei Nächte«, entgegnete Res und bemühte sich, ihre Erleichterung nicht zu deutlich zu zeigen.

»Also gut.«

Auf den staubigen, felsigen Grund zwischen Haruspex und Sassafranien senkte sich eine Sandwolke und wurde zu drei Gestalten, die alle die Gesichtszüge von Res aus Siridom trugen. Eine von ihnen sank auf die Knie und legte ihre Wange auf die dünne Schicht Erde über dem Fels. Ihre Schultern zuckten.

Die beiden anderen knieten neben ihr nieder und legten ihre Hände auf die Schultern der Dritten. In ihrer Berührung formten sich Worte, die nur Angehörige ihres Volkes verstanden.

»Ja, es war schlimm, und es tut gut, die Erde wieder zu spüren. Aber nicht mehr lange werden wir leiden müssen, Schwestern. Wir werden sie finden. Und wir werden sie vernichten.«

# KAPITEL 9

Gerjo besaß einen eigenen kleinen Webstuhl. Er war längst nicht so kunstfertig geschnitzt oder so groß wie die Webstühle in Siridom, aber er würde genügen müssen.

»Früher«, sagte Gerjo traurig, »habe ich die Stoffe für unsere Kleider oft selbst hergestellt, doch jetzt, wo meine Arme so kurz sind, fällt es mir sehr schwer.«

Blaue Wolle, die auch schon gesponnen worden war, stand genügend zur Verfügung, aber ein Teppich, der Siridoms Namen wert war, konnte nicht nur aus Blau bestehen, selbst ein kleiner nicht. Wenn sie auf einen Schlag all ihre mitgebrachte Wolle und Seide aufbrauchen würde, dann käme sie vielleicht damit hin, aber die Vorstellung widerstrebte Res. Die Fürstin von Kading schien nicht gerade eine großzügige Dame zu sein, und sie brauchte noch Vorräte für den Notfall. Also machte Res sich daran, einen ihrer drei Röcke aufzutrennen und die Fäden neu aufzuwickeln. Dabei nahm der Teppich, der ihr vorschwebte, allmählich vor ihrem inneren Auge Gestalt an. Bei all dem Blau war es sinnvoll, die See von Ansalon zu zeigen. Sie schaute auf das Bernsteingelb ihres Rockes und dachte an die Wüste und die Leonesen. Ein Ringen von Wüste und Wasser; das war ein gutes Thema für einen Teppich. Aber sie brauchte noch eine dritte Farbe.

Unbewusst fuhr ihre rechte Hand zu ihrem Nacken, und sie spürte das Kratzen des erneuerten Verbandes. Ihr Nacken war kahl, und ihr langes Haar hatte sie zu Hause gelassen, als Pfand ihres Versprechens zurückzukehren. Dies würde ihr erster eigener Teppich werden, der ohne jede Aufsicht gewebt wurde, und sie konnte ihre Haare nicht benutzen.

Der Sühneträger hatte seine Fröhlichkeit wieder verloren und saß auf dem Boden, wo er bekümmert dreinsah, während er mit Beerensaft seine merkwürdigen Äste und ihre Verzweigungen untereinander zeichnete. Lavan sah ihm gebannt dabei zu und ahmte ihn nach, bis seine Mutter diesen Zeitvertreib entdeckte. Gerjos missbilligendes Zungenschnalzen lenkte Res' Aufmerksamkeit auf die beiden, und ihr kam eine Idee.

Sie kramte aus ihrem Weidenkorb den Kamm hervor. Die Katze, die sich eine Heidemaus gefangen hatte und sich nach der Mahlzeit zu putzen begann, warf ihr einen hoffnungsvollen Blick zu.

»Nicht für dich.« Res setzte sich neben den Sühneträger. Wie lange er in Sto-Vo-Kor gefangen gewesen war, ahnte sie nicht, doch es musste auf jeden Fall eine lange Zeit gewesen sein, denn seine Haare und sein Bart wucherten fast bis zu seinem Gürtel hinab. Das silbrige Grau war hoffnungslos verfilzt und voller Knoten, aber dicht und fest. »Erschrick nicht«, sagte sie leise, »es wird wehtun.«

Als sie den Kamm das erste Mal versuchsweise in sein Haar steckte, erstarrte er und drehte sich um. Er nahm ihre linke Hand von seinem Haupt und ließ seine Finger über die ihren gleiten. Dabei fiel ihr auf, dass seine Haut zwar spröde, aber ohne Verhornungen war, außer an den Zeigefingern. Es waren die Finger von jemandem, der eindeutig nie ein Handwerk ausgeübt hatte oder Bauer gewesen war. Sie ertappte sich bei dem Gedanken, dass ihre eigenen Finger sich im Vergleich rau anfühlen mussten, und schüttelte den Kopf. Als ob das jetzt wichtig wäre.

»Ich brauche deine Haare für den Teppich«, erklärte Res beschwichtigend.

»Haar, war, niemals wahr. War nicht hier, aber dort. Bald fort«, erwiderte er, zuckte die Achseln und kehrte zu seiner vorherigen Haltung zurück.

Res nahm erneut den Kamm in die Hand, aber das Haar des Sühneträgers war so sehr verknotet, dass sie sich von Gerjo einen Krug Wasser ausborgte und ihm kurzerhand den Kopf wusch. Danach war es immer noch nicht leicht, doch immerhin einfacher als vorher, ihn zu kämmen und ihm mit Kunlas Messer Bart und Kopfhaar zu schneiden. Er verhielt sich sehr still; wenn er ein Kind wie Lavan gewesen wäre, hätte er rasch die Geduld verloren und begonnen zu zetern. Nein, Gerjo hatte wohl Recht. Er war kein Sassafranier. Aber er hatte gewusst, dass sich hier der Schlüssel für den Zugang nach Kading befand, also konnte er auch nicht völlig verrückt sein. Bei der Mahlzeit hatte ihm Gerjo einiges in den Mund gesteckt, doch andere Bissen hatte er sich selbst genommen. Vielleicht rührte sein Wahnsinn von der Gefangenschaft in Sto-Vo-Kor her, und er konnte sich davon erholen?

»Wie lautet dein Name?«, fragte Res versuchsweise noch einmal, während sie seine nassen, abgeschnittenen Haare zum Trocknen ausbreitete.

»Name. Brücke über den See. Sieg für den dreifingrigen Drachen. Lachen!«

Mit kurzen Haaren, ohne Bart und in Hemd und Hosen, die von Lavan stammten, wirkte er wie ein würdiges Ratsmitglied der Gilde, solange er nicht den Mund aufmachte. »Er ist lustig«, meinte Lavan. »Dürfen wir ihn behalten, Gerjo?«

»Damit wird Res nicht einverstanden sein. Im Übrigen kann ich mich nicht ständig um ihn kümmern, und du bist zu jung dafür.«

Res, die bereits begonnen hatte zu hoffen, der Sühneträger würde hier eine neue Heimat finden, sackte ein wenig in sich zusammen.

*Sag ihr, sie kriegt den Teppich nicht, wenn sie ihn uns nicht abnimmt,* schlug die Katze vor, und gerade weil sie ähnliche Gedanken gehegt hatte, schämte sich Res. Sie war für den Mann verantwortlich, und wenn er sie in Gefahr gebracht hatte, so hatte er ihr doch auch geholfen.

Endlich war es so weit; sie hatte genügend Material beisammen, der Webstuhl war aufgestellt, und Gerjo hatte ein Lager vorbereitet, damit sie sich zwischendurch ausruhen konnte. Res sammelte sich und bat alle ihre Vorfahrinnen, ihr beizustehen. Nie hätte sie geglaubt, ihr Gesellenstück unter solchen Bedingungen erstellen zu müssen. Dann begann sie zu weben.

Irgendwann hörte der Raum um sie auf zu existieren, und es gab nur noch das Schiffchen, das zwischen den blauen Fäden hin- und herglitt. Sie spürte es in sich, wenn sie Gelb zufügen musste oder wann Grau nötig war, atmete wieder die trockene Luft der Wüste ein oder die salzige des Meeres, und erst als ihre Kehle fast ausgetrocknet war, erinnerte sie sich daran, dass ihr Wasser zur Verfügung stand, und nahm wieder etwas von ihrer Umgebung wahr.

Lavan und Gerjo hatten sie anfangs beobachtet, waren

dann aber auf das Feld zurückgekehrt, mit dem Sühneträger. Die Katze schlief vor der Feuerstelle. Nachdem Res etwas getrunken hatte, fühlte sie einen Hauch von Erschöpfung. Um ihn zu vertreiben, begann sie ein Lied zu summen, das sie von Lesterfeld und anderen Trossreisenden öfter gehört hatte. Es half. Sie war bereits ein ganzes Stück weiter, als sie die Augen zusammenkneifen musste, um in der Dämmerung noch etwas zu sehen, und Gerjo mit dem Sühneträger und einer Glühwürmchenkette ins Zimmer kam, die sie aufhängte und die wieder genügend Helligkeit verbreitete.

Res dankte ihr und summte weiter. Diesmal fiel eine zweite Stimme mit ein, voll und tief, und sie hielt einen Moment lang inne. Der Sühneträger stand unter der Glühwürmchenkette, breitete die Arme aus und sang:

»Wohl zehn Meilen jenseits der Welt, kein großer Sprung, dünkt mich!« Dann setzte er sich auf den Boden, brach in Tränen aus und sprach für die nächsten Stunden kein Wort mehr. Er kauerte nur neben dem Webstuhl und schaute Res schweigend zu. Bald vergaß sie wieder, dass er bei ihr war.

Als jemand ihr vorsichtig unter die Arme griff, schrak sie auf und begriff, dass sie beim Weben eingeschlafen sein musste. Der Sühneträger zog sie in eine aufrechte Haltung und deutete auf das Lager. Res nickte, wankte die paar Schritte bis dorthin und brach auf der Stelle zusammen. Nach zwei Stunden war sie wieder wach, aber es hatte geholfen.

Es wurde Morgen, es wurde Mittag, es wurde Abend, und die Fäden, die vom Webschiffchen geführt wurden, umschrieben Res' Welt, in die nur hin und wieder hastig verzehrte Nahrung und Wasser drangen. In der zweiten Nacht, als sie kurz ausruhte, weckte sie ein krachendes Poltern. Sie fuhr hoch und erkannte im Schein der Glühwürmchenkette, dass der Webstuhl umgestoßen worden war. Der Sühneträger und die Katze standen sich gegenüber, die Katze mit gesträubten Haaren und zurückgelegten Ohren, der Mann mit erhobener Hand. Zwischen ihnen lag der zu zwei Dritteln vollendete Teppich. Einige der Kettfäden waren nicht nur durch den Sturz von der Brücke geglitten, sondern abgerissen.

»Nein«, stieß Res hervor. »O nein!«

Die beiden wandten sich ihr zu. *Der Verrückte war es,* sagte die Katze eilig, lief zu ihr und umstrich ihre Beine, als Res aufstand. *Er wollte deinen Teppich zerstören.*

»Krallen und Fallen«, murmelte der Mann und starrte die Katze kopfschüttelnd an. »Sieh nur die Krallen. Ach und Weh.«

*Du wirst doch nicht etwa glauben, dass ich es war! Wer war hier von Anfang an bei dir, ich oder dieser Eindringling?*

Res war selbst danach, etwas zu zerschlagen. All die Mühe konnte doch nicht umsonst gewesen sein. Mit zitternden Händen stellte sie den Webstuhl wieder auf. Immerhin war an dem Gerät nichts zerbrochen.

*Ich bin viel zu klein, um so ein Ding umzukippen. Er war es!*

Sie begann die Fäden wieder einzuspannen, die noch vollständig waren.

*Glaubst du mir?*

»Du kannst doch meine Gedanken lesen«, sagte Res wütend. »Ich weiß nicht, was ich glauben soll. Wenn du dich nicht ständig verteidigen würdest, wäre ich schon sicher. Du verteidigst dich sonst nie.«

Die abgerissenen Fäden ließen sich verknüpfen, aber es würde für hässliche Knoten innerhalb des Gewebes sorgen. Kein Teppich mit solchen Knoten hätte die Ebene von Kenfra verlassen.

*Ich ... kann deine Gedanken nicht immer lesen,* erwiderte die Katze kleinlaut. Der Sühneträger legte Res eine Hand auf den Arm, die sie heftig abschüttelte.

»Ich weiß nicht, wer von euch beiden das getan hat, aber ich will euch alle beide jetzt nicht sehen!«

Sie drängte beide zur Tür hinaus und schloss hinter ihnen ab. Dann tat sie, was sie sich bis jetzt verbissen hatte; sie sank auf die Knie und trommelte mit den Fäusten auf den Boden, während ihr die Tränen über das Gesicht liefen.

Lauthals »Das ist nicht gerecht!« zu schluchzen wusch etwas von ihrem Zorn aus ihr heraus. Endlich fuhr sie sich mit dem Handrücken über die Augen. Es hätte schlimmer kommen können. Ein Riss im schon vollendeten Teil des Teppichs etwa. Oder ein Auftrennen ihres Gewebes. Aber dazu war die Katze nicht imstande und der Sühneträger nicht vernünftig genug.

Vielleicht war es nur ein Unfall gewesen, und beide schoben einander jetzt die Schuld zu. Denk nicht darüber nach, befahl sie sich, überleg dir lieber, wie du mit den Knoten fertig wirst, damit Gerjo keinen Grund hat, den Teppich minderwertig zu nennen.

Kürzer. Das war es. Sie hatte den Teppich auf ein bestimmtes Längenmaß angelegt, weil die verschiedenen Maße in Siridom seit Urzeiten vorgegeben und stets dieselben waren. Aber es gab wirklich keinen Grund, nicht ein neues Maß zu wählen. Natürlich war dann früher als geplant ein Abschlussmuster nötig. Sie musste das letzte Bild anders vollenden, ohne dass es den Rhythmus der Gesamtdarstellung zerstörte.

Als Lavan mit dem Frühstück hereinkam, glitt das Schiffchen wieder emsig hin und her. Er stellte ihr Milch und Brot hin und beäugte bewundernd den Teppich.

»Er ist ja bald fertig«, sagte er, »das muss ich Gerjo erzählen! Weißt du, er ist wirklich hübsch, aber es tut mir Leid, dass du schon so weit bist. Jetzt wirst du mit deinen Schwestern fortgehen, nicht wahr?«

Res war so auf das Weben konzentriert, dass es etwas dauerte, bis Lavans Worte in ihr Bewusstsein drangen. Er stand bereits an der Tür, als sie verwundert wiederholte:

»Mit meinen Schwestern?«

Lavan machte ein bekümmertes Gesicht. »Dann war es doch eine Überraschung«, sagte er geknickt. »Bitte verrate Gerjo nicht, dass ich es verpatzt habe.« Damit floh er, ehe sie ihn zurückhalten und um eine ausführlichere Erklärung bitten konnte.

Einen Moment lang blieb sie still. Ihr Verstand drängte sie, hinter Lavan herzurennen oder Gerjo zu suchen und zu fragen, was es mit irgendwelchen Schwestern auf sich hatte. Aber sie stand so kurz vor der Vollendung des Teppichs, und wenn sie jetzt aufstand, um herauszufinden, was Lavan gemeint hatte, würde sie vielleicht nicht mehr zurückkehren. Mit einem Mal begriff sie, warum Pallas sich so sehr wünschte, der Teppich vom Verlorenen Kaiser könne fertig gestellt werden, und warum Pallas so sicher war, dass die ursprüngliche Weberin gestorben sein musste, ehe sie ihn vollenden konnte. Mit jeder Faser seines Wesens an etwas zu arbeiten und es dann einfach stehen zu lassen, ehe der letzte Faden verknüpft war, das brachte eine Weberin einfach nicht fertig. Schon der Gedanke tat körperlich weh.

Res webte weiter. Sie zog gerade den letzten Faden durch, als sie ein Kratzen an der Tür hörte.

*Ich weiß, dass du böse auf mich bist,* sagte die Katze, *aber hör jetzt auf mich. Die Leonesen sind hier. Drei von ihnen jedenfalls. Und ich glaube nicht, dass sie Gutes für dich oder mich geplant haben. Wir müssen verschwinden!*

Ihr Gesellenstück war vollendet. Vielleicht ließ es sich nicht mit den Meisterwerken im Arachnion vergleichen, aber der harmonische Tanz aus Blau, Gelb und Silber war ihr eigener, anders als alle Teppiche, die sie kannte, und doch ganz Siridom.

*Res, hörst du mich?*

»Ja«, erwiderte Res langsam, während die Erschöpfung über sie hereinbrach, »ich höre dich.«

Der Teppich war fertig, und sie blieb ausgepumpt und leer zurück. In diesem Augenblick glaubte sie nicht, dass sie so etwas noch einmal erleben wollte. Sie stand auf und fühlte sich steif in allen Knochen. Mühsam schleppte sie sich zur Tür, öffnete sie, und erst als die Katze ihr beinahe in die Arme sprang, begann Res wieder ein Teil der Wirklichkeit zu werden. Die Leonesen also.

Die Katze krallte sich in ihrem Kleid fest. *Hol den fliegenden Teppich, und dann nichts wie auf und davon!*

»Wo ist der Sühneträger?«

*Der ist hier nicht in Gefahr. Niemand will etwas von ihm. Res, Res, wie willst du dein Siridom retten, wenn diese rachsüchtigen Sandhaufen dich in die Finger bekommen?*

Res machte auf dem Absatz kehrt und lief in das Zimmer zurück. Sie wollte gerade die Katze loslassen, um sich nach ihrem Weidenkorb zu bücken, als Gerjos Stimme sie unterbrach.

»Wie ich sehe, habt Ihr Euer Werk beendet.«

Langsam wandte sich Res um. Gerjo stand im Türrahmen und hinter ihr drei weibliche Gestalten. Eine trug Gerjos Gesichtszüge. Die übrigen beiden glichen immer noch ihr. Bis auf den Umstand, dass ihre rechten Hände frei von Verbänden und fehlenden Gliedern waren. Alle drei starrten sie hasserfüllt an.

»Ihr seid mein Gast«, fuhr Gerjo fort, »und deswegen kann ich Euch nicht einfach diesen Frauen übergeben.«

*Sie wollte nur, dass du zuerst ihren Teppich fertig machst, wenn du mich fragst.*

»Aber sie erheben schwerwiegende Anschuldigungen wider Euch. Wie es scheint, bin ich nicht die Einzige, der Ihr einen Teppich angeboten habt. Die Leonesen hier behaupten, Ihr hättet auch ihnen einen Teppich versprochen und dann, als sie Euch vertrauensvoll in ihre Zelte aufnahmen, einen von ihnen getötet und ihr Eigentum zerstört. Das Gleiche hättet Ihr auch mit mir vor, sagen sie. Ist das wahr?«

All ihre Geistesgegenwart und Kraft schienen aufgebraucht zu sein, nach zwei Tagen und Nächten fieberhaften Schaffens. Res konnte nur flüstern: »Es war ein Unfall. Sie wollten mich nicht gehen lassen.«

An die steinernen drei Gesichter gerichtet fügte sie hinzu: »Ich wusste nicht, dass Feuer so gefährlich für Leonesen ist. Es tut mir Leid.«

»Lügst!«, zischte eine von ihnen.

Gerjos Miene drückte Zweifel aus. Sie verschränkte die Arme ineinander. »Es scheint, dass Wort gegen Wort steht.«

Diejenige, die Gerjos Gestalt angenommen hatte, forderte: »Gib Katze heraus, wenn Leid tut. Katze wusste. Verdient Strafe.«

Der weiche, warme Körper in ihren Armen wurde steif, und Res spürte, wie sich die Krallen der Katze, durch den Stoff hindurch in ihre Haut schlugen. Sie dachte an den umgestürzten Webstuhl und die zerrissenen Kettfäden und daran, dass die Katze bestimmt wegen Kading gelogen hatte. Sie dachte an die Selbstsucht der Katze.

Dann dachte sie an ihre bisherige Reise und daran, dass sie längst hätten fort sein können, wenn sie bei Lavans Worten nur ein bisschen nachgedacht hätte, statt nur die Weberei im Kopf zu haben.

»Die Katze ist meine Gefährtin. Ich lasse sie nicht im Stich.«

»Beide schuldig«, sagte eine ihrer eigenen Doppelgängerinnen.

Inzwischen hatte Gerjo Zeit gehabt, dem Webstuhl mehr als nur einen flüchtigen Blick zu schenken. Ihre Augen weiteten sich. »Aber der ist ja wirklich wunderschön!«, rief sie.

Inmitten der betäubenden Mischung aus Furcht, Erschöpfung und blinder Entschlossenheit erwachte ein Funken Stolz in Res und wärmte sie. »Ich habe meinen Teil des Handels erfüllt«, sagte sie fest. »Erfüllt nun auch den Euren. Ihr habt versprochen, mir den Weg in die Stadt Kading zu weisen. Ich halte Euch für eine ehrliche Frau, die bestimmt nicht den Groll der Leonesen nutzen will, um einen Betrug zu verüben und umsonst einen Teppich zu bekommen.«

Ärger, Scham und Entschlossenheit vermengten sich in Gerjos jungem Gesicht. »Nun gut«, entgegnete sie. »Niemand soll mich je eine Betrügerin nennen dürfen …«

»Kannst sie nicht entkommen lassen!«, unterbrach eine Leonesin sie aufgebracht. »Wirst sonst selbst unsere Feindin!«

»… und es ist«, schloss Gerjo, »eine gute Möglichkeit, um festzustellen, ob Ihr eine Mörderin seid oder nicht.«

Die drei Gestalten legten sich die Arme um die Schultern. Nach einer Weile verkündete Gerjos Ebenbild: »Nichts geregelt. Nicht einverstanden. Werden jedoch Prüfung beobachten, dann handeln.«

*Res*, murmelte die Katze, *du bist ein Schatz unter den Zweibeinern, und ich werde dir ewig dankbar sein. Aber wenn die drei dir tatsächlich den Rücken kehren, dann lauf in die andere Richtung, so schnell du kannst, und fliege davon, sobald es geht. Wenn du hier auf Erklärungen wartest, dann wird das dein Tod sein und meiner. Du glaubst doch nicht, dass diese Weiber im Ernst auf die Wünsche der kleinen Pflückerin Rücksicht nehmen? Der einzige Grund, warum sie nicht längst an ihr vorbei hier hereingedrängt sind, liegt darin, dass sich in diesem Raum reichlich viele Wasserkrüge befinden, von denen du nur zum Teil getrunken hast.*

Schnurrspitz, gab Res zurück, sobald sie sich umdrehen, lasse ich dich auf den Boden fallen. Dann lauf und drück die Tür zu. Ich weiß, dass du Gegenstände aus Holz bewegen kannst, wenn du willst.

»Folgt mir«, sagte Gerjo und drehte sich um. Res machte einen Schritt nach vorne. Die drei Leonesinnen wandten sich ebenfalls in Gerjos Richtung, und Res öffnete ihre Arme.

Die Tür war bereits verriegelt, und Res wischte sich den Schweiß von der Stirn, als Gerjo sich zwischen dem wütenden Knirschen von Sand auf Holz endlich Gehör verschaffen konnte.

»Was soll das?«, fragte sie ärgerlich.

»Ich treffe nur ein paar Vorbereitungen, ehe ich zu Euch herauskomme«, sagte Res laut. »Verzeiht mir, aber meine Fähigkeit, Euch zu trauen, ist seit kurzem stark gesunken.«

»Das Gleiche gilt für mich, soweit es Euch betrifft«, entgegnete Gerjo. »Vergesst nicht, dass ich Euren Narren hier draußen habe. Eigentlich wollte ich ihn aus der Angelegenheit heraushalten, aber bitte …«

Nachdem sie ihren Weidenkorb gepackt hatte, übergoss sich Res von Kopf bis Fuß mit Wasser und tränkte jeden Fetzen Kleidung, den sie finden konnte, damit.

*Du erwartest doch wohl hoffentlich nicht … Res! Nein! Das*

*ist unkätzisch!*, schrie Schnurrspitz, als Res kurzerhand den Rest des Kruges über der Katze ausleerte.

»Besser unkätzisch als tot«, gab Res zurück. Das Wasser vertrieb etwas von ihrer Ausgelaugtheit, und es fiel ihr wieder leichter, Pläne zu schmieden. Trotzdem befürchtete sie, die Leonesinnen würden nur lachen, als sie wie ein triefendes Häufchen Elend, zwei ebenfalls triefende Teppiche unter dem Arm geklemmt und den Weidenkorb geschultert, die Tür öffnete. Einen vorwurfsvollen Blick in den blauen Augen, folgte ihr die Katze dicht auf den Fersen.

Die Leonesinnen lachten nicht. Stattdessen wichen sie ein paar Schritte zurück. Insgeheim bedankte sich Res bei Timotheus für die Erklärung in Sachen Leonesen.

»Wirst trocknen«, knurrte eine von ihnen.

»Sicher werde ich das. Aber nicht so schnell. Hier ist nicht die Wüste.«

Der Sühneträger stand neben Gerjo und trat von einem Bein aufs andere. Lavan war nirgendwo zu sehen; vermutlich wollte ihn Gerjo bei dem, was folgen würde, nicht in der Nähe haben.

»Sand, Sand, Pfand für Sand«, flüsterte der Sühneträger mit unglücklicher Miene.

»Welcher ist mein Teppich?«, fragte Gerjo, die den Mann am Handgelenk hielt. »Den dürft Ihr nicht mitnehmen.«

»Das sind alles beides meine Teppiche, bis Ihr mir verratet, wie ich nach Kading komme.«

Gerjo ließ den Sühneträger los. »Ihr habt es so gewollt, vergesst das nie. Der Zauber, der über Kading liegt, sorgt dafür, dass die Bewohner jeden Morgen in einer anderen Zeit aufwachen, und nie ist es die Zeit, in der die restlichen Wesen Phantásiens leben. Wenn nun einer von uns die Stadt betreten will, so sagte die Fürstin unseren Vorfahren, um ihre

Verzeihung zu erbitten, so ist ein Opfer nötig. Man kann Kading nur zu zweit betreten, durch die Flammen der Zeit, und das zweite Wesen verliert sein Leben. Und«, schloss Gerjo harsch, »wenn Ihr bereit seid, das Leben eines Eurer Freunde dafür zu opfern, dann haben die Leonesen Recht, was Eure Natur betrifft.«

Die Übelkeit und das Entsetzen, die in Res aufstiegen, zwangen sie beinahe in die Knie. »Aber ... es muss einen anderen Weg in die Stadt geben«, sagte sie tonlos. »Es muss einfach.«

»Wenn es einen gibt, dann hat ihn niemand gefunden, seit der Fluch auf Sassafranien lastet«, entgegnete Gerjo und gab dem Sühneträger einen Schubs. »Geh zu ihr. Ich will sehen, was sie tut. Und Ihr«, setzte sie an Res gewandt hinzu, »gebt mir meinen Teppich. Ich schwöre beim Glanz, beim Elfenbeinturm, bei der Kindlichen Kaiserin selbst, dass ich die Wahrheit gesprochen habe.«

Die Leonesinnen beobachteten Res lauernd. Sie nahm sich zusammen. Vielleicht gab es noch einen weiteren Weg, vielleicht nicht, aber sie durfte jetzt nicht darüber nachgrübeln. Jetzt galt es zu entkommen. Sie hatte schon genug falsch gemacht.

Res wartete, bis der Sühneträger sie erreicht hatte. Dann steckte sie eine der Teppichrollen zwischen ihre Beine und warf die andere mit beiden Händen in Gerjos Richtung. Ohne darauf zu achten, was Gerjo tat, machte sie einen Schritt zur Seite, um den zweiten Teppich auszurollen. Der Schlag, der sie traf und wegstieß, ein Gefühl wie von warmer Erde in einem Sandsack, wurde von einem hellen Knirschen begleitet. Res raffte sich wieder auf und sah aus den Augenwinkeln, dass eine der Leonesinnen sich auf den nassen Teppich geworfen hatte. Wo ihre Gestalt das feuchte Gewebe berührte, überzogen dunkle Flecken ihren Körper, und sie schrie vor Schmerzen, während die Flecken abbröckelten, doch sie rührte sich nicht von der Stelle, um Res an der Flucht zu hindern.

Res ergriff den Sühneträger bei der Hand und rief: »Lauft!«

Zusammen mit der Katze rannten sie auf die Indigofelder zu. Ein Mittelding aus einem knarrenden Lachen und Schluchzen schallte hinter ihnen her. Natürlich wussten die Leonesinnen, dass ihnen Res zu Fuß hoffnungslos unterlegen und jederzeit ausgeliefert war; sie konnten es sich leisten, sich zunächst um ihre Schwester zu kümmern und sie dann erst zu jagen.

Sowie sie hinter einem Hügel verschwunden und außer Sichtweite waren, ließ sich Res keuchend auf den Boden fallen und zerrte den Weidenkorb von ihren Schultern. Mit bebenden Fingern zog sie den Deckel herunter und aus dem Inneren das, was sie dort versteckt hatte: den fliegenden Teppich. Es war abzusehen gewesen, dass die Leonesen versuchen würden, ihr diese Fluchtmöglichkeit zu nehmen, deswegen hatte sie Gerjos alten Wandteppich benutzt. Weder die Leonesen noch Gerjo waren Weberinnen von Siridom, die einen nassen Teppich, noch dazu von seiner Rückseite her, von einem anderen hätten unterscheiden können.

»Flieg!«

# KAPITEL 10

Kading lag zwischen Sassafranien und der Stadt Brousch, der Heimat der Feuergeister. Die Hitze der Flammen war schon von weitem zu spüren, und daher hielt es Res für sicher, dort auszuruhen, um sich zugleich den Kopf wegen ihres nächsten Schrittes zu zerbrechen. Irgendwo hier, wo das Hochland von Sassafranien zu löchrigem schwarzem Gestein wurde, musste sich Kading befinden, nur in einer anderen Zeit. Sie fand einen einigermaßen glatten großen Stein, sehr warm, aber noch nicht glühend, lehnte sich gegen ihn, um besser nachdenken zu können, und schlief auf der Stelle ein. Als sie wieder aufwachte, war ihre Haut feucht vor Schweiß und ihr Mund wie ausgedörrt. Sie wollte nach dem nächsten Wasserkrug greifen, wie in den letzten zwei Tagen, bis sie sich erinnerte, was aus dem Wasser geworden war.

*Die Sandweiber treiben sich in der Nähe herum*, sagte die Katze zu ihr. *Aber es sieht nicht so aus, als könnten sie näher kommen, sonst hätte ich dich schon früher geweckt.*

Res schaute in Richtung der sassafranischen Ebene und sah, was Schnurrspitz meinte. Die Leonesinnen standen nahe genug, dass sie erkennen konnte, wie sich eine von ihnen mit schmerzverzerrtem Gesicht auf die beiden anderen stützte.

Sie ähnelte Res nur noch bedingt; die Gesichtszüge waren zerlaufen wie ein Bild, über das jemand Wasser gegossen hatte, und was einmal nachgebildete Kleider gewesen waren, war nun eindeutig mit der restlichen Gestalt verwoben, bis hin zu den tiefen Löchern überall.

»Sand, Tand. Rinnt, verrinnt«, sagte der Sühneträger. Er hockte zwischen Res und der Katze und wippte auf den Fersen hin und her.

Die drei Leonesinnen mussten gemerkt haben, dass Res aufgewacht war, doch sie rührten sich nicht. Sie standen nur da, unnachgiebig, und Res unterdrückte den Wunsch, sie anzuschreien.

*Falls du dich fragst, was die mit uns planen – sie wollen uns ersticken lassen. Ob durch ihren Sand oder an der Hitze der Flammen, ist ihnen gleich. Verbrennen tut es auch für sie.*

»Danke«, sagte Res heiser. »Du verstehst es wirklich, einen aufzuheitern.«

Die Katze hob eine Pfote und leckte sie ab. Beinahe verlegen meinte sie: *Wenn du mich ausgeliefert hättest, dann wärest du jetzt nicht in dieser Lage. Vielleicht.*

»Ich weiß«, sagte Res nur und begann die Katze hinter den Ohren zu kraulen, während sie überlegte. Mit den Leonesinnen zu reden hatte wohl keinen Sinn. Nachdem eine von ihnen schwer verwundet worden war, war es sicher noch unmöglicher als unmöglich geworden, sie davon zu überzeugen, auf ihre Rache zu verzichten. Über Brousch hinwegzufliegen würde sie abhängen – für eine Weile. Andererseits löste es das grundsätzliche Problem nicht. Kading war ihre einzige Spur des Verlorenen Kaisers. Res wandte sich von dem Anblick der drei wartenden Gestalten ab und starrte zu den Flammen von Brousch hinüber, bis ihre Augen schmerzten. Irgendwo hier befand sich Kading. Vielleicht waren sie schon längst dort. Nur nicht zur richtigen Zeit.

Sie rieb sich die Augenlider und entdeckte, dass der Sühneträger inzwischen begonnen hatte, zwei sehr kleine schwarze Gesteinsbrocken gegeneinander zu reiben. Sie waren nicht sehr fest und zerfielen rasch zu schwarzer Asche, die er auflas und von einer Hand in die andere gleiten ließ, mit einer Stirn, die noch zerfurchter war als üblich.

*Du würdest keinen von uns beiden opfern,* stellte die Katze in resignierendem Ton fest. *Selbst den Unsinnsschwätzer nicht.*

»Nein«, gab Res zurück und wünschte sich verzweifelt, es nicht einmal einen Augenblick lang in Erwägung zu ziehen. Aber der Gedanke war da, verräterisch und herzlos. Sie fuhr sich mit der rechten Hand durch das Haar. Seit sie es abgeschnitten und Siridom verlassen hatte, war es nicht länger geworden. Dazu war nicht genügend Zeit vergangen. Wie lange war sie nun schon unterwegs? Eine Woche? Zwei? Einen Monat? Drei? Sie wusste es nicht mehr; nur, dass ihre Haare noch nicht nachgewachsen waren, hinderte sie daran, es eine Ewigkeit zu nennen. Sie kam sich wie der Stein vor, an dem sie lehnte, warm, aber nicht mehr glühend, wie er wohl einmal gewesen war. Wenn man ihn noch weiter von den Flammen von Brousch wegrollte, würde er immer kälter werden, bis er überhaupt keine Wärme mehr in sich trug. Oder vielleicht würde er zerfallen, wie die kleinen Steine in den Händen des Sühneträgers.

Die Reisen, von denen Lesterfeld und andere, die für die Gilde mit den Trossen unterwegs waren, zu erzählen pflegten, waren lustig und spannend gewesen. Kunlas Vater hatte gelegentlich davon gesprochen, dass die erste Reise mit einem Tross »einen Mann« aus Kunla machen würde. Niemand hatte je erwähnt, dass einen Reisen auch auf eine Weise verändern konnten, die ihr ganz und gar nicht gefiel.

Es muss einen anderen Weg geben, sagte sich Res wieder und klammerte sich an diese Hoffnung. Es gibt Wege, die man nicht beschreiten kann, ohne das zu verlieren, weswegen man sie beschreitet.

Eben wollte sie die Katze und den Sühneträger schweren Herzens auffordern, sich wieder auf dem Teppich zusammenzukauern, um weiterzufliegen, als das Tier plötzlich sagte:

*Wir Katzen haben neun Leben, weißt du.*

»Wie meinst du das?«, fragte Res zurück und hielt unwillkürlich den Atem an.

*Wie ich es sage. Wir haben neun Leben. Wenn man uns eines nimmt, bleiben immer noch acht. Ich spreche aus Erfahrung. Obwohl ich mich immer bemüht habe, ein vernünftiges, sicheres Dasein zu führen, habe ich bereits zwei Lebzeiten verloren.*

»Willst du damit sagen ...«

*Wenn du mit mir durch die Flammen der Zeit gehst und wieder zurück und sagst, dass du eine Lebenszeit von mir anbietest, dann wirst du mich damit nicht töten.*

»Schnurrspitz ... das ist ... ist das auch wirklich wahr?«, stieß Res hervor, zu überwältigt, um darauf zu achten, dass sie den Namen der Katze in Hörweite eines Dritten laut ausgesprochen hatte.

Die Katze legte ihren Schwanz sorgsam um ihren Körper und bettete ihren Kopf zwischen die Vorderpfoten. *Vertrau mir.*

Es fiel Res schwer nachzudenken, ohne sich von der jähen Hoffnung davontragen zu lassen. Die Katze würde in dieser Angelegenheit nicht lügen. Würde nicht sterben, nur um ihr den Zugang nach Kading zu ermöglichen. Das sah Schnurrspitz ganz und gar nicht ähnlich. Die Katze musste die Wahrheit sagen.

Ein zweiter, hässlicher Gedanke kam ihr. Was, wenn Schnurrspitz entschieden hatte, dass es zu gefährlich war, weiter mit Res herumzureisen, und Kading als idealen Fluchtort vor dem Nichts betrachtete? Was, wenn die Katze den Flammen mitteilte, Res sei diejenige, die mit ihrem Leben für den Weg dorthin bezahlen würde?

*Das habe ich gehört,* sagte Schnurrspitz ohne Groll und mit einem Hauch von Belustigung. *Meine Gesellschaft färbt auf dich ab, scheint mir. Du klingst mehr und mehr wie eine Katze.*

»Ich wünschte wirklich, du würdest mir erklären, wann du meine Gedanken hören kannst und wann nicht«, entgegnete Res gereizt.

*Wenn du nicht direkt mit mir sprichst, folgt es keinen Regeln.*

»Das ist ungerecht«, murmelte Res, nahm einen der schwarzen Brocken neben sich auf und warf ihn in die ungefähre Richtung der Leonesinnen. Er fiel mehrere Schritte vor ihnen auf den Boden. Die drei blieben reglos.

*Kading ist kein guter Zufluchtsort für mich,* sagte die Katze. *Ihr bisschen Zeitmagie wird sie nicht vor dem Nichts schützen, wenn es hierherkommt, da bin ich mir sicher.*

Es entging Res nicht, dass der Protest »So etwas würde ich nie tun!« ausblieb. Sie schirmte ihre Augen mit der freien Hand ab und schaute wieder in das Land der Feuergeister hinüber. Die Hitze und der Ruß, der von dort aus hierher trieb, machten es ihr inzwischen schwer zu atmen. In der Wüste war es erträglicher gewesen; zumindest gab es dort nichts als klare Luft. Sie hustete. Das machte das Atmen nur noch schwieriger.

»Und welches davon sind die Flammen der Zeit? Oh, ich hätte das Gerjo fragen sollen. Ich hätte sie zwingen sollen, mich direkt hinzuführen. Ich kann es nicht fassen, wie dumm ich mich in Sassafranien angestellt habe.«

*Kein Widerspruch von mir. ›Ich habe es dir ja gleich gesagt‹ ist einer der kätzischsten Sätze.*

Res zog ihre linke Hand zurück. »Such dir jemand anderen, der dich streichelt«, sagte sie und schnitt eine Grimasse.

*Oh, ich kann noch etwas Besseres tun. Im Gegensatz zu dem, was du glaubst, wusste ich tatsächlich, wie man nach Kading kommt. Und ich weiß, wo sich die Flammen der Zeit befinden.*

Res rappelte sich auf und klopfte dem Sühneträger auf die Schultern. »Komm, mein Freund«, sagte sie, »Zeit weiterzuziehen.«

Als er sich nicht aus seiner Hockstellung rührte, zog sie ihn hoch, wie er es bei ihr getan hatte. Er wog nicht eben wenig, aber auf halbem Weg begriff er, was sie wollte, und stand alleine auf. In den Händen hielt er immer noch den schwarzen Staub.

*Es ist eigentlich ganz einfach, wenn man Bescheid weiß. Über dem ganzen Gebiet hier liegt ein Zauber. Deswegen kann man es auch von jedem Ort her betreten. Um die Flammen der Zeit hervorzurufen, muss man etwas auf den Boden legen, das von den Sassafraniern stammt. Dann tritt man zurück und ruft: »Kading, du Einmalige, lass mich eintreten und nimm ein Leben von ... wem auch immer.« Die Stichflamme, die emporschießt, ist nicht sehr angenehm, aber sie tut einem nichts und dauert nicht sehr lange.*

Res holte eines von Gerjos Broten, die sie hastig in den Weidenkorb gestopft hatte, hervor. Sie bückte sich, bis ihre Hand beinahe den Boden berührte, und hielt inne.

*Jetzt kommt es darauf an,* sagte die Katze. *Vertraust du mir?*

Res gab sich einen Ruck und ließ das Brot zu Boden fallen. Sie stand noch nicht wieder ganz gerade, als sie die Stimme der Katze hörte, laut, nicht nur in ihrem Kopf, so schrill wie ein in den Bergen widerhallendes Maunzen:

»Kading, du Einmalige, lass uns eintreten und nimm das Leben des namenlosen Narren neben uns!«

»Nein«, schrie Res, doch um sie herum schlugen feurige Zungen aus dem Boden und hüllten sie von Kopf bis Fuß ein, so dass sie nichts mehr sehen konnte. Es gab nur noch die Hitze, die jedes bisschen Atem aus ihr heraussog, rote Glut und das blaue Herz der Flammen. Sie versuchte aus den Flammen auszubrechen, aber sie waren überall. Dann stieß ein Wind sie plötzlich zu Boden, kalter Wind, gesegnet kalt, der die Flammen teilte und nichts als Kälte enthielt. Sie spürte Glätte unter sich und noch mehr Kühle. Als der Wind sich legte, stand sie wieder auf, ohnmächtige Trauer und Zorn im Herzen. Doch was sie sagen wollte, blieb ihr in der Kehle stecken.

Es lag nicht an der neuen Umgebung, in der sie sich befand, obwohl diese erstaunlich genug war. Die Flammen von Brousch, die Hochebene von Sassafranien, all das war verschwunden. Um Res herum fingen pyramidenförmige Gebäude aus weißem Kristall das milde Licht einer Sonne ein, die wie durch einen grauen Schleier schien, und warfen es auf den Boden. Die Straße, auf der sie stand, war nichts als ein ständig fließender Lichtstrahl. Zwischen einigen der Pyramiden hingen Netze, an denen sich die üppigsten Pflanzen emporrankten, in grüner, blauer, roter, gelber Saftigkeit. Auf der Straße gingen, nein, schwebten große Gestalten, deren untere Körperhälfte ganz aus durchsichtigen Flügeln bestand, die ständig hin und her flatterten und in einem silbernen, grazilen Oberkörper zusammenwuchsen, mit langen Armen, schmalen Fingern und Häuptern, die von kunstvoll gelegten Locken gestützt wurden. Wenn sie die Köpfe bewegten, ging ein feines Klingen von ihnen aus.

Was Res stumm machte, war jedoch etwas ganz anderes. Neben ihr saß nicht nur die Katze, deren Schurrbarthaare zitterten. Neben ihr stand auch der Sühneträger, mit einem sehr verwunderten Gesichtsausdruck. Er schaute an sich herab, dann zu ihr, dann zu den Pyramiden. Schließlich wandte er sich wieder ihr zu und verbeugte sich.

»Edle Dame«, sagte er in seiner tiefen Stimme, »träume ich? Verzeiht dem unwürdigen Sohn eines ehrenwerten Vaters, aber wie kamen wir hierher, und wer seid Ihr? Dies ist gewiss nicht die Stadt Lo-yang.«

Res öffnete den Mund und schloss ihn wieder. Sie kam sich dumm dabei vor, aber das alles war etwas zu viel auf einen Schlag. Sie waren in Kading, die Katze hatte sie verraten, aber niemand war gestorben, und der Sühneträger hatte offenbar seinen Verstand wieder.

»Wie«, begann sie, stellte fest, dass sie krächzte, räusperte sich und begann noch einmal: »Wie lautet Euer Name?«

»Yen Tao-tzu«, erwiderte er, verbeugte sich erneut und blickte sie erwartungsvoll an.

Sie biss sich auf die Lippen. »Ich heiße Res«, sagte sie, »und wir sind zusammen gereist. Kannst du ... könnt Ihr Euch nicht erinnern?«

»Zu meinem größten Kummer muss ich das verneinen und erneut vermuten, dass ich träume. Das Letzte, woran ich mich erinnere, ist der Anblick eines ausgesucht schönen Felsens bei Sonnenuntergang in meinem Garten. Ich dachte gerade an ...« Er runzelte die Stirn und schaute wieder an sich herab.

Diesmal fielen ihm seine Hände auf und der schwarze Staub, den er in ihnen hielt. Er stutzte. Die tiefen Furchen kehrten in seine Stirn zurück. »An ...«

*Immerhin wissen wir jetzt, dass er überhaupt denken kann,* bemerkte die Katze patzig.

Enttäuschung und Empörung flutete in Res zurück, und eisig antwortete sie in Gedanken: *Geh fort. Ich will dich nicht mehr sehen.*

Die Katze legte ihren Kopf schräg zu Seite. *Aber ich ...*

*Du wolltest ihn umbringen. Wage nicht zu behaupten, du hättest gewusst, dass er dabei nicht sterben würde. Geh weg.*

*Ich handle meiner Natur gemäß,* entgegnete die Katze würdevoll, doch Res ignorierte sie und wandte sich wieder an den grauhaarigen Mann. Sie versuchte den Kloß, der ihr in der Kehle saß, herunterzuschlucken. Bis jetzt war ihr nicht klar gewesen, wie sehr sie an der Katze hing und wie stark sie ihr trotz allem vertraut hatte. Aber das war ein Verrat zu viel. Laut sagte sie:

»Yen Tao-tzu, wir befinden uns in der Stadt Kading, wo ich eine wichtige Frage an die Fürstin zu stellen habe. Ich bin auf der Suche nach dem Verlorenen Kaiser, der Phantásien einmal aus höchster Gefahr gerettet hat, und sie hat ihn gekannt.«

Ratlosigkeit und Verwunderung in seiner Miene vergrößerten sich nur noch bei ihren Worten. »Von welchem Erhabenen sprecht Ihr? Zwar hat kein Sohn des Himmels Lo-yang mehr besucht, seit die Aufstände losbrachen, doch ist der Herr über zehntausend Jahre derzeit wohlauf in Szechwan, soweit ich weiß, und fand auch mancher seiner Vorgänger ein unglückliches Ende, so kann man doch keinen von ihnen verloren nennen. Was Kading und Phantásien betrifft, so muss ich in meiner beklagenswerten Unwissenheit bekennen, von keinem von beiden gehört zu haben.«

Da Res die Namen »Lo-yang« und »Szechwan« völlig unbekannt waren, konnte sie darauf nur erwidern, sie sei auf ihre Art genauso unwissend. Inzwischen hatte sich das Klingen um sie herum, das von den Bewohnern von Kading ausging, verstärkt, und Res wurde sich bewusst, dass sich etliche der hohen Gestalten um sie versammelt hatten. Einige von ihnen wiesen mit langen, schmalen Fingern auf sie. Ihre Körper bebten, und Res begriff, dass sie lachten. Hitze stieg in ihre Wangen. Rußig, verschwitzt und in fleckigen Kleidern, wie sie waren, gaben sie und Yen Tao-tzu gewiss keinen schönen Anblick ab, von ihrem verstümmelten Finger ganz zu schweigen, aber keiner dieser Stadtbewohner hatte durchgemacht, was sie erlebt hatten. Niemand von denen besaß das Recht, über sie zu lachen.

*An deiner Stelle würde ich schleunigst ...*, begann die Katze, und diesmal brach die aufgestaute Erbitterung laut aus Res empor.

»Ich habe dir gesagt, du sollst weggehen! Geh fort und komm mir nie wieder unter die Augen!«

Die Katze schaute sie stumm an. Dann erhob sie sich und trottete mit herabhängendem Schwanz davon. Res schloss die Lider und öffnete sie erst wieder, als sie sicher war, nicht mehr weinen zu müssen.

»Dame Res, fühlt Ihr Euch nicht wohl?«, fragte Yen Tao-tzu behutsam. Er musterte sie mit einer Mischung aus Mitleid und Vorsicht, und Res begriff, dass er befürchtete, sie sei verrückt. Das hilflose Gelächter, das in ihr aufstieg, konnte sie nicht mehr unterdrücken. Sie lachte und lachte, bis ihr tatsächlich Tränen in den Augen standen, und sie erinnerte sich, wie dieser Mann gelacht hatte, als sie sich beim Absturz in den Feldern von Sassafranien beinahe alle den Hals gebrochen hätten. Vielleicht fing es tatsächlich so an, wenn man den Verstand verlor.

Die Bewohner von Kading, die sie beobachteten, hatten ihrerseits aufgehört zu lachen. Statt dessen schwirrten sie in kleinen Gruppen um Res und den Sühneträger herum und steckten die Köpfe zusammen.

Res wischte sich mit einer rußverschmierten Hand über die Augen, dann sagte sie so ruhig wie möglich zu Yen Tao-tzu: »Mir geht es gut. Die Reise war nur sehr anstrengend.« Sie straffte sich und marschierte auf die nächste Gruppe von Kadingern zu. Wie sie es bei Yen Tao-tzu gesehen hatte, verbeugte sie sich und erklärte knapp: »Ich bin Res aus Siridom, meine Heimat und auch Eure ist in großer Gefahr, und ich muss so schnell wie möglich mit der Fürstin sprechen. Wo hält sie sich auf?«

Das feine Klingen von Gelächter hob aufs Neue an. Res rührte sich nicht vom Fleck und wandte auch nicht den Blick von den geflügelten Wesen ab. Endlich erwiderte eines von ihnen mit einer Stimme, die so leicht wie das Spiel von Silberglocken dahinperlte:

»Die Fürstin spricht nicht mit jedem dahergelaufenen Vagabunden. Eigentlich solltest du allein schon für deine Unverschämtheit bestraft werden, doch ich will nachsichtig sein, weil dir offenkundig der Verstand fehlt. Geh die Straße entlang und biege bei der zweiten Kreuzung links ab, dann findest du einen Ort, der deinesgleichen aufnimmt.«

Res biss die Zähne zusammen, um nicht loszubrüllen. Sie ballte die Fäuste.

Leise sagte Yen Tao-tzu: »Vielleicht sollten wir unser Äußeres ziemlicher machen, Dame Res, ehe Ihr versucht, eine Erhabene zu besuchen. Auch lehrt der Meister K'ung, dass

Höflichkeit und Achtung gegenüber den Autoritäten eher zum Erfolg führen, als sich von Leidenschaften überwältigen zu lassen.«

»Glaubte Meister K'ung, dass seine Angehörigen in Lebensgefahr waren, als er das sagte?«, gab Res zurück, doch in ihrem Innersten wusste sie, dass er wohl Recht hatte. Sie würde letztendlich schneller an ihr Ziel gelangen, wenn sie sich hier nicht auch noch Feinde schuf. Mit dem Weidenkorb auf den Schultern machte sie sich auf den Weg, den man ihr gewiesen hatte.

Yen Tao-tzu nahm ihre Frage ernst. »Meister K'ung«, erwiderte er, »ging für zwölf Jahre ins Exil, als er sah, dass der König von Lu seine Lehren nicht in seinem Herzen trug und keine Gerechtigkeit walten ließ, doch die Dame, seine Gemahlin, blieb zurück, soweit ich weiß.«

Er schaute nach links und rechts, auf die Pyramiden und die schwebenden Bewohner von Kading, und schüttelte erneut den Kopf. »Wenn dies kein Traum ist, dann muss ich meine Auseinandersetzung mit dem Mönch von Lung-men neu überdenken, denn es ist mir unerklärlich, wie ich hierhergekommen bin.«

»Einen Teil zumindest kann ich erklären«, sagte Res.

Während sie die Straße aus gehämmertem Licht entlanggingen, erzählte sie ihm das Wichtigste ihrer Geschichte und wie sie ihn in Sto-Vo-Kor gefunden hatte. Er lauschte aufmerksam, und da sich an seiner Miene nicht ablesen ließ, ob er ihr glaubte, fragte sie sich, ob er sie nun endgültig für verrückt hielt. Wenn ein Wildfremder ihr verkündet hätte, sie habe die letzte Zeit als Wahnsinnige verbracht, hätte sie auch ihre Zweifel gehabt. Als sie mit ihrer Erzählung in Sassafranien angelangt war und von der Zeit in Gerjos Haus sprach, fuhr er unwillkürlich mit der Hand an sein rasiertes Kinn.

»Wahrlich, mein Kinn ist das eines jungen Mannes«, rief er bekümmert.

Res blieb es erspart, darauf zu antworten, da sie vor einem Gebäude angelangt waren, das sich von den übrigen deutlich unterschied. Es bestand zwar ebenfalls aus Kristall, aber seiner Form nach glich es dem Heim von Gerjo und Lavan. Außerdem fehlte dem Kristall hier der makellose Schliff, den er sonst überall aufwies; das Haus schien vielmehr aus lauter Splittern zusammengesetzt zu sein, die bei den übrigen Bauten als Abfall übrig geblieben waren. Immerhin drang aus dem Inneren ein Duft nach Braten und Wein.

»Ein Wirtshaus«, stellte Yen Tao-tzu in einem Tonfall fest, in dem sich Missbilligung und Schicksalsergebenheit mischten.

Es war doch ein nützlicher Hinweis von dem Kadinger gewesen, dachte Res, nicht nur eine Beleidigung. In einem Wirtshaus würde sie mit Sicherheit nicht nur erfahren, wo sich alles Wichtige in der Stadt befand, einschließlich des Palastes der Fürstin, sondern auch, wie man es anstellte, dort empfangen zu werden. Außerdem war es wirklich eine gute Idee, sich zu waschen.

In das Innere des Wirtshauses drang durch die Kristallsplitter nur ein diffuses, dämmriges Licht, aber sie erkannte auf den ersten Blick, dass kein einziger der Gäste den grazilen Gestalten ähnelte, die sie auf den Straßen gesehen hatte. Statt dessen saßen hier Wildweibchen, die von Kopf bis Fuß mit einem goldenen Fell bedeckt waren, das Res schmerzlich an die Katze erinnerte, Kopffüßler, Borkentrolle, Zwerge, Bienenelfen und zwei, drei Jungen mit weißblondem Haar, die etwa so alt wie sie selbst zu sein schienen, aber vermutlich Sassafranier und daher sicher sehr viel älter waren.

Hinter einer Reihe von Fässern, die eine Theke bildeten,

stand ein wohlbeleibter Mann, auf dessen Haupt sich Weiß mit Blond mischte, und verzog das Gesicht zu einem schiefen Grinsen, als er Res und Yen Tao-tzu eintreten sah. »Ah, Neulinge! Willkommen in der Mörderschenke, ihr zwei. Setzt euch nur, der Wein kommt gleich.«

Res fragte sich, ob der Wirt Fäden oder Ausbesserungsarbeiten als Entgelt annehmen würde oder ob seine Worte als Einladung zu verstehen waren. Wie auch immer, sie brauchte Auskünfte. Also zog sie Yen Tao-tzu am Ärmel und setzte sich mit ihm zu zwei Zwergen, einem blauhäutigen Dschinn und einem Sassafranier, die ihnen freundlich winkten. Nachdem man sich begrüßt und einander vorgestellt hatte, stellte der dicke Wirt bereits zwei Krüge und zwei Becher vor sie und den Sühneträger.

»Ich habe kein …«, begann Res, doch der Wirt fächelte mit der einen Hand in der Luft, während er mit der anderen einschenkte.

»Das ist umsonst. Kadinger Münzen kannst du ohnehin noch nicht besitzen, und ich habe nie vergessen, wie man sich nach seinem ersten Mord fühlt. Das ist mein Einstand für jeden Neuen hier!«

»Ich habe niemanden umgebracht«, entgegnete Res entrüstet, was am Tisch johlendes Gelächter hervorrief.

Der Zwerg stieß den Dschinn mit dem Ellenbogen an. »Damit habe ich meine Wette gewonnen«, sagte er zufrieden. »Du spendierst die nächste Runde.«

Der andere Zwerg meinte gutmütig: »Mein Kind, diesen Satz sagt hier jeder Neuling. Ein paar von uns hoffen auf Abwechslung, aber eigentlich kann man sich darauf verlassen. Mach dir nichts daraus, wir hatten am Anfang alle Schwierigkeiten, es zuzugeben. Trink!«

»Aber ich habe …«, protestierte Res erneut. Dann erinnerte

sie sich mitten im Satz an die Leonesen, die vermutlich immer noch auf der Hochebene von Sassafranien auf sie warteten, und daran, dass sie durchaus die Versuchung gespürt hatte, genau das zu tun, was die Katze dann getan hatte, und sie verstummte.

Der Sassafranier zwinkerte ihr verständnisvoll zu und klopfte ihr auf den Rücken. »Trinkt.«

Sie hob den Becher an ihren Mund und schmeckte zum ersten Mal in ihrem Leben den leicht säuerlichen Geschmack von Wein.

Yen Tao-tzu betrachtete seinen Krug mit sichtlichem Misstrauen. »Höchst ehrenwerter Wirt, gehört auch Tee zu den Dingen, mit denen Ihr die Reisenden labt?«

»Du willst nicht wirklich Tee, mein Sohn, glaub mir. Heute und jetzt, wo du gerade erst Mörder geworden bist, willst du Wein.«

»Ohne irgendjemandem hier zu nahe treten zu wollen«, gab Yen Tao-tzu zurück, »möchte ich doch festhalten, dass ich niemanden umgebracht habe. Gewalt ist mir zuwider. Ich schließe mich Meister K'ung an, der uns auffordert, sie nur als letztes Mittel der Bestrafung gegenüber den Unbelehrbaren anzuwenden.«

Diese Bemerkung löste erneut schallendes Gelächter in der Schenke aus. Der Sassafranier, der auf Res' anderer Seite saß, drehte sich zu seinem Landsmann am nächsten Tisch um. »Waren wir je so jung?«, fragte er wehmütig.

Der Zwerg neben Yen Tao-tzu beugte sich vor und fuchtelte mit einem Finger in der Luft herum, dicht an der Nase des Sühneträgers vorbei. An seiner lallenden Aussprache war zu erkennen, dass er dem Wein schon reichlich zugesprochen haben musste. »Die Sache ist gaaaaaanz einfach«, sagte er. »Wenn man nicht aus Kading stammt und trotzdem die Stadt betreten hat, dann ist man ein Mörder. Wir haaaaatten alle Gründe, um hierherzukommen. Gute Gründe. Aaaaaaaanständige Gründe. Aber jeder von uns war bereit, dafür ein Leben zu opfern. Und kaum ist man hier, stellt sich heraus, dass alles umsonst war. Aaaaaaandere Regeln hier, und sie kümmern sich nicht um die Welt dort draußen. Was bleibt also übrig? Mörder sein.«

»Ihr meint, jeder hier Anwesende hat einen Mord auf dem Gewissen?«, fragte Yen Tao-tzu, dessen Selbstbeherrschung nun doch erschüttert schien, während Res probehalber einen zweiten Schluck aus ihrem Becher trank. Diesmal schmeckte es ihr etwas besser. Sie ließ gleich noch einen dritten folgen, um sicherzugehen.

»Jeder einen? Mitnichten!«, gab der angetrunkene Zwerg entrüstet zurück.

»Das erleichtert mich, denn ...«

»Wir sind schließlich aaaaalle gut in unserem Geschäft.«

Res schaute von ihrem Becher auf. »Geschäft?«

Der Sassafranier schenkte ihr nach. »Wenn man etwas kann, das andere nicht können, dann tut man sich in dieser Stadt zusammen, stellt Regeln auf und bietet seine Dienste an. Die leben hier in Kading schon *sehr* lange auf engem Raum zusammen. Da geschieht es öfter mal, dass der eine oder andere jemanden tot sehen will. Aber sie machen sich nicht gerne die Hände schmutzig. Andererseits wissen sie, dass jeder hier in der Stadt, der nicht aus Kading stammt, bereit ist zu töten. Ist es nicht offensichtlich, worauf das hinausläuft?«

Der zweite Zwerg am Tisch, der anscheinend noch nüchtern war, verkündete stolz: »Aber es war mein Einfall, uns alle zu organisieren. Vorher wurde einfach jeder für Morde gemietet, wie es den Kadingern passte, und sie haben unsereinen ausgepresst und Hungerlöhne gezahlt. Aber nicht mit mir! Wir Bergbauleute lassen uns so etwas nicht gefallen. Ich habe das Syndikat gegründet, und seit unserem ersten Streik werden wir ordentlich entlohnt. Außerdem muss keiner von uns Aufträge an unseren heimischen Feiertagen annehmen.«

»Mich wollte mal ein Edler unbedingt am Sonnwendtag für den Mord an seiner Erbtante anheuern«, berichtete der Sassafranier. »An diesem Tag wird bei uns daheim immer die Wollernte gefeiert. Ich habe mich geweigert, und er wollte mir Schwierigkeiten machen. Einem anderen an meiner Stelle den Auftrag geben, meinen Ruf ruinieren, dergleichen eben. Aber Halberts Syndikat hat sich bewährt. Hier fallen wir Kameraden nicht in den Rücken!«

»Es sei denn, man bezahlt uns dafür«, fügte ein Wildweibchen vom Nachbartisch grinsend hinzu, und diesmal ließ das Gelächter alle Tische beben.

»Ich habe es mir überlegt«, sagte Yen Tao-tzu ausdruckslos und leerte seinen Weinbecher in einem Zug.

Eine Stunde später wurden er und Res von den übrigen Gästen angefeuert, mit ihnen um die Wette zu trinken. Res fühlte sich unbeschwerter und besser als zu irgendeinem anderen Zeitpunkt seit Beginn der Reise. Alles, was sich bisher ereignet hatte, der tote Leonese, ihr verstümmelter kleiner Finger, dass sie ihr Gesellenstück geschaffen hatte und es mit Sicherheit nie wiedersehen würde, dass sie die Katze verloren hatte und zwischen berufsmäßigen Mördern gelandet war, dazu die ständig drückende Angst, den Verlorenen Kaiser nicht rechtzeitig zu finden – das alles wog auf wundersame Weise immer weniger.

Stattdessen schwirrte ihr der Kopf. Hin und wieder versuchte sie halbherzig, etwas für ihre Sache zu tun. »Und ...

hast du schon mal einen Auftrag für die Fürstin ausgeführt?« erkundigte sie sich bei dem Zwerg Halbert.

Der schnalzte missbilligend mit der Zunge. »Alle Auftraggeber müssen sich auf Vertraulichkeit verlassen können!«

Der Sassafranier neben ihr, der Alrund hieß, flüsterte ihr ins Ohr: »Außerdem klatscht hier niemand über die Fürstin, der seinen Verstand noch beisammen hat und sein Leben behalten will.«

»Ohne die Fürschschschtin«, erklärte der Zwerg Esan, »wären wir alle nicht hier, weil's nämlich eine ganz gewöhnliche Stadt wäre.« Er hob seinen Weinbecher. »Auf die Fürschschschtin!«

»Auf meinen Onkel, den alten Tyrannen!«, fiel der Dschinn mit ein. »Wenn der mir nicht eine angeblich völlig sichere Schnapsflasche als Wohnort angedreht hätte, wäre *ich* nicht hier!«

»Auf Kunlas Vater, den Verräter«, steuerte Res bei. »Wenn der sich nicht aus dem Staub gemacht und alle anderen genauso wütend darüber wie ich gewesen wären, säße ich immer noch in Siridom und wäre auch nicht hier!«

»Das war ein ganz schön langer Satz, Mädchen. Du sprichst noch viel zu gut. Trink mehr«, ordnete der Wirt an.

»Auf den Mönch von Lung-men«, rief Yen Tao-tzu und schenkte sich den letzten Rest des Krugs ein, worauf der Wirt eilig einen neuen holte. »Wenn er mir nicht prophezeit hätte, meine Gedanken würden mich in den Wahnsinn führen, falls ich sie je Wirklichkeit werden lasse, wäre ich mit Sicherheit auch nicht hier!«

Res bemächtigte sich des neuen Kruges und goss sich nach. »Aber wir werden es ihnen allen zeigen!«

Yen Tao-tzu nickte. »Das werden wir, das werden wir.« Er riss ihr den Krug beinahe aus der Hand.

Die Zwerge klopften in seltener Einmütigkeit mit ihren Bechern auf den Tisch. »Wetttrinken, Wetttrinken!«

Das Letzte, woran sich Res von diesem Tag noch erinnerte, war, dass sie auf den Tisch geklettert war und die Gäste der Mörderschenke für die freundlichsten Wesen von ganz Phantásien erklärt hatte. Danach verschwamm alles in einem trägen, roten Strudel.

# KAPITEL 11

Ein Schwall kalten Wassers weckte Res zu einem Bewusstsein auf, das sich anfühlte, als hämmerten Riesen auf ihrem Kopf herum.

»Auf, auf, neues Syndikatsmitglied«, forderte eine Stimme in unerträglich fröhlichem Tonfall. »Ein neuer Tag mit möglicher Arbeit ruft!«

Unwillig hob sie ein Augenlid und sah einen Himmel aus Kristallsplittern über sich. Neben ihr stöhnte jemand. Sie öffnete auch noch das andere Auge und sah den Rand eines Holztischs in ihr Blickfeld hineinragen. Erst als sich ein gewaltiger Bauch über sie beugte und ein zweiter Schwall Wasser ihr Gesicht traf, begriff Res, dass sie auf dem Boden der Mörderschenke in Kading liegen musste. Sie schreckte hoch, sprang auf, und ihr wurde sofort übel. Würgend lehnte sie sich über den Tisch, aber eine Hand hielt ihr hilfreich einen Eimer hin, in dem immer noch etwas Wasser war.

Während sie sich erbrach, hörte sie den Wirt kommentieren: »Du meine Güte, du bist im Zechen wirklich nicht erfahren, Mädchen, was?«

Wieder kam ein tiefes Stöhnen vom Boden.

»Und du auch nicht. Nun kommt schon, ihr beiden. Ein

neuer Tag, ein neues Geschäft, wie man bei uns zu sagen pflegt. Schließlich müsst ihr euren ersten Beitrag abarbeiten.«

»Beitrag?«, fragte Res schwach, als sie von dem Eimer zurücktaumelte, wo sie umgehend von einem würgenden Yen Tao-tzu abgelöst wurde.

»Tja, ihr habt beide bei Halbert unterschrieben und gehört damit zu unserem Syndikat. Keine Sorge, der erste Auftrag kommt bestimmt, und eure Schulden hier könnt ihr dann auch gleich bezahlen.«

Yen Tao-tzu hob den Kopf aus dem Eimer. »Seit dem Tod meines ehrenwerten Vaters bin ich das Oberhaupt des Hauses Yen«, erklärte er. »Ich bin Mitglied der Dichtergilde von der Brücke über dem See und erster Alchemist von Lo-yang. Der Sohn des Himmels selbst hat geruht, Neugier hinsichtlich meiner Theorien zu zeigen. Aber ganz gewiss bin ich kein Mitglied einer Vereinigung von Mördern.«

»Halbert hat sich schon gedacht, dass einer von euch zweien oder ihr alle beide da Zweifel haben würdet«, entgegnete der Wirt, schob zwei Finger zwischen die Lippen und pfiff. Eine Spinne, die bis zu Res' Knie reichte, tanzte auf acht Beinen herbei. Auf dem Rücken trug sie einen runden Kristall. Der Wirt legte einen Daumen darauf. »Die Verträge der Mitglieder 98 und 99 bitte«, sagte er förmlich.

In dem Kristall erschienen zwei eng beschriebene Dokumente. Auf einem erkannte Res etwas, das eindeutig wie ihre Unterschrift aussah. Auf dem anderen waren ein paar von den Baumzeichen mit wenigen Ästen, die der Sühneträger hin und wieder vor sich hin gezeichnet hatte.

»Die Originale sind natürlich bei Halbert unter Verschluss«, ergänzte der Wirt beiläufig.

Res wandte sich ab. Das Ganze war lächerlich, aber sie hatte keine Lust, deswegen zu streiten. Sie musste nur die

Fürstin finden und befragen, dann konnte sie Kading wieder verlassen. Es sei denn ... Schlagartig fiel ihr ein, dass sie ihren Weidenkorb am Vortag in einer Ecke der Schenke abgestellt und seither nicht mehr angerührt hatte. Sie schaute sich hastig um und entdeckte ihn. Eilig stürzte sie zu ihm und riss den Deckel herunter. Erleichterung überflutete sie, als sie den Teppich fand, zusammengerollt und heil.

»Tss. Wir sind Mörder, keine Diebe«, bemerkte der Wirt.

»Das spricht für Euch«, sagte Yen Tao-tzu, der nach wie vor auf die Spinne mit dem kristallenen Rücken starrte, »doch ich mache Euch darauf aufmerksam, dass jenes Dokument nicht mein Siegel trägt. Selbst Barbaren wie die Khitan oder die Juchen wissen, dass ohne Siegel keine Unterschrift im Reich der Mitte gültig ist.«

Der Wirt zuckte die Achseln. »Das kümmert uns nicht. Hier sind wir in Kading«, gab er grinsend zurück und schlug Yen Tao-tzu auf die Schulter. »Nehmt's leicht, ihr beiden. So geht es jedem Neuling. Aber es ist wirklich kein schlechtes Leben. Ordentliche Entlohnung, und wenn die Kadinger über uns die Nase rümpfen, was soll's? Brauchen tun sie uns doch. Also macht euch fertig, und dann sage ich Halbert Bescheid, dass er euch zur Einschwörung bei der Fürstin mitnehmen kann.« Naserümpfend fügte er hinzu: »Aber gebt euch ein bisschen Mühe. Ihr dürft auch meine Wanne benutzen. Sonst seid ihr ja eine Schande für das gesamte Syndikat.«

Yen Tao-tzu öffnete den Mund, doch Res kam ihm zuvor. »Wir werden bei der Fürstin eingeschworen?«, wiederholte sie langsam.

»Bei wem sonst? Sie regiert die Stadt und musste unsere Regeln genehmigen, ehe wir uns organisieren durften. Im Grunde ist sie uns gewogen, aber wehe, wir entrichten nicht rechtzeitig unsere Steuern.«

Res packte den Weidenkorb mit der einen Hand und ließ ihn sofort wieder sinken. »Yen Tao-tzu«, sagte sie so erschöpft wie möglich, »willst du mir nicht helfen?«

Angesichts der bisherigen Reise und der dunklen Erinnerung an einen Trinkwettbewerb gestern wäre es ihr albern vorgekommen, ihn weiterhin formell anzureden. Yen Tao-tzu kämpfte sichtlich mit seiner guten Erziehung, doch er kam zu ihr und nahm ihr den Weidenkorb ab.

»Nun zeigt uns die Wanne«, sagte Res freundlich zu dem Wirt. »Ich möchte so gut wie möglich aussehen, wenn ich der Fürstin begegne.«

»Das ist die richtige Einstellung«, antwortete er und kniff sie in die Wange.

Wenn ich wirklich Mörderin würde, dann wäre er mein erstes Opfer, dachte Res, und erst als keine Antwort kam, wurde sie sich wieder bewusst, dass die Katze sie nicht mehr hören konnte.

Auf dem Weg zum Palast der Fürstin starrten sie diesmal weniger Kadinger an als gestern, aber Res hörte abermals Gelächter.

Der Zwerg Halbert, der sie und Yen Tao-tzu in der Schenke abgeholt hatte, zuckte die Achseln. »Man gewöhnt sich daran«, sagte er. »Sie lachen nicht, wenn man sie abmurkst.«

Die Straßen aus Licht und die Kristallpyramiden waren an diesem Morgen wahre Folterinstrumente. Wenn nicht die Aussicht bestanden hätte, endlich ein paar Antworten zu erhalten, hätte sich Res am liebsten irgendwo in einem dunklen Winkel verkrochen. So schritt sie mit zusammengebissenen Zähnen hinter Halbert her. Immerhin fühlte sie sich nicht mehr so verdreckt und verschwitzt. Ihr Haar war noch feucht, doch es trocknete rasch in der leichten Brise, die durch Kading wehte.

Yen Tao-tzu war offenbar zu dem Schluss gekommen, dass es sich gleich blieb, ob er immer noch träumte oder durch einen bösen Zauber nach Phantásien gebracht worden war. »Ich muss in meine Heimat zurückkehren«, teilte er Res mit. »Der Herr über zehntausend Jahre wartet dringend auf Neuigkeiten hinsichtlich meiner Erfindung, und ich stehe kurz vor einem Durchbruch. Wenn ich Erfolg habe, wird er Lo-yang endlich wieder die Sonne seines Antlitzes zuwenden. Wir waren einmal das Herz des Reiches, aber dann brachen Aufstände los, und der damalige Sohn des Himmels war gezwungen zu fliehen. Der erhabene Hsien-tsung hat die Ordnung wiederhergestellt, doch vergeben hat er Lo-yang noch nicht.«

»Ich würde das an deiner Stelle der Fürstin gegenüber nicht erwähnen«, erwiderte Res. »Nach allem, was ich in Sassafranien gehört habe, hasst sie Aufstände.« Und bestraft sie grausam, fügte sie im Stillen hinzu; sie hielt es nicht für klug, dergleichen hier laut zu äußern, zumal sie etwas von der Fürstin wollte.

»Welcher Herrscher tut das nicht?«, seufzte Yen Tao-tzu. »Meister K'ung lehrt, dass sie gegen die natürliche Ordnung der Dinge verstoßen. Doch beginnt jede Dynastie mit einem solchen Verstoß, und ich frage mich manchmal ...«

Er verstummte. Res erinnerte sich daran, wie die Anführer der Gilde ganz Siridom verheimlicht hatten, in welcher Gefahr sie schwebten, so dass immer neue Trosse ungewarnt loszogen, nur des Gewinns wegen, und sie dachte, dass ein Aufstand auch eine gute Sache sein konnte. Wenn alles ein glückliches Ende fand und sie wieder nach Siridom zurückkehrte, würde sie sich jedenfalls niemals mehr auf die Gilde verlassen oder vom Rat Befehle annehmen.

Der Palast der Fürstin erwies sich als Pyramide wie alle anderen auch; Res erkannte keinen Unterschied zwischen diesem und anderen Gebäuden und stellte fest, dass sie Glück im Unglück gehabt hatte. Ohne einen Führer hätte sie gewiss nie die richtige Kristallpyramide gefunden.

In der Empfangshalle tummelten sich eine Reihe von kugeligen, struppigen braunen Wesen, die ständig Purzelbäume schlugen, wenn sie nicht aus dem Brunnen in der Mitte der Halle tranken, wo eine rote Flüssigkeit aus einer gläsernen Hand rann. Res kam der Wein vom gestrigen Abend in den Sinn, und sie schauderte. Ihr tat immer noch der Kopf weh. Aber die rote Flüssigkeit roch ganz anders.

»Herzbeerensaft«, erklärte Halbert, der ihrem Blick gefolgt war. »Schmeckt bitter für unsereins, aber die Lügenbolde sind verrückt danach.«

»Lügenbolde?«, wiederholte Yen Tao-tzu sichtlich verwundert.

»Sie beraten die Fürstin. Viel zuverlässiger als Prophetinnen und Wahrsager. Bei Lügenbolden kann man völlig sicher sein, dass jede einzelne Vorhersage falsch ist, und sich nach dem Gegenteil richten.«

Einer der Lügenbolde hatte die Neuankömmlinge entdeckt und rollte zu ihnen hinüber. Er fuhr mit einer großen blauen Zunge über Res' linke Hand, ehe sie zurückzucken konnte, und verkündete mit quieksender Stimme: »Ihr seid völlig sicher in dieser Stadt!«

»Das habe ich mir gedacht«, sagte Res trocken.

Der Lügenbold zwinkerte ihr aus großen gelben Augen zu. »Ihr werdet Eure Heimat und Phantásien retten und glücklich in Euer Heim zurückkehren.«

»Habe ich nicht gesagt, dass du dich besser darauf einrichtest, hier den Rest deines Lebens zu verbringen?«, bemerkte der Zwerg.

»Ihr werdet den Rest Eures Lebens hier verbringen und niemals mehr von Freunden verraten werden«, verkündete der Lügenbold prompt und kugelte zu Yen Tao-tzu weiter. Res bildete sich ein, ihr Herz hämmern zu hören. Was der Lügenbold behauptete, war also immer falsch, aber das brauchte nicht zu heißen, dass das Gegenteil immer richtig sein würde. Nicht im Geringsten.

Als der Lügenbold mit seiner Zunge Yen Tao-tzus Hand berührte, geschah etwas Merkwürdiges. Das Kugelwesen fuhr zurück und überschlug sich ein paarmal. Dann rollten tatsächlich große, gelbliche Tränen aus seinen Augen.

»Das ist möglich«, kreischte der Lügenbold, »absolut möglich! Seine Zukunft ist nicht aufgebraucht! Er hat ein Leben!«

In Kading war es, im Vergleich zu den übrigen Stationen von Res' bisheriger Reise, ohnehin eher kühl, aber nun konnte sie nicht verhindern, dass ein Frösteln ihre Haut überlief, so dass jedes Härchen sich aufstellte. Ihr fiel wieder ein, wie die Katze den Flammen der Zeit das Leben des Sühneträgers angeboten hatte. Bis jetzt hatte ihr noch niemand erklären können, warum Yen Tao-tzu dabei nicht gestorben war.

»Genug ist genug«, sagte Halbert, während der Lügenbold zu seinen Gefährten rollte und von ihnen getröstet wurde, und musterte Yen Tao-tzu unbehaglich. »Wir dürfen die Fürstin nicht warten lassen. Sie hat schließlich nicht den ganzen Tag Zeit, ein paar neue Mörder einzuschwören.«

Von der Halle aus führte ein Gang schräg nach oben zur Mitte der Pyramide. Dort lag ein kleinerer Empfangsraum, der von zwei Kadingern bewacht wurde. Neben dem leisen Flattern ihrer Flügel hörte man nur den Klang einer Flöte.

»Neue Rekruten, Halbert?«, fragte einer von ihnen. »Du hast Glück. Bis zur nächsten Audienz dauert es noch ein Weilchen. Hinein mit dir.«

Das Innere des Raumes erinnerte auf den ersten Blick ein wenig an die Mörderschenke, weil die Wände auch hier nicht aus großen, geschliffenen Kristallplatten bestanden, sondern aus zahllosen Splittern. Doch im Gegensatz zu der wahllosen Unordnung in der Schenke und den dort verwendeten Splittern, die voller Sprünge waren und von der Form her oft nicht zusammenpassten, war hier jedes Stück sorgfältig ausgesucht und fügte sich in ein harmonisches Ganzes. Es glich den Wandteppichen aus Siridom und enthielt sogar Muster und Bilder.

In der Mitte des Raumes, auf einer Liege, die von einem wirklichen Teppich gepolstert wurde, lag eine grazile Gestalt mit matt ausgebreiteten Flügeln und silbernem Haar, das ein wenig länger als das der übrigen Kadinger und mit Perlen durchwirkt war. Von ihr stammten die Flötentöne. Sie hielt ein Schilfrohr in der Hand, das sie absetzte, als sie Halberts gewahr wurde, doch sie richtete sich nicht auf. »Man hat mir schon berichtet, dass Neuankömmlinge in der Stadt seien«, sagte sie, und weder ihre Miene noch ihre Stimme ließen besonderes Interesse erkennen. »Sind sie bereit, den Eid zu leisten?«

»Ja, Herrin«, bestätigte Halbert.

»Nein«, sagte Res klar und deutlich.

Die Fürstin warf ihr einen Blick zu, als bemerke sie zum ersten Mal, dass Halbert sich in Gesellschaft befand. Ihre Augenbrauen hoben sich. Dann lachte sie. Es war das gleiche klingende Lachen, das die übrigen Bewohner von Kading auszeichnete, verstärkt durch den leichten Widerhall, der in diesem Raum herrschte.

»Ich bin nicht hier, um einem Mördersyndikat beizutreten«, erklärte Res so ruhig wie möglich und kam sich neben der Fürstin plump und hässlich vor. »Ich bin hier, weil Ihr vor vielen Jahren bei den Weberinnen von Siridom einen Teppich bestellt habt, der den Triumph des Verlorenen Kaisers zeigen sollte. Ihr habt ihn gekannt, und ich muss wissen, wo er sich befindet.«

Sie schluckte ihren Stolz hinunter und kniete nieder. Aus den Augenwinkeln sah sie, dass Yen Tao-tzu es ihr gleichtat. Mehr noch, er streckte die Arme aus und legte sein Haupt auf den Boden. »Bitte«, schloss sie, »helft mir. Siridom wird vom Nichts bedroht, und viele andere Orte in Phantásien ebenfalls. Der Verlorene Kaiser hat es einmal besiegt. Ich muss ihn finden, damit es ihm erneut gelingt.«

Als sie zu Ende gesprochen hatte, ahmte sie Yen Tao-tzu nach und presste ihr Gesicht ebenfalls auf den Boden. Es wirkte noch demütiger als eine Verbeugung, und wenn es die Fürstin günstig stimmte, dann kam es Res nicht darauf an. Über sich hinweg hörte sie die Stimme der Fürstin befehlen:

»Halbert, verschwinde.«

»Euer Erhabenheit ...«

»Hinaus. Lass uns allein.«

Die leichten Schritte des Zwergs entfernten sich rasch. Dann näherte sich ein Flattern, bis Res spürte, wie die gefächelte Luft ihre Wangen berührte.

»Steht auf«, sagte die Fürstin. »Alle beide.«

Res gehorchte. Die Fürstin schwebte direkt vor ihr. Aus der Nähe fielen Res vor allem ihre Augen auf, die einen hellen, harten Glanz versprühten, wie Diamanten.

»Es hat mehr als einen Kaiser in Phantásien gegeben«, sagte die Fürstin. »Weißt du überhaupt, welchen du meinst, Mädchen? Ich kann mich unmöglich an alle erinnern.«

Also hatte die Katze in diesem Punkt die Wahrheit gesagt. Unwillkürlich fuhr sich Res mit der Zungenspitze über die Lippen. »Es mag mehr als einen gegeben haben«, erwiderte sie, »aber Ihr habt nur diesen einen Teppich in Siridom bestellt und nie abholen lassen. Der Verlorene Kaiser muss Euch im Gedächtnis geblieben sein.«

»Hm«, sagte die Fürstin und fuhr mit ihrer schmalen Hand unter Res' Kinn. Die Berührung war eiskalt. Sie zog Res näher an sich heran und wisperte: »Mag sein, dass ich mich erinnere. Aber es sind keine guten Erinnerungen. Du hast mir Kummer bereitet, weil du sie in mir geweckt hast. Warum also sollte ich dir helfen?«

In der Nähe solcher Kälte fiel Res das Atmen fast so schwer wie in der Hitze und dem Ruß der Flammen von Brousch. »Weil Kading sonst früher oder später ebenfalls an das Nichts fällt«, presste sie heraus.

Die Fürstin ließ sie los, klatschte in die Hände und lachte erneut. »Und warum sollte mich das kümmern? Ich lebe schon sehr lange. Ja, früher dachte ich, dass ich des Lebens nie satt werden würde oder der Süße der Macht. Aber nun zehre ich schon Ewigkeiten davon und finde sie bitter. Kading ist die sicherste Stadt von Phantásien, und ich bin eine gute Herrscherin. Hier geht nichts vor sich, was ich nicht will. Einst dachte ich, das würde mir Frieden geben und mich wieder glücklich machen, aber inzwischen bin ich es leid. Ich bin der Anbetung meiner Untertanen überdrüssig und auch ihres Neids und ihres versteckten Grolls, wenn sie mich betrachten. Ich finde keine Freude mehr daran, immer dieselben Streitereien zu schlichten und stets aufs Neue die gleichen Befehle zu geben. Mag das Nichts wiederkommen! Es bringt zumindest Abwechslung.«

Seit er seinen Verstand wiedererlangt hatte, hatte Res die

Stimme des Sühneträgers nicht mehr so gebrochen und fassungslos gehört wie jetzt. »Und Eure Untertanen?«, fragte er und starrte die Fürstin an, als stünde ein Ungeheuer vor ihm. »Sollen Eure Untertanen sterben, nur weil Ihr Euch langweilt?«

Res, die genau das Gleiche gedacht hatte, erwartete, dass die Fürstin erneut in Gelächter ausbrechen würde. Stattdessen überzog ein Ausdruck von Verwunderung das silberne Gesicht. Wie gerade eben bei Res berührte sie mit ihren Fingern Yen Tao-tzus Kinn.

»Das ist unmöglich«, stieß sie hervor. Dann wirbelte sie herum und flatterte wieder zu Res. »Willst du dich über mich lustig machen, Weberin?«

»Nein«, entgegnete Res beschwörend und schüttelte verzweifelt den Kopf. Sie musste die Fürstin überzeugen, ganz gleich, wie abscheulich ihr die Frau erschien, sonst war alles umsonst gewesen. »Ich will nur, dass Ihr mir helft, den Verlorenen Kaiser zu finden.«

Die lichten, kalten Augen der Fürstin wanderten an ihr entlang. »Du glaubst, was du sagst«, stellte die Fürstin fest und kehrte zu ihrer Liege zurück. Ihre melodische Stimme klang wie das Hämmern in einem Silberbergwerk, als sie fortfuhr: »Dann lass mich dir etwas erzählen. Du und dein Begleiter, ihr scheint Anstoß daran zu nehmen, dass mich das Schicksal meiner Untertanen nicht mehr kümmert. Nun, ich habe eine Unendlichkeit gebraucht, bis ich so weit gekommen bin. Aber der Verlorene Kaiser, dieser Feigling, war nie anders. Er hätte Phantásien regieren können. Die Kindliche Kaiserin war verschwunden, sie hatte es ihm überlassen. Er war der Retter, und wir alle folgten ihm. Dazu hatte er uns ermutigt. Wir sollten belohnt werden und die wenigen Toren, die sich widersetzten, bestraft. Aber dann ließ er uns alle im

Stich. Denn in Wahrheit wollte er nicht regieren. Er wollte diese Bürde nicht tragen. Er wollte nur eines: sich selbst vernichten. Als ich das herausfand, hätte ich ihm diese Aufgabe gerne abgenommen, doch da war es schon zu spät. Und meine gesamte Familie war tot, gestorben für eine Sache, an die ihr Anführer nie geglaubt hatte. Das ist der Mann, von dem du dir Hilfe erhoffst, Weberin.« Sie fasste Yen Tao-tzu ins Auge und schloss: »Sage mir, mein Freund, ist er nicht durch und durch verabscheuungswürdig?«

Yen Tao-tzu presste die Handflächen gegeneinander und erwiderte: »Dem mag so sein. Doch das enthebt Euch nicht der Verantwortung. Harmonie ist zwischen Herrschenden und Untertanen so wichtig wie zwischen Himmel und Erde, und ohne einander können sie nicht sein. So lehren es die Meister.«

Ohne den Blick von ihm zu wenden, nahm die Fürstin ihre Flöte vom Boden auf und setzte sie an ihren Mund. Diesmal jedoch spielte sie keine Melodie darauf, sondern blies nur einen einzigen, scharfen Ton. Sofort erschienen zwei ihrer Wachen.

»Näht ihm den Mund zusammen«, sagte sie und wies auf Yen Tao-tzu. »Ich habe das alles schon einmal gehört, und ich lege keinen Wert darauf, wieder mit dergleichen belästigt zu werden.«

»Aber Ihr könnt nicht ...«, begann Res, und die Fürstin schenkte ihr ein dünnes Lächeln.

»Ich kann alles. Ich kann dir sogar sagen, was du wissen möchtest. Wo der Verlorene Kaiser hingegangen ist in seiner Feigheit. Willst du das wissen oder ein Heldenspiel versuchen?«

Res stockte, und das Lächeln der Fürstin vertiefte sich.

»Was ist wichtiger, dieser Mann oder die Rettung deiner Heimat?«

Es war die Wahl, die sie vor den Flammen der Zeit nicht hatte treffen müssen. Res kam es vor, als ginge ein Riss durch ihren gesamten Körper. Noch nie hatte sie jemanden gehasst. Kunlas Vater vielleicht, aber nicht wirklich; sie war enttäuscht und wütend gewesen, doch sie hatte ihm nichts Böses gewünscht. Nun jedoch stieg eine schwarze Flut des Hasses in ihr hoch. Sie wünschte sich, sie könnte die Fürstin in Grund und Boden stampfen; sie wünschte sich, die Flammen wären hier und würden die Frau vor ihr an Ort und Stelle verschlingen.

Aber nicht, ehe sie ihr den Aufenthaltsort des Verlorenen Kaisers verraten hatte. Mit der Bitte um Verzeihung in den Augen und brennender Scham im Herzen schaute Res Yen Tao-tzu nach, wie er von den Wachen fortgeführt wurde. Aber sie rührte sich nicht vom Fleck, unternahm nichts, um ihm zu helfen, und erhob nicht mehr die Stimme zum Protest.

»Niemand soll sagen, dass ich meine Versprechen nicht halte«, meinte die Fürstin, als er den Empfangsraum verlassen hatte. »Der Verlorene Kaiser ging dorthin, wohin alle Kaiser Phantásiens am Ende gelangen; in die Alte Kaiser Stadt. Sie liegt unweit des Nebelmeers, nördlich von hier. Du brauchst noch nicht einmal befürchten, dass er inzwischen gestorben ist.« Sie bog einen Finger und winkte. »Tritt näher.«

Es schien Res, dass ihre Füße von alleine einen Schritt nach dem anderen taten, bis sie vor der Liege der Fürstin stand.

»Setz dich zu mir.«

Res ließ sich auf die Liege sinken. Dabei streiften ihre Hände den Seidenteppich, der über die Liege gespannt war, und das vertraute Gefühl erinnerte sie daran, dass all dies wirklich geschah. Es war kein Traum. Sie hatte gerade erfahren, wo sich der Verlorene Kaiser befand. Sie hatte gerade einen Freund im Stich gelassen. Sie saß gerade jetzt neben einer Frau, die ihr nach dem Nichts das Schlimmste in ganz Phantásien war.

»Niemand stirbt in der Alten Kaiser Stadt. Sie würden es sich zwar wünschen, wenn sie noch wünschen könnten, aber sie sterben nie. Doch ich fürchte«, murmelte die Fürstin und legte ihre frostige Hand auf Res' Nacken, wo die Spitzen ihres kurz geschnittenen Haares, die noch feucht waren, sofort zu Eis gefroren, »ich fürchte, meine Liebe, diese Auskunft wird dir nichts nützen. Denn siehst du, niemand, der einen Mord begangen hat, um nach Kading zu gelangen, kann die Stadt ohne meine Einwilligung wieder verlassen. Das verhindern die Schutzzauber. Und meine Einwilligung – gebe ich dir nicht.«

Ihre silbernen Locken streiften Res' Wange, und ihre Lippen, so kalt wie alles andere an ihr, berührten das Ohr des Mädchens, als sie flüsterte: »Betrachte dich als eingeschworen. Jetzt kannst du gehen.«

Kunlas Dolch steckte in ihrem Korb, sicher verwahrt, um niemanden in Kading zu beleidigen oder argwöhnisch zu machen. Einen Moment lang fragte sich Res, ob es möglich war, das allgegenwärtige Kristall hier zu zerbrechen und der Fürstin einen Splitter ins Herz zu stoßen. Wie eine Ertrinkende an ein Tau klammerte sie sich an das, was die Vernunft ihr sagte. Der Fürstin irgendeine Art von Schaden zuzufügen, hier, im Zentrum ihrer Macht, war gewiss unmöglich. Aber sie konnte versuchen, Yen Tao-tzu zu finden und ihm zu helfen. Sie schuldete es ihm. Außerdem hatte die Fürstin bei all ihrer Bosheit tatsächlich verraten, wo der Verlorene Kaiser zu finden war. Und, was genauso viel zählte, die Fürstin konnte nicht ahnen, dass sie die Stadt betreten hatte, *ohne* einen Mord zu begehen, und daher nicht auf ihre Einwilligung angewiesen war, um die Schutzzauber zu überwinden.

Wie das im Einzelnen zu bewerkstelligen war, wusste Res noch nicht, doch sie würde es herausfinden. Und dazu musste sie den Audienzraum der Fürstin verlassen, ohne ihr einen Grund zu geben, sie aufzuhalten.

Stocksteif, während sich ihre Fingernägel in ihre Handballen bohrten, stand Res auf. Sie drehte sich nicht mehr um, als sie hinausging, doch das silberne Lachen der Fürstin hallte hinter ihr her.

Vor dem Empfangszimmer wartete der Zwerg Halbert. Seine tief liegenden Augen musterten Res mit einer Mischung aus Verständnis und Abschätzung. »Tja«, sagte er. »Du hast sie nun kennen gelernt, wie?«

Res traute ihrer Stimme noch nicht und nickte.

»Das war's dann«, meinte Halbert. »Du kannst in der Schenke wohnen, bis du genügend Aufträge bekommen hast, um dich irgendwo einzumieten. Womit kannst du am besten umgehen?«

»Mit dem Webschiffchen und der Nadel«, entgegnete Res und war überrascht, dass ihre Stimme zwar ein wenig gepresst klang, aber nicht zitterte. Sie erwartete, dass Halbert wegen der patzigen Antwort aufbrausen würde, doch stattdessen zuckten seine Mundwinkel.

»Bei mir war es die Axt. Webschiffchen und Nadel, wie? Nadeln lassen sich auf mancherlei Weise anwenden.«

»Das habe ich gehört«, platzte Res heraus. »Halbert, wir müssen versuchen, Yen Tao-tzu zu finden. Du kennst dich doch hier aus, du musst wissen, wo die Wachen ihn hingebracht haben, um ihn zu bestrafen.«

Halbert strich sich über seinen Bart. »Mag sein, dass ich das weiß, aber wenn er das Missfallen der Fürstin erregt hat, ist es klüger, ihn sich selbst zu überlassen. Jeden anderen Feind kann man sich hier in Kading leisten. Nur nicht die Fürstin.«

»Es kümmert sie nicht weiter, was aus ihm wird«, sagte Res drängend. »Außerdem habe ich diesen Vertrag gelesen, den du uns hast unterschreiben lassen. Yen Tao-tzu auch. Darin steht, dass das Syndikat für die Behandlung seiner Mitglieder geradesteht. Nun, Yen Tao-tzu ist ein Mitglied, und er braucht Unterstützung.«

Der Zwerg gab nach und führte Res in einen der unteren Räume der Pyramide. Halbwegs erwartete sie einen finsteren Kerker, doch die Kammer, in der sie Yen Tao-tzu fanden, war genauso lichtüberflutet wie fast alles hier in Kading. Außerdem gab es nirgendwo auch nur die geringste Spur von Blutstropfen. Halbert bemerkte ihre verdutzte Miene, grinste schwach und rief:

»He, Surrin, wir wollen deinen neuen Gast abholen, und hier wundert sich jemand, dass die Unterbringung so sauber ist.«

Ein Kadinger erschien, dessen grüner Westenbrokat um den Oberkörper so fein und sorgfältig mit Gold bestickt war, dass eine Weberin neidisch werden könnte. Seine Bronzeknöpfe bebten vor Entrüstung, als er klirrend erwiderte: »Und wie sonst sollte sie sein? Jenseits von Kading, bei den Barbaren, mag man die Dinge schludern lassen, aber ich führe hier saubere Zellen. Keine Mäuse, keine eingekratzten Sprüche und keine Gespenster.«

Res hörte nicht richtig zu. Sie schaute auf Yen Tao-tzu, der mit dem Rücken zu ihr im Schneidersitz in einer Ecke saß. Seine Schultern zuckten, und sein Oberkörper bewegte sich leicht hin und her, was sie an den namenlosen Sühneträger von einst erinnerte. Sie wollte nicht sehen, was man ihm angetan hatte, was sie hatte geschehen lassen, doch sie zwang sich, zu ihm zu gehen und neben ihm niederzuknien.

»Yen Tao-tzu«, sagte sie behutsam, »wir können diesen Ort nun verlassen.«

Langsam drehte er ihr sein Gesicht zu, und sie stieß den Atem aus, den sie angehalten hatte. Es war nicht ganz so schlimm wie in ihrer Vorstellung. Was auch immer das weiße Material war, das die Wachen benutzt hatten, um ihm dem Befehl ihrer Fürstin gemäß den Mund zuzunähen, es hinterließ keine blutenden Wunden. Doch statt eines Mundes hatte er nun einen breiten, weißen Strich im Gesicht, der aus lauter nebeneinander gesetzten Querstichen bestand.

Es gab nichts, was sie sagen konnte. Er wusste genau, dass sie ihn im Stich gelassen hatte, und sie wusste es auch. Mit dem Wärter zu reden fiel ihr leichter. »Das können wir doch?«, fragte sie laut.

Der Kadinger zuckte die Achseln. »Die Fürstin hat nur befohlen, ihm den Mund zu stopfen. Von einer Haft hat sie nichts gesagt. Nehmt ihn nur mit, dann bin ich ihn los.«

Zögernd hielt sie Yen Tao-tzu eine Hand hin, um ihm beim Aufstehen zu helfen. Genauso zögernd ergriff er sie. Er ließ sie auch auf dem Rückweg zur Schenke nicht los, doch er sah Res nicht an. Als sie in der Schenke angelangt waren, setzte er sich auch dort so schnell wie möglich in eine Ecke und versank in von Schaudern unterbrochene Reglosigkeit.

Ein paar der Gäste vom Vortag waren anwesend, einschließlich des blauen Dschinn, dem Halbert zunickte. »Linus«, sagte der Zwerg, »ein Fall für dich. Unser neues Mitglied hier braucht Behandlung, wie du siehst, sonst verhungert er bald.«

Der Dschinn zog eine Brille mit großen, runden Gläsern aus seinem Burnus, setzte sie sich auf die Nase und begutachtete Yen Tao-tzu kopfschüttelnd. »Respekt, Respekt«, seufzte er schließlich. »Das ist echte Wertarbeit. Du musst wirklich jemanden verärgert haben. Wen denn, wenn man fragen darf?«

»Das willst du nicht wissen«, entgegnete Halbert.

»Gewiss will ich das«, erwiderte der Dschinn gekränkt. »Das ist sogar eine Voraussetzung, um einen magischen Heilungsprozess zu beginnen, und ich heile nur magisch.«

»Die Fürstin war es«, sagte Res knapp.

Sofort wurde der Dschinn rauchig in Fingern, Füßen und Nasenspitze. Seine Stimme kletterte in die Höhe, als er ausrief: »Die Fürstin? Dann soll er sich selbst behandeln. Dafür bezahlt mir das Syndikat nicht genügend.«

»Was habe ich dir gesagt, Kind?«, kommentierte Halbert, schenkte Res ein bedauerndes Lächeln und gesellte sich zu den anderen Gästen, die alle an einem Tisch zusammengerückt waren, so weit wie möglich von Yen Tao-tzu entfernt.

Res holte tief Luft und erklärte: »Ich kann dir noch mehr bezahlen.«

»Wie denn?«, fragte der Dschinn misstrauisch. »Du hast doch noch nicht mal deinen ersten Mitgliedsbeitrag abgeleistet.«

Verschwörerisch zog sie ihn zur Seite. Der Dschinn war erheblich größer als sie, also musste sie sich auf die Zehenspitzen stellen, um ihm zuzuflüstern:

»Ich weiß, wie man Kading ohne Einwilligung der Fürstin verlassen kann.«

Die buschigen Augenbrauen des Dschinns schossen in die Höhe. Dann verschränkte er die Arme ineinander, und Res sah eine Art weißen Blitz, der sie einen Herzschlag lang blind machte. Als sie wieder sehen konnte, entdeckte sie, dass Yen Tao-tzu und sie sich gemeinsam mit dem Dschinn in einer kristallenen Laube befanden.

»Hier ist angeblich früher die Freiheit von Kading gefeiert worden«, sagte der Dschinn. »Also kommt heute freiwillig niemand mehr hierher. Wir sind ungestört. Weißt du, was du da gerade behauptet hast? Niemand, der nicht aus Kading stammt, kann ohne Einwilligung der Fürstin die Stadt verlassen, und wer aus Kading stammt, will es nicht.«

»Ich brauche ihre Einwilligung nicht«, beharrte Res. »Ich werde auf gar keinen Fall hier bleiben, und ich glaube, du willst das auch nicht. Bei uns in Siridom leben keine Dschinn, aber wir liefern ihnen regelmäßig Teppiche, und nach allem, was ich von deinem Volk gehört habe, hasst es das Eingesperrtsein. Was ist Kading denn schon als eine große, mit einem Pfropfen verschlossene Flasche?«

Der Dschinn runzelte die Stirn. »Mag sein«, erwiderte er. »Aber hier habe ich keinen Meister, dem ich gehorchen muss. Ich bin gut in meinem Geschäft. Ich kann mir meine Auftraggeber aussuchen, und wenn der Auftrag erledigt ist, können sie mir nichts mehr befehlen. Hier werde ich geschätzt und gebraucht, nicht nur als Mörder, sondern auch als Heiler für Syndikatsmitglieder. Ich kann mich noch gut erinnern, wie es dort draußen zugeht. Wenn man Pech hat, landet man in einer Duftwasserflasche von irgendeinem verwöhnten Fräulein«, schloss er und blitzte sie an, als sei sie ein Beispiel für diese Gattung.

»Ein verwöhntes Fräulein kann ein gewitzter Dschinn wie du leicht überlisten. Und hier in Kading hast du sehr wohl einen Meister. Die ganze Stadt hat einen. Die Fürstin gebietet über euch alle. Sie hat das Syndikat mit seinen Regeln nur zugelassen, weil es ihr so gefiel, und wenn sie es sich morgen anders überlegt, kann sie euch alle zu Sklaven machen. Wer sollte sie in dieser Stadt daran hindern?«

Diesmal löste sich der gesamte Kopf des Dschinn in blauen

Rauch auf, der sich jedoch rasch wieder zu einem turbanbesetzten Haupt verfestigte. »Hin und wieder träume ich von der Freiheit«, gestand er ein.

»Dann erfülle dir deinen Traum!«

»Also gut«, gab der Dschinn nach. »Wenn du mir versprichst, dass niemand meinen Namen erfährt, falls es misslingt und du erwischt wirst.« Mürrisch fügte er hinzu. »Aber es gibt keine zusätzlichen magischen Heilungen, falls du die Absicht hast, von mir einen neuen Finger zu erhalten.«

»Ich schwöre es«, sagte Res erleichtert, versuchte nicht daran zu denken, was es bedeuten würde, wieder einen vollständigen kleinen Finger zu haben, und verzichtete darauf zu erwähnen, dass sie seinen Namen gar nicht kannte. Dann erst fiel ihr ein, wie Halbert ihn genannt hatte.

»Linus«, fügte sie rasch hinzu, »wenn du Yen Tao-tzu geheilt hast, musst du mir noch einen Gefallen tun, damit wir hier wegkommen. Ich muss unbedingt eine buttergelbe Katze mit blauen Augen finden.«

Wenn sie das Opfer für den Teppich rückgängig machte, dachte sie, dann würde das vielleicht auch die Flugmagie ruinieren. Nein, sie hatte mit ihrer Wunde zu leben gelernt. Es war wichtiger, Schnurrspitz aufzustöbern.

»Ihr Frauen neigt alle zum Herumkommandieren«, grummelte der Dschinn.

# KAPITEL 12

In Kading die Katze wiederzufinden erwies sich als nicht so einfach, wie Res geglaubt hatte. Zunächst einmal war die Stadt riesig. Sie hätte sich Zeit sparen können, wenn sie den fliegenden Teppich benutzt hätte, aber sie wollte ihn so lange wie möglich geheim halten. Bisher hatte es sich immer als nützlich erwiesen, eine Überraschung in der Hinterhand zu haben.

Der Dschinn Linus half ihr hin und wieder beim Suchen. Er konnte schweben, ohne irgendjemandes Neugier zu erregen, doch ihm stand nur begrenzte freie Zeit zur Verfügung. Res verzichtete darauf, sich zu erkundigen, wohin er verschwand; falls er irgendwelche Aufträge erledigte, wollte sie es lieber nicht wissen.

Yen Tao-tzu war dank Linus' Zauber von den schrecklichen weißen Stichen befreit, aber der Dschinn versicherte, es würde noch ein paar Tage dauern, bis er wieder sprechen konnte, und beschwor ihn, sich in der Mörderschenke zu verstecken und sich nicht auf den Straßen sehen zu lassen. Linus schwebte nach wie vor in großer Angst, mit seiner Heilung die Fürstin verärgert zu haben. Außerdem wusste Res nicht recht, was sie zu Yen Tao-tzu sagen sollte. Es war leichter gewesen, mit ihm umzugehen, als er noch verrückt gewesen war und Wörter gereimt hatte, als jetzt, wo kein Zweifel daran bestand, dass er begriff, wie sie ihn für eine Auskunft der Fürstin im Stich gelassen hatte.

Halbert billigte, dass sie kreuz und quer durch die Stadt lief. Er versicherte, es sei nützlich, sich mit allen Winkeln von Kading vertraut zu machen; man wisse nie im Voraus, was einem bei einem Auftrag hilfreich sein könne, zumal in den Anfangstagen. Er gab ihr sogar eine Karte mit auf den Weg.

Kading mit seinen Kristallgebäuden erwies sich als so stachlig und undurchdringlich wie ein Igel. Natürlich konnte sie auf den Straßen hin und her gehen und laut und leise, in Gedanken und in Worten, nach der Katze rufen. Aber wenn sich Schnurrspitz bei einem Bewohner von Kading einquartiert hatte, sank die Chance, ihr zufällig zu begegnen, sehr tief. In die Häuser der Kadinger kam sie nicht hinein. Schon auf der Straße musterten die Einwohner sie, wenn sie Res nicht ganz übersahen, mit einer Mischung aus Verachtung und Belustigung; ganz gewiss waren sie nicht gewillt, sie in ihr Heim zu bitten.

Wenn die Katze allerdings keinen neuen Helfer gefunden hatte, dann trieb sie sich wahrscheinlich in der Nähe der Märkte herum, um etwas Fisch oder Fleisch zu erhaschen, oder am Ufer des Sees, um den herum Kading gebaut war. Res begann mit dem Markt und stellte fest, dass die Kadinger sogar dann elegant wirkten, wenn sie Würste einpackten. Aber nirgendwo erspähte sie die Katze.

»Wozu brauchst du dieses Tier eigentlich?«, fragte der Dschinn, als sie am Abend niedergeschlagen in die Schenke zurückkehrte.

»Ich habe meine Gründe«, erwiderte sie zurückhaltend.

Der nächste Einfall kam ihr, als sie beobachtete, wie die übrigen Syndikatsmitglieder tafelten und zechten. Sie setzte sich zu Halbert und meinte beiläufig:

»Ich weiß nicht, wie ihr das handhabt, aber bei uns lernen Lehrlinge vor allem, indem sie den Meistern bei der Arbeit zusehen. Zu vieles in Kading ist mir noch neu und unbekannt, doch ich glaube, wenn ich die anderen begleite und beobachte, wie sie ihre Aufträge erhalten und erledigen, dann werde ich schneller zu einem nützlichen Mitglied.«

Der Zwerg dachte darüber nach. »Wenn du versprichst, dass du dich dabei nicht zimperlich anstellst und uns anderen das Geschäft ruinierst«, entgegnete er schließlich.

Auf diese Weise gewann Res doch noch Zugang zu den Häusern der Bewohner von Kading. Sie folgte Linus dem Dschinn, Tantlin dem Wildweibchen und Halbert dem Zwerg durch die Dienstboteneingänge der Pyramiden und erlebte, wie sie in der Regel mit irgendjemandes Haushofmeister oder Kammerzofe verhandelten, bis sie schließlich, nur sehr kurz, den eigentlichen Auftraggeber trafen.

»Aber treffen müssen wir ihn oder sie, das ist wichtig«, schärfte Halbert ihr ein. »In der Vergangenheit hat es ein paar hässliche Fälle gegeben, in denen irgend so ein Ehrgeizling vom Haushalt nur so tat, als stamme der Auftrag von seinem Herrn, und das führte dann zu der einen oder anderen Hinrichtung unserer Kameraden, die wir auch noch selbst vollstrecken mussten. Aber das ist vorbei, seit ich die Syndikatsregeln aufgestellt habe«, schloss er sichtlich stolz.

Es war seltsam, sich klar zu machen, dass jedes Einzelne der schönen Wesen, die mit so viel Herablassung auf die nicht von Kading stammenden Phantásier herabsahen, ein anderes tot wissen wollte und dass sie oft genug nützliche Hinweise gaben, wie und wo man dem oder der Betreffenden auflauern sollte. Bei den Morden selbst schaute Res nicht zu. Sie blieb in der Regel weit genug zurück, um es nicht mitzuerleben, und hielt fieberhaft nach der Katze Ausschau. Gleichzeitig kam sie sich genauso heuchlerisch vor wie die Bewohner von Kading. Sie wusste, dass es geschah, und tat nichts, um es zu verhindern. Und sie hatte sich einmal darüber empört, wie der Kindlichen Kaiserin alle Bewohner Phantásiens, ganz egal, welcher Natur sie waren und was sie taten, gleich gelten konnten!

Im Rosengarten eines Edlen, der mit seiner Base im Streit um die besonders schöne Glaspyramide lag, in der er lebte, wurde sie gegen Ende des zweiten Tages endlich fündig.

*Kann das Res sein, die aufrechte Heldin von Siridom?*, fragte die Katze spitzzüngig.

Sie saß auf mehreren Seidenkissen in einem Korb, den jemand fürsorglich in den Schatten eines mannshohen Rosenbaums gestellt hatte. Ihr buttergelbes Fell glänzte vor Sauberkeit, und um den Hals trug sie ein Band aus kleinen roten Juwelen, eingefasst in Silberhaar.

Res verschränkte die Arme und betrachtete sie. *Rot steht dir nicht,* erklärte sie nach eine Weile.

*Ich weiß. Diamanten oder Saphire, nun, das wäre etwas anderes, aber Rubine ...* Die Katze schüttelte schaudernd den Kopf. *Nur versorgt man mich hier mit dem Feinsten und predigt mir nicht, dass man seine Freunde nicht im Stich lässt, nur um mich dann fortzuschicken. Ich werde gepflegt, gefüttert und bewundert. Man bringt mir den Fisch sogar auf Tellern, in denen ich mich spiegeln kann.*

Nicht mehr lange, erwiderte Res nüchtern. Das Wildweibchen Tantlin bringt gerade den Herrn des Hauses um, und dann geht sein Besitz auf seine Base über. Ich war bei ihr zu Hause. Sie hält Hunde. Sogar die Türwächter und ihre Zofe haben welche.

Die Katze gähnte, wobei ihre sehr spitzen Zähne sichtbar wurden. *Es wird jemand umgebracht und du weißt davon? Oh, wie schrecklich! Schnell, Res, eile dem armen Mann zu Hilfe!*

Res kniete sich neben den Korb. »Hör zu«, sagte sie mit leiser Stimme ernst. »Ich sollte wirklich genau das tun, obwohl mich mittlerweile sämtliche Bewohner dieser Stadt anekeln. Darauf, dass ich es nicht tue, bin ich nicht stolz. Aber immerhin vertraut mir dieser Mann nicht, und ich schulde ihm nichts. Was du getan hast, war falsch, und dass ich nicht mehr das Richtige tue, macht dein Handeln nicht im Nachhinein besser.«

Die Augen der Katze wurden zu Schlitzen. *Warum sprichst du dann mit mir?*

»Weil ich nun weiß, wozu ich hierher kam und wohin ich gehen muss.«

*Aha. Wir brauchen jemanden, der uns verrät, wie man aus Kading verschwindet, wie? Warum sollte ich dir das sagen, so, wie du mich behandelt hast?*

Der Duft der Rosen, die nicht wie in der Ebene von Kenfra auf Sträuchern, sondern an hohen, gedrechselten Bäumen blühten, war betäubend, und Res sog ihn ein, ehe sie antwortete: »Weil nach wie vor gilt, dass das Nichts irgendwann auch Kading erreichen wird.«

*Mmmmm. Eine kluge Katze wie ich findet jemand anderen, der mich von hier fortbringt, wenn ich es möchte.*

Der Garten lag im Zentrum der Pyramide. Aus dem Kreuzgang, der um ihn herumlief, hörte Res einen erstickten Laut.

»Weil kein Kadinger dich je schöner als sich selbst finden würde, und vielleicht hätten sie dabei sogar Recht. Weil jeder Nicht-Kadinger hier ein unternehmungslustiger Mörder ist, der dich als Übungsobjekt für neue Methoden benutzen könnte.«

*Du lernst,* sagte die Katze und wirkte belustigt. *Das sind gute Gründe. Und ich dachte schon, du fängst mit Dankesschuld und Kameradschaft an.*

Sie stand auf, dehnte und streckte sich und sprang mit einem Satz Res in den Schoß.

*Also gut. Aber ich habe keine Lust, jetzt zu laufen. Trag mich.*

Das Wildweibchen erschien und bedeutete Res schweigend, alles sei erledigt und man könne nun gehen. Dann bemerkte sie die Katze, fletschte unwillkürlich die Zähne und knurrte leise. Mit sichtlicher Anstrengung bekam sie sich wieder in die Gewalt und schlüpfte hinaus. Res folgte ihr, die Katze im Arm.

»Wie du lernen willst, wenn du mir nicht zuschaust, das möchte ich schon wissen«, sagte Tantlin in gereiztem Ton, als sie wieder auf der Straße standen.

»Eines nach dem anderen«, entgegnete Res. »Bis jetzt lerne ich das beste Eindringen in Häuser und das Gewinnen von Verbündeten. Diese Katze zum Beispiel.«

Das Wildweibchen, das selbst katzenhafte Züge trug, schnaubte verächtlich. »Das ist ein Wanderer. Aber jedem das seine.«

Eine Straße vor der Schenke kam ihnen Yen Tao-tzu entgegen. Als er Res erkannte, gestikulierte er heftig.

»Sollte der sich nicht verstecken, damit Linus keinen Ärger bekommt?«, fragte das Wildweibchen.

Yen Tao-tzu winkte mit beiden Armen und deutete zurück

zur Schenke, dann rannte er zu ihnen, ergriff Res an der Hand und zog sie in die umgekehrte Richtung.

*Hat er nun die Sprache statt des Verstandes verloren?*, erkundigte sich die Katze.

*Nur zeitweilig*, entgegnete Res. *Anscheinend wartet in der Schenke Gefahr auf mich.*

Yen Tao-tzu nickte heftig.

Das Wildweibchen zuckte die Achseln. »Das ist deine Sache, Frischling«, sagte sie zu Res. »Ich habe jedenfalls keinen Sinn dafür, den Abend auf der Straße zu verbringen. Ich habe meinen Auftrag erledigt, und nun habe ich Hunger.«

»Gibt es noch einen anderen Eingang?«, fragte Res zögernd. »Ich habe ein paar Sachen in der Schenke, die ich brauche.«

Yen Tao-tzu schüttelte den Kopf und drehte sich einmal um sich selbst. Erst jetzt bemerkte Res, was ihr bisher in der Dunkelheit entgangen war; er hatte ihren Weidenkorb geschultert.

»Bis dann«, erklärte das Wildweibchen lässig und schlenderte zur Schenke weiter.

Erneut zupfte Yen Tao-tzu an Res' Ärmel. Angesichts von allem, was bisher passiert war, brauchte er Res nicht noch einmal zur Flucht mahnen. Obwohl die Katze protestierend maunzte, ließ sie Schnurrspitz auf den Boden fallen und lief los. Im Notfall hatte sie lieber beide Hände frei.

Sie schlug die Richtung der Laube ein, zu welcher der Dschinn sie vor zwei Tagen gebracht hatte. All die Gänge durch Kading auf der Suche nach der Katze hatten sich doch gelohnt; Res fand sich auch im Dunkeln zurecht. Unterwegs beriet sie sich, so gut es im Eilschritt eben möglich war, mit Schnurrspitz.

*Die Fürstin sagt, wer gemordet habe, um nach Kading zu gelangen, könne es ohne ihre Einwilligung nicht mehr* verlassen, erklärte sie der Katze. Aber Yen Tao-tzu ist nicht gestorben, also gilt das für dich nicht, und ich habe auch niemanden getötet. Yen Tao-tzu hat niemandem ein Haar gekrümmt. Also müssten wir die Schutzzauber überwinden können, aber was genau sagt und tut man dazu?

*Der See ist der Schlüssel, so wie die Flammen für den Hinweg. Mit Einwilligung der Fürstin kann man die Stadt von überall verlassen, aber ohne Einwilligung nur von dort und nur dann, wenn man einen bestimmten Preis bezahlt.*

Der See befand sich ziemlich weit von der Kristallaube entfernt. Res wechselte die Richtung. *Nicht noch ein Leben?*, fragte sie, ohne innezuhalten.

*Nein. Aber du musst dem See gestatten, das Innerste deines Herzens widerzuspiegeln, so dass du und alle anderen es erkennen. Nicht jeder kann das ertragen. Ich freue mich selbst nicht gerade darauf.*

Res blieb stehen, um nach Atem zu ringen. Zu ihrer Verwunderung schien Yen Tao-tzu die Rennerei nichts auszumachen. Er atmete noch nicht einmal schneller, obwohl er genau wie sie husten musste. Es war wirklich sehr staubig hier.

Staubig ...

Auf einer Straße aus gehämmertem Licht gab es keinen Staub, dachte Res, und die Kälte von Kading strömte tief in ihre Knochen. Vor ihr wurde die Dunkelheit dichter und dichter, bis sich in dem schwachen Licht der Straße, die sich in den Kristallpyramiden widerspiegelte, zwei weibliche Gestalten abzeichneten.

Zwei. Nicht drei.

Res starrte die beiden Leonesinnen an, die sich an den Händen hielten und langsam, aber unaufhaltsam auf sie zuschritten. »Was habt ihr getan?«, stieß sie hervor, so leise, dass die Worte nur wie ein Hauch über ihre Lippen glitten.

Doch die Leonesinnen verstanden sie trotzdem. »Bist nicht zurückgekehrt. Hast dich hier versteckt«, erwiderte die eine, und die andere setzte hinzu: »Schwester geopfert.«

»Ihr habt eure Schwester umgebracht, damit ihr mich weiter verfolgen könnt?«, fragte Res fassungslos.

Ein raunender Schrei aus Wut und Schmerz erhob sich von den beiden. »Nein! War verletzt. Verletzt von dir. Hat sich selbst geopfert für uns.«

Ihre Gestalten begannen sich wieder aufzulösen, in einem Wirbel, der sich um sich selbst drehte. Es genügte längst nicht für einen echten Sandsturm, aber es würde ausreichen, um Res zu ersticken und vielleicht auch ihre Freunde. Sie konnte rennen, doch die Leonesinnen hinter sich zu lassen, zu Fuß, war unmöglich. Selbst der Flug mit dem Teppich würde bestenfalls einen Aufschub bringen, weil sie innerhalb von Kading nicht endlos umherfliegen konnte. Nein, sie musste zum See gelangen, irgendwie.

Aus den Augenwinkeln erkannte sie, dass Yen Tao-tzu den Weidenkorb abgesetzt hatte und darin herumkramte. Sie wollte ihm zurufen, dass mit dem Teppich zu fliegen hier keinen Sinn hätte, aber der Sand drang ihr bereits in die Nase, und wenn sie den Mund öffnete, dann würden die Leonesinnen ihr Ziel noch schneller erreichen. Was Yen Tao-tzu jedoch aus dem Korb zog, war keine Teppichrolle. Es war eine kleine, bräunliche Schnapsflasche.

Res begriff.

Die Wirbel wurden dichter, und Res klatschte mit allen Kräften in die Hand und rief, trotz des Staubes, den sie dabei einatmete: »Linus, Linus, Linus!«

Der Sand vermengte sich mit blauem Rauch, und Res hörte

die empörte Stimme des Dschinn, der sich beschwerte: »Ich muss doch sehr bitten, meine Damen. Wir sind uns noch nicht einmal vorgestellt worden!«

»Sss ... sss... eeee ...«, schrie Yen Tao-tzu aus ganzen Kräften.

Der Dschinn verschränkte die Arme ineinander, und mit einem Mal füllte nichts mehr als Kadings kühle, klare Luft Res' Kehle. Der Boden unter ihren Füßen fühlte sich feucht an. Sie blinzelte und entdeckte, dass sie am Seeufer stand, zusammen mit der Katze, Yen Tao-tzu und dem Dschinn. Vor Erleichterung wäre sie Linus und Yen Tao-tzu am liebsten um den Hals gefallen.

*Schnell*, drängte die Katze, *bevor sie uns wieder einholen. Knie am Ufer nieder.*

Res gehorchte und wiederholte die Anordnungen für die anderen beiden. Dabei fiel ihr ein, dass sie in Yen Tao-tzus Hörweite nichts über den See gesagt und die Katze nicht laut darüber gesprochen hatte. Woher hatte er davon gewusst?

Jetzt war keine Zeit, um darüber nachzugrübeln.

*Nun verlange: Zeig mir die Wahrheit, zeig mir mich selbst und lass mich gehen.*

»Einen Augenblick«, protestierte der Dschinn, als er das von Res hörte. »Zeig mir mich selbst? Wenn es das bedeutet, was ich vermute, weiß ich nicht, ob ich damit einverstanden bin. Überhaupt hast du mir gar keine Zeit gelassen, mich von meinen Freunden zu verabschieden, und das nach all den Jahren!«

»Willst du nun Kading verlassen oder nicht?«, schnitt ihm Res das Wort ab. Der Dschinn wurde ein wenig rauchig um die Fingerspitzen und wand sich hin und her.

*Er kann es nicht verlassen.*

Die blauen Augen der Katze, die mit ihren geweiteten Pupillen im schwachen Schein der entfernt liegenden Straße fast schwarz waren, bohrten sich in Res'. *Ich will nicht, dass du mir wieder Vorwürfe machst. Er tötet schon seit Jahren, und er ist ein Wesen, das aus Wünschen geboren wurde, die Welt möge anders sein, als sie ist; mit Sicherheit wird er nicht die Stärke haben, um das Innerste seines Herzens nach außen zu drehen. Wenn du ihm einredest, er könne es, dann lügst du, um uns einen besseren Abgang zu sichern.*

»Linus«, sagte Res gepresst, »es wird für keinen von uns leicht sein. Aber wenn du nicht bis in alle Ewigkeit in Kading festsitzen willst, musst du diesen Weg gehen. Du schaffst es. Ich weiß das.«

Yen Tao-tzu war bereits neben ihr niedergekniet. Er schloss die Augen und bewegte die Lippen, ohne dass ein Laut hervordrang.

Linus der Dschinn blickte von ihm zu Res und zur Katze, die ihren Kopf mehr und mehr über das Seeufer reckte. »Also gut«, seufzte er.

Von der Seite her sah Res, dass Yen Tao-tzu die Augen wieder öffnete und sich über den See neigte. Ein Ausdruck absoluten Entsetzens kroch in seine Miene. Sie zwang sich, den Kopf zu drehen und selbst ins Wasser zu blicken, während sie murmelte:

»Zeig mir die Wahrheit, zeig mir mich selbst und lass mich gehen!«

»Neeiiiiiin«, rief Yen Tao-tzus tiefe, zerbrochen klingende Stimme, aber sie hörte ihn nur wie aus weiter Ferne. Stattdessen schien es ihr, als halte sie etwas in den Händen, etwas Längliches, Rundes, das wohlklingende Töne von sich gab. Sie ließ es los. Ihre Hände, mit makellos langen, vollständigen Fingern, fuhren an ihre Wangen, die schmal waren und eiskalt. Das Gewicht ihres Haares zog ihren Kopf ein wenig nach hinten.

»Das kann nicht sein«, sagte Res ungläubig, doch sie erkannte genau, was das dunkle, flache Wasser ihr zeigte: die makellos schöne Gestalt der Fürstin von Kading, die mit Leben wie mit Bällen spielte.

Aber mir ist nicht gleich, ob Leute leben oder sterben, dachte sie. Ich würde nie ein Volk verfluchen, um mich zu rächen. Ich habe Fehler gemacht, ich habe absichtlich Übles getan, aber es gibt einen Unterschied. Das ist ungerecht.

Die diamantharten, hellen Augen blitzten sie spöttisch an. Als Res ihre Hände wieder sinken ließ, tat es das Bild der Fürstin ihr gleich.

Sie wollte die Augen schließen, aber das wäre feige gewesen. Also zwang sie sich, das silberne Gesicht anzuschauen und in sich aufzunehmen. Sie erinnerte sich an das, was Gerjo erzählt hatte, und hörte die Fürstin über den Verlorenen Kaiser zürnen, der sie im Stich gelassen habe. Vielleicht hatte auch die Fürstin einmal geglaubt, alles, was sie tat, sei irgendwie zu rechtfertigen.

Vielleicht glaubte die Fürstin das immer noch.

Ihr Antlitz im Wasser verschwamm. Zuerst dachte Res, ihr seien wieder Tränen gekommen, doch ihre Augen blieben trocken. Das Bild verfestigte sich erneut, aber nun schien das Haupt mehr weiß als silbern zu sein. Die Haare waren kurz, wie bei jeder erwachsenen Weberin, und selbst die jungen Sassafranier besaßen keine Haut, die so blass war.

»Pallas«, sagte Res wehmütig und staunend zugleich. Pallas streckte ihr eine Hand entgegen, und als Res' eigene Fingerspitzen das Wasser berührten, hob es sich ihr entgegen und hüllte sie ein wie ein weicher, schützender Mantel.

Die drei Gestalten, die sich am Rand des Hochlands von Sassafranien aufrichteten, waren sehr still. Keiner von ihnen hatte das Bewusstsein verloren, doch es dauerte lange Zeit, bis sie wieder Worte fanden.

Res fiel als Erstes auf, dass der Dschinn nicht bei ihnen war. Ob er zu guter Letzt davor zurückgescheut war, den Weg aus Kading hinaus zu wagen, oder ob er ihren Worten vertraut hatte und gescheitert war, würde sie wohl nie erfahren.

Wenn das alles vorbei ist und ich überlebe, dachte Res, werde ich noch viele Teppiche weben und in alle Teile Phantásiens schicken. Auf ihnen wird man Linus den Dschinn sehen und die anderen Ausgestoßenen in der Mörderschenke; die Leonesen und Timotheus den Walführer mit seinem Wal, Yen Tao-tzu mit seinem versiegelten Mund und die Katze mit dem brennenden Zweig im Maul. Gerjo und Lavan. Die Fürstin und Pallas. Sie alle. Es ist nicht viel, es ist nicht genug, aber es wird etwas sein.

Stumm hob sie die Katze auf, die zitterte, und strich ihr über das Fell. Auch Yen Tao-tzus Schultern zuckten. Er drehte sich zu ihr um. Tiefe Traurigkeit lag in seinem Blick, große Verwirrung, doch nichts mehr von Entsetzen oder Verständnis. Er bückte sich erneut, las einen der schwarzen Gesteinsbrocken auf und musterte ihn mit der hingerissenen Aufmerksamkeit eines kleinen Kindes. Mit einem sinkenden Gefühl begriff sie, dass, was auch immer ihm in Kading seine Erinnerungen genommen und seinen Verstand zurückgegeben hatte, wieder verschwunden war.

# KAPITEL 13

»Das Nebelmeer?«, fragte der behäbige Grottengänger, dem der Hügel, in den Res und ihre Freunde eingekehrt waren, gehörte. »Natürlich weiß ich darüber Bescheid. Nicht, dass wir es hier oft mit Yskálnari zu tun bekommen. Ganz reizende Leute, aber sie verlassen ihresgleichen nicht gern, und von der hohen Kunst des Gesprächs verstehen sie auch nicht viel.« Er zwinkerte ihnen zu. »Da sind wir Lohani ganz anders.«

Die Grottengänger, auch Lohani genannt, lebten in der Tat, um zu reden, das ließ sich bereits erkennen, wenn man länger als eine Viertelstunde mit einem von ihnen zusammen war. Ihr Land, das sich an Brousch anschloss, war eine einzige Ansammlung von Tunneln, Grotten und Gängen unter sanft auf- und abschwellenden Hügeln. Ständig entstanden neue Gänge, nicht unbedingt weil mehr Raum nötig war – viele Lohani wanderten aus und stellten sich Zwergen oder Steinbeißern als Bergwerksfachkräfte zur Verfügung –, sondern weil ein Grottengänger dem anderen etwas zu sagen hatte und nicht warten wollte, bis er den gewöhnlichen Weg durch die alten Tunnel gegangen war. Deswegen stürzten nach einiger Zeit immer wieder unterirdische Hallen und Grotten ein, was jedoch niemanden bekümmerte, weil es ebenfalls begrüßenswerte Gelegenheiten zur Errichtung neuer Tunnel schuf. Die Grottengänger waren flink und schuppig wie Echsen, doch sie verfügten jeder über vier Hände und vier Beine, die ständig damit beschäftigt waren, Erde zu formen und wegzutreten, während die lange Zunge Worte gestaltete.

Als Res sich entschieden hatte, es zu riskieren und einen Hügel zu betreten, um sich zu erkundigen, ob sie auf dem richtigen Weg in Richtung Nebelmeer waren, hatte sie den Lohani beim Schwatz mit seinem Nachbarn, drei Maulwürfen und einem Winzling angetroffen, der sich bei Res' Anblick schleunigst verabschiedete. Gleichzeitig war so etwas wie eine Regenrinne um die Spitze des Hügels entstanden, an welcher der Grottengänger auch noch baute, während er mit Res sprach.

»Aber sagen Sie mir, Gnädigste, was wollen Sie denn ausgerechnet im Nebelmeer? Falls es nicht darum geht, den Korb einzutauschen, den Sie da auf dem Rücken tragen. Nehmen Sie es mir nicht übel, aber der hat schon bessere Tage gesehen, und die Yskálnari sind begnadete Flechter. Verlangen auch weniger als die Weidenleute.«

»Eigentlich«, erwiderte Res, während sich Yen Tao-tzu großäugig umsah und etwas von der Erde aufnahm, die der Grottengänger unablässig hinter sich schob und sofort feststampfte, »wollen wir nicht das Nebelmeer besuchen, sondern eine Stadt, die nicht weit davon entfernt sein soll. Die Alte Kaiser Stadt.«

Das in den schönsten Orange- und Rottönen glänzende Gesicht des Grottengängers wechselte die Farbe und wurde mit einem Mal grünblau.

»Die Alte Kaiser Stadt«, wiederholte er leise. »Aber was wollen Sie denn dort, meine Beste? Das ist kein Ort für Besucher, so heißt es. Bleiben Sie lieber hier bei uns, oder auch bei den Yskálnari. Für mich wäre das nichts, weil es nun mal im Nebelmeer nichts zu graben gibt und dieses luftige Völkchen noch nicht mal Worte für seine Lieder findet, aber andere Phantásier, andere Geschmäcker. Und wo wir gerade bei Geschmäckern sind, könnten Sie Ihren Begleiter davon abhalten, meine Tunnelerde zu essen? Sie ist zwar warm, weil wir hier immer noch von den Flammen Brouschs beheizt werden, aber ich würde nicht empfehlen ...«

»Natürlich«, sagte Res hastig und legte Yen Tao-tzu eine Hand auf den Arm. Prompt bot er ihr ebenfalls ein Stückchen Erde an.

»... sie ungetöpfert zu verspeisen. Gebrannte Erde ist etwas anderes. Harter Lehm mit Glasur!« Der Lohani verdrehte seine Augen verzückt zur Decke. »Meine Leibspeise.«

*Das heißt wohl, dass er keine Mäuse im Angebot hat,* stellte die Katze fest. *Aber frag vorsichtshalber nach. In Kading haben sie mich wenigstens regelmäßig gefüttert, aber jetzt sind wir schon drei Tage in der Luft unterwegs und leben wieder wie die Hungerleider!*

*Wenn wir in Brousch gelandet wären,* gab Res müde zurück, *wären wir selbst zu gerösteten Speisen geworden, und danach war es nicht so einfach, zwischen diesen Hügeln etwas Essbares zu finden.*

»Was erzählt man sich denn so über die Alte Kaiser Stadt?«, hakte sie laut nach. »Ich habe erst vor kurzem erfahren, dass es sie gibt, und weiß sonst nichts darüber.«

Der Lohani wechselte zu einer unbehaglichen Schattierung von Grüngelb. »Nun ja, angeblich kehrt niemand je wieder, der sie betritt. Nicht, dass ich selbst je dort gewesen wäre, verstehen Sie mich recht. Oder jemanden kennen würde, der sie betreten hat. Das ist selbstverständlich unmöglich.«

»Weil niemand je zurückgekehrt ist?«

»Weil wir seit Ewigkeiten keine Kaiser mehr hatten«, gab der Lohani mit einem Unterton von Kränkung zurück. »Für wie alt halten Sie mich denn? Ich mag ja nicht gerade erst aus dem Ei geschlüpft sein, aber fertig für die letzte Häutung bin ich auch noch nicht.«

»Tut mir Leid«, sagte Res nicht sehr überzeugend. Ihre Gedanken flogen weiter. Hin und wieder war ihr die Befürchtung gekommen, die Fürstin könnte sie angelogen haben. Vielleicht, war es ihr durch den Sinn gegangen, während sie so hoch wie möglich über den Flammen von Brousch flogen, gab es überhaupt keine Alte Kaiser Stadt. Oder vielleicht lag sie an einem ganz anderen Ort Phantásiens. Nun war sie ausgesprochen erleichtert zu hören, dass sie sich auf dem richtigen Weg befanden. Der unheilschwangere Ton des Lohani beeindruckte sie nicht sehr. Kading galt ebenfalls als eine Stadt, aus der man nicht zurückkehrte, zumindest nicht gegen den Willen ihrer Herrin, und es war ihnen doch gelungen. Was auch immer es mit der Alten Kaiser Stadt auf sich hatte, es konnte kaum schlimmer als die Spiegelbilder von Kading sein.

»Aber der Vetter meines Großvaters hatte eine Großtante, die steif und fest behauptete, ihr Großvater hätte beim Graben das Schwert gefunden, das die Fürstin von Kading dem Verlorenen Kaiser schenkte. Er muss also durch diese Gegend gekommen sein, auf dem Weg zur Alten Kaiser Stadt.«

»Hat Ihre Groß... Ihre Familie das Schwert behalten?«

»I wo«, entgegnete der Lohani kopfschüttelnd. »Eine von diesen wirklich auffälligen, edelsteinbesetzten Waffen ohne praktischen Nutzen, die man ständig polieren muss? Die einem nur suchende Ritter und böse Magier haufenweise auf den Hals hetzt? Nein danke. Der Großvater der Großtante des Vetters meines Großvaters hat sie schleunigst an die nächstbesten Zwerge verhökert, damit die sich damit herumärgern.«

»Schwert«, sagte Yen Tao-tzu sinnierend. Inzwischen sprach er wieder ohne Verzögerungen. Nur wenn man ihn genau und aus der Nähe betrachtete, erkannte man um seine Lippen herum zahllose winzig kleine Löcher. Was er sagte, war allerdings so schwer zu begreifen wie seine Äußerungen vor ihrem Aufenthalt in Kading. Was auch immer er im See erblickt hatte, es hatte ihn tief in seinen Wahn zurückgeworfen. »Schwert, Wert. Ehrenwert. Kehrt. Mach kehrt. Kehr zurück. Versehrt. Verzehrt. Aufgezehrt. Alles aufgezehrt.«

»Nicht meine Tunnelerde, will ich hoffen. So was schlägt auf den Magen.«

Bei diesen Worten begann Res' Magen vernehmlich zu knurren. Sie zuckte zusammen, doch zu ihrer Enttäuschung achtete der Grottengänger nicht darauf. Insgeheim hatte sie gehofft, zum Essen eingeladen zu werden. Wenn die Alte Kaiser Stadt wirklich endlich in Reichweite lag, dann wollte sie sich lieber noch einmal stärken, um dem Verlorenen Kaiser mit klarem Verstand und vollen Kräften entgegenzutreten, damit er sich überzeugen ließ, dass er Phantásien erneut retten musste. Die Fürstin lachte in ihrer Erinnerung und erzählte Res noch einmal, der Mann habe alle im Stich gelassen und nichts als seine eigene Vernichtung gewollt. Pallas fiel ihr ein und das Tränenblau, in dem der Verlorene Kaiser dargestellt worden war. Wenn das alles stimmte, und bisher hatte die Fürstin offenbar in keinem Punkt gelogen, dann wusste Res nicht, wie sie ihn überzeugen sollte. Doch ein Versagen kam nicht in Frage. Es musste ihr gelingen. Nicht mehr mit schwachen Knien und zittrigen Gliedern durch die Gegend zu wanken, sowie sie den Teppich verließ, konnte ein Anfang sein.

»Man rühmt die Lohani weit und breit als sehr gastliches Volk«, sagte sie bedeutsam.

Der Grottengänger strahlte. »Das will ich meinen! Nirgendwo sonst in ganz Phantásien ist die Unterhaltung so gut.«

»Speise für den Verstand und Speise für den Magen gehen Hand in Hand, pflegte meine Mutter immer zu sagen«, fuhr Res einigermaßen verzweifelt fort.

Endlich begriff der Lohani, worauf sie hinauswollte. »Oh. Sie sind ... hungrig?«

»Sehr«, erwiderte Res erleichtert.

»Nun«, meinte der Lohani, »ich habe nur Ton zu bieten, und trotz Ihres Freundes vermute ich, das sagt Ihnen nicht zu, Gnädigste. Aber mein Freund Numfar hat erst vor kurzem einen Haufen Flüchtlinge aufgenommen, die sich von anderen Dingen ernähren. Er betreibt oft Handel mit Auswärtigen und hat daher alles Mögliche in seiner Vorratskammer.«

*Frag ihn nach Fisch,* drängte die Katze, doch Res ignorierte sie und lauschte ergeben den Erzählungen des Grottengängers, der wieder in vergnügtem Orange-Rot schillerte, während er sie zu seinem Freund Numfar führte. Natürlich kehrten sie hierfür nicht zur Oberfläche zurück; es gab schließlich Verbindungsgänge. Erst als sie vor einem lockeren Erdwall Halt machten, steuerte Res mehr als »Ja, wirklich?« oder »Hm« zu den Monologen des Grottengängers bei.

»Haben wir die falsche Abzweigung genommen?«, fragte sie.

Der Lohani rieb sich zwei seiner Hände. »Nein«, entgegnete er in offenkundigem Entzücken. »Der Gang ist verschüttet!«

Begeistert warf er sich in die weiche Erde. Bald waren nur noch seine hintersten Beine zu sehen. Yen Tao-tzu begann erst zu summen, dann leise zu singen. »Gang ... ein Gang ...

zwei Gänge ... Enge ... fort ... an einen andern Ort ... Essen ... vergessen ...«

*Konnte er nicht stumm bleiben?*, fragte die Katze.

Die dumpfe Stimme des Grottengängers rief ihnen zu, sie könnten ihm jetzt folgen. Res begutachtete das recht schmale neu gebohrte Loch, gab sich einen Ruck und zwängte sich hindurch. Für die Katze war es wesentlich leichter. Yen Tao-tzu blieb auf der anderen Seite.

*Lass ihn dort,* bettelte die Katze, *bitte lass ihn dort!*

»Misstraut Ihr Gefährte meinen Tunnelsicherungskünsten?« erkundigte sich der Lohani, und soweit sich das in der schwachen Glühkäferbeleuchtung erkennen ließ, wurden seine Farben dunkler.

»Nein, nein. Er ist nur ... nicht ganz bei sich.«

Sich durch die enge, warmfeuchte Erde, die den Eindruck machte, sie könne jeden Augenblick wieder zusammenstürzen, zurückzuzwängen war kein Vergnügen. Yen Tao-tzu kniete auf der anderen Seite und malte wieder seine Zeichen in den Boden.

»Komm schon«, sagte Res ein wenig ungeduldig und zog ihn mitten in einer Zeichnung am Arm. Auf das, was als Nächstes geschah, war sie nicht gefasst. Ihr eigener Arm wurde umgedreht, und ehe sie wusste, was ihr geschah, fand sie sich an die Höhlenwand gedrückt wieder, ihr Arm schmerzhaft gegen ihren Rücken gepresst. Das Narbengewebe an ihrem kleinen Finger brannte wie Feuer.

»Du wagst es, mich zu stören, Geschöpf?«, fragte eine ungeduldige, kalte Stimme, die weder dem verrückten Sühneträger noch dem höflichen Yen Tao-tzu von Kading zu gehören schien. »Was glaubst du, wer du bist?«

»Res«, erwiderte sie beunruhigt. »Ich bin Res. Yen Tao-tzu, was hast du?«

Er ließ sie los. Res drehte sich um und rieb sich die Schulter. In dem dämmrigen Licht kam es ihr vor, als sehe sie Yen Tao-tzus Gesicht zerfließen, wie das der Leonesen, und einen Augenblick lang ergriff sie blinde Angst. Unwillkürlich streckte sie die Hand aus und berührte ihn an der Wange, die aus Fleisch und Blut bestand, nicht aus festem Sand. Ihre Fingerspitzen stießen auf Feuchtigkeit, und sie begriff, dass er weinte. Er trat einen Schritt zurück.

»Kummer«, sagte er und war wieder der Mann, den sie in Sto-Vo-Kor kennen gelernt hatte. »Reue im Dunkeln.«

»Schon gut.«

Sie hielt ihn an der Hand fest, als sie zum dritten Mal durch die frisch geschaffene Erdspalte kroch. Dahinter wurde der Tunnel zum Glück wieder breiter; der Lohani bemerkte enttäuscht, hier sei offensichtlich seit seinem letzten Besuch nichts mehr geschehen, und Numfar sei zu bedauern, weil seine Tunnel so langweilig ausfielen.

In Numfars Hügel rochen sie schon von weitem den feuchten, erhitzten Gestank von zu vielen Besuchern.

»Die Flüchtlinge«, meinte ihr Lohani, und seine Arme schaufelten durch die Luft, als fächele er den Geruch weg von sich. »Da kann man nichts machen. Die armen Kerle, ihre Heimat wurde vom Nichts verschluckt, und sie sind das Letzte, was von ihr übrig ist.«

Der Tunnel weitete sich zu einer Halle, und Res erkannte kleine Gestalten, die um eine Art Tisch kauerten. Etwas an ihnen war ihr vertraut. Sie hatten sehr spitze Nasen, und ihre fedrigen Kleider ...

»Numfar!«, rief der Grottengänger. »Ich bringe dir noch ein paar Gäste!«

Ein zweiter Lohani schob sich durch die Gestalten zu ihnen. Einige blickten kurz auf und ließen dann wieder die Köpfe sinken. Nur eine von ihnen erhob sich langsam. Mit einem sinkenden Gefühl erkannte Res sie.

»Ihr!«, zischte Guin aus Sto-Vo-Kor.

*Tut mir Leid*, meinte die Katze. *Ich hätte den Geruch erkennen sollen, aber andererseits musste ich draußen bleiben und durfte das verflixte Dorf überhaupt nicht betreten.*

Guins Ausruf hatte auch die übrigen Besucher aufmerksam gemacht. Sie schauten erneut zu Res, Yen Tao-tzu und fassten sie genauer ins Auge. Ein drohendes Raunen begann.

»Deine Gäste mögen meine Gäste nicht«, stellte der Lohani bekümmert fest.

Numfar stemmte zwei seiner Arme auf seine Hüften und rieb sich zwei weitere Hände. »Vielleicht gibt es einen Streit?«, fragte er in hoffnungsvollem Ton. »Mit Schlägereien? Vielleicht stürzt sogar meine Halle ein?«

Zuerst wollte Res davonlaufen. Dann spürte sie, wie Ärger in ihr aufstieg. Sie hatte es satt zu fliehen. Sie hatte es satt, sich zu entschuldigen. Soweit es Sto-Vo-Kor betraf, war sie für niemandes Tod verantwortlich. Im Gegenteil, dort hatte sie ein Leben gerettet. Dessen brauchte sie sich nicht zu schämen.

»Das kommt auf die Leute aus Haruspex an«, sagte sie laut und legte ihre Hand auf den Knauf von Kunlas Messer, das an ihrem Gürtel befestigt war.

Guin ging mit ihren steifen, raschen Schritten auf sie zu. Ihre Hände waren leer. »Es gibt kein Haruspex mehr!«, stieß sie hervor. »Versteht Ihr? Das Nichts hat nicht nur Sto-Vo-Kor verschlungen, sondern unser gesamtes Land. Wir sind alles, was von ihm noch übrig ist, und uns gelang es nur deswegen zu entkommen, weil wir den Sühneträger zurückholen wollten und Euch gefolgt sind.« Sie spie auf den Boden. »Wenn er die Sühne auf sich genommen hätte, dann hätte das alles verhindert werden können«, fügte sie hinzu, und ihre Stimme zitterte. »All unsere Freunde und Verwandten wären noch am Leben. Unsere Heimat ...«

»Das ist nicht wahr«, unterbrach Res sie entschieden. Früher hätte sie Mitleid mit der Frau gehabt, aber nun war sie zu ausgelaugt von allem, was geschehen war, und zu wütend. »Das Nichts wäre so oder so gekommen. Ihr hättet nur einen Unschuldigen mehr umgebracht.«

»Aber er war nicht unschuldig! Wir hatten ihm die Schuld übertragen.«

»Meine Damen, meine Damen«, warf Numfar ein und grinste über das ganze Gesicht. »So sehr ich die Unterhaltung mit Worten liebe, darf ich vorschlagen, dass Sie zu Erde und Lehm als Waffen greifen? Vielleicht aus den Wänden dieser bescheidenen Halle geklaubt?«

»Nein«, entgegnete Res knapp, »Ich will mich nicht streiten. Ich will nichts zerstören. Ich will nur etwas essen, und dann will ich weiter, um endlich meine Mission zu erfüllen. Ihr werdet mir und meinen Begleitern jetzt etwas zu essen bringen. Danach werden wir gehen, und wenn die Bewohner von Sto-Vo-Kor tatsächlich etwas anderes fertig bringen können, als sich in nutzlosen Racheschwüren zu ergehen oder Unschuldige umzubringen, dann sind sie gerne eingeladen, mitzukommen und sich nützlich zu machen, um den Rest von Phantásien zu retten. Denn ich – werde – mein – Ziel – erreichen.«

Tiefes Schweigen kehrte in die Halle ein. Die beiden Grottengänger öffneten und schlossen ihre Münder, ohne einen Laut von sich zu geben, und blickten sich ob dieses Umstands zutiefst verstört an. Die gefiederten Bewohner von Sto-Vo-Kor erhoben sich, einer nach dem anderen.

*Das war's dann*, sagte die Katze verstört. *Sie werden uns in der Luft zerreißen. Nein, unter der Erde.*

Ein kurzes, satt knallendes Geräusch ertönte hinter Res und wiederholte sich. Es dauerte einen Moment, bis sie es einordnen konnte. Yen Tao-tzu klatschte in die Hände. Einmal. Zweimal.

*Jetzt werden sie uns mit Sicherheit umbringen.*

Als Yen Tao-tzu zum dritten Mal klatschte, hob ein gewaltiges Flattern an. Erst als Res sah, wie Guin ihre fedrigen Hände hob und gegeneinander warf, begriff sie, dass die Überlebenden von Sto-Vo-Kor ihr Beifall klatschten.

*Zweibeiner,* sagte die Katze. *Langsam glaube ich, ihr seid alle verrückt.*

Später, als sie alle beim Essen saßen, blieben die Leute aus Sto-Vo-Kor in einiger Entfernung, wenngleich sie immer wieder zu Res hinüberblickten. Das Getuschel klang nicht mehr feindselig, sondern erstaunt. Sie verstand trotzdem noch nicht, was eigentlich passiert war, bis Guin erneut zu ihr trat.

»Wann brechen wir auf, Prophetin?«, fragte sie ernst.

»Zuerst müsst Ihr mir erklären, was Euch alle zu einer Meinungsänderung bewogen hat«, entgegnete Res.

»Es gibt bei uns eine Prophezeiung. Jedes Kind kennt sie. Wir haben Reime und Lieder darüber, obwohl der ursprüngliche Wortlaut sehr schlicht ist. ›Sie bringt Leben aus dem Tod und kommt aus der Tiefe; ein Narr wird sie erkennen.‹ Im Epos von der Prophetin heißt es, dass sie Phantásien retten wird. Ihr habt die vorhergesagten Worte gesprochen, und der Sühneträger hat Euch erkannt.«

Res dachte an die Lügenbolde im Palast der Fürstin, die niemals die Wahrheit sprachen, und an ihre Vorhersage.

»Natürlich freue ich mich, dass Ihr Eure Haltung geändert habt«, sagte sie langsam, »aber ich frage mich, wie weit man Prophezeiungen trauen sollte.«

Die schwarzen Knopfaugen waren sehr, sehr kalt, und Guin zuckte nicht mit der Wimper, als sie erwiderte: »Oh, es hat in der Vergangenheit mehrere falsche Prophetinnen gegeben. Sobald wir sicher waren, dass sie nicht hielten, was sie versprachen, wurden sie die nächsten Sühneträger.«

Mit einem Ruck setzte Res ihre Holzschale mit dem Wurmgulasch ab. Die Katze, die neben ihr saß, schnüffelte einmal daran, konnte sich aber offenbar nicht überwinden, diese Speise zu verzehren.

»Ich habe Euch nichts versprochen.«

»Nichts, außer Erfolg zu haben«, gab Guin zurück. »Also, wann brechen wir auf, Prophetin?«

»In einer Stunde«, sagte Res. Guin nickte und drehte sich um, als Res ihr noch etwas nachrief. »Guin – auf meinen Teppich passt niemand mehr, und wenn ich zu Fuß gehe, verliere ich zu viel Zeit. Ihr werdet also selbst den Weg zur Alten Kaiser Stadt finden müssen.«

»Oh«, entgegnete Guin über ihre Schulter hinweg, »den finden wir schon, keine Sorge.«

Numfar bot Res noch eine Schale voll gebratener Käfer an, und sie kaute schweigend darauf herum, während die Katze in ihrem Kopf eine heftige Klage anstimmte.

*Großartig. Entweder wollen sie dich umbringen oder anbeten. Da lobe ich mir die Leonesen, die sind wenigstens konsequent. Res, weißt du, was du tun solltest? Vergiss die Alte Kaiser Stadt.* Schnurrspitz rieb ihren Kopf an Res' freier Hand. *Lass diesen unberechenbaren Haufen dort hinziehen und nach dem Verlorenen Kaiser suchen und flieg mit uns in eine ganz andere Richtung. Dorthin, wo uns niemand finden kann.*

Ich dachte, entgegnete Res schweigend, du möchtest in Sicherheit vor dem Nichts sein? Ganz gleich, wo wir hingehen, früher oder später wird es dort auch auftauchen, wenn wir nichts unternehmen. Und ich traue diesen Leuten ohnehin nicht, wie also könnte ich ihnen meine Aufgabe übertragen?

*Hast du daran gedacht, dass die Kindliche Kaiserin einen Gesandten losgeschickt hat, um die Rettung für Phantásien zu finden? Sie hat ihm den Glanz übertragen und ihn selbst ausgesucht. Ist es nicht hochmütig zu glauben, du würdest eher Erfolg haben als er?*

»Mehr Gagh?«, fragte Numfar und hielt ihr eine neue Schale mit Würmern hin. »Sie sind so schweigsam, Teuerste. Das kann nicht gut sein!«

»Nein, danke, ich glaube, ich bin satt.«

*Wenn der Gesandte Erfolg hat, dann umso besser,* dachte Res. *Aber einfach darauf zu warten und die Hände in den Schoß zu legen, das bringe ich nicht mehr fertig. Was, wenn er keinen Erfolg hat?*

*Dann können wir immer noch fliehen.* Die Katze fuhr mit ihrer rauen, kleinen Zunge über ein paar von Res' Fingerspitzen. *Lass mich dir ein Geheimnis verraten. Phantásien ist grenzenlos. Es wird nie keinen Ort geben, zu dem wir fliehen können.*

»Keine Grenzen?«, wiederholte Res laut, weil sie so überrascht war. *Das kann nicht sein. Pallas hat mir erzählt, dass der Verlorene Kaiser aus einem anderen Reich nach Phantásien kam.*

*Mmmmm. Natürlich gibt es andere Welten. Und doch hat Phantásien keine Grenzen. Du kannst das nicht verstehen. Du bist ein Geschöpf dieser Welt.*

Und was bist du?

*Ein Wanderer,* gab die Katze zurück. *Aber ich sitze hier bis auf weiteres fest. Flieg nicht zur Alten Kaiser Stadt, Res. Flieg überallhin, nur nicht dorthin.*

Sie schloss die Augen und stellte sich vor, sie könnte auf die Katze hören. Schnurrspitz hatte Recht; niemand würde sie je wiederfinden, wenn sie jetzt ihr Ziel aufgab. Woher sollten die anderen auch wissen, wohin sie sich wenden würde?

*Ich kann nicht,* antwortete sie schließlich. *Das weißt du doch.*

*Ich weiß.*

Als Res mit Yen Tao-tzu und der Katze aus Numfars Hügel hervorkroch, warteten zehn Flüchtlinge aus Sto-Vo-Kor schon auf sie. Inzwischen hatte es draußen angefangen leicht zu regnen. Es war ein grauer, nieseliger Tag, und der Regen ließ ihr blaues, rotes und grünes Gefieder dunkler und farbloser erscheinen. Bis auf Guin mit ihren blauen Federn waren sie Res alle unbekannt. Sie standen um ein riesiges, knochiges Etwas mit perlmuttfarbenen Schuppen herum, das auf Holzrollen stand.

Yen Tao-tzu stieß einen erstickten Laut der Trauer hervor.

*Bei Bastets Klauen,* sagte Schnurrspitz und klang für ihre Verhältnisse fassungslos. *Sie haben einen Glücksdrachen getötet.*

Res erinnerte sich an die Zähne im Wall um Sto-Vo-Kor. Glücksdrachen gehörten zu den seltensten Tieren Phantásiens; sie hatte selbst nie einen erblickt, weder in Siridom noch auf ihrer Reise, und wusste nur durch die Teppiche, wie sie aussahen oder aussehen sollten. Was vor ihr stand, hatte keine Zähne mehr, keine Tatzen und auch kein Fleisch; es war erlegt und ausgeweidet worden, bis sich die Haut um ein Holzgerüst spannen ließ.

»So haben wir unsere Heimat verlassen«, erklärte Guin. »Das ist unser Fluggerät. Wir werden Euch also folgen können, Prophetin.«

*Du darfst nicht in ihrer Gesellschaft bleiben,* sagte die Katze mit spürbarem Entsetzen. *Sie haben sich mit dieser Tat selbst verflucht. Das ist, als fliege man mit einem Leichnam.*

*Ich glaube nicht, dass sie zurückbleiben würden, wenn ich darum bäte,* entgegnete Res und entdeckte, dass ihre Nägel schon wieder blutige Halbmonde in ihre Handballen gebohrt hatten. *Wir haben keine andere Wahl.*

»Dann lasst uns losziehen.«

# KAPITEL 14

Die Heidelandschaft, über die sie flogen, ähnelte Sassafranien nicht sehr. Statt der üppigen blauen Felder gab es hier braunes Gestrüpp und hin und wieder einen Wacholderstrauch. Dazwischen ragten zahllose Felsbrocken auf, die teilweise so groß ausfielen, dass Res mehr als einmal annahm, es handle sich um Häuser, und dem Teppich befahl hinabzutauchen. Dann wieder hatten sie die Form spitzhütiger Riesen. Einmal glaubte sie, es müsse sich um einen Steinbeißer handeln, und wollte fragen, wie weit es noch bis zur Alten Kaiser Stadt war, aber wieder zeigte sich aus der Nähe, dass der Stein sich nicht bewegte. Sie wünschte sich Meilensteine oder Türpfosten wie in der Ebene von Kenfra, aber hier blieben die Felsen stumm, selbst wenn man sie mit Öl einrieb.

Yen Tao-tzu schaute ab und zu hinüber zu dem Drachenluftschiff, das sie begleitete, und bewegte lautlos die Lippen. Dann wieder beugte er sich über den Teppichrand und wurde sehr unruhig. Angesichts früherer Erfahrungen zog ihn Res jedes Mal wieder zurück. Schließlich legte er sich auf den Rücken, um weder die Erde noch die Leute aus Sto-Vo-Kor länger zu sehen, und betrachtete den Himmel, was Res erleichterte. Im Grunde hätte sie es ihm gerne gleichgetan, aber sie musste darauf achten, wann unter ihnen eine Stadt auftauchte.

Als Yen Tao-tzu plötzlich aufschrie, kam das für sie völlig unerwartet. Es war ein mächtiger Schrei, aus der Tiefe seines Brustkorbs heraus, als habe er lange dafür Atem gesammelt und zurückgehalten.

»Wind!«, rief er. »Wind! Geschwind! Fort von diesem Ort!«

Res fuhr zusammen. Gleichzeitig bemerkte die Katze mit zusammengekniffenen Augen:

*O nein. Nicht sie.*

So lange hatte Res auf den Boden unter ihnen gestarrt, dass ihr entgangen war, wie der Himmel sich immer mehr verdunkelt hatte, obwohl es zum Glück schon bald nach ihrem Aufbruch aufgehört hatte zu regnen. Die Wolken im Westen glühten in einem unheilverkündenden Rot. Im Osten türmten sie sich wie schwere Metallbarren aufeinander, mit der dumpfgrauen Farbe von Blei, die immer schwärzer wurde, je nördlicher man blickte. Lediglich im Süden schien es hell zu sein, bis Res entdeckte, dass die dort auf und ab zuckenden grellen Lichter Blitze waren.

*Die vier Windriesen,* sagte die Katze und kauerte sich zusammen. *Lass uns lieber landen und warten, bis sie wieder fort sind.*

Da Res der Anblick des Himmels ganz und gar nicht gefiel, hörte sie auf Schnurrspitz. Wenn sie bei einem Gewitter in der Luft blieb, würde sie doch nur vom Weg abgetrieben werden, statt der Alten Kaiser Stadt näher zu kommen. Einer von Pallas' alten Teppichen zeigte den Untergang der Stadt Tehura, die von einem Spiel der vier Windriesen dem Nichts gleichgemacht wurde. Res hoffte nur, dass ein paar der größeren Felsen unten auf der Heide genügend Deckung bieten konnten oder dass die Riesen ihren Kampf anderswo austragen würden.

Kurze Zeit kämpfte sie mit der Versuchung, den Haruspex-Flüchtlingen nichts zu sagen. Wenn sie die Gefahr zu spät bemerkten oder falsch deuteten, war das schließlich nicht ihre Schuld. Seit sich Guin und die anderen darauf verlegt hatten, sie als »Prophetin« zu titulieren, waren sie Res unheimlich, wie sie es als misstrauische, Steine werfende Dorfbewohner nie gewesen waren.

Doch dann dachte sie wieder an ihr Spiegelbild im See von Kading und rief, so laut sie konnte, in Richtung des Drachenfluggeräts: »Wir landen jetzt besser!« Eine fedrige Hand winkte zurück, und sie wusste, dass sie verstanden worden war.

»Teppich«, begann sie, »la...«

»WAS«, donnerte eine Stimme aus Richtung Norden, und schwere Regentropfen durchtränkten Res' Gewand und Haare, »hat DAS zu bedeuten?«

Ein direkter Windstoß voll eiskalter Hagelkörner, die so hart auf die Haut einschlugen wie kleine Messerklingen, traf Res von Osten, als eine ebenso gewaltige Stimme antwortete:

»Ein Kind der Lüfte ist geschändet worden!«

Res überlegte nicht mehr lang. »Landen«, schrie sie den Teppich an, »sofort landen!«

»RACHE!«

Von den Leonesinnen in einen kleinen Sandwirbel eingehüllt zu werden war furchterregend gewesen, aber im Vergleich zu den entfesselten Windgewalten, die jetzt über das Drachenschiff aus Sto-Vo-Kor herfielen, hatten die Sandfrauen wenig Kraft aufgewandt. Aus den Augenwinkeln nahm Res wahr, wie aus allen vier Himmelsrichtungen gewaltige Gesichter ihre Münder aufrissen und Verderben gegen den toten weißen Drachen und seine Insassen schleuderten, Verderben, das vor so winzig kleinen Hindernissen wie dem fliegenden Teppich nicht Halt machte. Der Hagel wurde zu einem Gluthauch, der den Rand des Teppichs in Flammen aufgehen ließ, so schnell dieser auch auf den Boden hinabstürzte; dann begannen die Blitze einander zu jagen. Res hörte ein entsetzliches Krachen in unmittelbarer Nähe und fragte sich verzweifelt, wann sie endlich auf dem Boden und in Sicherheit sein würden, bis sie bemerkte, wie eine mächtige Hand aus bleiernen Wolken tief nach unten griff und mit Felsbrocken wieder nach oben kam, die so groß waren, dass selbst das Drachenschiff dagegen nur ein Sandkorn schien, von ihrem Teppich ganz zu schweigen.

Auch auf der Erde würde es keine Sicherheit für sie geben.

Die Katze krallte sich in den Teppich. Kein Laut kam von ihr, kein Maunzen, keine Gedanken, noch nicht einmal ein *Ich habe es dir ja gleich gesagt.* Der Regen peitschte auf sie ein, löschte das Feuer, das bereits die Teppichfransen verzehrt und erste Löcher ins Gewebe gefressen hatte, bis ein Gluthauch aus dem Süden sie erneut zurückwirbelte. Sosehr sie sich auch den Kopf zermarterte, Res fiel kein Ausweg ein, kein Plan, kein Schlupfloch. Sie flehte die Windriesen an, doch einzuhalten, aber ihre Stimme kam gegen die grollenden Ungeheuer so wenig an wie das Summen einer Mücke gegen einen tosenden Wasserfall.

»Res«, brüllte Yen Tao-tzu ihr ins Ohr, und seine Stimme war trotzdem kaum zu hören, »Res, flieg nur nördlich, nördlich, so tief wie möglich, nur noch kurze Zeit, und wir haben es geschafft!«

Es war der erste zusammenhängende und sinnvolle Satz von ihm, seit sie Kading verlassen hatten, doch jetzt war nicht der Zeitpunkt, um sich darüber zu wundern. Res wiederholte, so laut sie konnte, die Befehle für den Teppich, dann warf sie sich über die Katze und presste ihr Gesicht auf das Gewebe, um in dem schneidenden Hagelsturm wenigstens nicht zu erblinden. Neben sich, den Arm um ihre Schultern, spürte sie Yen Tao-tzu.

Ein ohrenbetäubendes Knallen, gefolgt von Rauch und Hitze inmitten des Eishagels – wieder hatte unmittelbar neben ihnen ein Blitz eingeschlagen und ihren Teppich in Brand gesteckt. Sie hob den Kopf nur ganz leicht und sah zwischen Eiskörnern und Flammen einen riesigen Erdwall auftauchen, auf den sie zurasten.

»Über den Erdwall und dann in den Talkessel hinab«, schrie Yen-Tao-tzu.

Der Teppich brannte nun an allen vier Enden, während der Wind Res' Worte aus ihrem Mund riss.

»Boden, Boden, Boden!«

Sie prallten gegen ein hartes Hindernis, und Res wurde durch die Luft geschleudert. Dann schlug sie auf nasser, aufgewühlter Erde auf und spürte überhaupt nichts mehr.

Sie träumte, sie sei wieder im Arachnion, in der Dunkelheit bei Pallas. Ihre Finger glitten über Faden nach Faden, und sie hörte Pallas' Erklärungen zu, die beruhigend wie kleine, schaukelnde Wellen waren, nicht zu hoch, gerade richtig, um sich wie ein Kind hin- und hergewiegt zu fühlen. Bis sich andere Stimmen einmischten, obwohl Pallas mit ihren Erläuterungen fortfuhr.

*Meinetwegen brauchst du diese Narrendarbietung nicht zu verlängern*, sagte die Katze scharf. *Ich hatte schon einen Verdacht, als du genau zum richtigen Zeitpunkt geklatscht hast. Du kanntest diese Prophezeiung aus deiner Zeit in Sto-Vo-Kor, stimmt's?*

»Es kommt und geht, kommt und geht«, erwiderte Yen Tao-tzu müde. »Wie ein Bild, dem früher die meisten Stücke fehlten. Wie ...« Er stockte, dann fuhr er fort: »Wie das Beliebigkeitsspiel, wenn es auf einmal einen Sinn ergibt. Seit wir Kading verließen, fügen sich immer mehr Einzelteile ein, aber ein Rest ist mir noch erspart, und gemessen an dem, was ich inzwischen weiß ...«

Res öffnete die Augen. Über sich sah sie Treppenstufen, aber unter ihr war nur Erde, nicht der Boden eines Hauses. Sie folgte der Treppe mit den Augen und stellte fest, dass die Stufen mitten in der Luft endeten. Jemand hatte eine Treppe gebaut, die nirgendwo hinführte.

Sie drehte sich zur Seite und bemerkte, dass sie unter einem löchrigen, zerrissenen Etwas lag, das ihr vage vertraut vorkam. Yen Tao-tzu musste sie damit bedeckt haben. Er saß im Schatten der Treppe, zusammen mit der Katze, und sie konnte sehen, dass der Regen immer noch fiel, in silbrigen Fäden mittlerweile, nicht mehr in harten Peitschenhieben.

»Warum kann er dich hören?«, fragte Res benommen die Katze. »Ich dachte, ich bin die Einzige, zu der du sprichst.«

*Mmmmmm*, erwiderte die Katze. *Manche Phantásier hören mich nie. Bei anderen liegt es an mir. Aber er stammt nicht ...*

»Du«, unterbrach Res sie und starrte Yen Tao-tzu an. »Du warst schon einmal hier. Du kennst dich hier aus. Und du hast nur so getan, als wärest du verrückt.«

Seine grauen Haare waren noch feucht vom Regen, genau wie ihre eigenen, obwohl er inzwischen im Trocknen saß. Einzelne Tropfen liefen ihm über die Stirn und rannen auf sein Kinn hinunter, als er den Kopf schüttelte. »Es ist, als wäre man blind«, erklärte er, »und würde langsam das Sehen wieder lernen. In Kading war ich sehend, aber nicht in der richtigen Zeit.«

Die Katze winkelte die Ohren an. *Natürlich. Deswegen hast du die Flammen der Zeit überlebt. Ich habe das Leben eines Narren angeboten, und sie haben dein Gedächtnis genommen bis zu dem Zeitpunkt, als du den Verstand verloren hattest, aber damit auch deinen Wahnsinn.*

Wieder schüttelte er den Kopf. »Nein. In Kading reichten meine Erinnerungen noch nicht so weit zurück. Ich weiß noch immer nicht, was es war, aber es ...« Er verstummte, als sich ihnen hastige, abgehackte Schritte näherten. Drei zerzauste Gestalten liefen rasch durch den Regen, um sich neben Yen Tao-tzu unterzustellen. Eine von ihnen hatte blaues Gefieder.

»Ah«, sagte Guin, als sie zu Res schaute. »Die Prophetin ist aufgewacht.«

»Ihr seid noch am Leben?«, fragte Res, besann sich und wiederholte mit mehr Begeisterung: »Ihr seid noch am Leben!«

Guins Knopfaugen glühten wie schwarze Kohlen. »Euch haben wir das nicht zu verdanken. Wenn Ihr Leben aus dem Tod bringen könnt, dann habt Ihr das bis jetzt nicht getan. Nur noch drei von uns sind übrig, und unser Luftschiff ist zerstört!«

*Das kommt davon, wenn man so dumm ist, einen Glücksdrachen als Rohmaterial zu benutzen,* kommentierte die Katze, doch auf Guin schien sie das Spektrum ihrer Ansprechpartner nicht ausgedehnt zu haben, denn die Vogelfrau beachtete sie nicht. Res setzte sich auf und erkannte endlich die Decke, unter der sie gelegen hatte. Es war der klägliche, durchlöcherte und auf gar keinen Fall mehr tragfähige Überrest ihres fliegenden Teppichs.

Sie brach in Tränen aus.

»Nun, wenigstes tut es Euch diesmal Leid«, meinte Guin sichtlich befriedigt.

»Dame Guin«, sagte Yen Tao-tzu höflich, aber bestimmt, »es ist ein Wunder, dass Ihr und Eure Freunde überhaupt noch am Leben seid.«

»Nein, es liegt daran, dass wir im vordersten Teil des Drachen waren und gesehen haben, wohin Ihr verschwunden seid, als Ihr uns einfach im Stich gelassen habt.«

Ihren armen, zerfetzten Teppich in der Hand, murmelte Res: »Mehr und mehr verstehe ich, warum manche Leute andere Leute opfern.«

Guin missverstand sie wie üblich. »Nur begreift Ihr das zu spät für Sto-Vo-Kor«, entgegnete sie und warf Yen Tao-tzu einen wütenden Blick zu. Der Umstand, dass er, den sie nur als Unsinn redenden Bettler mit einer wilden Mähne gekannt hatte, auf einmal bei klarem Verstand war, schien sie nicht im Geringsten zu erstaunen. Guin und die übrigen Dorfbewohner von Sto-Vo-Kor waren die selbstbezogensten Geschöpfe, denen Res jemals begegnet war, nur die Fürstin möglicherweise ausgenommen.

»Nun denn«, setzte Guin hinzu und ließ ihre Hände ungeduldig auf und ab flattern, »hier sind wir, Ihr seid erwacht, und ich finde, es wird langsam Zeit, dass Ihr Euer Versprechen einlöst. Ich muss Euch mitteilen, dass mir dieser Ort ganz und gar nicht behagt, und meinen Begleitern So und Lo geht nicht anders. Je eher wir hier wegkommen, desto besser.«

Immer noch den Teppich in Händen, die so fest geballt waren, dass ihre Knöchel weiß wurden, erhob sich Res und schaute sich um. Sie befanden sich am Rand eines immer tiefer abfallenden Talkessels, nicht allzu weit von dem Erdwall entfernt, der ihn umgab. Die Treppe, unter der sie nun alle standen, war nicht das einzige Bauwerk, nur das nächste, das Schutz vor dem Regen bot. Wohin Res auch blickte, überall sah sie Gebäude oder Teile von Gebäuden, bis tief in das Tal hinein. Aber an ihnen allen stimmte etwas nicht. Zunächst einmal wirkten die meisten von ihnen unvollendet. Brücken, ohne dass sie einen Fluss sah, die in der Mitte aufhörten, eine Häuserwand, die zuerst gerade war und dann rund wurde, um gleichfalls im Leeren zu enden. In manche Wände war hoch oben eine kunstvoll geschmiedete, aber völlig nutzlose Pforte eingebaut, während der untere Teil keinerlei Eingang aufwies. Eine Pyramide, die denen in Kading ähnelte, stand nicht allzu weit von ihnen entfernt, aber ihre Spitze war in den Boden gebohrt, und der flache Untergrund war oben. Das Ganze machte den Eindruck von Spielzeugsteinen, mit denen ein Kleinkind baute, das sich offenbar rasch langweilte.

»Ja«, sagte Yen Tao-tzu rau, »das ist sie, die Alte Kaiser Stadt.«

Grimmig fuhr sich Res mit dem rechten Handrücken über die Augen. Dann rollte sie den kaputten Teppich ein und sah sich erneut um.

*Wenn du deinen Weidenkorb suchst, die Windriesen waren zu viel für das arme Ding*, sagte die Katze.

Nicht schreien, befahl sich Res, nur nicht schreien. Nicht jetzt. »Gut, dann werde ich den Teppich eben so tragen. Hier oben ist niemand außer uns. Machen wir uns also auf den Weg nach unten«, stieß sie zwischen den Zähnen hervor.

»Im Regen und bei diesem Schlamm?«, fragte Guin. »Falls Ihr es noch nicht bemerkt habt, hier gibt es keine anständigen Straßen.«

Sie hatte es nicht bemerkt und zuckte nun die Achseln. »Ihr könnt gerne hier bleiben.«

»O nein. Ich will erleben, wie die Prophetin endlich Erfolg hat«, gab Guin zurück und fügte bedeutsam hinzu: »Das wollen wir alle.«

Ihre beiden Begleiter stampften bestätigend mit den Füßen auf den Boden.

»Yen Tao-tzu, kannst du uns führen?«, fragte Res.

Er nickte, öffnete den Mund, wie um noch etwas zu erwidern, und schluckte es dann ungesagt hinunter.

Durch den Schlamm und gelegentlich über Straßenteile aus altem Käse oder Strohgeflechten zu waten war kein Vergnügen, aber es gab Schlimmeres. Als Res ihn fragte, warum die Windriesen ihnen oder zumindest den restlichen Vogelleuten nicht über den Erdwall in das Tal hinein gefolgt waren, erwiderte Yen Tao-tzu traurig:

»Weil es innerhalb der Alten Kaiser Stadt keine Gewalt gibt. Nichts, was den Bewohnern je ein Leid zufügen könnte.«

»Nun, das ist doch gut, oder?«, fragte sie.

»Wie man es nimmt.«

Die ersten Bewohner, auf die sie stießen, hatten zu Res' Erleichterung nichts von der Eleganz und Überlegenheit der Kadinger. Sie waren zum Teil genauso abgerissen gekleidet wie ihre Gruppe. Doch bei ihnen konnte es nicht an einem Zusammenprall mit den Windriesen oder an einer langen Reise liegen, und je näher sie die Talbewohner in Augenschein nahm, desto unwohler wurde ihr. Einige von ihnen trugen Früchteschalen auf dem Kopf. Andere waren in Tischtücher gekleidet und zerrten trotz des schlechten Wetters

Schirme hinter sich her, statt sich damit zu schützen. Viele trugen schwere Beutel oder zogen Karren, nur um sie im nächsten Moment stehen zu lassen und sich eines anderen Karrens zu bemächtigen. Und nicht einer von ihnen achtete auf Res und ihre Begleiter oder sprach auch nur ein Wort zu ihnen.

Einmal prallte ein junger Mann mit ihr zusammen, der seine Heugabel quer über die Straße zog.

»Entschuldigung«, begann sie, obwohl es sein Fehler gewesen war, »ich bin Res aus Siridom und suche ...«

Er rappelte sich wieder auf und ging weiter, ohne auch nur einen Moment zu zögern.

»Es ist alles so wie in meiner Erinnerung«, flüsterte Yen Tao-tzu. »Sie haben sogar ihre Sprache verloren.«

»Alle, bis auf dich«, rief ihm eine keckernde Stimme zu. »Du hast sie wiedergefunden. Deswegen musstest du ja gehen.«

Die Stimme kam von schräg oben. Res blickte auf und sah einen graufelligen kleinen Affen, der sich auf einem unfertigen Dach, das auf ein zweites gebaut war, von einem Balken zum nächsten hangelte, bis er direkt über ihnen war. Dann ließ er sich mit einem Sprung auf Yen Tao-tzus Schultern nieder. Der Mann stand still und rührte sich nicht.

»Was bringt dich denn jetzt wieder zurück? Nicht, dass ich meinen Lieblingsnarren nicht gerne wiederfinde, wie?«

»Ein Tal voller Narren«, stellte Guin fest. »Nutzlos. Abstoßend. Es gibt Orte, da könnten sie einen Zweck erfüllen.«

Das Äffchen kicherte und sprang von Yen Tao-tzus auf Guins Schultern, die entsetzt zusammenzuckte, das Gleichgewicht verlor und im Schlamm landete. »Nicht diese Narren«, verkündete das Äffchen ungerührt, als sei nichts geschehen. »Sie haben keinen Zweck mehr, den sie irgendwo erfüllen könnten, sonst wären sie nicht hier.«

»Dies ist wirklich die Alte Kaiser Stadt?«, fragte Res.

Das Äffchen nickte eifrig. »O ja«, bestätigte es. »Aber ich bin unhöflich. Stellen wir uns doch vor! Mein Name lautet Argax. Und mit wem habe ich das Vergnügen?«

Guin hatte sich inzwischen wieder erhoben. Mit entrüsteter Stimme nannte sie ihren Namen und die der beiden anderen Dorfbewohner, Lo und So.

»Res aus Siridom«, sagte Res zu Argax. »Die Katze zieht es vor, Fremden ihren Namen nicht zu nennen, und dies ist …«

»Oh, ich kenne doch unseren König«, fiel das Äffchen ihr ins Wort und sprang wieder auf Yen Tao-tzus Schultern.

»König?«, rief Guin aus.

»O ja. Jemanden, der als einziger von all meinen Lieben freiwillig und mit offenen Augen den Weg hierhergefunden hat, den muss man einfach zum König der Narren krönen, findet ihr nicht auch, meine Hübschen?«

Endlich erwachte Yen Tao-tzu aus seiner Erstarrung. »Freiwillig?«, wiederholte er. »Ich war freiwillig hier?«

Der Affe wurde schlagartig ernst. »Ah. Daran kannst du dich also noch nicht erinnern.«

»Sein Gedächtnis ist noch nicht ganz zurückgekehrt«, ergänzte Res, für die sich allmählich die letzten Fäden in diesen speziellen Wandteppich fügten.

»Warum überhaupt etwas davon zurückgekehrt ist, weiß ich nicht«, erklärte Argax. »Das sollte eigentlich unmöglich sein.« Er machte eine wedelnde Bewegung mit einem Arm. »Sie alle wissen nichts mehr von ihrem alten Leben. Sie haben sogar ihren Namen verloren und den Wunsch, daran etwas zu ändern. Sonst wären sie nicht hier.«

»Aber du«, fragte Res tonlos, »du weißt, wer sie sind?«

»Das versteht sich!« Diesmal sprang er auf ihre Schultern. Seine Arme legten sich um ihren Hals. Es würgte sie in der Kehle, aus mehr als einem Grund. »Narren. Und Kaiser von Phantásien. Jeder Einzelne von ihnen. Das eine bedingt immer das andere.«

Guin und ihre Landsleute starrten auf die sinn- und ziellos durch die Gegend stolpernden Männer, Frauen und Kinder, dann zu Yen Tao-tzu, schließlich zu dem Äffchen auf Res' Schultern.

»Das kann nicht sein. Niemals kann das sein. Herrscher von Phantásien? Diese ...«

Argax kicherte wieder. »Dass auch nur einer von ihnen je Phantásien beherrscht hätte, habe ich nicht behauptet. Niemand beherrscht Phantásien. Und niemand ersetzt je die Kindliche Kaiserin. Aber jeder von meinen Lieblingen hier hat es versucht, ist die übliche Straße aus zu vielen Wünschen und zu vielen verlorenen Erinnerungen gegangen und schließlich bei uns angekommen. Ohne Wünsche, ohne Erinnerungen.« Er zupfte an Res' Haar. »Aber warum stehen wir hier nur herum? Das ist langweilig. Bewegung, Bewegung!«

So, der dünnste der Vogelleute, protestierte: »Aber ich bin schon sehr alt. Meine Federn sind ausgefranst, und es wachsen mir keine neuen. Und ich kann mich nicht erinnern, dass jemals irgendwer versucht hätte, sich zum Kaiser von Phantásien zu krönen. Doch viele von diesen hier« – er machte eine etwas hilflose Armbewegung in Richtung der Talbewohner – »sind jünger als ich.«

»Sie sehen nur so aus«, sagte Yen Tao-tzu in bitterem Ton und schaute einem kleinen Jungen nach, der einen dreieckigen Steinblock über eine der Treppen ins Nirgendwo wälzte.

»Ich weiß nicht, wie viel Zeit vergangen ist, seit ich zum ersten Mal hierher kam, aber dieser Knabe war schon damals hier.«

Das Äffchen nickte. »Wenn sie ihre letzten Erinnerungen verlieren, hören sie auf zu wünschen. Sie hören auf sich zu verändern. Das Leben steht für sie still, jetzt und für immer«, sagte es unerwartet ernst. »In ihrer Welt können Jahrhunderte vergehen, und sie altern nicht.«

»In ihrer Welt?«, fragte Res, um überhaupt etwas zu sagen. Keine Erinnerungen. Kein Verstand. Das bedeutete ...

»Nun, keiner von ihnen stammt aus Phantásien. Es sind Menschenkinder.«

Die Katze strich um Res' Beine. *Menschen bekommt der Aufenthalt hier nicht, wenn sie zu lange bleiben,* sagte sie. *Keine sehr zuverlässigen Wesen. Im einen Moment stellen sie einem etwas zu fressen hin, und im nächsten wird man in ein fürchterlich stinkendes Gefährt gesteckt und zum Tierarzt geschleift. Sie glauben, sie könnten mit einem machen, was sie wollen, und sie halten sich für die Herrscher ihrer Welt, nur weil sie auf zwei Beinen gehen, was natürlich Unsinn ist. Wir Katzen sind die Herrscher dort.*

Zu einem anderen Zeitpunkt hätte Res gefragt, woher die Katze so viel von der Menschenwelt wusste, doch jetzt suchte sie verzweifelt nach einem Funken Hoffnung. »Aber Yen Tao-tzu kann sprechen, und er hat sein Gedächtnis wiedergefunden«, brach es aus ihr hervor. »Dann müsste es doch eigentlich auch für die anderen möglich sein!«

Das Äffchen sprang auf den Boden und begann sich hingebungsvoll mit seinen Zehen zu beschäftigen. Ohne aufzublicken, erwiderte es: »Unser Narrenkönig hier war immer ein besonderer Fall. Die anderen wussten nicht, was auf sie wartete. Nur einer der Kaiser fand schon lange vor seiner

Krönung, lange bevor er seinen letzten Wunsch verschwendete, heraus, in welcher Gefahr er sich befand. Und er …«

Inzwischen konnte sie sich der Schlussfolgerung nicht mehr verweigern. Mit der Stimme der Fürstin von Kading im Ohr schnitt Res dem Äffchen das Wort ab. »Er wollte sich zerstören«, vollendete sie harsch. »Er wich dieser Stadt nicht aus, weil es genau das war, was er sich wünschte. Ein Dasein als Narr ohne Worte und Erinnerung.«

# KAPITEL 15

In einem Haus, das im Prinzip nur aus Fenstern bestand, war man immerhin im Trocknen. Die Überlebenden von Sto-Vo-Kor taten ihr Bestes, um aus ein paar feuchten Stöcken, die sie unterwegs aufgelesen hatten, ein Feuer zu zaubern, während die Katze, die eine Maus erlegt hatte, dabei war, sie zu verzehren. Res und Yen Tao-tzu saßen sich gegenüber. Er hielt seine Hände gegeneinander gepresst, wie schon einmal, doch er wich ihren Augen nicht mehr aus.

»Ich weiß wirklich nicht, was ich tat, um Phantásien zu retten, oder warum ich mir wünschte, alles zu vergessen«, sagte er leise zu ihr. »Inzwischen erinnere ich mich an Loyang und mein Leben dort. Ich erinnere mich an die Fürstin von Kading, und ich weiß, dass sie mich erkannt hat. Ich erinnere mich an mein Leben hier, in der Alten Kaiser Stadt. Und ich weiß, dass ich etwas Schreckliches getan haben muss, entweder in meiner Welt oder hier. Aber was es war, bleibt mir verborgen. Es war der Kern meines Wunsches zu vergessen, und die Macht des Glanzes ist groß.«

Res hatte es aufgegeben, wütend darüber zu sein, dass sie alle möglichen Gefahren völlig umsonst durchgemacht hatten, während der Mann, den sie suchte, schon seit Sto-Vo-

Kor bei ihr war. Schwerer fiel es, ihren Zorn zu unterdrücken, wenn sie an die verlorene Zeit dachte und daran, dass sie nicht wusste, ob das Nichts mittlerweile in die Ebene von Kenfra eingedrungen war. Aber den Verlorenen Kaiser gefunden zu haben, nur um zu hören, er könne sich nicht an das erinnern, weswegen sie ihn auf so abenteuerliche Weise gesucht hatte, das erbitterte sie so sehr, dass sie sich zwingen musste, sich nicht die Haare einzeln auszuraufen oder auf Yen Tao-tzu einzuschlagen.

»Deine anderen Erinnerungen sind zurückgekehrt, nur diese eine nicht«, erwiderte sie mühsam beherrscht. »Das muss einen Grund haben. Phantásien ist in großer Gefahr und die Kindliche Kaiserin ebenfalls. Vielleicht bist du deswegen von deinem Wahnsinn geheilt, und die fehlenden Erinnerungen werden ebenfalls zurückkommen, wenn du dich nur genügend anstrengst.«

Yen Tao-tzu schüttelte langsam den Kopf. »Du vergisst, dass die Gebieterin der Wünsche einen Gesandten losgeschickt hat, um die Rettung für Phantásien und sich selbst zu finden. Sie weiß, was mit mir geschehen ist. Wenn ich helfen könnte, hätte sie diesen Gesandten zu mir geschickt. Was auch immer einmal in meiner Macht stand, es ist für sie und für Phantásien offenkundig nicht mehr der richtige Weg.«

»Das kannst du nicht wissen«, gab Res hitzig zurück. »Du hast dieses Tal verlassen. Wenn der Gesandte hier war, dann konnte er dich nicht finden. Was glaubst du denn, warum deine Erinnerungen nach all der Zeit überhaupt zurückgekehrt sind?«

Er seufzte. »Vielleicht aus dem gleichen Grund, aus dem du mich gerettet hast, obwohl mich der Tod und das selige Nichts in Sto-Vo-Kor erwarteten. Weil ich noch nicht genug für das gebüßt habe, was ich tat.«

Es war gut, dass Guin in diesem Moment rief, sie hätten mit dem Feuer endlich Erfolg gehabt. Als Res aufstand und an ihm vorbeiging, entgegnete sie aufgebracht:

»Ich habe dich nicht gerettet, damit du büßt. Oder damit du klagst. Ich habe dich gerettet, weil es mir zuwider ist, wenn Leute umgebracht werden. Aber dir wohl nicht, sonst würdest du etwas dagegen tun.«

*Du hast eine böse Zunge, wenn du jemandem etwas übel nimmst,* kommentierte die Katze, während Yen Tao-tzu neuerlich erstarrte und Res sich zu den Vogelleuten ans Feuer setzte. Es rauchte und zischte, aber die Flammen gaben eine Wärme ab, die dafür sorgte, dass sich Res in ihren feuchten Kleidern wieder etwas besser fühlte. Guin, So und Lo machten für ihre Verhältnisse einen geradezu aufgeräumten Eindruck.

»Ich muss sagen«, meinte Guin und kauerte sich neben Res, »Ihr hattet Recht mit dem Sühneträger, Prophetin. Wenn wir ihn damals getötet hätten, könnte er Phantásien jetzt nicht retten.«

Res fragte sich, was die drei wohl tun würden, sobald sie entdeckten, dass Yen Tao-tzu nicht die Absicht, den Willen oder die Fähigkeit besaß, Phantásien zu retten. Aber der Regen und die Mischung aus Erleichterung und Enttäuschung über ihre Entdeckung schienen die Fähigkeit, sich um solche Dinge zu sorgen, aus ihr herausgewaschen zu haben. Also erwiderte sie nichts. Sie weigerte sich zu glauben, dass Yen Tao-tzus verlorene Erinnerung das Ende sein sollte. Das durfte einfach nicht wahr sein. Er musste das letzte Stück seiner Erinnerung wiederfinden, und dann würden sie gemeinsam Phantásien retten. Etwas kitzelte in ihrer Nase, und sie musste niesen.

»Gesundheit!«, sagte Guins Nebenmann. »Es sollte mich

nicht wundern, wenn Ihr Euch bei diesem Wetter erkältet hättet.«

Erkältet. Wunderbar. Ich will nach Hause, dachte Res. Ich will ein heißes Bad nehmen, von meiner Mutter ins Bett gesteckt werden und mein Lieblingsessen bekommen. Ich will wissen, dass am nächsten Tag in Siridom alles so sein wird wie am Tag zuvor, und mich darüber ärgern und mir wünschen, den nächsten Tross zu begleiten. Ich will mir von Kunla vorwerfen lassen, ich sei nicht vorsichtig genug, und mich wieder um mein Gesellenstück drücken. Ich will die Sonne durch die Morgennebel auf der Straße nach Siridom scheinen sehen.

Ich will wieder nach Hause.

Aber sie wusste gar nicht mehr, wie weit die Ebene von Kenfra von hier entfernt lag, und nun war der fliegende Teppich kaputt, und sie würde laufen müssen. Wochenlang, monatelang, vielleicht jahrelang. Wenn es überhaupt noch ein Zuhause gab, zu dem man laufen konnte. Wenn nicht inzwischen das Nichts ...

Sie verbot sich, den Gedanken zu Ende zu denken. Siridom gab es noch. Ihrer Mutter ging es gut. Allen Bewohnern von Siridom ging es gut. Vielleicht hatte der Gesandte der Kindlichen Kaiserin schon längst das Mittel gegen das Nichts entdeckt, und sie wusste es nur noch nicht. Selbst wenn Yen Tao-tzu sich niemals an den Rest erinnern würde, gab es noch Hoffnung, musste es sie geben. Wenn aber ... wenn. Wenn. Wenn.

Ein Schatten fiel auf sie. Sie schaute auf und sah, wie sich Yen Tao-tzu neben sie ans Feuer setzte. »Lasst mich«, begann er mit seiner tiefen, bedächtigen Stimme, »eine Geschichte erzählen, eine Geschichte aus meiner Heimat.«

Die Vogelleute blickten ihn voller Staunen und Ehrfurcht

an. Geschichten zu erzählen galt überall in Phantásien als schwierigste und edelste aller Künste. Dass ihr ehemaliger Sühneträger dazu imstande war, verblüffte sie fast so sehr wie der Umstand, dass er sich als der Verlorene Kaiser herausgestellt hatte. Res schaute in die spärlichen Flammen.

»Es war einmal ein Mann namens An Lu-schan. Er stammte nicht aus meiner Heimat, dem Reich der Mitte; er kam von jenseits der Großen Mauer, die uns von den übrigen Reichen trennt. Dennoch gelang es ihm, dem Heer des Herrn über zehntausend Jahre, unseres erhabenen Kaisers, beizutreten. Mehr noch, er stieg in diesem Heer auf und gewann nicht nur die Gunst des Sohns des Himmels, sondern auch die der bezaubernden Yang Kuei-fei, die in ihren Lotoshänden das Herz des Kaisers trug. Aber An Lu-schan war noch nicht zufrieden.«

*Wann sind das Menschen je?,* fragte die Katze, doch nur Res hörte sie.

»Er nahm sein Heer und marschierte auf die östliche Hauptstadt, Lo-yang, und weil er ein großer General war und viele in der Bevölkerung ihn verehrten, eroberte er die Stadt. Der Herr über zehntausend Jahre musste fliehen. Mehr noch, auch die westliche Hauptstadt, Ch'ang-an, lag den Kräften An Lu-schans offen. Doch das Schicksal ist ein Rad, das sich dreht, und im Augenblick seines größten Triumphes erblindete An Lu-schan und wurde von einem Sklaven mit der Hilfe seines eigenen ältesten Sohnes umgebracht.«

Wider Willen hatte Res sich in die Geschichte hineinziehen lassen und war entsetzt. Guin schnalzte empört mit der Zunge.

»Dass Lo-yang sich An Lu-schan ergeben und ihn unterstützt hatte, verzieh der Sohn des Himmels der Stadt nie, und auch seine Nachfolger hielten an diesem Groll fest. Niemand wünschte sich mehr, in Lo-yang zu leben, Lo-yang, die doch zu den ältesten und schönsten Perlen des Reiches gehörte.«

»Ich dachte, es wäre eine Stadt?«, fragte Lo sichtlich verwirrt; Guin stieß ihn mit dem Ellenbogen in die Seite und bedeutete ihm, er möge still sein.

»Jahre später gab es einen Mann in Lo-yang, der sehr genau wusste, was er wollte. Er beherrschte die Sechs Künste, wie es Meister K'ung empfahl, doch er wollte mehr. Er hatte einen erfinderischen Geist, müsst ihr wissen, und sah die Welt nicht so, wie sie war, sondern so, wie sie sein sollte. Eines Tages besuchte er die Höhlenklöster von Lung-men, in der Nähe seiner Heimatstadt, und betete. ›Lass mich‹, betete er, ›etwas erfinden, das mich auf einen Schlag zum berühmtesten Mann des Reiches macht, damit sich die Menschen für immer meiner erinnern. Gib mir einen Einfall, der dafür sorgt, dass der Herr des Himmels wieder Lo-yangs gedenkt, nicht als einer verfluchten Stadt, nicht als einer Stadt, der man ein Almosen zukommen lassen muss, nein, als der Stadt, der er etwas verdankt.‹«

Die Katze, die ihre Maus verzehrt hatte, gesellte sich zu ihnen. Nachdem sie Res beäugt und offenbar entschieden hatte, dass Res' Rock noch feucht und damit kein guter Sitzplatz war, ließ sie sich auf dem Boden nieder. *O nein,* bemerkte sie. *Ich spüre es kommen. Eine Geschichte mit Moral. Ich hasse Geschichten mit Moral. Sie sind ganz und gar unkätzisch.*

»Nachdem er seine Gebete beendet hatte, hörte er die Stimme eines Mönches aus dem Inneren der Höhle sprechen. Der Mönch, raunte man sich zu, war nicht irgendeiner, sondern der Sohn eines Fuchsgeistes mit zauberischen und hellseherischen Kräften. ›Du bittest nicht für Lo-yang‹, verkündete er, ›du bittest für dich selbst. Auf dir ruht der Fluch von An Lu-schan. So höre denn: Du wirst eine Erfindung machen, welche die Welt verändern wird. Aber du selbst wirst das Schicksal An Lu-schans erleiden, ja schlimmer noch. Niemand wird je deinen Namen kennen, aber Tausende werden dich verfluchen. Und der Tod wird sich dir verweigern, so dass du sehen wirst, was du angerichtet hast.‹«

Guin, So und Lo rückten ein wenig näher zusammen und schauderten.

»›Das ist ein böses Schicksal, das du mir prophezeist‹, erwiderte der Mann aus Lo-yang. ›Gibt es einen Weg, ihm zu entkommen?‹ – ›Den gibt es‹, erklärte der Mönch. ›Höre auf, nach der Veränderung der Welt zu trachten, und widme dein Leben stattdessen der Stille, wie ich es tue.‹ Da fasste der Mann aus Lo-yang einen Entschluss und sagte: ›Das kann ich nicht. Denn solange ich lebe, wird es Taten geben, die von mir getan werden müssen.‹«

Yen Tao-tzu verstummte. Das zischende, rauchige Feuer legte unregelmäßige Schatten auf sein Gesicht.

»Und dann?«, drängte Guin nach einer Weile. »Was geschah dann? Erfüllte sich die Prophezeiung? Was für eine Erfindung war es, die der Mann machte?«

Die Katze ließ ihre Schwanzspitze hin und her zucken. *Alles, was Federn hat, ist entweder begriffsstutzig oder habgierig, da kann man nichts machen.*

»Das«, antwortete ihr Yen Tao-tzu, »ist eine andere Geschichte und soll ein andermal erzählt werden.«

In der wieder eingetretenen Stille lauschten sie alle dem sanften, steten Fall der Regentropfen, die auf das Glas der Fenster trafen. Einige, nicht sehr viele, närrische Kaiser stolperten draußen durch den Schlamm. Ein Mädchen zog etwas hinter sich her, das sich durch das Wasser auf den Scheiben erst auf den zweiten Blick als ein Wollknäuel herausstellte, das sich aufrollte, ohne dass sie darauf achtete.

Alle Reisenden, die um das Feuer saßen, fuhren zusammen, als Res jäh aufsprang und zum Ausgang lief.

»Was habt Ihr vor, Prophetin?«, fragte Guin.

Aber Res war schon hinaus in den Regen geeilt.

Es war noch nicht einmal eine richtige Idee gewesen, die ihr gekommen war, nur der Funke eines Einfalls, ein halb gesponnenes, halb raues Knäuel von einem Gedanken. Sie konnte einfach nicht länger stillsitzen und Yen Tao-tzus Geschichten von Niederlagen und verwegenen Hoffnungen, die nur in die Irre führten, anhören. Bis er sich erinnerte oder ihr selbst eine andere Möglichkeit einfiel, um Siridom zu schützen, würde sie bei dem Allernotwendigsten anfangen: dafür zu sorgen, dass sie nicht länger an diesen Ort gefesselt sein würde als unbedingt nötig.

Res las den Faden des Wollknäuels, das sich hinter der Närrin entrollte, aus dem Schlamm auf und wickelte ihn um ihre Finger auf, bis sie das Mädchen eingeholt hatte.

»Entschuldigung«, sagte sie dann. »Aber Ihr – Sie – du – brauchst diese Wolle wohl nicht mehr?«

Das Mädchen starrte sie an, einen Finger im Mund. Sie war jünger als Res, aber bereits zu alt für diese Geste. Ihr Gewand schien einst ein Kleid gewesen zu sein, das jemand mit viel Liebe und Sorgfalt mit bunten Tieren bestickt hatte; um ihren Hals hingen drei Reihen rotkugeliger Ketten. Die eine Hälfte ihres Haares war in einen Zopf gebunden, die andere aufgelöst, und die Nässe des Regens, die ihr nichts auszumachen schien, presste es an ihren Hals. Ihre grünen Augen verengten sich, als versuche sie verzweifelt Res zu verstehen. Dann kicherte sie plötzlich und sprang davon, das Ende des Knäuels immer noch in der Hand haltend.

Res blieb nichts anderes übrig, als ihr nachzulaufen. Schließlich verschwand das Mädchen in einem Haus, das jemand aus Strohstauden gebaut hatte. Nicht aus vernünftig aufeinander geschichteten, gebündelten Halmen, wie bei dem Dach von Gerjos Heidehaus, sondern aus Strohhaufen, die wirkten, als habe man sie mit der Gabel durcheinandergewirbelt und als könnten sie in jedem Moment zusammenstürzen. Doch sie stürzten nicht. Res kroch dem Mädchen hinterher und bereute es nicht, denn im Innern des Strohhauses fand sie noch mehr Wollknäuel.

Das Mädchen kauerte sich in einer Ecke zusammen; zuerst dachte Res, es geschehe vielleicht ihretwegen, und wollte eine beruhigende Erklärung von sich geben, doch dann hörte sie ein hohes, keckerndes Kichern und begriff, dass der Affe Argax ihnen gefolgt sein musste.

»Wie ich sehe, hast du Gemeinsamkeiten mit Desideria der Weisen entdeckt«, sagte er zu Res.

Im Dämmerlicht des Heuhauses war das närrische Mädchen kaum zu erkennen; es schlang die Arme um die Knie und wiegte sich hin und her, ohne einen einzigen Laut von sich zu geben. Dann, plötzlich, lachte sie, streckte alle viere von sich und begann mit den Beinen in der Luft zu strampeln wie ein Kleinkind.

»Desideria die Weise?«, wiederholte Res betreten. »Nennt man sie so, um sie zu verspotten?«

»O nein. In ihrer Welt war sie noch jung, als sie zu uns kam, aber sie wusste mehr Geschichten zu erzählen als viele der ältesten Wesen dieses Reiches. Es gab kaum einen Streit, den sie nicht schlichten konnte; sie verstand es zuzuhören, und man fühlte sich bereits besser, wenn man nur in ihrer Nähe war.«

»Aber ... was ist geschehen?«

»Was ihnen allen geschieht, wenn sie nicht rechtzeitig zu den Menschen zurückkehren«, entgegnete Argax und fing an, sich zu lausen.

Res schaute zu dem Mädchen und versuchte vergeblich, sie sich als jemand zu denken, den man Desideria die Weise nannte. »Das ist furchtbar«, sagte sie zu Argax, der erneut kicherte. »Hast du denn kein Mitleid mit ihnen?«, fragte sie aufgebracht.

Er sprang zu dem Mädchen hin und zog an ihrem verbliebenen Zopf. Sie hielt mit dem Strampeln inne, aber nur kurze Zeit; dann begann sie erneut.

»Nein«, erklärte er. »Ich hasse sie nicht. Das ist schon viel. Haben sie denn Mitleid mit mir? Sie fühlen gar nichts mehr, weißt du.« Er beäugte Res listig. »Manche Leute finden das beneidenswert.«

»Ich nicht.«

»Was tust du dann hier? Niemand«, fuhr das Äffchen fort und sprang von Desideria wieder zu Res, »findet ohne Grund den Weg in meine Stadt.«

Sie hätte darauf hinweisen können, dass sie nie in seine Stadt gekommen wäre, wenn Yen Tao-tzu ihr rechtzeitig die Wahrheit erzählt hätte oder wenn die Windriesen nicht gewesen wären, doch sie verzichtete darauf. »Ich«, begann sie, und während des Sprechens nahm ihr halb gesponnenes Knäuel von einer Idee mehr und mehr Gestalt an und wurde zu dem Faden, der sie aus der Niederlage heraus und zu einer neuen Hoffnung führen würde, »ich ruhe mich aus und sammle eine neue Ausrüstung. Und wenn ich alles habe, was ich brauche, dann gehe ich wieder.«

»Aber wohin?«, fragte Argax mit spöttischem Grinsen.

Res antworte ihm nicht. Stattdessen begann sie, alle Wollknäuel im Strohhaus einzusammeln, die sie aufspüren konnte.

༄

Zwei Stunden später kehrte sie zu ihren Reisegefährten zurück. Sie zog einen Karren hinter sich her, in dem mehrere Säcke lagen. »So«, sagte sie, als sie das Fensterhaus betrat. »Es hat aufgehört zu regnen, also kommt heraus und helft mir.«

Mit einer schnellen Kinnbewegung wies sie auf den Karren. »Sie sind vielleicht alle verrückt hier, aber sie haben Nahrung. Und Wolle. Und Seide. Und Stoffe. Sogar Nadeln, die tatsächlich spitz sind, weil der Besitzer nichts anderes getan hat, als mit ihnen Wassertropfen aufzuspießen. Also haben wir nicht nur genügend zu essen, sondern auch Sachen, um uns umzuziehen. Und ich werde sofort beginnen, den Teppich auszubessern.«

»Das, hm, ist gut und schön«, meinte Guin, »aber wenn der Verlorene Kaiser Phantásien rettet, dann wird doch ohnehin alles ins rechte Lot kommen?«

Ohne eine Miene zu verziehen, entgegnete Res: »Das Nichts zu erledigen und jedermann gut auszustatten und nach Hause zu bringen sind zweierlei Dinge.«

Zum ersten Mal, seit Argax enthüllt hatte, um wen es sich bei Yen Tao-tzu handelte, stieg wieder Misstrauen in Guins schwarzen Knopfaugen auf, doch sie kam vor die Tür und half Res, die Säcke hineinzutragen. Nachdem sie den ersten Sack aufgeschnürt und hineingesehen hatte, fragte sie kühl: »Und all das haben Euch die Kaiser einfach geschenkt, Prophetin?«

»Nein«, sagte Res knapp. »Ich habe es mir genommen.«

»Aber das ist doch Diebstahl!«

»Eigentum bedeutet hier niemandem etwas«, gab Res zurück, »ist es nicht so, Yen Tao-tzu?«

Er nickte. Res packte einen der Säcke und leerte ihn auf dem Boden aus. Wolle, Nadeln und ein Kamm purzelten zwischen Hosen und Hemden heraus.

Die Katze schien entzückt. *Heißt das, du kannst mir das Fell kämmen? Es ist in einem grauenerregenden Zustand!*

Ein schwaches Lächeln zupfte an ihren Mundwinkeln. »Ja.«

Sie zog sich rasch um, hängte ihre alten Sachen zum Trocknen über das Feuer und breitete die Überreste des Teppichs aus, damit sie die schlimmsten Schäden begutachten konnte. Einige der Löcher waren riesig. Aber es war nicht länger eine kaum behebbare Katastrophe, ein unüberwindlicher Schaden.

Während sie die ersten Fäden zwischen den Löchern spannte und feststeckte, kniete sich Yen Tao-tzu neben sie. »Ich weiß immer noch nicht, was geschehen ist«, sagte er mit gesenkter Stimme.

»Das«, gab Res fest zurück, »ist deine Angelegenheit. Meine ist es zu tun, was in meiner Macht steht.«

Er ergriff ihre rechte Hand. Res spürte einen alten Schmerz, als er ihren verstümmelten kleinen Finger berührte, und fragte sich, ob sie, falls der Teppich mit den Ausbesserungen nicht mehr flog, noch ein Fingerglied opfern musste. Oder ob der Zauber nur in der Nähe der Leonesen gelang. Sollte das stimmen, dann hatte sie zum ersten Mal einen Anlass, sich zu wünschen, dass ihre Verfolgerinnen sie wieder aufspürten. Sie glaubte nicht, dass die beiden lange in Kading bleiben würden. Selbst wenn sie es nicht fertig brachten, die Stadt durch den Spiegelsee zu verlassen, würde ihnen früher oder später der Einfall kommen, ein Bündnis mit der Fürstin zu schließen. Mit der Fürstin, die Res ihrerseits nichts Gutes wünschte.

Aber sie wusste nicht, ob sie sich noch einmal überwinden könnte, ein Fingerglied zu opfern. In der Wüste hatte sie nicht lange darüber nachgedacht, und sie hatte nicht gewusst, wie weh es tun würde. Inzwischen war sie nur allzu vertraut mit dem Schmerz.

»Hast du meine Geschichte nicht verstanden, Res?«

Sie löste ihre Hand aus der von Yen Tao-tzu, nicht heftig, aber bestimmt. »Ich habe verstanden, dass man für seine Träume manchmal bitter bezahlt, ja. Aber das wusste ich schon vorher. Es gibt einem nicht das Recht, sich nur noch um sich selbst zu kümmern.«

»Du bist jung«, sagte er sachte. »Noch so jung.«

Als das erste Loch sich allmählich mit Fäden füllte, fragte er endlich: »Wohin willst du nun als Nächstes gehen?«

»Es bleibt nur noch der Elfenbeinturm, oder? Wenn ich Recht habe und nicht du, wenn die Kindliche Kaiserin also bereits nach dir geschickt hat, wird sie froh sein, dich zu sehen. Die Macht des Glanzes stammt von ihr. Sie kann deinen Wunsch umkehren und dir auch deine restlichen Erinnerungen zurückgeben.« Ihre Stimme klang auch in ihren eigenen Ohren sehr kalt, als sie hinzufügte: »Und du wirst mit mir gehen, Yen Tao-tzu. Täusche dich nicht, du wirst mit mir gehen, und wenn ich dir den ganzen Flug über einen Dolch aus Fenelin-Silber an die Kehle halten muss.«

»Das wird nicht nötig sein«, entgegnete Yen Tao-tzu würdevoll, »und du beschämst dich selbst, wenn du zu solchen Drohungen herabsinkst. Aber was du planst, ist sinnlos. Man begegnet der Goldäugigen Gebieterin der Wünsche nur ein einziges Mal in seinem Leben. Ich habe das zu meiner und vieler anderer Schaden zu spät entdeckt. Wenn du mit mir den Elfenbeinturm betrittst, wird sie nicht dort sein. Und wo immer sie ist, wird sie nicht mehr weilen, sobald wir ihr dahin folgen.«

Res spürte, dass er nicht log, doch sie sagte stur: »Aber dein altes Leben ist in den Flammen der Zeit verbrannt. Du hast ein neues Leben, und so kannst du ihr noch einmal begegnen.«

Eine seiner Hände legte sich an sein Kinn, was sie an die Zwerge erinnerte, wenn sie an ihren Bärten zupfen wollten. Dann fiel ihm wohl auf, dass er keinen langen Bart mehr hatte, nur Stoppeln, weil sie ihn seit der Zeit in Kading nicht mehr rasiert hatte, und er ließ die Hand wieder sinken. »Vielleicht hast du Recht«, meinte er nachdenklich, »doch vielleicht auch nicht. Was, wenn du dich irrst?«

Sie zog einen weiteren Faden nach. »Dann habe ich es zumindest versucht.«

»Es«, begann er, stockte, räusperte sich und begann von neuem: »Es gibt noch einen anderen Weg.«

»Welchen?«, fragte Res, ohne aufzublicken.

»Der Alte vom Wandernden Berge«, sagte Yen Tao-tzu heiser.

Res ließ die Nadel sinken, die sie in der Hand hielt. Jedes Kind in Phantásien wurde, wenn es unartig war, mit der Drohung ins Bett geschickt, der Alte vom Wandernden Berge schreibe alles auf, was ein jeder tue. Alles, gut oder schlecht, sogar Gedanken und Gefühle. Einen Herzschlag lang war ihr äußerst unbehaglich zumute. Mit dem nächsten durchströmte sie Erleichterung, und ein übermütiges Lächeln verbreitete sich über ihr Gesicht. Yen Tao-tzu, der sie ernst beobachtete, schien überrascht und sogar bestürzt, als sie ihr Nähzeug weglegte, sich zu ihm beugte und ihm Küsse auf beide Wangen gab.

»Danke«, sagte sie ein wenig atemlos. »Das ist es! Es war dumm von mir, nicht von selbst daran gedacht zu haben. Oh, ich bin so froh, dass dir das eingefallen ist!«

»Res«, fragte Yen Tao-tzu sichtlich verstört, »weißt du denn nichts über den Alten vom Wandernden Berge? Ihn aufzusuchen ist ein größeres Wagnis, als wenn man eine Schriftrolle vom Nachbarn borgt.«

»Was auch immer er zu sagen hat, kann nicht schlimmer als das Spiegelbild in Kading sein, nicht wahr? Und selbst wenn, wäre es doch die Sache wert. Er weiß die Lösung, und diesmal können wir wirklich vollkommen sicher sein, dass es so ist!«

*Ich will deine Begeisterung nicht dämpfen,* sagte die Katze, die zu ihnen gewandert war, *aber das halte ich für keine gute Idee. Woher willst du wissen, ob es diesen Alten überhaupt gibt? Ich kenne niemanden in Phantásien, der ihn oder seinen Berg je gesehen hat, und ich bin weit herumgekommen.* In hoffnungsvollem Ton fügte sie hinzu: *Wenn du mit dem Stopfen aufgehört hast, kannst du mich dann bürsten?*

»Es gibt ihn«, sagte Res überzeugt.

Yen Tao-tzu nickte. »O ja, es gibt ihn. Aber ob er jemanden, der ihn sucht, je wieder gehen lässt, ist eine andere Frage.«

»Das ist mir gleich«, sagte Res, »solange er mir nur sagt, wie man das Nichts besiegt.« Sie stand auf, zog Yen Tao-tzu hoch und tanzte mit ihm durch den Raum. »Hoffnung, Hoffnung«, sang sie, »wir haben wieder Hoffnung!«

Guin, So und Lo schauten vom Durchstöbern der Säcke auf, blinzelten, blickten sich an und fuhren achselzuckend fort, alles zu durchsuchen, was Res mitgebracht hatte. Yen Tao-tzu machte nicht den Eindruck, als sei er mit Tänzen vertraut, aber etwas von Res' Übermut übertrug sich auf ihn, und er ließ sich von ihr führen.

Die Katze maunzte ärgerlich. *Dieser Ort muss ansteckend sein. Manche Leute wissen einfach nicht, was wichtig ist,* sagte sie und berührte den immer noch auf dem Boden liegenden Kamm vorwurfsvoll mit der Pfote.

In dieser Nacht schlief Res, den beschädigten Teppich unter ihrem Kopf zusammengerollt, und wachte sofort auf, als jemand zu ihr kroch und ihn berührte. Aber es handelte sich weder um die Katze noch um Yen Tao-tzu. Die Hand, nach der sie griff, war fedrig.

»Der Verlorene Kaiser kann Phantásien nicht retten, nicht wahr?«, fragte Guin ohne eine Spur von Reue in der Stimme. »Das bedeutet, Ihr habt immer noch kein Leben aus dem Tod gebracht. Nur einen weiteren Plan. Ich muss mich um meine eigenen Leute kümmern. Ihr schuldet uns mehr als diesen Teppich, Prophetin.«

»Ich schulde Euch nichts, und im Übrigen ist der Teppich wertlos für Euch. Er fliegt nur, wenn ich es ihm befehle«, gab Res scharf zurück und ließ Guin los. Nach einer Weile hörte sie, wie Guin sich wieder in ihre Ecke des Raumes zurückzog.

# KAPITEL 16

Sie blieben in der Alten Kaiser Stadt, bis Res den Teppich ausgebessert hatte. Es war eigenartig, inmitten der stummen, verrückten Menschenkinder zu leben. Hin und wieder versuchte Yen Tao-tzu mit einigen von ihnen zu sprechen, aber es war vergeblich. Die wenigsten konnten auch nur lange genug stehen bleiben, um das Ende des ersten Satzes abzuwarten, und die, denen es gelang, standen noch stumm und verwirrt da, wenn Yen Tao-tzu längst aufgegeben hatte und verschwunden war.

»Vielleicht sind sie am Ende die Glücklicheren«, sagte er düster zu Res, und sie stach mit einer Nadel nach ihm.

Guin und ihre Landsleute unternahmen eigene Ausflüge durch das Tal. Res bat die Katze, ihnen heimlich nachzugehen und ein Auge auf sie zu haben, sich aber auf keinen Fall von ihnen fangen zu lassen.

*Wie meinst du das, fangen? Ich dachte, du bist jetzt die Prophetin für diesen Haufen?*

»Ich habe keine Angst, dass sie mich umbringen werden«, entgegnete Res, »zumindest nicht, solange ich die Einzige bin, die einen Teppich fliegen kann. Aber sie könnten versuchen, hier Waffen zu finden oder Dinge, die sich als Waffen gebrauchen lassen, und dann dich oder Yen Tao-tzu als Geiseln nehmen, um mir ihren Willen aufzuzwingen.«

*Herrliche Aussichten,* murrte die Katze, doch sie spionierte den Vogelleuten wie geheißen hinterher und berichtete später, sie seien in der Tat auf der Suche nach scharfen Gegenständen. Außerdem würden sie Unterredungen mit Argax dem Äffchen führen, die jedoch ins Leere liefen, da Argax über den Vorschlag, die ehemaligen Kaiser in eine Armee zu verwandeln, nur lachte. *Außerdem behauptet er, dass niemand in diesem Tal ein anderes Wesen je ernsthaft verletzen könne, selbst wenn er es wolle,* schloss die Katze. *Was immerhin beruhigend ist. Können wir nicht länger hier bleiben?*

Sie schmiegte sich an Res. *Lass doch den Alten vom Wandernden Berge. Es gibt Wesen, die ihr Leben damit verbringen, ihn zu suchen, wusstest du das? Bis dahin ist Phantásien längst gerettet oder zerstört. Aber hier, hier ist mit Sicherheit der letzte Ort, wohin das Nichts kommen wird.*

»Wenn der Alte die Geschichte Phantásiens schreibt, dann ist doch wohl eher sein Berg der letzte Ort«, gab Res zurück und stopfte weiter. Aber es lag ihr auf der Seele, dass sie nicht wusste, wo sie diesmal beginnen sollte. Bei der Suche nach dem Verlorenen Kaiser hatte sie zumindest Kading und die Fürstin als Hinweise gehabt, doch in den Kindergeschichten hieß es, den Alten, der jedermanns Gedanken, Gefühle und Taten aufschreibe, könne man nicht suchen, nur finden, und niemand wisse, wo sein Berg am nächsten Tag auftauchen werde.

Argax, als sie ihn fragte, konnte ihr auch nichts anderes sagen, und wenn die Katze mehr wusste, dann behielt sie es für sich. Was Yen Tao-tzu über den Alten erzählte, war dies:

»Ich bin ihm einmal begegnet. Das war, ehe ich begriff,

welches Schicksal mich erwartete, aber ich wusste bereits, dass ich das Gedächtnis an mich und meine Taten auslöschen wollte und dass es hier, in diesem Reich voller Wunder, möglich sein würde. Ich dachte, es müsste sogar möglich sein, die Vergangenheit gänzlich umzuschreiben. Ursprünglich glaubte ich, die Goldäugige Gebieterin der Wünsche könne dies für mich tun, und so versuchte ich den Elfenbeinturm zu erreichen, stieß aber stattdessen auf den Berg des Alten und entdeckte, dass alles, was ich getan hatte, von ihm festgehalten worden war. ›Yen Tao-tzu‹, sagte er zu mir, ›was geschrieben steht, steht geschrieben. Du wirst es nie ändern können. Such einen anderen Weg in deine Welt zurück.‹ Ich glaubte ihm nicht und versuchte ihm sein Buch wegzunehmen, um es selbst umzuschreiben. Doch sowie ich das Buch berührte, verschwand alles andere. Der Alte, der Berg – es gab nichts mehr als das Buch und die Seiten. Sie waren riesig, und sie zogen mich in sich hinein. Als ich wieder erwachte, war ich in Kading, weit entfernt von dem Ort, an dem ich den Berg erklommen hatte, und als ich diesen Ort schließlich wiederfand, war der Berg verschwunden. Bis zum heutigen Tag bin ich mir nicht sicher, ob ich damals nicht starb und gänzlich zur Figur einer Geschichte wurde, die ein anderer schreibt. Ob ich die Seiten des Buches je wieder verlassen habe oder ob alles, was folgte, der Aufstand, mein Wahnsinn, Sto-Vo-Kor und du, nicht wirklich geschieht, sondern nur erfunden wird und immer weiter erfunden wird, bis hin zu jedem Wort, das ich spreche.«

Darüber nachzugrübeln verursachte Res Kopfschmerzen, also ließ sie es bleiben. »Als ich meine Fingerkuppe verlor«, erwiderte sie, »war ich es, die blutete. Also bin ich ziemlich sicher, dass es mich gibt. Und wenn Siridom ins Nichts verschwindet, dann ist es mir gleich, ob das irgendwo geschrieben steht; es wird meiner Mutter und meinen Freunden geschehen, warum auch immer. Also werde ich es verhindern.«

»Du bist ein Kümmernis für jeden Philosophen, aber ein Trost für Verlorene«, erwiderte Yen Tao-tzu und lächelte sie an.

*Ich bin sicher, das wird ihr gegen diese gefiederten Ausbunde an Freundlichkeit helfen, wenn wir erst einmal das Tal verlassen haben und sie auf uns losgehen,* bemerkte die Katze. *Oder gegen das Nichts, wenn es uns einholt, während wir weiterhin so dumm sind, die Gefahr zu suchen.*

Was die Bewohner von Sto-Vo-Kor betraf, hatte Res schon längst einen Entschluss gefasst. Möglicherweise, wenn sie sich alle eng aneinander pressten, würde Guin und zumindest einer der beiden anderen Vogelleute mit auf den Teppich passen. Aber warum sollte sie das auch nur versuchen? Die drei wollten ihr nichts Gutes. Sie waren auch keine Hilfe, im Gegenteil. Wenn sie und ihr toter Drache nicht gewesen wären, dann wären Res und ihre Gefährten nicht von den Windriesen beinahe umgebracht worden. Hier im Tal konnte man die Vogelleute guten Gewissens sich selbst überlassen; hier war es sicherer als an den meisten Orten Phantásiens, und wenn sie ihn trotzdem wieder verließen, so war das ihre Sache.

Allerdings bestand die Möglichkeit, dass der Teppich mit all den Ausbesserungen nicht mehr fliegen würde; selbst dann nicht, wenn noch einmal Blut floss, das vielleicht in diesem Tal überhaupt nicht vergossen werden konnte. Dann mussten sie zu Fuß gehen, und wenn die Vogelleute entdeckten, dass man sie zurücklassen wollte, konnte das ein übles Nachspiel haben, sobald sie sich alle jenseits des Erdwalls befanden.

Dergleichen Gedanken kamen offensichtlich nicht nur Res.

Als sich die Ausbesserungsarbeiten am Teppich ihrer Vollendung näherte, beendeten die Vogelleute ihre Ausflüge. Guin wich nicht mehr von Res' Seite. Res wurde absichtlich langsamer und zog die Arbeiten bis zum Abend hin, aber in der Nacht schliefen nie alle drei Flüchtlinge aus Sto-Vo-Kor gleichzeitig.

*Schnurrspitz,* dachte Res, *was machen wir nun?*
*Hier bleiben?*

Sie zerbrach sich den Kopf nach einem Ausweg. Wenn innerhalb des Talkessels keine Gewalt angewendet werden konnte, dann hatte es auch keinen Sinn zu versuchen, sich Guin und die anderen mit einem Messer vom Leib zu halten. Sie brauchte etwas Gewaltloses, das die Vogelleute trotzdem lange genug ablenken würde.

Mit ganzem Herzen wünschte Res, sie könnte zaubern. Die Katze musste diesen Gedanken aufgeschnappt und an Yen Tao-tzu weitergeleitet haben, denn in der Dunkelheit sinnierte er ohne offensichtlichen Anlass: »Wiewohl ich in Phantásien die Macht der Magie achten und sogar fürchten gelernt habe, muss ich doch darauf bestehen, dass Wissenschaft und Gelehrsamkeit, wie sie Meister K'ung uns so sehr ans Herz legt, den Vorrang haben.«

Dann stand er auf und verließ das Fensterhaus. Irgendwann in der Nacht kehrte er zurück, mit einem weiteren Sack. Guin bemerkte ihn und musterte ihn misstrauisch. Offenbar konnte sie in der Dunkelheit besser sehen als Res, jedenfalls schien sie zu erkennen, was er in der Hand hielt, und es als nicht bedrohlich einzuordnen, denn sie weckte keinen der anderen Vogelleute.

Da Yen Tao-tzu wieder hier und ohnehin wach war und nachdem all ihre Grübeleien zu keinem Ergebnis geführt hatten, gab Res ihrer Müdigkeit nach und schlief ein. Als sie erwachte, hörte sie das Geräusch von brodelndem Wasser über dem Feuer. Ein vertrauter Geruch strömte in ihre Nase.

»Tee!«, verkündete Yen Tao-tzu. Zum ersten Mal, seit sie durch die Flammen der Zeit gegangen waren, strahlte er über das ganze Gesicht. »Ich wusste, dass einer meiner Schicksalsgenossen über diese Gabe der Götter verfügt, aber es dauerte eine Weile, bis ich den ehrenwerten Cha'les Dog-son wiederfinden konnte.«

*Ich dachte, hier weiß keiner außer dir mehr seinen Namen,* meinte die Katze und rümpfte die Nase. Tee war für sie ohne jedes Interesse.

»Argax kennt alle Namen«, erwiderte Yen Tao-tzu, und ein wenig von seiner Fröhlichkeit schwand wieder, »er kennt sie nur zu gut.«

Er hatte, so stellte sich heraus, nicht nur Tee, sondern auch eine Kanne und Teetassen mitgebracht, stellte sie vor jedermann auf und goss den Tee mit großer Sorgfalt ein. Die Augen der Vogelleute leuchteten bei diesem Anblick auf, und sie hielten das zarte, weißblaue Teegeschirr mit sichtlicher Freude in Händen, aber sie tranken nicht. Yen Tao-tzu blies eifrig in seine Tasse. Res, die Tee lieber heiß trank, machte sich nicht die Mühe und nippte gleich davon. Das verhalf ihr immer noch nicht zu einer Idee, wie sie die Vogelleute loswerden sollte; trotzdem war der leicht bittere Geschmack von Tee auf der Zunge beruhigend. Guin, die sie beobachtete, wartete, bis Res ihre Tasse zur Hälfte gelehrt und Yen Tao-tzu das erste Mal an der seinen genippt hatte, dann trank sie ebenfalls, und mit ihr die beiden Männer.

Es dauerte nur eine Viertelstunde, bis sie alle drei bewusstlos zu Boden fielen.

*Ich habe dich unterschätzt,* sagte die Katze zu Yen Tao-tzu. *Wie hast du das hinbekommen? Du und Res habt doch eben-*

*falls davon getrunken, und du kannst sie auch nicht mit einem Zauber belegt haben. Du verfügst über keine Magie.*

»Wissenschaft, nicht Magie«, erläuterte Yen Tao-tzu, offenkundig mit sich zufrieden. »Was eine Art Wesen verträgt, kann für eine andere Gattung schädlich sein. Ich war lange genug bei ihnen, um zu wissen, wie sie sich ernähren und was sie nicht vertragen.«

»Du bist der Beste«, sagte Res und unterdrückte das Bedürfnis, schon wieder im Raum herumzutanzen. Stattdessen nahm sie den Teppich und vollendete rasch die Ausbesserung, was sie schon gestern hätte tun können; es dauerte nur noch ganz kurze Zeit. Dann klaubte sie ihr neues Gepäck zusammen und zwinkerte den anderen beiden zu.

»Auf geht's!«

Ihre Angst, der Zauber, der den Teppich zum Fliegen brachte, könnte nun gebrochen sein, war noch vorhanden, aber Res gab sich zuversichtlich. Wenn die Katze und Yen Tao-tzu guter Stimmung waren, durfte man ihnen keine Gelegenheit geben, in düstere Befürchtungen zu verfallen.

Sie traten ins Freie. Der ewige Regen hatte für den Moment aufgehört, obwohl der Himmel immer noch von grauen Wolken überzogen war. Res atmete die kühle, frische Luft ein. Dann breitete sie den Teppich auf einem Stück Straße aus Schlangenlinien aus, legte ihren Gepäcksack darauf und wartete, bis die Katze und Yen Tao-tzu ihre Plätze eingenommen hatten.

Es war noch früh am Morgen, doch die ersten Bewohner der Alten Kaiser Stadt waren bereits unterwegs, wie sie es gestern gewesen waren und morgen wieder sein würden, bis in alle Ewigkeit. Es brachte einen zum Frösteln, wenn man darüber nachdachte. Warum wohl Menschenkinder so endeten, wenn sie nach Phantásien kamen? Zu viele Wünsche und zu viele verlorene Erinnerungen, hatte Argax gesagt, aber das ergab keinen Sinn. Es war ein Rätsel, das sie nicht lösen konnte. Vielleicht später einmal, wenn das Nichts besiegt und Zeit dafür war.

Res kniete sich auf den Teppich. »Teppich«, rief sie mit leicht zitternder Stimme, »flieg!«

Einen Moment lang geschah nichts, und sie spürte ihren rechten kleinen Finger zucken. Dann ruckte und rutschte der Boden unter ihr hinweg, und Res wusste, dass sich der Teppich in die Lüfte erhoben hatte. Sie ließ sich auf den Rücken fallen und breitete die Arme aus, benommen vor Erleichterung.

*Eine Richtung,* sagte die Katze, *du musst eine Richtung angeben.*

Das stimmte. Nun, der Berg des Alten konnte überall sein, also spielte die Richtung eigentlich keine Rolle. Wenn Yen Tao-tzu ihn gefunden hatte, als er nach dem Elfenbeinturm suchte, dann hatte sie vielleicht das gleiche Glück. Wo der Elfenbeinturm lag, von hier aus gesehen, wusste sie auch nicht, weil sie seit Kading nur eine ungefähre Vorstellung hatte, wo sie sich befanden, aber diese Auskunft konnte man ihr sicher in jeder größeren Siedlung erteilen. Zurück zu den Grottengängern zu fliegen hatte allerdings keinen Sinn. Dort warteten noch mehr Leute aus Sto-Vo-Kor.

»Nach Süden«, sagte Res.

Es war anders, über Phantásien zu fliegen, wenn es kein eigentliches Ziel mehr gab und man nur auf den Zufall hoffen konnte. Res kam es so vor, als vergehe die Zeit langsamer. Während sie bisher oft gedacht hatte: ›Jetzt könnten wir schon in Kading sein, wenn ich mich nur nicht hier aufgehalten hätte‹, oder: ›Bis zur Alten Kaiser Stadt ist es bestimmt nicht mehr weit, und wenn wir nur ein bisschen schneller fliegen ...‹, tappte sie jetzt völlig im Ungewissen, wann und ob überhaupt sie auf den Wandernden Berg stoßen würden.

Dennoch, sie hatte die Alte Kaiser Stadt mit neuer Kraft wieder verlassen. Wenn Yen Tao-tzu sich immer noch vor der Entdeckung des letzten Rests seiner Vergangenheit fürchtete, dann behielt er es für sich. Stattdessen stimmte er nach einer Weile ein Lied an. »Die Welt steht schon jahrein, jahraus, hopp heißa, bei Regen und Wind ... «

*Zweibeiner*, murrte die Katze. *Ihr habt allesamt kein Gefühl für die hohe Kunst des Gesanges und viel zu tiefe Stimmen, besonders du.*

Res zupfte die Katze leicht am Schwanz. »Mir gefällt es. Ist es ein Lied aus deiner Heimat, Yen Tao-tzu?«

Er schüttelte den Kopf. »Sie haben es in der Schenke in Kading gesungen, als ich auf dich wartete.«

Als sie einige Flugstunden hinter sich hatten und Res gerade wieder auf dem Rücken lag und die Wolken über sich dahinjagen sah, spürte sie mit einem Mal ein seltsames Ziehen in der Brust. Sie wusste nicht, warum, aber sie musste dem Teppich unbedingt den Befehl geben, mehr nach Westen zu halten. Als sie den Mund öffnete, um es zu sagen, packte Yen Tao-tzu sie und drückte ihr Gesicht auf den Teppich hinunter.

»Schau nicht nach Südwesten«, drängte er, »und sag dem Teppich sofort, er soll nach Südosten halten.«

»Bist du verrückt gewor... – hast du einen Rückfall? Lass mich los!«

»Es ist das Nichts«, sagte er. »Und es ist riesig. Es ruft dich. Wir dürfen auf keinen Fall näher heranfliegen!«

Sie wollte nach Südwesten. Sie musste unbedingt dorthin. Alles, was gut war, befand sich im Südwesten.

*Res, er hat Recht. Kämpf dagegen an. Osten! Wir müssen nach Osten!*

»Osten«, stieß sie mit aller Kraft, zu der sie imstande war, hervor und fühlte sich in zwei Teile zerrissen, als der Teppich gehorchte. Es würgte sie, und sie zitterte am ganzen Körper, bis das Ziehen allmählich schwächer wurde. Yen Tao-tzu ließ sie los, und als sie sich langsam aufrichtete, merkte sie, dass auch er bebte. Bei der Katze waren alle Haare gesträubt und die Zähne entblößt.

»Es ist so furchtbar groß geworden«, sagte Yen Tao-tzu und blickte auf seine Hände, als böten sie eine Antwort.

*Es hat bereits die Heimat des Vogelviehs und ein paar andere Landstriche verschluckt,* erwiderte die Katze patzig. *Was dachtest du denn?* Doch ihrem Hohn schien tiefes Unbehagen beigemischt.

»Habt ... habt ihr es auch gespürt?«, fragte Res, und obwohl sie alles getan hätte, um das zu vermeiden, eilten ihre Gedanken in die Ebene von Kenfra. Wenn das Nichts so stark werden konnte, wie sollten die Bewohner von Siridom da widerstehen, die keine Möglichkeit fortzufliegen hatten?

*Wir stammen nicht aus Phantásien, Res,* gab die Katze zurück. *Er ist ein Mensch, und ich bin ein Wanderer.*

Yen Tao-tzu widersprach. »Ich habe es gespürt.«

Auch in östlicher Richtung wurde es dunkler, und zuerst befürchtete Res, das Nichts warte dort ebenfalls auf sie. Doch es war zunehmende Dämmerung, die sie einhüllte, kein Gefühl von Blindheit, und niemand von ihnen spürte eine seltsame Anziehungskraft. Die Katze bohrte gedankenverloren ihre Krallen in den Teppich und zog sie wieder heraus.

»Vorsicht«, sagte Res hastig. »Ich habe ihn doch erst gestopft.«

*Mag sein, dass ich mich irre,* meinte die Katze, ohne auf Res' Worte zu achten, *aber mir scheint, wir kommen ins Schattenland. Vielleicht solltest du erst landen und die Angelegenheit mit den Schatten erledigen, bevor es so weit ist.*

Von einem Schattenland wusste sie nichts, was Res nicht mehr wunderte, als sie auf den Ratschlag der Katze hörte und mehr erfuhr. Ein Land, in dem es eigentlich nur eine Farbe gab, bot keine guten Motive für Teppiche. Sie landeten an der Grenze, wo eine endlose Kette von Schaubuden und kleinen Hütten stand, mit Schildern davor, auf denen zu lesen war: »Wir kümmern uns hier um Ihren Schatten – sehr günstig!«

Im Schattenland, so wurde ihr erklärt, herrschte ewige Dämmerung und gerade so viel Licht, dass man Schatten erkennen konnte. Nichts ahnende Phantásier, die das Schattenland ohne Vorsichtsmaßnahmen betraten, mussten erleben, dass ihre Schatten sich von ihnen trennten, selbständig machten und in der Regel auf Nimmerwiedersehen verschwanden. Das klang zunächst nicht sehr schlimm, aber die Budenbesitzer waren bereit, ganze Balladen über die unglückseligen Schicksale von Wesen ohne Schatten zu singen.

»Man schaut sie an«, raunte ein Zwerg, der Res vom Äußeren her an Halbert erinnerte, in unheilverkündendem Ton, »und denkt sich: Etwas stimmt mit denen nicht. Etwas ist falsch. Niemand traut ihnen mehr. Keiner handelt mit ihnen, keiner will sie heiraten, und wenn sie schon verheiratet sind, dann bleiben sie es nicht sehr lange. Jedes Mal, wenn man so einem schattenlosen Geschöpf begegnet, erschrickt man, weil man sie eben nicht richtig wahrnimmt. Es ist ein elendes Leben.« Mit seinem kleinen Bambusstock klopfte er gegen die eingerahmten Schriftrollen, die von der Hinterwand seiner

Bude herunterhingen. »Ich dagegen kann jeden vor so einem Schicksal bewahren. Bei mir wird der Schatten sauber und schmerzlos vom Körper getrennt, eingerollt und in einer Silberrolle aus meiner eigenen Fertigung aufbewahrt. Wenn Ihr das Schattenland dann durchquert habt, könnt Ihr ihn Euch von einem meiner Kollegen auf der anderen Seite wieder anheften lassen. Die Gebühren für die Durchquerungs- und Überflugrechte des Schattenlandes sind im Preis inbegriffen.«

»Hör nicht auf den Zwerg, Schätzchen«, warf eine Waldhexe ein, der die nächste Bude gehörte. »Zwerge vergessen, dass sie nicht alles mit Hammer und Axt erledigen können. Wenn man einen Zwerg an seinen Schatten lässt, dann ist das arme Ding für den Rest seines Daseins in einem Zustand ständiger Angst. Statt sich ordentlich zu vergrößern und verkleinern, so wie die Sonne es eben verlangt, kauert und kuscht so ein zwerggeschädigter Schatten, bis man selbst meint, man müsste zum Zwerg werden und ständig geduckt durch die Gegend gehen, nur damit der Schatten wieder etwas Ähnlichkeit mit dem eigenen Körper hat!« Sie lächelte Res einschmeichelnd an und schenkte Yen Tao-tzu einen Augenaufschlag. »Und das wäre doch ein Jammer.«

Der Zwerg plusterte sich auf. »Ungeheuerlich! Aber die junge Dame hier ist mit Sicherheit zu klug, um auf solche Verleumdungen hereinzufallen. Vor allem, wenn ich ihr erzähle, was Ihr für Euren Hokuspokus haben wollt.«

»Nur eine Kleinigkeit, nichts als eine Kleinigkeit«, gurrte die Waldhexe. »Außerdem ist es ein Zeichen von Voreingenommenheit, Herzen aus Glas als minderwertig zu betrachten, nur wegen einiger unglückseliger Vorfälle. Glas ist ein vollwertiger Ersatz für Fleisch und Blut. Nur Leute, die altmodisch sind, nicht mit den Zeiten gehen und sich lieber in ihren Bergwerken verstecken, sind zu dumm, um das einzusehen. Aufgeklärte Wesen wie du und ich dagegen, Kleines ...«, setzte sie hinzu, an Res gewandt, »würden nie ...«

»Nehmt es mir nicht übel«, sagte Res hastig, »aber ich, äh, möchte mir erst noch ein paar von den anderen Buden anschauen, bevor ich meine Entscheidung treffe.«

»Aber natürlich«, sagte die Waldhexe.

»Verständnis ist mein zweiter Name«, fügte der Zwerg hinzu. »*Ich* übe keinen Druck auf Reisende aus.«

»Wenn du eben das unterstellt hast, was ich vermute, mein bärtiger Freund, dann besorge dir lieber gleich ein Mittel gegen Haarausfallzauber«, zischte die Waldhexe.

»Das wagst du nicht! Ich würde deine Bude kurz und klein schlagen, du drittklassige Straßenmagierin, du!«

Res, Yen Tao-tzu und Schnurrspitz ließen die beiden zankend zurück und eilten zur nächsten Bude, nur um die Erfahrung zu machen, dass jeder Budenbesitzer etwas Schlechtes über seine Nachbarn zu vermelden hatte. Nach der Richtung befragt, in welcher der Elfenbeinturm lag, erklärten sie allerdings einstimmig, dazu müsse man das Schattenland durchqueren. Da keiner von ihnen bei einer anderen Richtung ein Geschäft machen würde, wunderte Res das nicht. Endlich verlor sie die Geduld und entschied sich kurzerhand für ein Schlossgespenst namens Bu.

Bu bat sie, ihm in den kleinen Hinterraum seiner Bude zu folgen. Dort standen ein hoher, leicht bräunlich angelaufener Spiegel in einem Rahmen aus ebenfalls angelaufenem Silber, eine alte, wacklige Kommode und darauf ein Leuchter mit halb herabgebrannten Kerzen.

»Das Einzige, was mir von der alten Heimat geblieben ist«, schniefte Bu. »Ach, es ist schwer, ein Schlossgespenst ohne Schloss zu sein. Und hier versteht einen kaum einer. Neulich hat mir dieser Lackaffe von einem Winzling doch glatt neue Kerzen angeboten. So eine Stillosigkeit!«

Eine Schublade sprang von allein aus der Kommode. Die Katze machte eine Bemerkung darüber, dass alle Untoten natürliche Angeber seien, und Res tat ihr Bestes, um das zu überhören und keine zustimmende Grimasse zu ziehen. Sie wollte die Angelegenheit so schnell wie möglich hinter sich bringen.

In der Schublade saßen ein Haufen kleiner Wasserspeier, jeder nur so groß wie eine Kröte, aus grauem Sandstein, die erwartungsvoll in den Raum glotzten.

»Mund auf, meine Lieblinge«, hauchte das Schlossgespenst, »es gibt Schatten zum Aufbewahren!«

»Ich, ich, ich, ich, ich«, quäkten die Wasserspeier im Chor.

»Nur drei«, beschwichtigte Bu. »Hui, Pfui und Iiiih waren besonders brav.«

Drei Wasserspeier hüpften aus der Schublade auf den Fußboden und weiteten ihre Mäuler zu perfekten Kreisen.

Die Augen der Katze wurden zu Schlitzen. *Das kann doch nicht dein Ernst sein. Lass uns lieber zurück zu dem Zwerg gehen.*

*Stell dich nicht so an,* dachte Res.

»Nun bitte vor dem Kerzenleuchter aufstellen, Herrschaften, einer nach dem anderen«, ordnete das Schlossgespenst an. Weil sie wusste, dass die Katze imstande war, einfach kehrtzumachen und aus der Bude zu verschwinden, während einer von ihnen damit beschäftigt war, seinen Schatten zu verlieren, und der andere zuschaute, bückte sich Res kurzerhand, packte Schnurrspitz und setzte sie ohne Federlesens direkt vor den Leuchter. Es war ein Überraschungserfolg. Ehe die Katze sich fassen konnte, erschien ihr Schatten auf dem Boden. Bu fuhr mit einem zufriedenen Seufzen erst durch das

Tier, dann durch den Schatten und schließlich durch einen der Wasserspeier. Es geschah so schnell, dass Res die Augen zusammenkniff, um sich zu vergewissern, dass sie richtig sah. Der Schatten der Katze lag nicht mehr auf dem Boden, und der Mund des Wasserspeiers war geschlossen.

Die Budenbesitzer hatten Recht. Ein Wesen ohne Schatten zu betrachten, stimmte einen höchst unbehaglich. Die Katze warf Res einen bodenlos beleidigten Blick zu und stolzierte mit hoch erhobenem Schwanz hinaus.

»Dann ich als Nächste«, sagte Res mit gespielter Munterkeit und stellte sich vor dem Leuchter auf. Von einem Gespenst durchdrungen zu werden war nicht sehr viel anders, als am sehr frühen Morgen durch Siridom zu laufen, wenn der Nebel sich noch nicht gehoben hatte; kalt und prickelnd fühlte es sich an. Aber sobald ihr Schatten verschwunden war, begann ein anderes Gefühl; es war wie ein ständiges Jucken überall am Körper, nur dass es keine Stelle gab, an der man sich kratzen konnte.

Als alle drei Wasserspeier ihre Schatten geschluckt hatten, ließ Bu sie in ein bläuliches Glas springen, verschloss es mit einem breiten Korken und ließ es durch die Luft zu Res wandern, statt es ihr zu überreichen.

Die Bezahlung, so hatte das Schlossgespenst versichert, als es seine Dienste anpries, liege in der Prozedur selber, weil es dabei von ihnen ein wenig durchwärmt würde, und schließe die Überfluggebühren mit ein. Bu kam Res hinterher auch größer und weiter als vorher vor.

»Wenn Ihr das Schattenland durchquert habt, edles Fräulein«, sagte Bu, »dann zwingt der erste Sonnenstrahl, den Ihr auf die Wasserspeier fallen lasst, sie dazu, Eure Schatten wieder auszuspeien.«

Res bedankte sich, erhielt das Abzeichen, das bezeugte,

dass sie ihre Überfluggebühren bezahlt hatte, und stand, von Yen Tao-tzu gefolgt, schon am Ausgang, als das Schlossgespenst beiläufig ergänzte: »Ihr müsst meine Schätzchen natürlich jede Stunde füttern, sonst sterben sie, und mit ihnen Eure Schatten.«

»Was?«, stieß Res hervor.

»Oh, habe ich Euch das vorher nicht gesagt?«, fragte Bu mit unschuldigem Augenaufschlag. »Langinische Wasserspeier sind sehr empfindliche Wesen. Jede volle Stunde brauchen sie einen Tropfen Mondscheinsaft, sonst gehen sie ein. Wie es der Zufall will, verkauft mein Freund Vladimir drei Buden weiter Mondscheinsaft.«

Leider war es sinnlos, ein Gespenst zu erdrosseln, sonst wäre Res der Versuchung erlegen, zur vorsätzlichen Mörderin zu werden.

Vor der Bude erwartete die Katze, der mit ihrem feinen Gehör kein Wort entgangen war, sie schadenfroh. *Tja, was hast du erwartet? Aber du wolltest ja nicht auf mich hören.*

Bus Freund Vladimir stellte sich als Vampir heraus, der gerade dabei war, seinen Umhang auszubürsten. »Reisende ins Schattenland«, rief er entzückt. »Wahrlich ein Ziel für Leute mit Geschmack. Eine bezaubernde Gegend. Ideales Wetter.«

»Warum leben Sie dann nicht dort?«, fragte Res schlecht gelaunt.

»Nun ja, wie soll ich sagen ... Die Mehrzahl der Bewohner sind nun einmal Schatten, und es mangelt ihnen an dem gewissen Etwas ...«

*Sie haben kein Blut,* ergänzte die Katze trocken.

»Wir brauchen Mondscheinsaft, genügend für drei Wasserspeier und eine Reise durch das Schattenland«, sagte Res, um die Sache endlich erledigt zu wissen.

Vladimir lächelte, was seine Eckzähne aufblitzen ließ. »Aber natürlich.« Mit einer Verbeugung holte er ein weißes Fläschchen aus einem Regal hervor und ließ es durch seine Finger tanzen. »Genügend Mondscheinsaft für zehn Wasserspeier. Und die Flasche selbst ist reines Elfenbein, wie es sogar der Palast der Kindlichen Kaiserin nicht schöner bietet.«

*Untote*, stöhnte die Katze. *Ich habe in ganz Phantásien noch nirgendwo einen getroffen, der auf das Angeben verzichten konnte.*

»Und der Preis ist ... ?«, forschte Res.

»Oh, eine Kleinigkeit nur. Bloß ein klein wenig Blut.«

*Nicht von mir,* sagte die Katze und zog sich vorsichtshalber außer Reichweite zurück.

Yen Tao-tzu räusperte sich. »Abgemacht, solange es unter Aufsicht geschieht.«

»Ich dachte eigentlich eher an die junge Dame«, entgegnete Vladimir und machte ein enttäuschtes Gesicht.

»Da dachten Sie falsch«, gab Res zurück und warf Yen Tao-tzu einen dankbaren Blick zu.

Mit einem Schulterzucken meinte Vladimir: »Nun gut. Ich bin offen für Abwechslung.«

Yen Tao-tzu war bleich und hielt eines der Tücher, die Res sich in der Alten Kaiser Stadt angeeignet hatte, an seinen Hals gepresst, als sie die Buden an der Grenze verließen und sich wieder in die Lüfte erhoben. Res versuchte die Flaschen mit den Wasserspeiern und mit dem Mondscheinsaft so zu verstauen, dass sie nicht zerbrechen konnten, und die Katze jagte eine Weile ihrem eigenen Schwanz nach und fiel dabei fast vom Teppich.

»Ich habe das nicht mehr gemacht, seit ich ein Kätzchen war«, erklärte sie verlegen, »aber die Schattenlosigkeit juckt so entsetzlich.«

»Freunde«, sagte Res und runzelte die Stirn, »ist euch eigentlich bewusst, dass wir diesmal nicht fliehen mussten und von niemandem verfolgt werden? Natürlich sind wir von diesen Gaunern ausgenommen worden«, schränkte sie ein, »aber es gab keine Zusammenstöße, keine Racheschwüre, und wir sind alle wach und bei klarem Verstand.«

*Das wage ich zu bezweifeln,* sagte die Katze, doch sie sagte es sehr leise.

# KAPITEL 17

Zu niemandes Überraschung war die Katze diejenige, die im Schattenland am besten sehen konnte. Für Res glich das Land unter ihnen zunächst einer dunklen Masse, in der sich hin und wieder, wenn man die Augen zusammenkniff und sich sehr anstrengte, etwas zu rühren schien. Da der Himmel über ihnen auch nicht viel anders aussah, fühlte sie sich daran erinnert, wie sie anderswo ein paar niedrige Wolken durchflogen hatten. Um sie war nichts als Weiß und Grau gewesen und nur ein Hauch von Blau. Jetzt war es nichts als Schwarz und Dunkelgrau, mit einem Hauch von Hellgrau.

Alles veränderte sich, als es zum ersten Mal Zeit war, die Wasserspeier zu füttern. Res musste die Erfahrung machen, dass es unmöglich war, im Flugwind Tropfen von einer Flasche in die andere fallen zu lassen. Der Mondscheinsaft klatschte ihr ins Gesicht oder auf das Hemd, oder er sprühte auf Yen Tao-tzu – überallhin, nur nicht zu den Wasserspeiern. Kurz zog sie in Erwägung, die Wasserspeier in die Hand zu nehmen und einzeln zu füttern, aber sie verwarf die Idee sofort. Wenn der Wind ihr einen Wasserspeier aus der Hand riss, würden sie ihn in der Dunkelheit nie rechtzeitig einholen können, ehe er auf dem Boden aufprallte.

Also gab sie den Befehl zu landen. Je tiefer sie kamen, desto mehr Einzelheiten konnte sie erkennen. Aus einer dunklen Masse mit einzelnen Tupfern wurden unendlich viele Schattierungen. Sie hatte nicht gewusst, dass es so viele verschiedene Abstufungen von Grau bis Schwarz gab. Alles, Hügel, Gebäude und Wesen, wirkte wie mit Tusche gemalt – manchmal, sehr selten, grenzten sich die Umrisse scharf voneinander ab, und dann wieder gingen die Ränder schummrig ineinander über.

Der Boden fühlte sich anders als die feuchte Kühle einer Wolke an. Er gemahnte sie mehr an einen noch am Webstuhl gespannten, aber bereits beendeten Teppich – im Grunde fest und doch ein wenig federnd und nachgiebig, wenn man dagegendrückte.

Da es Res am ganzen Körper immer noch entsetzlich juckte und sie das Schattenland so schnell wie möglich hinter sich bringen wollte, nahm sie rasch einen Wasserspeier auf den Schoß und gab ihm seinen Mondscheintropfen, reichte ihn an Yen Tao-tzu weiter, um die Tiere nicht zu verwechseln, und nahm sich den nächsten.

Die Augen der Katze leuchteten im Dunkeln. *Wenn wir unsere Schatten wiederhaben, dann brauchst du sie doch nicht mehr, oder?*, schnurrte sie. *Sie sehen mir aus, als könnten sie ziemlich weit hüpfen. Ich habe schon lange nichts mehr gegessen, was mir vorher eine wirklich gute Jagd geliefert hat.*

Unglücklicherweise gehörten Wasserspeier offenbar zu den Wesen, die der Großen Sprache mächtig waren oder jedenfalls die Gedanken der Katze hören konnten. Oder der Wasserspeier auf Res' Schoß las die Absichten der Katze einfach an deren zurückgelegten Ohren, dem träge hin und her schnellenden Schwanz und den zuckenden Pfoten ab. Wie dem auch sein mochte, gerade als Res die Mondscheinsaftflasche wieder schließen wollte, quäkte er und machte einen gewaltigen Satz in die Wildnis.

»Jag ihn jetzt«, sagte Res entsetzt, »aber tu ihm bloß nichts, sonst ...«

Die Katze war bereits fort, als sie vollendete: »... muss einer von uns ohne seinen Schatten weiterleben.«

Sie hoffte nur, dass die Katze das nicht vergaß.

Yen Tao-tzu hielt den anderen Wasserspeier ein wenig fester. »Ich dachte, diese Tiere wären glitschig«, bemerkte er, »und stattdessen fühlen sie sich trocken und warm an.«

»Das macht der Sandstein.«

Eine Weile warteten sie, während Res, die kein Risiko mehr eingehen wollte, den verbliebenen Wasserspeier in seiner Flasche fütterte und danach den ersten zu seinem Gefährten setzte. Sie schloss die Flasche mit dem Korken, verstaute sie zusammen mit der Mondscheinsaftflasche wieder im Gepäck und versuchte die Gestalt der Katze im Dunkeln auszumachen oder sie zumindest zu hören, wenn sie mit dem Wasserspeier im Maul zurückkam. Schließlich war der Teppich inmitten von Schilfrohren gelandet, die laut und vernehmlich geraschelt hatten, als der Wasserspeier und die Katze weggelaufen waren. Doch nichts rührte sich.

»Vielleicht ist ihr etwas passiert und sie braucht unsere Hilfe«, sagte Res unruhig. »Ach, was mache ich mir vor? Bei unserem Glück ist ihr mit Sicherheit etwas passiert.«

Yen Tao-tzu bot an, die Katze zu suchen, aber Res konnte sich nur allzu gut vorstellen, wie auch er nicht mehr zurückkehrte und sie am Ende alle beide retten musste.

»Wir gehen zusammen«, entschied sie, rollte den Teppich ein und gab Yen Tao-tzu das Gepäck zum Tragen. Damit sie wieder zu ihrem Ausgangspunkt zurückfanden und die Katze wusste, wohin sie gegangen waren, falls sie inzwischen hier aufkreuzte, nahm Res ein Wollknäuel, legte ein Fadenende unter einen Stein und wickelte das Knäuel mit jedem Schritt weiter ab.

Zwischen Schilfrohren hindurchzulaufen, die fast so groß waren wie sie selber, und dabei mehr schlecht als recht zu erkennen, was sich jenseits ihrer Armreichweite befand, ließ die Tage im Arachnion wie ein Kinderspiel wirken. Laut rief sie »Katze!« und in Gedanken »Schnurrspitz!«, während sie mit einem Arm vor sich hin- und herwedelte, um das Schilfrohr zu teilen und sicher zu sein, dass sie nicht gegen etwas prallte, dessen Schattierung sie übersehen hatte.

Eine leichte Brise strich über das Schilf hinweg, und es kam ihr so vor, als singe es in zarten, kaum wahrnehmbaren Tönen. Aber keiner davon klang wie die Katze. Die Töne formten sich zu einem Lied, das an ihr Herz rührte, von Verlust zu klagen schien und den Frieden ewiger Nacht versprach.

»Wäre es nicht wunderbar«, sagte Res mit gespielter Munterkeit, um den Zauber zu brechen, »wenn wir nicht nur die Katze fänden, sondern auch gleich den Alten und seinen Wandernden Berg? Ich meine, wenn er überall in Phantásien sein kann, dann doch auch hier, nicht wahr?«

»Unmöglich ist es nicht«, erwiderte Yen Tao-tzu und klang so abgelenkt, als spreche das Lied der Schilfrohre auch zu ihm und ziehe ihn in seinen Bann.

Sie kamen zu einer Lichtung, auf der die Gestalt eines kleinen, schlanken Mannes eine Reihe fließender Bewegungen ausführte. Seine Arme bewegten sich sehr langsam, wie bei einem Storch, der seine Schwingen ausbreitete, und ein Knie war gerade erhoben, als sie ihn erspähte. Kurze Zeit später stand er mit beiden Füßen fest auf dem Boden und hielt die Arme angewinkelt, und doch hätte sie nicht sagen können, wann er seine Stellung verändert hatte.

Yen Tao-tzu hinter ihr sog hörbar den Atem ein. »T'ai Chi ch'uan«, flüsterte er ehrfürchtig. »Das habe ich niemanden mehr tun sehen, seit ich das Reich der Mitte verlassen habe. Der Mann muss aus meiner Heimat stammen.«

So leise er gesprochen hatte, der Mann auf der Lichtung hatte ihn doch gehört und hielt inne. Dann wandte er sich ihnen zu, bog die Finger seiner rechten Hand zurück und winkte sie näher. Nach ein paar Schritten wurde Res klar, dass Yen Tao-tzu sich irren musste. Dies war ein Bewohner des Schattenlandes, kein Menschenkind. Sein Kopf wies den Umriss von Haar, das zurückgebunden war, und ein hervorstechendes Kinn auf, aber keine Gesichtszüge. Seine Hände hatten fünf Finger, doch der Handfläche fehlte jede Wölbung. Er war barfuß, aber seine Füße unterschieden sich in ihrer Schwärze in nichts von seiner Kleidung.

Der Mann war ein Schatten.

»Tao-tzu aus dem Hause Yen«, sagte er ernst, und während er mit wispernder, melodischer Stimme sprach, die Res an den Gesang der Schilfrohre erinnerte, bewegte sich in der schwarzen Fläche seines Gesichtes nichts. »Wer hätte geglaubt, dass ich Euch jemals begegnen würde?«

»Wer seid Ihr?«, fragte Yen Tao-tzu, in dessen Stimme Unsicherheit den Platz von freudigem Staunen eingenommen hatte.

»Dachtet Ihr etwa«, entgegnete der Schatten, »Ihr wäret der Einzige, der sich je nach Phantásien träumte? Li Mu

Bai tat desgleichen, viele Jahre nach Euch, und kam durch dieses Land. Ich bin das, was von ihm hier zurückgeblieben ist. Was später aus ihm wurde, vermag ich nicht zu berichten.«

Etwas gefasster erwiderte Yen Tao-tzu: »Der Name des ehrenwerten Li Mu Bai ist mir leider nicht bekannt. Wenn er, und damit Ihr, jedoch den meinen kennt und viele Jahre nach mir kamt, dann hat sich der Fluch des Mönchs von Lung-men wohl nicht zur Gänze erfüllt.«

»Li Mu Bai wurde in den Höhlenklöstern von Lung-men erzogen«, sagte der Schatten, »wo man ein Bild von Euch aufbewahrt. Doch niemand sonst im Reich der Mitte kennt mehr Euren Namen. Bereitet Euch das Kummer?«

»Im Gegenteil. Ich wünschte es mir schon kurz nach meiner Ankunft hier.«

Res ahnte, worauf das hinauslief. Auf noch mehr Grübeleien und Klagen und vielleicht sogar darauf, dass Yen Tao-tzu sich weigern würde, weiter nach dem Alten vom Wandernden Berge zu suchen, und stattdessen lieber in die Alte Kaiser Stadt zurückwollte.

»Entschuldigung«, unterbrach sie daher, »aber ich habe auch ein paar Fragen. Erstens: Habt Ihr eine Katze und einen Wasserspeier gesehen?«

Anscheinend etwas aus dem Gleichgewicht gebracht, verschränkte der Schatten seine Arme ineinander und wandte sich ihr zu. »Nein«, entgegnete er knapp, was im Vergleich zu seinen vorherigen melodischen Worten wie ein Paukenschlag klang und klar machte, dass er es nicht schätzte, abrupt das Thema zu wechseln.

Ungerührt fragte Res weiter: »Zweitens: Habt Ihr irgendwo einen Berg gesehen oder von einem gehört, der urplötzlich auftauchte und tags, hm, nachts zuvor noch nicht da war?«

»Nein«, gab der Schatten ungehalten zurück. »Was sind das für törichte Fragen?«

»Drittens: Wisst Ihr, was Yen Tao-tzu getan hat, um Phantásien zu retten, als er hierherkam? Oder könnt Ihr mir zumindest verraten, was genau er in Eurer Welt getan hat, dass er sich so schuldig fühlt? Wenn ihm nämlich das eine wieder einfällt, dann vielleicht auch das andere.«

»Nein«, wiederholte der Schatten und verfiel wieder in seine raunende Sprechweise. »Im Kloster von Lung-men hieß es nur, Yen Tao-tzu habe das Unheil zuerst dem Reich der Mitte geschenkt, und von dort habe es sich über alle Barbarenländer ausgebreitet und Blut über die ganze Welt gebracht. Mehr hat Li Mu Bai nie erfahren.«

Da Yen Tao-tzu sehr dicht hinter Res stand, spürte sie, wie er in sich zusammensackte. O nein, dachte sie. »Ihr wisst also nichts Neues«, sagte sie laut. »Dann gehabt Euch wohl. Wir haben zu tun.«

»Res«, protestierte Yen Tao-tzu, ob ihrer Unhöflichkeit offenbar schockiert.

In den Schatten kam Bewegung. Er hieb mit seiner Handkante in ihre Richtung und hielt kurz vor ihrem Hals inne. »Die Fürstin von Kading hat ihre Stadt zum ersten Mal seit Jahrhunderten verlassen und das Tribunal der Schatten angerufen, damit wir ihr helfen, eine Verbrecherin dingfest zu machen, die tödliche Spuren hinterlässt. Ein gewöhnliches Mädchen ohne jedes Benehmen. Ich kann nur annehmen, dass sie Euch meint«, donnerte er, und seine Stimme war ein einziger Trommelwirbel. »Ob das allerdings neu für Euch ist, bezweifle ich.«

Res schluckte. Mit der Fürstin hatte sie nicht gerechnet. Mit den Leonesinnen irgendwann, und auch die Möglichkeit, dass die Vogelleute einen Weg fanden, um ihr nachzusetzen, hatte sie nicht ausgeschlossen; aber auf die Idee, dass die Fürstin von Kading ihr Entkommen persönlich genug nahm, um den Schutz ihrer Stadt und ihre unumschränkte Herrschaft dort aufzugeben und sie zu verfolgen, wäre sie nie gekommen.

Im Nachhinein betrachtet, hätte sie daran denken sollen, wie sie sich nun sagte. Schließlich hatte die Fürstin ihr klar gemacht, dass sie ihres Daseins in Kading mehr oder weniger überdrüssig war, und das Schicksal der Sassafranier war Zeugnis genug für ihre Rachsucht.

»Das sind in der Tat wichtige Neuigkeiten«, sagte Yen Tao-tzu gemessen, als Res stumm blieb. »Wir danken Euch, mein Freund. Ihr erweist Euch als wahrer Abkömmling des Reichs der Mitte. Ein anderer hätte jenen Verleumdungen Glauben geschenkt und uns ausgeliefert.«

Der Schatten zog seine Hand zurück und verbeugte sich vor Yen Tao-tzu. »Mag sein, dass ich dies noch tue«, erklärte er, »doch werde ich Euch eine halbe Stunde Vorsprung geben, in Erinnerung an Li Mu Bai, der Euch bedauerte, nicht hasste. Mein eigenes Bedauern«, schloss er, »gilt vor allem der Gesellschaft, in der Ihr Euch befindet.«

Yen Tao-tzu verbeugte sich seinerseits und erwiderte, er wisse die Rücksichtnahme zu schätzen. Res verzichtete auf jeden weiteren Schlagabtausch.

»Wir müssen jetzt unbedingt die Katze finden«, flüsterte sie, als sie wieder durch das singende Schilf stapften. »Vielleicht ist sie inzwischen zu unserem Landeort zurückgekehrt. Wenn wir sie dort nicht treffen, suchen wir sie fliegend – es hat keinen Sinn, weiter durch die Gegend zu laufen, wenn in Kürze eine Verfolgungsjagd auf uns beginnt.«

Der Verlorene Kaiser antwortete nichts. Ob er immer noch über die Worte des Schattens hinsichtlich seiner Vergangenheit nachgrübelte, über die Fürstin von Kading oder über die verschwundene Katze, war nicht zu erkennen.

Der Wollfaden in Res' Hand fühlte sich beruhigend sicher und wirklich zwischen all den Schatten an. Dann, viel zu früh, hörte er plötzlich auf. Verwirrt kniete Res nieder und tastete nach dem Stein, den sie auf das Fadenende gelegt hatte. Vergeblich. Unter ihren Fingern spürte sie nur eine dünne Schale, viel weicher als ihr Stein, die zerbrach, als Res sie hochhob. Etwas Weiches, Saugendes kroch auf ihre Hand. Unwillkürlich schrie sie auf und versuchte hastig ihre Hand an einem Schilfrohr abzuwischen, aber das gleitende, saugende Etwas ließ sich nicht beirren. »Warm«, seufzte eine Stimme im Schilf.

Inzwischen hatte Yen Tao-tzu gemerkt, was vor sich ging. Er nahm das Wollknäuel, das Res in ihrem Schreck fallen gelassen hatte, packte ihren Arm und rieb die Wolle dagegen, so stark er konnte. Ob es an dem Knäuel lag oder daran, dass es eine neue Quelle spürte, das Ding glitt von Res' Hand und Unterarm auf die Wolle. Yen Tao-tzu schleuderte sie mit aller Macht von sich. Statt eines Aufpralls im Schilf hörten sie ein zischendes und schlürfendes Geräusch, das rasch näher kam.

»Lauf!«, stieß Res hervor und rannte mit ihm in die Richtung, aus der sie ihrer Vermutung nach ungefähr gekommen waren. Die Brise wurde stärker, das Schilf peitschte ihr ins Gesicht und hinterließ kleine Schnitte in ihren Wangen, auf ihren Armen, an ihrem Hals.

*Wo seid ihr,* rief die Katze, *wo seid ihr?*

»Wo bist du?«, gab Res mit einem erleichterten Aufschluchzen zurück.

*An unserem Landeort, wo sonst.*

Die Katze maunzte, und daran konnten sie erkennen, dass

sie sich in die falsche Richtung bewegten. Mehr nach rechts. Viel mehr nach rechts. Stolpernd, keuchend und von dem Schrecken erfüllt, den alles nur beinahe Gesehene in sich birgt, entdeckten sie endlich die glimmenden Augen der Katze.

»Hast ... hast du den Wasserspeier?«

*Was dachtest du denn?*, fragte die Katze und schien gekränkt. Er lag, zuckend, also noch lebendig, und auf den Rücken gedreht unter ihrer Pfote.

Mit bebenden Händen breitete Res den Teppich aus und wartete nicht, bis der Wasserspeier wieder im Glas war, ehe sie »Flieg!« schrie. Mit dem Flugwind kehrte ein wenig Selbstbeherrschung in ihr hämmerndes Herz zurück. Trotzdem hielt sie sich an dem Gepäckbündel fest.

*Ihr Zweibeiner seid für die Dunkelheit einfach nicht geschaffen,* meinte die Katze, für ihre Verhältnisse geradezu mitleidig.

»Es war nicht nur die Dunkelheit«, entgegnete Res und beschrieb das weiche, saugende Ding. Ihr Atem wurde wieder etwas schneller, als sie davon sprach.

*Autsch,* sagte die Katze und rückte ein wenig von ihr ab. *Das hört sich an, als hättest du geradewegs in das Ei eines Furchtwurms gelangt. Das sind unangenehme Biester. Wenn man ihnen die Zeit lässt, setzen sie sich in dir fest und halten dich in einem Zustand ständiger Angst. Davon ernähren sie sich. Bist du sicher, dass der Na ... dass seine ehemalige Majestät das Ding von dir abgekriegt hat?*

»Nein«, antwortete Res ehrlich, während sich alles in ihr zusammenkrampfte. »Ich glaube es, aber ganz sicher bin ich mir nicht.«

*Ich muss nicht mehr gekämmt werden, bis wir das Schattenland hinter uns gelassen haben und dich bei klarem Tages-*

*licht untersuchen können,* verkündete die Katze und wandte ihren Kopf zu Yen Tao-tzu. *Und dich auch.*

Yen Tao-tzu kauerte in einer Hockstellung, doch nun hob er den Kopf von den Knien. »Ich frage mich nur«, sagte er langsam, »wo du so lange warst. Und warum der Faden des Knäuels auf einmal gerissen war. Ein Ei ist nichts Scharfes, das ihn hätte durchtrennen können.«

Daran hatte Res noch überhaupt nicht gedacht. Ihr Mund wurde trocken.

*Ich bin dem verflixten Wasserspeier hinterhergejagt und musste ihn so in meinem Maul tragen, dass er dabei nicht draufging,* gab die Katze zurück. *Wozu keiner von euch beiden imstande war. Dann komme ich zurück, und wer ist auf einmal verschwunden? Ihr.*

»Ich hatte den Faden unter einem Stein befestigt, damit du uns folgen konntest«, sagte Res zögernd.

*Nun, ich habe keinen Faden gesehen! Und überhaupt weiß ich nicht, was Seine durchlauchtigste Nutzlosigkeit hier unterstellen will. Offenbar hat er auch etwas von dem Furchtwurm abgekriegt.*

»Das kann schon sein«, erwiderte Yen Tao-tzu gepresst, »doch ich erinnere mich an eine Nacht in einer sassafranischen Hütte. Du hast versucht, den Teppich zu zerreißen, und ich habe den Webstuhl umgeworfen, um Res aufzuwecken. Hast du ihr eigentlich je erklärt, weswegen du das getan hast?«

*Eine Katze schuldet niemandem ... Res? Res? Du nimmst das doch nicht ernst?*

Vielleicht war es wirklich nur der Furchtwurm, der ihr kalten Schweiß den Rücken herunterrinnen ließ und ihr das Gefühl gab, von innen her aufgefressen zu werden. Vielleicht aber auch nicht.

»Warum erzählst du mir nicht, warum du damals unbedingt nicht wolltest, dass wir Kading erreichen?«

*Weil ich nicht wollte, dass du den Preis dafür bezahlst,* entgegnete die Katze würdevoll. *Ich wusste, wie das auf dir lasten würde. Seid vernünftig, ihr beiden. Selbst wenn ihr nach allem, was wir miteinander durchgemacht haben, nicht an meine Freundschaft glaubt, weswegen sollte ich denn Res schaden wollen? Ohne sie kein fliegender Teppich, und ohne fliegenden Teppich würde ich eine Ewigkeit brauchen, um dieses Land wieder zu verlassen. So schön ist es hier auch wieder nicht, und es gibt nichts Nahrhaftes.*

Das klang einleuchtend. Vollkommen einleuchtend. Außerdem, wäre die Katze immer noch imstande, sie zu verraten, so hätte es in der Alten Kaiser Stadt eine wunderbare Gelegenheit dazu gegeben. Die Katze hätte sich Guin anschließen können oder schlichtweg im Tal bleiben, wie sie es wollte, weil es dort sicher war, doch sie hatte die Gefahr gewählt, um Res weiter zu begleiten.

Aber Res erinnerte sich auch daran, was die Lügenbolde ihr prophezeit hatten. Und das aus dieser Höhe wieder dichte, wabernde, unvertraute Dunkel begünstigte die Katze so sehr. Die Katze ... und andere Wesen.

»Die Fürstin von Kading soll hier sein«, sagte sie abrupt. »Sie sucht Hilfe, um mich gefangen zu nehmen.«

*Und du glaubst wirklich, nach allem, was geschehen ist, will ich nach Kading zurück?*

»Warum nicht? Es hat dir dort gefallen.«

*Wenn dir die Wasserspeier das nächste Mal davonhüpfen, fang sie selbst wieder ein,* sagte die Katze kalt. *Erwarte nicht, dass ich je wieder etwas für dich tue, du undankbare Verräterin.*

Schuldgefühl und Angst vereinten sich zu einer beklemmenden Mischung, die Res das Herz abdrückte. Sie wollte sich entschuldigen, doch sie brachte es nicht fertig. Sie wollte der Katze weitere Vorwürfe machen, doch auch das gelang ihr nicht. Außerdem war sie fest überzeugt, jedes Mal, wenn der Wind Geräusche von unten hochtrug, das klingende Lachen der Fürstin zu hören.

# KAPITEL 18

Der zögerliche Sonnenaufgang, der das Grenzgebiet zwischen dem Schattenland und den Steinbrüchen von Anansi markierte, traf auf drei übermüdete und äußerst gereizte Reisende. Jede Stunde landen zu müssen, um die Wasserspeier zu füttern, hatte Res bis an den Rand eines Zusammenbruchs getrieben, denn jedes Mal war sie fester davon überzeugt, dass alle ihre Feinde dort unten auf sie warteten. Sie hieß den Teppich hoch über den Buden, die es auch auf dieser Seite der Grenze gab, verharren, weil sie in jeder von ihnen Wachen der Fürstin vermutete. Yen Tao-tzu wiederum glaubte immer stärker, dass die Katze hinter allem steckte, und Schnurrspitz fauchte nur noch.

Als die Strahlen der Sonne den Teppich erfassten, zeigte sich immerhin, dass sich von Res' linker Hand aus rote und gelbe Striemen bis zu ihrem Gesicht zogen. Yen Tao-tzu dagegen war nur leicht gelb-rötlich angehaucht; seine Striemen wirkten wie von einem mit vorher in sehr viel Wasser eingetauchten Pinsel aufgetragen.

*Ich hab's doch gleich gesagt*, zischte die Katze. *Furchtwurm. Entschuldigt sich jetzt einer?*

»Du musst den Furchtwurm beauftragt haben«, beharrte

Yen Tao-tzu. »Du wusstest genau, dass ich dich verdächtige, also hast du eine Methode gewählt, die mich an den Gründen für meinen Verdacht zweifeln lassen würde.«

*Es wird mir ewig Leid tun, dass ich mich bei den Flammen der Zeit nicht klarer ausgedrückt habe.*

»Meister Sun hat in ›Die Kunst des Krieges‹ eindeutig dargelegt, dass ... «

»Meister Sun?«, unterbrach Res, die bisher abgestoßen und gefesselt zugleich die Streifen auf ihrem Arm betrachtet hatte. »Zitierst du sonst nicht immer einen Meister K'ung?« Ihr kam ein Gedanke. »Vielleicht bist du gar nicht der echte Yen Tao-tzu. Vielleicht hat die Fürstin dich im Dunkeln gegen einen Doppelgänger ausgetauscht und du wartest nur auf eine Gelegenheit, mich ihr ausliefern zu können!«

Yen Tao-tzu richtete sich kerzengrade auf. »Du bist mit der Katze im Bunde. Ich hätte es längst sehen sollen. Was hast du ihr nicht alles verziehen! Oder vielleicht hat sie deinen Geist unterworfen. Es gibt Geschichten, in denen Tiergeister die Menschen in ihre Gewalt bringen ...«

»Ich bin kein Mensch!«, schnitt Res ihm das Wort ab.

*Aber auch nicht besser,* bemerkte die Katze. *Ihr Zweibeiner seid alle gleich. Bevor wir uns gegenseitig in der Luft zerreißen, wäre es gut, wenn jemand die Wasserspeier in die Sonne lässt. Ich will endlich meinen Schatten wiederhaben.*

Res überlegte einen Augenblick, ob dieser Vorschlag zu ihrer Gefangennahme durch die Fürstin führen könnte, dann ließ sie den ersten Wasserspeier aus der bläulichen Flasche klettern. Er blinzelte, als ein warmer Sonnenstrahl auf sein breites Maul traf. Ansonsten tat sich nichts.

*Das darf doch wohl nicht wahr sein,* jammerte die Katze.

»Ha! Ich durchschaue alles. In einer dieser Buden hier wird ein Freund jenes betrügerischen Schlossgespenstes auf uns warten, um gegen ein weiteres Entgelt unsere Schatten aus den Wasserspeiern herauszuholen«, knurrte Yen Tao-tzu. »Alle beide sind natürlich mit der Katze im Bunde.«

*Du ...*

Res starrte auf den Wasserspeier, der sich mit allen Anzeichen von Wohlgefallen der Sonne preisgab. Ein unverständlicher Laut aus Wut, Furcht und Enttäuschung brach aus ihr hervor. Sie packte den Wasserspeier und schleuderte ihn vom Teppich hinunter auf die nächste Bude. Die Geste ließ ihre Gefährten jäh verstummen. Beide starrten sie an.

Mit seiner kältesten Stimme sagte Yen Tao-tzu endlich: »In Anbetracht all der Mühe, die uns diese Wasserspeier gekostet haben, und der Tatsache, dass nun einer von uns seinen Schatten nie wiedererlangen wird ...«

Ein Japsen der Katze unterbrach ihn. Zum ersten Mal seit vielen Stunden sprang sie Res begeistert in den Schoß.

*Mein Schatten! Ich habe meinen Schatten wieder!*

Sie hatte Recht. Unleugbar, unübersehbar zauberte die Sonne den Umriss der Katze schräg über den Teppich. Nachdem sich die Katze wieder etwas beruhigt hatte, fügte sie hinzu:

*Nun lass uns landen, und dann werde ich mir ein paar vernünftigere Mitreisende suchen. Ihr könnt selbst sehen, wie ihr den Furchtwurm wieder loswerdet.*

»Da du dich mit Sicherheit gerade bei mir angesteckt hast«, sagte Res, holte den nächsten Wasserspeier aus der Flasche, warf ihn hinunter und stellte fest, dass diese Tätigkeit einen aufheiternden Einfluss auf sie ausübte, »ist der Furchtwurm nun auch dein Problem.«

Diesmal war es Yen Tao-tzu, der seinen Schatten wiedererlangte. Mit sichtlichem Behagen dehnte und streckte er sich, bis er mitten in der Bewegung erstarrte. »Was, wenn wir uns nur einbilden, unsere Schatten wiederzuhaben oder überhaupt aus dem Schattenland entkommen zu sein? Was, wenn wir immer noch im Schilf umherwandern?«

Der Anflug von guter Laune wich wieder von Res, und erbittert ließ sie den letzten Wasserspeier fallen. »Meinst du wirklich?«

»Dergleichen geschah mir häufig.« Yen Tao-tzu nickte.

Die Katze fauchte erneut. *Ja, weil du verrückt warst. Ihr seid hier. Ich bin hier. Sogar Res' Schatten ist wieder da. Können wir uns jetzt endlich jemanden suchen, der weiß, wie man Furchtwürmer austreibt? Ich will nicht warten, bis ich mich so benehme wie ihr zwei. Über diese Schande käme ich nie hinweg. Es ist so ganz und gar ...*

»Unkätzisch«, ergänzte Res. Das ständige Jucken hatte mit einem Schlag aufgehört, also musste ihr Schatten tatsächlich zurückgekehrt sein. Sie beugte sich über den Teppichrand und sah ihn auf das Dach einer Bude fallen. Kadinger waren nirgendwo zu entdecken, aber selbstverständlich konnte jede der Gestalten dort unten insgeheim im Sold der Fürstin stehen. »Ich weiß nicht recht ...«, sagte sie.

*Res,* meinte die Katze und klang geradezu flehend, *wolltest du nicht das Rettungsmittel für Phantásien finden? Genau – das ist es: Denk an deine Mission. Wenn du in diesem Zustand auf den Wandernden Berg stößt, wirst du nie den Mumm aufbringen, ihn zu erklimmen, weil du nämlich befürchten wirst, statt des Alten könnte die Fürstin dort auf dich warten.*

Siridom, dachte Res und versuchte das Bild ihrer Heimat heraufzubeschwören, statt ständig das der Fürstin vor sich zu sehen. Siridom. Die Ebene von Kenfra am frühen Morgen. Aber nicht mehr lange.

Die Katze hatte Recht.

Die Knie waren ihr weich, und sie hielt aus den Augenwinkeln ständig nach feindseligen Bewegungen Ausschau, doch Res befahl dem Teppich zu landen. Sie sprang auf den Boden und stolperte beinahe in ihrer Hast, den Teppich aufzurollen. Kunlas Dolch lag in ihrer rechten Hand, als sie einige zögernde Schritte in Richtung Buden machte. Sie umkreiste die erste Bude, und erst als sie sicher war, dass sich hinter ihr niemand, aber auch wirklich niemand verbarg, trat sie näher.

Bei dem Budenbesitzer handelte es sich um einen dickbäuchigen Wassermann mit Schwimmhäuten zwischen Zehen und Fingern und giftgrünem Haar, wie Kunla es besaß; er hatte es sich in einer Sitzwanne bequem gemacht und hörte auch beim Anblick von Kunden nicht auf, in aller Gemütsruhe herumzuplätschern. Die Wanne hatte die Form eines schmucken kleinen Schiffes, mit einem Holzpflock als Bullauge, durch das vermutlich hin und wieder das Wasser ab- und neues eingelassen wurde.

»Ah«, gurgelte er, »Furchtwurm, wie? Nun, damit sind wir hier natürlich vertraut. Leider braucht man für das Elixier äußerst seltene Kräuter, sogar ein Edelschwarz, das nur an einem einzigen Tag im Jahr am Fuß des Schicksalsgebirges blüht, so dass es sehr, sehr kostspielig ...«

Mit einer Geschwindigkeit, die aus Verzweiflung geboren war, ließ Res den Teppich fallen, sprang über die Theke ins Innere der Bude und zerrte den Holzpflock aus der Wanne des Wassermanns. Während das Wasser herauslief, sagte sie hart:

»Wir – haben – keine – Zeit – für – Spielereien. Das Elixier oder dein Leben.«

»Das ... das ist doch ...«, japste der Wassermann, beäugte den sich rasch senkenden Wasserrand in seiner Wanne und murmelte: »Im obersten Regal. Die dritte Flasche von rechts.«

Res stöpselte den Pflock wieder in die Wanne, doch sie löste ihre Hand nicht von ihm. »Yen Tao-tzu«, sagte sie, »hole die Flasche. Trink daraus. Und wenn es ihm schadet, du grüner Wucherer, statt ihn zu heilen, dann kannst du dich bald als Trockenmann bezeichnen!«

Der Wassermann räusperte sich und blubberte: »Also ... um die Wahrheit ... ich meine ... eigentlich ... ist es doch eher die siebte Flasche von rechts.«

»Wir sollten die Katze zuerst trinken lassen«, erklärte Yen Tao-tzu, holte nicht nur die beschriebene Flasche vom Regal, sondern nahm von der Theke auch eine Holzschale, in der ein Schwamm lag, warf diesen zum Wassermann in die Wanne und goss etwas von dem Elixier in die Schale. Dann setzte er sie der Katze vor.

*Warum ich als Erste?*, protestierte Schnurrspitz. *Du bist derjenige, der hier die Leute vergiftet. Res, du solltest nicht vergessen, dass er seine Narrenmaske nach Belieben auf- und absetzen kann und einen ernsthaften Selbstvernichtungstrieb hat. Vielleicht weiß er längst, wie man Phantásien retten könnte, und lässt dich nur weiter durch die Gegend ziehen, damit du von der Lösung abgelenkt wirst? Und weil ich ihn durchschaue, will er mich vergiften!*

Yen Tao-tzu kniff die Augen zusammen und schaute von der Katze zum Wassermann und wieder zurück.

»Jetzt verstehe ich alles«, verkündete er. »Die Katze hat ja selbst zugegeben, die Gegend hier zu kennen. Also ist sie auch mit dem Wassermann im Bunde und hat jetzt endlich die Gelegenheit, mich loszuwerden. Dir, Res, wird das

Getränk nur gänzlich deinen freien Willen nehmen, damit sie dich zum Fliegen des Teppichs benutzen kann.«

Einen Moment lang erschienen Res beide Möglichkeiten gleichermaßen wahrscheinlich, und würgende Panik stieg in ihr auf. Dann lachte der Wassermann, ein prustendes, gurgelndes Lachen, und sie zeigte mit dem Dolch auf ihn, ohne ihre andere Hand von dem Pflock zu nehmen.

»Findest du das komisch?«

»Um ehrlich zu sein«, gluckerte er, »sehr.«

»Ich nicht«, erklärte Res. »Aber ich ändere meine Meinung vielleicht, wenn du selbst aus der Flasche getrunken hast. Du bist eindeutig die beste Wahl.« Sie schaute zu Yen Tao-tzu und der Katze. »Nicht wahr?«

Die beiden nickten in seltener Einmütigkeit.

»Aber ich bin doch gar nicht krank!«, lamentierte der Wassermann.

»Noch nicht. Wenn du nicht tust, was ich sage, fängst du dir bald eine Krankheit mit tödlichem Verlauf ein«, gab Res zurück. »Yen Tao-tzu, lass ihn trinken.«

Alle drei beobachteten sie gespannt, wie der Wassermann mit gezierten Lippenbewegungen nippte.

»Mehr«, forderte Res.

Er nahm einen richtigen Schluck. Sie warteten. Ihm geschah nichts; er starrte nur mit Mordlust in den Augen zurück.

*Also schön,* sagte die Katze. *Ich opfere mich.*

»Nicht doch. Ich habe am wenigsten zu verlieren; ich werde trinken.«

»Bah«, sagte Res, riss die Flasche an sich und goss sich reichlich von dem Elixier in die Kehle. Es brannte wie Feuer, also war sie abgelenkt und ließ zu, dass ihr Yen Tao-tzu die Flasche fortnahm. Mit tränenden Augen nahm sie wahr, wie die Katze etwas schlürfte. In ihrem Magen begann es zu rumoren.

»Ach ja«, sagte der Wassermann grollend. »Bei Nicht-Wassermännern entfernt dieses Mittel die Furchtwürmer durch Erbrechen und Durchfall. Viel Spaß.«

In einer Bude, die wie eine Teekanne geformt war und in der Getränke angeboten wurden, fanden sich eine gute Stunde später drei sehr elend aussehende Gestalten ein. Das Fell der Katze war glanzlos, und ihre Schnurrhaare hingen herunter. Res und Yen Tao-tzu hatten die gleiche fahle Gesichtsfarbe, die fast ins Grünliche überging. Aber keiner von ihnen war mehr von rotgelben Striemen gezeichnet. Sie ließen sich auf bequem wirkenden Stühlen nieder und sanken zurück, bis Res bemerkte, dass es sich um Schilfflechtkörbe handelte. Das veranlasste alle drei, mit steifem Rücken dazusitzen und die Stuhllehnen möglichst nicht zu berühren.

»Wir haben uns fürchterlich benommen. Der arme Wassermann«, sagte Res niedergeschlagen.

»Wie Straßenräuber. Es ist eine Schande«, bestätigte Yen Tao-tzu.

*Der arme Wassermann? Eine Schande? Wie wäre es mit ›die arme Katze‹? Ich musste euch beide aushalten und wurde ständig beleidigt. Dieser Möchtegern-Laubfrosch hat bestimmt seinen Teil an harmlosen Reisenden ausgenommen, also hört auf, an ihn zu denken, und überlegt euch lieber, wie ihr hier an Fisch kommt, um es bei mir wieder gutzumachen.*

»Dass du überhaupt an Essen denken kannst«, stieß Res

hervor, und nur der Umstand, dass sie schon alles herausgewürgt hatte, was in ihrem Magen gewesen war, hinderte sie daran, sich an Ort und Stelle noch einmal zu erbrechen.

Die »Teekanne Zur Schattigen Ruh« wurde von Faunen bewirtet. Derzeit war sie nicht überlaufen, also gingen nur zwei von ihnen zwischen den Gästen hin und her, während der dritte hinter seiner Theke heiße und kalte Getränke braute und mischte. Der Faun, der sich vor Res, Yen Tao-tzu und der Katze aufbaute, hatte wie alle seiner Art die Beine einer Ziege, den Oberkörper eines Mannes und gedrechselte Hörner auf dem Kopf. Im Gegensatz zu den meisten anderen Faunen trug er jedoch weder eine Flöte um den Hals gebunden noch eine Laute oder Leier auf dem Rücken.

»Da scheint mir aber jemand einen Kamillentee sehr nötig zu haben«, sagte er. »Nehmen Sie es mir nicht übel, werte Gäste, doch angeblich befinden sich gewalttätige Diebe im Gelände. Ehe ich Sie bediene, würde ich gerne Zahlungsmittel sehen.«

Mit einem noch elenderen Gefühl im Magen kramte Res ein paar Münzen hervor. Yen Tao-tzu hob eine Augenbraue, und die Katze blinzelte.

*Von den Alten Kaisern,* sagte sie schweigend. *Sie ... sie können ohnehin nichts mehr davon gebrauchen.*

Prüfend hob der Faun eine der Münzen auf, wirbelte sie zwischen seinen geschmeidigen, glatten Fingern, die in einem erstaunlichen Gegensatz zu seinen haarigen Beinen standen, hin und her, entblößte gelbe Zähne und biss darauf. Anschließend betrachtete er sie.

»Ich kann nicht behaupten, dass ich je von Eire gehört habe«, meinte er, »aber sie scheinen echt zu sein.«

*Als ob du das beurteilen könntest, so schlechte Zähne, wie*

*Ziegen haben,* murrte die Katze. *Und ich will keinen Kamillentee.*

»Wir wären für etwas Tee dankbar«, sagte Res rasch, »aber gibt es noch etwas anderes ...«

Sie hatte noch nicht zu Ende gesprochen, als der Faun Luft holte, den Kopf zurückwarf und loslegte: »Olympischer Nektar vom Feinsten. Met für die herzhaftesten Helden. Tau für ...«

»Den Met würde ich nicht nehmen«, knurrte ein großer, einäugiger Mann mit tief in die Stirn gezogenem Hut vom Nachbartisch. »Seit das Nichts die Gärten von Asgard verschlungen hat, beziehen diese Wucherer hier ihren Honig aus Andrenidan, und wo die den Wein herkriegen, ist mir ein Rätsel, nachdem es auch Jötunheim nicht mehr gibt und außer den Riesen niemand die Kunst des Brauens versteht. Würde mich nicht wundern, wenn dieser so genannte Met in Wirklichkeit nur aus gegorenem Vergissmeinnichtsaft bestünde.«

»Ich wollte eigentlich nach Wasser für die Katze fragen«, erklärte Res.

Der Faun, dessen Wangen bei den Worten des Einäugigen immer röter geworden waren, sah ein neues Ziel für seine Empörung. »Wasser? Nichts als Wasser? Hier?«

*Warum nicht Milch?,* beschwerte sich die Katze gleichzeitig.

*Weil du gerade erst aufgehört hast, dich zu übergeben, wie wir alle,* gab Res zurück und nickte. Der Faun rümpfte die Nase, warf noch einen wütenden Blick in Richtung des Nachbartisches und schlenderte dann, als habe er alle Zeit der Welt, zur Theke.

»Faune«, kommentierte der einäugige Mann. »Warum sich das Nichts die nicht als Erstes vorgenommen hat, werde ich nie begreifen. Zu was sind sie nütze? Und es hat so viele andere genommen.«

Er starrte in den Krug, der vor ihm auf dem Tisch stand. »So viele«, murmelte er. »Das ist nicht das Ende, wie es sein sollte.«

»Eure Heimat fiel dem Nichts zum Opfer?«, erkundigte sich Yen Tao-tzu.

»Ihr seid ein Meister der schnellen Schlussfolgerungen, wie«, gab der Mann zurück, mit einer Stimme, die heiser klang, als ob er zu lange und zu viel gesprochen hätte, und die Katze prustete verhalten.

Um Yen Tao-tzu eine Antwort zu ersparen, und weil sie es wirklich wissen wollte, fragte Res: »Was meint Ihr damit, dies sei nicht das Ende, wie es sein sollte?«

Er warf ihr einen Seitenblick zu, zuckte mit den Achseln und rückte seinen Stuhl zurecht, damit er sie besser in Augenschein nehmen konnte. Der Hut überschattete sein Gesicht, aber soweit sich das erkennen ließ, waren seine Haare ergraut, wie die Yen Tao-tzus, doch mit rötlichen Fäden vermischt, und das verbliebene Auge war von einem kalten Silber. Sein Bart unter den schmalen Lippen war mehr rot als grau, aber nicht sehr lang. Auf jeder seiner Schultern saß ein Rabe, und keiner von beiden schien auch nur im Geringsten von der Katze beeindruckt zu sein, die mit zurückgelegten Ohren zu ihnen hinaufstarrte. Sie beachteten sie gar nicht.

»Ich kenne mich mit Geschichten aus«, sagte der Mann gedehnt, »und mit dem Ende von Geschichten. Ich spüre sie in mir. Ich habe meinen Preis dafür gezahlt, über solche Dinge Bescheid zu wissen – neun Tage und neun Nächte hing ich von der Esche, und mein Auge verlor ich auch nicht aus Zufall, Mädchen. Und ich sage dir, nichts von dem, was derzeit vor sich geht, ist auch nur im Geringsten angemessen und natürlich.«

»Ich«, begann Res und spürte brennende Verlegenheit in sich aufsteigen, weil es auf einmal wie eine Anmaßung sondergleichen klang, »ich suche ein Mittel gegen das Nichts. Oder jemanden, der es bekämpfen kann.«

Die Mundwinkel des einäugigen Mannes zuckten. »Da bist du nicht die Einzige, mein Kind. Als es begann, stattete ich zuerst Fenris einen Besuch ab, weil ich dachte, es sei seine Schuld, aber nein, der elende Wolf war immer noch gefesselt. Inzwischen hat das Nichts ihn ebenfalls erledigt. Danach ging ich, von den Nornen bis zur Uyúlala, zu allen Orakeln Phantásiens, aber«, seine Stimme wurde härter, »entweder verrieten sie mir nichts Neues oder das Nichts hatte sie schon erwischt, wie die arme Uyúlala.«

»Wir versuchen den Alten vom Wandernden Berg zu finden«, sagte Res. »Er weiß alles, was in Phantásien je geschehen ist und warum es geschah.«

Zum ersten Mal huschte so etwas wie Achtung über die Miene des Mannes. »Ist dir klar, dass die Suche nach dem Alten sehr wohl den Rest deines Lebens aufzehren kann, wie lange oder kurz das auch immer unter den gegebenen Umständen währen mag?«

»Irgendetwas muss man tun«, entgegnete sie. Sie war sich immer wenigerer Dinge sicher, aber dieses stand für sie fest.

Der Faun kehrte mit Kamillentee für sie und Yen Tao-tzu zurück, stellte der Katze eine Schale mit Wasser hin und schenkte dem einäugigen Mann betont keinerlei Beachtung, als er wieder ging. Res griff nach ihrer Teetasse, und mit einer blitzartig schnellen Bewegung, die sie nicht erwartet hatte, beugte sich der Mann vom Nachbartisch zu ihr herüber und fing ihre Hand mit der seinen ab. Es war ihre rechte, deren kleiner Finger verstümmelt war.

»Wie ich sehe, weißt du, was es heißt, etwas für ein Ziel zu geben«, sagte er in sehr ernstem Ton. Seine Finger brannten, als bestünde er aus Feuer. Mit einem von ihnen zog er Linien in ihre Handfläche, und ein grünes Zeichen erschien.

»Was tut Ihr da?«, rief Yen Tao-tzu und erhob sich, um den Mann von Res wegzureißen, doch einer der Raben flatterte zu seiner Schulter hinüber und verhielt mit seinem sehr spitzen Schnabel nur eine Haaresbreite vor Yen Tao-tzus Auge.

»Ich hole mir eine Auskunft«, erwiderte der einäugige Mann gelassen. »Bleib ruhig, mein Freund, und Muninn tut es auch. Es wird dem Mädchen nicht schaden.«

»Wie zuvorkommend«, sagte Res trocken. Unter anderen Umständen hätte sie wohl Ärger, Angst oder zumindest Anspannung empfunden, doch da ihr Körper sich erst vor kurzem von dem Furchtwurm gereinigt hatte, kam sie sich zu ausgelaugt für derartige Gefühle vor. Außerdem hatte sie den unbestimmten Verdacht, dass es ihnen recht geschah, nach der Angelegenheit mit dem Wassermann.

Das grüne Zeichen auf ihrer Handfläche flackerte kurz auf, in einem heftigen, stechenden Schmerz. Dann verschwand es.

Der einäugige Mann seufzte. »Das tut mir Leid«, sagte er.

»Meinen Begleiter zu bedrohen oder Zeichen auf meine Hand zu malen?«, gab Res schnippisch zurück. Zu ihrer Überraschung grinste er und machte keine Anstalten, ihre Hand wieder loszulassen.

»Dein Begleiter könnte nicht von Muninn bedroht werden, wenn er nicht das fürchten würde, was Muninn in sich trägt – Gedächtnis. Nein, es tut mir für dich Leid. Das war eine Rune, die prüfen sollte, ob du den Weg der Helden gehst. Vor einer Woche bin ich dem Gesandten der Kindlichen Kaiserin begegnet. Er ist ein Held, der sich nie schuldig gemacht hat, und wenn das Nichts nicht ohnehin allen Regeln widerspräche und sie außer Kraft setzte, würde ich sagen, dass seine Geschichte mit Erfolg enden wird, weil ich es in mir spüre und sie die Geschichte eines Helden ist. Aber du?«

Mit seiner anderen Hand strich er ihr eine Haarsträhne aus dem Gesicht, die ihr zwischen die Augen gefallen war. Dann presste er seine Lippen gegen die ihren. Es dauerte nur kurz, nur einen Herzschlag lang, doch Res war noch nie von einem Mann geküsst worden, und sie war zu erstaunt über die Anmaßung und die Neuheit des Ganzen, um darauf zu reagieren.

»Du bist keine Heldin«, flüsterte er in ihr Ohr, »und du wirst Phantásien nicht retten, ganz gleich, was du tust und bereits getan hast. Es tut mir Leid.«

Er ließ sie los. Ihre Hand fuhr an ihren Mund, und sie schöpfte Atem. Mit der Luft, die sie einsog, kehrte ihre Fähigkeit zum Zorn zurück.

»Ich glaube nicht an Regeln«, entgegnete sie aufgebracht, »oder an Prophezeiungen. Dahinter«, sie dachte an die Vogelleute und an die Fürstin, »können sich andere verstecken. Ich denke nicht daran aufzugeben, und es ist mir gleich, ob ich eine Heldin bin oder nicht.«

»Das war nicht herabsetzend gemeint«, sagte der Einäugige und wirkte belustigt. »Ich bin selbst kein Held. Aber ich habe eine gewisse Übung darin, Helden zu erkennen; man braucht sie in meinem Gewerbe.«

»Darf man erfahren«, fiel Yen Tao-tzu in eisigem Tonfall ein, »um welches Gewerbe es sich handelt?«

Der Rabe auf seiner Schulter flatterte zu dem Einäugigen zurück, dessen Lächeln sich zu einem Lachen vertiefte. Er stand auf.

»Ich hätte nicht gedacht, dass es in diesen Zeiten noch einmal Anlass zum Gelächter für mich geben würde«, antwortete er mit seiner kratzigen, heiseren Stimme. »Aber es tut gut, zur Abwechslung nicht gleich erkannt zu werden. Wer ich bin? Ich habe so viele Namen, wie es Wesen in Phantásien gibt. Man nennt mich Einaug, Allvater und Galgenherr. Ich bin Grimnir und Gondlir, ich bin Börsson und Baldursvater, ich kann die Freundschaft jedes Mannes gewinnen und die Liebe jeder Frau. Ich kann Menschen an meine Träume glauben lassen. Nur die Kindliche Kaiserin steht über mir.«

Er zog eine Schlinge aus einer verborgenen Tasche in seinem Umhang hervor. »Ich kannte meinen Untergang im Voraus, aber nun, da das Nichts Fenris verschlungen hat, ist sogar mein Ende nicht mehr gewiss.«

Als er die Schlinge zu Res warf, fing sie das Ding, ohne nachzudenken, auf. »Sie ist unzerreißbar«, sagte er, und sein verbliebenes Auge zwinkerte ihr zu. »Keine Waffe eines Helden, aber dir mag sie nützlich sein. Wer weiß, was geschieht, wenn das Schicksal wieder eingerenkt wird.«

Damit verblasste er, wie ein Bild, über das ein Schwamm glitt. Es war kein plötzliches Verschwinden. Das verschlissene Schwarz seines Umhangs und seines Hutes wurde heller, das Rot in seinem Bart weiß, dann durchsichtig. Eine Weile waberte die Luft noch dort, wo er gestanden hatte; dann bewies nur noch der halb geleerte Krug auf dem Nachbartisch, dass er hier gewesen war.

*Pah*, sagte die Katze. *Angeber. ›Nur die Kindliche Kaiserin steht über mir.‹ Von wegen. Das bilden sie sich alle ein.*

»Wen meinst du mit ›alle‹?«, forschte Yen Tao-tzu.

*Die Phantásier, die ihr Menschen in eurer Welt anbetet. So etwas steigt einem natürlich zu Kopf. Ihr Zweibeiner seid eben ein leichtgläubiger Haufen.*

»Es ist eine Weile her, und ich mag mich täuschen«, entgegnete Yen Tao-tzu, »aber ich meine mich zu erinnern, dass man im Reich der Mitte erzählte, einige Völker jenseits der Großen Mauer würden zu Katzen beten.«

*Das ist etwas anderes.*

Prüfend zog Res mit beiden Händen an der Schlinge, die der Einäugige ihr zugeworfen hatte. Die Schnur, die aschbraun und unscheinbar wirkte, riss tatsächlich nicht, doch das brauchte nichts zu besagen. Es gab Wesen, die viel kräftiger waren als sie. Res legte die Schlinge auf den Tisch und versuchte sie mit Kunlas Dolch zu zerteilen. Die Klinge brachte der Schnur noch nicht einmal einen Ritzer bei; sie glitt einfach ab, nicht als träfe sie auf Stein, sondern als würde sie selbst stumpf oder weich. Dabei war sie scharf wie eh und je, als Res mit der Fingerkuppe darüberfuhr.

»Was ist das für eine Schlinge?«, fragte sie halblaut. »Woraus besteht sie?«

*Wenn es die ist, mit der früher Fenris gefesselt war,* erwiderte die Katze, *dann besteht sie aus dem Bart einer Frau, dem Atem eines Fischs und dem Klang, den die Schritte einer Katze hinterlassen. Er war natürlich ungeheuer stolz auf diese Mischung, als sie ihm einmal gelang, aber wird bei all der Angeberei auch die Katze erwähnt, die dafür drei Tage lang hin- und hermarschieren musste? Nein.*

»Wenn du damit andeuten willst, dass du das warst«, sagte Res neckend, »dann glaube ich dir das nicht. Von Fenris habe ich gehört. Der wurde vor unendlich langer Zeit gefesselt. Dazu müsstest du uralt und unsterblich sein, und wenn dem so wäre, dann hättest du beispielsweise in Sassafranien keine Angst davor gehabt, dass die Leonesinnen dich umbringen. Mir scheint, Einaug ist nicht der Einzige, der zum Angeben neigt.«

Die Katze schaute zu Yen Tao-tzu. *Die Zeit vergeht in Phantásien auf andere Weise, wenn man aus einer anderen Welt stammt,* gab sie mit leicht gekränkter Miene zurück, *aber ... ich gebe zu ... dass ich es nicht war.*

Res befestigte die Schlinge zusammen mit dem Messer an ihrem Gürtel. »Ich weiß nicht, wie es euch geht«, sagte sie, »aber ich fühle mich viel besser. Wir können wieder losfliegen. Und wir *werden* den Alten vom Wandernden Berge finden. In das Nichts mit allen besserwisserischen Prophezeiungen.«

# KAPITEL 19

Das Land Anansi zu überfliegen erwies sich als nicht eben leicht. Das Nichts trat an mehreren Stellen auf, noch nicht riesig, nur so breit wie Tempelsäulen, aber dafür häufig, und es beschränkte sich nicht auf den Boden, sondern zog sich endlos in die Höhe. Res schaute nie lange genug hin, um zu überprüfen, ob sich überhaupt irgendwo ein Ende zeigte; nach ihrer letzten Erfahrung mit dem Nichts wollte sie sich lieber nicht der Gefahr aussetzen, seine seltsame Anziehungskraft auf sich wirken zu lassen.

Gelegentlich in Anansi zu landen war ein übles Erlebnis. Das ganze Land war auf den Beinen. Flüchtlinge strömten entweder in Richtung der Nachbarländer oder, und das war das Schlimmste, auf die Stellen zu, an denen das Nichts auftauchte, um sich hineinzustürzen.

»Rette uns«, flehten die Einwohner, »rette uns.« Von einer Rettung durch den Alten, den niemand je gesehen hatte, wollten sie nichts wissen. Sie verlangten, dass Res ihnen ihren Teppich überließ.

Im Nachhinein betrachtet, wäre sie lieber noch ein paarmal durch das Schattenland gezogen, mit seinen Kreaturen, die einem jeden Mut nahmen, und den Gerüchten und Ängsten im Nachtwind. Sie wäre lieber wieder von den Vogelleuten verflucht worden oder vor den Leonesinnen geflohen, als den verzweifelten Blicken der Bewohner von Anansi zu begegnen und »nein« sagen zu müssen. Von dem Wandernden Berg gab es keine Spur.

Aus dem Land der Steinbrüche wurde eine Landschaft mit zahllosen Flüssen und fetter, rotbrauner Lehme, und als der Teppich tiefer flog und Res erkannte, dass die großen rundköpfigen Figuren, die sich hin und wieder aus dem Boden erhoben, keine Statuen waren, da wusste sie, dass sie das Land der Golems erreicht hatten: Sefirot.

Es gab wenige Gebäude in Sefirot und, was bei den zahllosen Flüssen erstaunlich war, auch nur wenige Pflanzen. Die Golems lebten, wenn man es so nennen konnte, ohne Behausung. Es gab auch nur wenige Golems, und Res befürchtete, das könnte daran liegen, dass auch hier das Nichts bereits aufgetaucht war.

Hin und wieder trieben Flöße in den Flüssen. Res erinnerte sich an einen Teppich, auf dem solche Flöße dargestellt waren; sie trugen die Wortschmiede, zierliche Wesen, etwa so groß wie Zwerge, aber anders als diese nicht daran gewöhnt, in Metall zu arbeiten. Wortschmiede sprachen die Worte, welche die Golems aus dem Ton ins Leben riefen. Sie waren auch in der Lage, andere Dinge aus dem Lehm ihres Heimatlandes zu schaffen, nur durch die Aussprache von Worten; aber zu sprechen bereitete ihnen große Schmerzen, deswegen überließen sie es in der Regel den Golems, für sie die Dinge des alltäglichen Lebens zu bewerkstelligen. Die Golems waren stumm, unbezwingbar stark und nur durch die Buchstaben, welche die Wortschmiede auf ihren Stirnen eingraviert hatten, an das Leben gebunden, doch sie konnten keine einzigen dieser Lettern selbst aussprechen.

Sefirot war ein sehr stilles Land.

Als sie etwa zwei Stunden lang über Sefirot geflogen waren, dämmerte es, und Res wollte nicht die Gefahr eingehen, im Dunkeln weiterzuziehen, nicht wenn das Nichts im Nachbarland bereits auftrat und gewiss auch irgendwo in diesem Land zu finden war. Im Dunkeln war es möglich, dass sie das Nichts zu spät erkannten, um sich seiner Sogkraft zu entziehen.

»Wir müssen nur einen Ort finden, an dem uns niemand sieht«, sagte Res, immer noch niedergedrückt in Gedanken an die Bewohner von Anansi. Mit jedem »Nein« war sie sich widerwärtiger vorgekommen. Sie wich daher den Anlegestellen für Flöße ebenso aus wie einem Golem und wünschte, die Landschaft von Sefirot wäre nicht so flach. Inmitten von Hügeln konnte man sich wesentlich besser verstecken.

Sie schaute nach links, nach rechts, über ihre Schulter zurück, falls sie etwas übersehen hatte, und wieder nach vorn, als ihr plötzlich der Atem stockte. Dort am Horizont, inmitten der endlosen Flussebenen, wölbte sich ein schmaler, hoher Berg in leuchtendem Blau. Je näher der Teppich heranflog, desto klarer ließ sich erkennen, dass er aus zahllosen, bizarr geformten Zacken bestand, die wie Tropfsteine aus dem Boden wuchsen. Ein Ei von der Größe eines Hauses stand, auf drei Tropfsteine gestützt, auf halber Höhe dieses Berges.

Res brauchte keine Erklärungen von Yen Tao-tzu oder der Katze, um sich ihrer Sache gewiss zu sein: Dies war der Wandernde Berg. Ihre Lippen zitterten; sie konnte nicht sprechen, sondern wies nur stumm nach vorn. Endlich am Ziel angelangt zu sein überwältigte sie so sehr, dass sie eine Weile brauchte, um zu bemerken, dass weder die Katze noch Yen Tao-tzu besonders glücklich dreinschauten.

Die Katze schlug ihre Pfoten mit ausgefahrenen Krallen in den Teppich und zog daran. Unter anderen Umständen hätte Res ihr das verwiesen, war doch das Stopfen des Teppichs mühsam genug gewesen. Yen Tao-tzu runzelte die Stirn, und ein Hauch von Ungeduld erfasste sie. Gewiss, er würde jetzt sehr bald erfahren, wovor er all die Jahre geflohen war, doch hier ging es um so viel mehr Leben als um seines, um so viel Wichtigeres als sein persönliches schlechtes Gewissen. Sie hatte selbst Dinge getan, auf die sie nicht stolz war. Wer, außer dem Gesandten der Kindlichen Kaiserin, hatte das nicht? Aber das war nun vorbei. Der Alte würde ihr verraten, wie man das Nichts einst aufgehalten hatte und wie man es wieder aufhalten konnte. Und dann würde sie nach Siridom zurückkehren, ganz gleich, was die Lügenbolde behauptet hatten.

Inmitten des großen Eis tat sich eine kreisrunde Öffnung auf, und Res musste sich zusammennehmen, um nicht vor Freude zu jauchzen. Sie wurden willkommen geheißen. Der Alte vom Wandernden Berge erwartete sie. Natürlich; schließlich wusste er alles über jeden Schritt ihrer bisherigen Reise.

»Teppich, fliege in die Öffnung hinein«, sagte sie heiser.

»Res«, sagte Yen Tao-tzu mit einem Mal, »vielleicht solltest du dir das noch einmal überlegen und uns ...«

»Was auch immer du getan hast«, schnitt Res ihm in einer Mischung aus Zuneigung und Gereiztheit das Wort ab, »wir bleiben Freunde.«

Er schüttelte den Kopf. »Darum geht es nicht. Etwas ... etwas stimmt hier nicht. Als ich den Berg damals ...«

Sie flogen durch die Öffnung, und es dauerte einen Moment, bis sich ihre Augen an das neue, dämmrige Licht gewöhnten. Hinter ihnen glitt die kreisrunde Scheibe, die sich aufgetan hatte, wieder zurück.

Im Inneren des Eis roch es vertraut, das war das Erste, was Res auffiel. Staub war hier, ja, und das wunderte sie nicht, hatte doch der Alte seit so vielen Jahren nur sich selbst als Gesellschaft; aber es roch auch nach feuchtem Lehm, wie an einem Flussufer. Sie kniff die Augen zusammen und erkannte mehrere Golems, ungeschlachte, rötliche Kolosse, die reglos um einen erhöhten Stuhl herumstanden. Jeder Einzelne trug ein weißes Zeichen in seiner Stirn.

Verwirrung stieg in ihr auf. Dass der Alte gelegentlich, etwa alle paar Jahrhunderte, Besucher empfing, vor allem Wesen mit wichtiger Mission wie sie, das war begreiflich; dass er jedoch gleich ein Dutzend Golems hereingelassen haben sollte, widersprach allen Legenden, die sie je gehört hatte.

Dann seufzte Yen Tao-tzu neben ihr, und Res blickte auf die Gestalt, die zwischen den Golems saß und, als einer von ihnen beiseite trat, endlich für sie sichtbar wurde. Es war kein alter Mann, der dort auf einem Stuhl aus Elfenbein thronte, sondern die schlanke Gestalt einer Frau mit langem, silbernem Haar, das von mehreren perlenbesetzten Kämmen gehalten wurde und dennoch über ihren Rücken hinunterfiel. Als sie sich erhob, entfalteten sich die Flügel, auf denen sie schwebte.

»Aber ja, meine Lieben, ich bin es«, sagte die Fürstin von Kading.

Den Teppich nahm man ihnen sofort weg. Das Gepäck, sogar der Dolch und die Schlinge, kümmerten die Fürstin nicht. Warum sollten sie auch?, dachte Res bitter. Gegen die Golems war beides nutzlos. Ein Golem war so kräftig, dass er zehn

Wesen von Res' Gewicht hätte tragen können, und unverwundbar.

»Schau nicht so verdrießlich drein, mein Kleines«, sagte die Fürstin. »Du musst zugeben, dass ich keine Mühe gescheut habe, um dich zu fangen. Es war selbst für die Golems nicht einfach, eine Kopie des Wandernden Bergs herzustellen.« Sie lächelte Yen Tao-tzu an. »Ganz der Beschreibung meines alten Freundes, des Möchtegern-Kaisers von Phantásien folgend, so wie er sie mir vor mehr als tausend Jahren gegeben hat.«

Ihr Lächeln verhärtete sich zu dem diamantenen Glanz ihrer Augen. »*So* viele Wünsche erfüllen sich heute, und ich trage nicht einmal den Glanz.«

Sie wandte sich wieder zu Res und schwirrte um sie herum. »Aber ich habe mir all die Mühe nicht wegen eines nutzlosen alten Mannes gemacht, o nein. Ihn zu meinen Füßen zu sehen ist Balsam auf eine längst verheilte Wunde. Nein, Res, das alles« – die Fürstin breitete ihre Arme in einer Geste aus, die den Raum, die Golems, das Ei und den gesamten Berg zu umfassen schien – »geschieht nur deinetwegen.« Sie schnipste mit den Fingern. »Hinaus. Alle. Lasst mich mit dem Mädchen allein und bringt den alten Mann und die Katze in die Höhlen.«

Die Katze maunzte und fixierte die Fürstin mit ihrem Blick. Zum ersten Mal, seit Res Schnurrspitz begegnet war, wusste sie, dass die Katze mit jemandem sprach und doch für sie selbst unverständlich blieb, und die Vorstellung tat weh.

»Nein, danke«, sagte die Fürstin mit ihrem glockengleichen Lachen. »Wanderern traue ich nicht.«

Ein Golem bückte sich; die Katze passte fasst zur Gänze in seine Hand, die sich um das Tier schloss, sosehr es sich auch sträubte. Yen Tao-tzu klemmte er sich einfach unter den Arm und stapfte mit ihnen davon. Die übrigen Golems folgten ihm.

Währenddessen stöberte die Fürstin Res' Säcke durch. »Und was haben wir hier ... nein, das Kleid ist zu zerschlissen ... die Farbe dieses Hemdes ist unmöglich ... soll das eine Hose sein oder ein Rock, der in der Mitte zusammengenäht ist? Wirklich, Res, so kannst du dich doch nicht sehen lassen.«

»Wenn ich das nächste Mal jahrhundertealte Verrückte beraube, werde ich sie mir sorgfältiger auswählen«, entgegnete Res mit zusammengepressten Zähnen. Zuerst hatte sie sich auf die Zunge beißen müssen, um vor Wut und Enttäuschung nicht laut aufzuschreien.

»Das wird nicht nötig sein«, sagte die Fürstin und schwebte zu ihrem Thron zurück. Hinter dem Elfenbeinstuhl stand eine Truhe, die eindeutig aus Kading stammte; sie war aus Kristall, bis auf den Deckel, der aus Silber gehämmert war. »Komm her und mach sie auf«, fuhr die Fürstin fort.

Einen Moment lang war Res versucht, sich auf den Boden zu setzen und sich zu weigern, auch nur einen Schritt zu tun. Gleichzeitig wusste sie, wie töricht das wäre. Es gab sehr viel Schlimmeres, das die Fürstin ihr und ihren Freunden antun konnte, als ihr zu befehlen, eine Truhe zu öffnen. Die Herrscherin über Kading anzugreifen war ebenfalls sinnlos. Dass die Golems verschwunden waren, hieß noch lange nicht, dass die Fürstin sich jeglichen Schutzes begeben hatte. Schließlich war die Frau alles andere als dumm. Während Res also gehorchte und zur Truhe ging, schaute sie sich in dem ovalen Raum um, in den sie hineingeflogen war, und entdeckte nach einer Weile, was sie suchte: Schatten. Schatten, die von keinem Gegenstand, von keinem Wesen hier geworfen wurden. Natürlich.

Vor der Truhe kniete Res nieder und öffnete sie. Der silberne Deckel ließ sich erstaunlich leicht anheben. Er sprang auf; innen war er mit einem flachen Spiegel ausgestattet. Was Res in der Truhe fand, hätte sie nie erwartet. Es war ein Kleid, ein Wunder von einem Kleid, übersät von Perlen und mit Spitze besetzt. Der eigentliche Stoff, so erkannte sie schon auf den ersten Blick, obwohl erst ihre bebenden Fingerspitzen es ihr endgültig bestätigten, konnte in seiner Makellosigkeit nur in Siridom gewebt worden sein, nirgendwo sonst.

Er war tränenblau.

»Zieh es an«, sagte die Fürstin.

Denk nur an das Gute, befahl sich Res. Wenn sie den Stoff aus Siridom für das Kleid bekommen hat, dann heißt das, es gibt Siridom noch. Sie sind alle noch am Leben, und du wirst sie retten, sobald du hier entkommen bist. Und du wirst entkommen.

Sie zog sich das Kleid an. Tränenblau, die Farbe für fürchterliche Schuld. Selbstverständlich musste das der Fürstin bewusst sein. Doch der Stoff fühlte sich weich und einschmeichelnd auf ihrer Haut an, und das Kleid passte wie angegossen, als sei es für sie gefertigt worden.

»Ah, schon viel besser«, meinte die Fürstin. »Nur das Haar ist noch unmöglich.« Sie schwirrte zu Res, zog sich einen Kamm aus ihrem Haar und begann mit ihm und mit ihren eisigen Fingern Res' Haar zu entwirren, zu glätten und langsam durchzukämmen.

»Du hast natürlich geglaubt«, sagte sie dabei, »dass ich dich töten, verfluchen oder foltern würde, wenn du erst wieder in meiner Gewalt bist. Aber verstehst du, Res, darum geht es mir gar nicht. All die Jahre war ich allein in meiner Stadt. Meine Untertanen fürchten und lieben mich, und sie beten mich an, aber ich bin allein. Seit mehr als tausend Jahren bin ich allein. Es hat nie jemanden gegeben, der es wert gewesen wäre, ihn an meine Seite zu erheben, seit meine Familie mir genommen wurde. Ich war so allein und so gelangweilt von dem endlosen Einerlei, dass mir das Nichts fast als willkommene Neuigkeit erschien. Aber dann kamst du.«

Die schlimmsten Knoten, die der Flugwind hinterlassen hatte, waren beseitigt; die Fürstin nahm einen zweiten Kamm aus ihrem Silberschopf und zog sie nun abwechselnd durch Res' Haare. Es tat gut, fast so sehr wie das Gefühl von tränenblauer Seide auf der Haut.

»Ich war mir noch nicht sicher, als ich dich im Palast sah, aber als du mir entkommen bist, durch den Spiegelsee, da wusste ich es. Du musst es auch gesehen haben.«

Sie steckte die Kämme von beiden Seiten her in Res' Haar, so dass sie es aus dem Gesicht zurückhielten, dann zog sie Res vor den Spiegel im Deckel der Truhe. »Schau«, wisperte sie.

Der Spiegel gab zwei Gestalten wieder, die Fürstin in ihrer eleganten Schönheit und jemanden, den Res kaum erkannte; ein Wesen, das geradewegs von den Teppichen des Arachnion, die Feen oder Prinzessinnen zeigten, herabgestiegen schien.

Die Fürstin legte einen Arm um Res, ohne ihren Blick von dem Spiegel zu lösen. »Du bist die Einzige in ganz Phantásien, die mich verstehen kann. Die Einzige, die mir ebenbürtig sein kann; die Einzige, die so sein kann wie ich. Ich habe so lange nach jemandem wie dir gesucht, Res, und nun habe ich dich gefunden.«

»Du meinst, du hast jemanden wie dich gesucht«, verbesserte Res, doch auch sie konnte ihre Augen nicht von ihrem Spiegelbild wenden. Es war auf wundervolle, grauenvolle Weise richtig und gleichzeitig so falsch, wie etwas nur sein konnte. Die Kälte der Frau neben ihr war nicht mehr furchteinflößend oder beklemmend, sondern erfrischend, wie eine

Brise nach einem langen, heißen Tag. Sie wünschte sich, sie könnte sich in dieser Kälte versenken. Gleichzeitig schrie alles in ihr danach davonzulaufen, nicht mehr weil sie Angst hatte, sondern weil sie mit jedem Herzschlag, den sie länger blieb, mehr zu ihrem eigenen Spiegelbild wurde.

Die Fürstin lachte. »Siehst du, ich wusste, dass du mich verstehst.«

»Und was«, fragte Res und versuchte vergeblich die Augen zu schließen, um den Bann zu brechen, »soll mit meinen Freunden geschehen? Mit meiner Heimat? Mit Phantásien?«

Mit ihrer freien Hand machte die Fürstin eine abwertende Bewegung. »Deine Freunde? Ich versichere dir, Yen Tao-tzu würde dich jederzeit deinem Schicksal überlassen, wenn man ihm dafür verspräche, sein Gedächtnis für immer auszulöschen. Nicht den Tod; er bildet sich zwar ein, er suche den Tod, aber in Wirklichkeit ist er zu feige dafür. Fluch hin oder her, wenn er sich gewünscht hätte zu sterben, solange er noch den Glanz trug, wäre ihm das erfüllt worden. Was die Wanderin betrifft, es überrascht mich, dass du noch lebst, obwohl du schon lange mit so einem Wesen unterwegs bist. Gewöhnlich verkaufen sie einen viel schneller an den Meistbietenden.«

Sie zog Res näher, und obwohl sie die Größere von beiden war, ließ sie ihren Kopf auf Res' Schulter sinken. »Deine Heimat? Sei nicht kindisch. Im Grunde weißt du längst, dass es kein Siridom mehr gibt. Es ist bereits vom Nichts verschlungen worden, ehe du Kading betreten hast. Du hast dir doch nicht vorgemacht, dass es in der Ebene von Kenfra langsamer wachsen würde als anderswo, oder?«

»Aber dieses Kleid«, protestierte Res. »Nur eine Weberin von Siridom kann den Stoff gewebt haben, und du hast es für mich anfertigen lassen, also muss es noch ganz neu sein.

Versuche nicht mir einzureden, dass es aus der Zeit stammt, ehe du Zeitzauber über Kading verhängt hast.«

Ohne sich zu rühren, murmelte die Fürstin: »Ach ja, das Kleid. Res, dachtest du denn, du wärst die erste Weberin von Siridom, die ihre Stadt verlässt?«

»Höchstens einmal in drei Generation weigert sich ein Lehrling, Weberin zu werden, und keine von ihnen hat je …«, begann Res mit dem vertrauten Satz und stockte.

»Das hat man dir dein Leben lang eingeredet«, sagte die Fürstin in behutsamem Tonfall, »damit du nicht auf falsche Ideen kommst. Alle Herrschenden wissen, dass man Kindern die richtigen Lektionen erteilen muss. Nun, es hat Weberinnen gegeben, die es nach Kading verschlug, aber anders als du hatten sie nicht den Mut, es wieder zu verlassen. Und ich habe sie und ihre Nachkommen *sehr* nützlich gefunden.«

Sie lügt, dachte Res, und dem Gedanken folgte ein zweiter: Sie spricht die Wahrheit.

»Vergiss diese engstirnigen Leute. Hat deine Mutter dich je verstanden? Hat sie dich nicht dein Leben lang eingesperrt? Hat sie dich nicht nach ihrem Bild formen wollen und nie verstanden, warum du dir etwas anderes gewünscht hast? Aber ich verstehe dich, Res. Du weißt, dass ich dich verstehe. Niemand in ganz Phantásien versteht dich so gut wie ich. Lass mich deine Mutter sein. Du brauchst keine andere mehr. Lass mich deine Freundin sein. Wer sonst könnte dir das Gleiche bieten wie ich? Du brauchst keine anderen Freunde mehr. Und Phantásien …«

Sie hob ihren Kopf wieder und presste ihre Wange gegen die von Res. »Ich bin unsterblich, Res. Ich habe schon viele Gefahren kommen und gehen sehen, die Phantásien befielen. Die Kindliche Kaiserin findet *immer* einen Retter. Es mag im letzten Augenblick geschehen oder noch in einem frühen

Stadium, wenn jeden gerade die ersten Angstschauer überfallen haben, aber sie findet jemanden. Und so Leid es mir tut, dir das sagen zu müssen: Du bist es nicht. Du bist noch nicht einmal diejenige, die ihn holen kann. Du, meine Liebe, bist schon lange nicht mehr reinen Herzens. Das Tränenblau steht dir übrigens ausgezeichnet, aber das wusste ich schon vorher.«

Res riss sich los, und die Fürstin brach erneut in perlendes Gelächter aus.

»Du siehst reizend aus, wenn du empört bist. Nun, Res, wenn die Kindliche Kaiserin ihren Retter gefunden hat, dann wird Phantásien sich erneuern. Und dann wird endlich geschehen, was schon vor über tausend Jahren hätte geschehen sollen. Während der Rest von Phantásien noch damit beschäftigt sein wird, den neuen Retter zu feiern, werden du und ich die Herrschaft ergreifen. Wir mögen nicht reinen Herzens sein, aber wir wissen, was notwendig ist. Was getan werden muss. Mach dir keine Sorgen wegen der Kindlichen Kaiserin. Für sie gelten wir alle gleich. Sie wird niemanden daran hindern, die Macht auszuüben, die sie selbst nicht haben will.«

Sie deutete auf das Bild, das ihnen der umgeklappte Deckel der Truhe zurückwarf. »So wird uns ganz Phantásien sehen. Sie werden auf die Knie fallen und darum bitten, uns dienen zu dürfen. Du wirst nie mehr einen Verlust erleiden, du wirst nie mehr Furcht spüren oder dich irgendjemandem beugen müssen. Niemand wird so sein wie du.«

»Außer dir«, stellte Res fest.

»Außer mir«, bestätigte die Fürstin, und ihre klaren Augen sprühten siegesgewiss.

Res konnte es vor sich sehen, so deutlich wie jetzt ihr Spiegelbild. Eine Zukunft, in der sie und die Fürstin sich in einem endlosen Tanz zu zweit durch die Zeit bewegten. Anders als Yen Tao-tzu mit seinen Grübeleien und seiner Flucht in den Wahn würde sie ihre Schuldgefühle rasch abstreifen können. Sie verspürte jetzt schon Ungeduld mit ihnen. Und sie würde nicht allein sein. Die Fürstin hatte es versprochen, und sie war eine Tyrannin, aber keine Lügnerin.

Einer der Schatten, die hinter der Truhe an die Wand gelehnt standen, veränderte seine Position, kaum merklich, aber er veränderte sie. Es lenkte Res einen Moment lang von ihrem Spiegelbild ab, und sie sah sich den Schatten näher an. Sie erkannte den Umriss. Es war der Schatten von Li Mu Bai, den Yen Tao-tzu und sie auf der Lichtung im Schattenland getroffen hatten. Der Schatten, der sich vor vielen Jahren von seinem Urbild gelöst hatte, der die Erinnerungen von Li Mu Bai besaß, aber nie in dessen Heimat würde zurückkehren können.

Es musste entsetzlich sein, sein Leben als jemandes Schatten zu fristen.

»Werden die Sassafranier auch auf die Knie fallen und uns dienen?«, fragte Res abrupt.

Das silberne Gesicht der Fürstin verfinsterte sich. »Natürlich werden sie das.«

»Sie machten mir nämlich nicht den Eindruck, als liebten sie dich, und sie hatten von deiner Herrschaft schon vor einem Jahrtausend genug. Um ganz ehrlich zu sein, ich habe selbst in Kading niemanden getroffen, der dir gedient hätte, weil er dich liebt. Sie haben dort Angst vor dir, das ist alles.«

Die langen, schmalen Hände der Fürstin öffneten und schlossen sich. »Wenn sie mich nicht lieben«, erklärte sie endlich, als sie ihre Beherrschung wiedergefunden hatte, »dann hassen sie mich. Das ist nicht so sehr anders, Res.«

Sie wirbelte herum und schwebte zu dem Haufen von Res'

abgelegter Kleidung. Dankbar für die Unterbrechung klappte Res hastig den Deckel der Truhe zu. Mit Kunlas Dolch und der unzerstörbaren Schlinge in den Händen kehrte die Fürstin zurück.

»Nimm das«, sagte sie zu Res, und Res gehorchte. »In meinem Palast hast du begonnen, mich zu hassen. Nun, warum benutzt du dann nicht eines von beiden gegen mich?«

Weil die Schatten, mit denen du dich verbündet hast, mich daran hindern würden, dachte Res kalt. Die Fürstin mochte keine Lügnerin sein, aber sie war eine Heuchlerin, sogar sich selbst gegenüber.

»Siehst du«, schloss die Fürstin triumphierend, »du bringst es nicht fertig. Hass und Liebe sind zwei Seiten einer Münze, Res. Genauso wird es meinen neuen Untertanen auch ergehen, Res. Unseren Untertanen.«

Mit einem Mal lächelte Res. Sie knotete ein Ende der unzerstörbaren Schlinge um den Dolch und hängte sie sich um den Hals. Dann trat sie auf die Fürstin zu, nahe genug, um den eisigen Hauch, der von ihr ausstrahlte, von Kopf bis Fuß zu spüren. »Weißt du«, sagte sie, »du hast in vielen Dingen Recht. Und um Phantásien wäre es vielleicht wirklich besser bestellt, wenn es von jemandem beherrscht würde, der seine Macht auch ausübt. Aber von einer Person, die so sehr Angst vor sich selbst hat, dass sie sich in rührseligen Träumen darüber wiegt, wie all die anderen Wesen sie sehen? Nein danke, ganz bestimmt nicht. Verstehst du, du brauchst deine Untertanen, damit sie dir das Gefühl geben, mächtig zu sein, gefürchtet und bewundert. Aber sie brauchen dich nicht. Wenn du morgen ins Nichts verschwändest, würden sie dich nicht betrauern, und sie würden dich nicht vermissen. Sie würden sich entweder selbst regieren oder sehr schnell eine andere Tyrannin finden. Und ich – brauche dich auch nicht.«

Sie löste die Kämme aus ihrem Haar und steckte sie in die Locken der Fürstin zurück. »Aber vielen Dank für das Kleid«, schloss sie.

Während Res sprach, hatte das Gesicht der Fürstin mehr und mehr an Glanz verloren, bis es von Silber zu unpoliertem Blei verwandelt schien und ihre Augen von Diamanten zu Glas. Nur ihre Stimme blieb gleich, auch als sie rief:

»Schafft diese Verbrecherin in die Höhlen!« Leiser fügte sie hinzu: »Morgen, Res. Morgen wirst du sehen, wie sehr du mich brauchst. Wenn ich dich deinem Tod übergebe.«

# KAPITEL 20

Die Höhlen befanden sich in dem künstlich erschaffenen Berg, da die Erde von Sefirot sich nicht dazu eignete, Hohlräume stabil zu halten. Anders als bei dem Eis und beim Äußeren des Berges hatte man hier keine Sorgfalt walten lassen; den Wänden war anzusehen, dass sie nur aus hastig aufeinander getürmtem Lehm bestanden, der von Glühwürmchenketten erleuchtet wurde. Hier standen die Golems, von der Fürstin offenbar nicht benötigt, reglos herum, so zahlreich, dass der Golem, der Res trug, zwischen ihnen auf der einen und der Höhlenwand auf der anderen Seite kaum einen fingerbreiten Abstand wahren konnte. Dennoch bewegte er sich mit schlafwandlerischer Sicherheit.

Ganz am Ende des Gangs standen keine weiteren Golems. Stattdessen saßen Yen Tao-tzu und die Katze dort auf dem Boden und waren sehr damit beschäftigt, sich zu streiten.

*Natürlich habe ich ihr das angeboten! Wem nützt es denn, wenn ich hier festsitze. Wenn sie mir geglaubt hätte, dann wäre ich jetzt frei und würde bereits unseren Ausbruch organisieren.*

»Wie ungeheuer beruhigend«, sagte Res ausdruckslos, als der Golem sie hinunterließ und neben ihren Freunden absetzte. Dann kehrte er zu den anderen Golems zurück und stellte sich neben sie, so dass nun auch die letzte Lücke zwischen den Golems und den Höhlenwänden geschlossen war. Es war verständlich, dass hier keine Gitter oder Türen benötigt wurden.

»Res!«, begrüßte Yen Tao-tzu sie und erhob sich. Dann bemerkte er offensichtlich ihr neues Kleid und ihre Miene und trat einen Schritt zurück.

Die Augen der Katze verengten sich. *Oh, ha. Da ist jemand sehr anders behandelt worden als wir.*

»Yen Tao-tzu«, fragte Res ohne weitere Umschweife, »nachdem du Phantásien gerettet hattest damals, hat es sich wieder erneuert? Daran kannst du dich doch erinnern, oder?«

»Erneuert«, sinnierte er. »Ja, so könnte man es bezeichnen.«

»Alle verschwundenen Orte und Wesen kehrten zurück?« forschte Res.

»Ich war vorher nie in Phantásien«, antwortete Yen Tao-tzu in einem behutsamen Tonfall, als fürchte er, laut zu sprechen. »Ich kann nicht sagen, was vor meiner Ankunft vorhanden war und was nicht. Aber einige der Orte, die mir als zerstört beschrieben worden waren, konnte ich danach besuchen. Und ich traf dort eine Menge Wesen, die älter als ich waren, doch ob sie die Gefahr überstanden hatten oder ins Leben zurückgeholt wurden, weiß ich nicht.«

*Warum fragst du?,* erkundigte sich die Katze.

Statt einer Erklärung begann Res in dem Raum, der ihnen überlassen worden war, stumm auf und ab zu gehen.

Es war Yen Tao-tzu, der antwortete, nicht der Katze, sondern ihr. »Sie hat dir gesagt, deine Heimat und deine Familie wären vernichtet«, stellte er fest.

Es war keine Frage, doch Res nickte und ging weiter hin und her. Ihre Schritte hallten auf dem trockenen Ton wider wie das regelmäßige Schlagen einer Uhr. Yen Tao-tzu und die Katze beobachteten sie schweigend, angespannt, als warteten sie auf einen Zusammenbruch oder zumindest auf Tränen; die Verwirrung darüber, dass sie nur sehr, sehr nachdenklich dreinschaute, war an ihren Mienen abzulesen.

Endlich ließ sie sich auf den Boden sinken und schaute zu den Golems hinüber. »Werden sie von ihr beherrscht?«, fragte sie Yen Tao-tzu leise.

Er schüttelte den Kopf. »Sie folgen den Wortschmieden, die sie ins Leben gerufen haben. Die Fürstin muss Verbündete unter den Wortschmieden besitzen.«

»Über welche Macht verfügt sie genau?«, fragte Res weiter. »Sie hat die Zeitzauber um Kading legen können und den Fluch des umgekehrten Lebens auf die Sassafranier, aber wenn sie so eine gewaltige Magierin ist, warum verhext sie dann nicht einfach alle Leute, damit sie sich ihren Wünschen beugen? Selbst die Wesen in ihrer Stadt hatten ihren eigenen Willen.«

Yen Tao-tzu klang bitter, als er antwortete: »Sie ist überhaupt keine Magierin in dem Sinn, wie du es meinst. Sie hat nur ein Gespür für Magie und weiß, wie sie Zauberer und Hexen finden kann. Der Fluch über die Sassafranier wurde nicht von ihr ausgesprochen, sondern auf ihren Wunsch hin von einem Kreis von Waldhexen, denen sie ihre Kinder weggenommen hatte, um sie ihrem Willen zu unterwerfen. Ihre Unsterblichkeit verdankt sie einem Magier, der selbst unsterblich war und hoffte, an ihrer Seite zu regieren. Er hat mir diese Dinge erzählt, als sie ihn nicht mehr brauchte. Ich bin sicher, die Zeitzauber für Kading sind auf ähnliche Weise zustande gekommen. Die einzige Magie, die ich sie je selbst anwenden gesehen habe, ist die, durch Spiegel zu gehen.«

»Wie wir an dem See?«

»Nein, ganz anders. Sie sieht immer nur das, was sie sehen will. Aber sie kann jeden Ort in Phantásien erreichen, wenn er nur irgendwo ein Spiegelbild hat, und sie kann alles erkennen, was Spiegel irgendwo in Phantásien wiedergeben. Deswegen wusste sie in der Regel über das meiste Bescheid, was ihre Untertanen planten.«

Res nickte. Immer noch stand eine steile Furche zwischen ihren Brauen, aber das Gewicht der Gedanken, die sich entspannen, war das Einzige, was sie fühlte. »Ich hätte es mir denken können«, bemerkte sie sachlich.

»Res«, fragte Yen Tao-tzu tief beunruhigt, rutschte zu ihr und legte ihr eine Hand auf die Schulter, »was hat sie dir getan?«

Etwas von dem Eispanzer, den Res um ihr Herz gelegt hatte, schmolz, und sie konnte nicht verhindern, dass sie Yen Tao-tzu deswegen einen wütenden Blick zuwarf. Dann schloss sie die Augen und stellte sich einen Teppich vor, ihren Teppich, so wie sie ihn in Sassafranien gewebt hatte. Damals hatte nichts anderes gezählt als die Vollendung. Auf nichts anderes achtete sie dort, nichts anderes berührte sie.

Als sie die Augen wieder öffnete, konnte sie zwar erkennen, dass Yen Tao-tzu eine Hand auf ihre Schulter gelegt hatte, doch sie spürte seine Berührung nicht mehr. Er sah sie an und zog seine Hand zurück.

»Sie hat mir nichts getan«, erwiderte Res. »Aber ich weiß, was sie vorhat. Ich weiß, wie sie denkt.« Ihr Blick wanderte von Yen Tao-tzu zur Katze, die mitten im Lecken einer Pfote erstarrte.

Hör zu, sagte Res, ohne den Mund zu bewegen, es ist mir gleich, ob du wirklich zu ihr übergehen oder uns nur helfen wolltest. Aber du solltest wissen, was sie plant, nicht nur für mich, sondern auch für dich.

Die Pfote der Katze sank auf den Boden, während Res ihr das Vorhaben der Fürstin schilderte, und Schnurrspitz kauerte sich nieder, so angespannt, als setze sie zum Sprung an.

*Ja,* sagte sie, als Res geendet hatte. *Ja, das sähe ihr ähnlich. Bist du sicher, dass die ...*

Und nun, unterbrach Res die Katze, kommen wir zu *meinem* Plan.

Diesmal zog sich die Katze in das äußerste Ende der Höhle zurück, mit jedem klaren, eindeutigen Wort einen Schritt mehr. *Du bist verrückt,* wimmerte sie.

Das mag sein. Aber du wirst mir dabei helfen. Und nun teile Yen Tao-tzu mit, was er zu tun hat.

Der Saal inmitten des Eis, in dem Res, Yen Tao-tzu und die Katze gefangen genommen worden waren, war bis zum Bersten mit Schatten und Golems gefüllt, als man sie am nächsten Tag wieder dort hinführte. Selbst hinter dem Thron der Fürstin standen Golems, und nur wenn man sehr sorgfältig hinschaute, durch die winzigen Spalten zwischen den riesigen Lehmgeschöpfen hindurch, ließ sich erkennen, dass hinter den Golems noch weitere Wesen standen, selbst wenn nicht auszumachen war, um wen es sich dabei handelte.

Sie glaubt tatsächlich, dass es mich überraschen wird, dachte Res.

Auf der anderen Seite des Thrones, in dem Spalier, durch das man sie gehen ließ, bis sie direkt vor der Fürstin stand, befanden sich zwischen den Golems und den Schatten auch drei, vier zierliche violette Gestalten; die Wortschmiede, welche die Golems geschaffen hatten und sie für die Fürstin beherrschten.

Die Fürstin hatte sich seit dem gestrigen Tag wieder gefangen. Sie erstrahlte in ihrer alten Schönheit, wie ein unversöhnlicher, unantastbarer Kristall auf dem Thron. »Freunde«, begann sie, und ihre Stimme schwoll von Flötenklängen zu der gewaltigen Melodie eines Orchesters, die nicht nur den Saal füllte, sondern das gesamte Ei und vielleicht sogar den ganzen künstlichen Berg, dessen Hohlheit ihren Klang noch verstärkte, »wir sind hier, um über eine Verbrecherin zu Gericht zu sitzen, deren tödliche Spur sich durch ganz Phantásien zieht. Sie mag behaupten, dass ich ihr nur aus Bosheit Schaden wünsche, und ihr Wort gegen meines stellen. Deswegen und um jeden Zweifel auszuräumen, habe ich Zeugen herbeigerufen. Hört und seht die Gerechtigkeit der Fürstin von Kading!«

Tatsächlich, dachte Res, machst du dir diese Mühe nur, weil du dir einbildest, dass meine Furcht immer mehr wachsen wird, je länger du die Sache hinziehst; dass es mich demütigen und damit enden wird, dass ich dich um Gnade anflehe, weil nur du mich vor dem beschützen kannst, was kommt. Du hättest nicht mit mir zusammen in den Spiegel blicken dürfen und versuchen, mir auch noch das Letzte zu nehmen, was mich anders macht als dich. Du bist so durchschaubar geworden.

Die Golems hinter dem Thron rückten zur Seite, wobei sie sich gegeneinander und an die Wand des Eis pressen mussten, die sogar ein wenig zitterte, als sie das taten. Hervor traten Guin, die beiden Leonesinnen, die nunmehr ganz und gar der Fürstin glichen, und Halbert der Zwerg, der sich als einziger sichtlich unwohl fühlte.

»Machen wir den Anfang bei dem Geschöpf aus meinem eigenen Reich. Halbert hier ist ein vielfacher Mörder.«

Durch die Reihen der Golems ging ein Schauder: das erste

Zeichen, dass sie zwar stumm, aber nicht gefühllos waren. Die Wortschmiede musterten Halbert entsetzt. Da sie als einzige der Anwesenden auf seiner Augenhöhe waren, schaute er in einer Mischung aus Trotz und Ärger direkt zu ihnen zurück.

»Ja, es ist schrecklich«, stimmte die Fürstin in bedauerndem Tonfall zu. »Aber ich musste diesem widerwärtigen Zwerg Straffreiheit versprechen, um ihn als Zeugen gegen die Verbrecherin Res zu gewinnen. Halbert, stimmt es, dass du einer Vereinigung von Mördern vorstehst?«

»Das stimmt«, bestätigte der Zwerg finster.

»Hast du diesem Mädchen Res und ihrem Begleiter Yen Tao-tzu angeboten, deiner Vereinigung beizutreten?«

»Das habe ich.«

»Wussten sie zu diesem Zeitpunkt, was du warst?«

Er nickte.

»Und ist es wahr, dass sie deinem Vorschlag begeistert zustimmten?«

Halbert schaute auf seine Füße. Er biss sich auf die Lippen. Er schaute überall hin, nur nicht zu Res und Yen Tao-tzu. »Sie waren in, äh, sehr guter Stimmung, aber ja, sie haben zugestimmt.«

Die Fürstin klatschte in die Hände, und unter ihrem Thron kroch ein grauer Käfer mit zwei blutroten Kneifzangen hervor. Ehe Res es sich versah, war das Tier zu ihr herübergekrabbelt. Als sie unwillkürlich versuchte, es von ihrem Kleid zu streifen, biss es sich in ihrer rechten Hand fest.

»Das ist ein Wahrheitskäfer«, sagte die Fürstin liebenswürdig. »Ein reizendes Tier aus den Flüssen hier. Wenn jemand lügt, tötet er den Betreffenden sofort. Nun verrate mir, Res, hat Halbert gelogen, oder würdest du jede seiner Aussagen bestätigen?«

»Er hat die Wahrheit gesagt«, erwiderte Res und spürte die Blicke der Menge in ihrem Rücken. Die Fürstin wartete ein wenig. Offenbar glaubte sie, Res würde versuchen, noch eine Erklärung hinzuzufügen, etwa, dass Halbert ein paar wichtige Dinge ausgelassen habe oder warum sie dem Mördersyndikat beigetreten sei, aber Res fügte kein einziges Wort hinzu und senkte auch nicht den Kopf, um Halbert anzuschauen.

»Gut, gut«, meinte die Fürstin schließlich, doch Argwohn trat in ihre Augen. »Als Nächstes, Bewohner von Sefirot, möchte ich, dass ihr Guin sprechen hört. Guin ist eine der wenigen Überlebenden des unglückseligen Dorfes Sto-Vo-Kor, das inzwischen wie das gesamte Land Haruspex vom Nichts verschlungen wurde. Erzähle uns von deiner Bekanntschaft mit der Verbrecherin Res, Guin.«

Guins blaue Federn waren gesträubt, nicht in Missfallen, sondern in freudiger Ekstase; sie gurrte geradezu, als sie anfing zu sprechen. »Sie war hungrig und erschöpft, als ich sie traf. Ich gab ihr zu essen und zu trinken und handelte sogar ein wenig mit ihr, weil sie mir Leid tat. Zu diesem Zeitpunkt bereiteten wir in Sto-Vo-Kor eine Schutzzeremonie vor, die unser Dorf vor dem Nichts bewahren sollte. Sie fragte mich darüber aus und gab vor, ihre eigene Heimat retten zu wollen. Also erzählte ich ihr alles.« Sie stockte.

»Wir wissen, dass es schmerzhaft für dich sein muss, Guin«, sagte die Fürstin. »Aber deine Aussage ist wichtig.«

Guin nickte und betupfte sich die Augen mit einem Tuch, das sie aus der Alten Kaiser Stadt haben musste, denn es waren ein paar unphantásische Zeichen darauf gestickt.

»Wie ging die Sache aus?«, fragte die Fürstin.

»Sie verhinderte die Zeremonie, befreite einen Gefangenen, der, wie ich später erfuhr, viele Leben auf dem Gewissen hat, und verschwand. Sto-Vo-Kor ging unter.«

»War das deine letzte Begegnung mit Res?«

Heftig schüttelte Guin den Kopf. »Nein. Ich sah sie bei den Grottengängern wieder, wo sie klar machte, dass sie für das furchtbare Schicksal meines Volkes nicht einen Funken Mitleid empfand. Später kamen weitere meiner Landsleute um, als wir ihr durch die Lüfte folgten. Ob sie uns absichtlich in einen Zusammenprall der vier Windriesen lockte, um dieses Ziel zu erreichen, weiß ich nicht«, schloss sie tugendhaft. »Also kann ich dazu keine Aussage machen.«

»Du armes Ding«, meinte die Fürstin. »Und das war immer noch nicht das Ende, nicht wahr?«

Guin winkelte die Arme an. »Nein. Ihr Begleiter, der genannte Verbrecher Yen Tao-tzu, führte uns in ein Tal voller Wahnsinniger, wo er uns vergiftete und Res so die Flucht ermöglichte.«

»Ich bin entsetzt. Hat Guin gelogen, Res?«

Res lächelte Guin an, die das nicht erwartet hatte und verstört einen Schritt zurückwich, wobei sie beinahe mit einem Golem zusammenprallte.

»Nein«, antwortete Res ohne eine Spur von Groll, und wieder fügte sie nichts zu ihrer Verteidigung hinzu.

Die Flügel der Fürstin begannen unruhig auf und ab zu wippen. »Eigentlich würden diese Verbrechen schon genügen, um jeden schuldig zu sprechen, aber niemand soll je sagen können, ich sei nicht gerecht. Die beiden bedauernswerten Leonesinnen, die ich nun als Zeuginnen aufrufe, verfolgen Res schon länger als alle anderen und haben unsägliche Strapazen auf sich genommen, um sie endlich zur Strecke zu bringen.«

Die beiden Sandfrauen hatten die Arme umeinander gelegt und schauten zu Res.

»Wie für die Bewohner dieses schönen Landes«, fuhr die

Fürstin fort, »ist für diese Frauen das Sprechen in Worten sehr schwer. Wir wollen es daher so kurz wie möglich machen. Ist das« – sie wies auf Res – »die Frau, die mit ihrer Katze für den Feuertod eures Bruders verantwortlich war?«

»Ist«, bestätigte eine der Leonesinnen knirschend.

»Ist sie auch dafür verantwortlich, dass eure Schwester durch Wasser sehr verwundet wurde und kurze Zeit später starb?«

»Ist«, bestätigte die andere.

»Sprechen die beiden die Wahrheit, Res?«

»Ja«, sagte Res knapp und schwieg dann.

Diesmal erhob sich die Fürstin von ihrem Thron. »Und mehr hast du nicht zu sagen?«, forderte sie scheinbar entrüstet und breitete ihre Arme aus. »All das Leid dieser armen Geschöpfe ist dir nicht ein Wort des Bedauerns wert?«

»Da Ihr mich so fragt, doch«, gab Res zurück.

Die Fürstin erkannte sofort die Falle, in die sie hineingetappt war, und murmelte mit gesenkter Stimme, die nur noch der Hauch eines Flüsterns war: »Res, mein Schatz, das war sehr klug, aber nicht klug genug. Sag auch nur ein Wort zu deiner Verteidigung, und deine Freunde sind tot.« Bedeutsam nickte sie zu den Golems hin, die Yen Tao-tzu und die Katze festhielten. Bereits zwei der gewaltigen Lehmfinger genügten, um ihnen die Luft abzudrücken. »Golems sind sehr langsame Geschöpfe, und es dauert lange, bis sie eine neue Anweisung verstehen. Selbst wenn ich es anders wollte, würden sie vermutlich zudrücken, sowie du ›Ich bin unschuldig‹ oder ›Nichts davon habe ich gewollt‹ sagst.« Laut fügte sie hinzu: »Dann sprich.«

Schweigen herrschte im Saal. Guin presste den Mund zusammen, doch ihre schwarzen Augen glänzten. Offenbar erwartete sie nicht, dass Res etwas Bedeutsames sagen würde.

Halbert verlagerte unruhig sein Gewicht von einem Bein auf das andere. Hinter sich konnte Res Yen Tao-tzu und die Katze flach atmen hören. Die Fürstin setzte sich wieder, faltete die Hände und lächelte sie spöttisch an.

Res jedoch schaute nur auf die Leonesinnen. Langsam und deutlich sprach sie einen einzigen Satz: »Was die Katze euch erzählt hat, ist wahr.«

Die Fürstin erstarrte. Ihr Blick flog zu der Katze, und so sah sie nicht, wie die Leonesinnen sich zunickten. Aber den Sandsturm, der sich erhob, spürte sie wie jeder andere auch.

An der freien Luft wäre es bestenfalls eine kleine Sandsäule geworden. Aber hier, in einem abgesperrten Raum, der so voll war, dass die Wände dem Bersten nahe waren, genügte der wirbelnde Sand, zu dem die Leonesinnen wurden, um fast die gesamte Luft zu erfüllen. Res hatte sich sofort, nachdem sie zu Ende gesprochen hatte, zu Boden geworfen und hielt die Luft an, während der Sand, der schmirgelnde, unerbittliche Sand, durch den Saal fegte ... und die Zeichen auf den Stirnen der Golems, die Worte, die sie geschaffen hatten, auslöschte. Der feuchte Lehm, zu dem die Golems wurden. Ehe die Golems erfasst hatten, was geschah, standen die meisten von ihnen bereits bis zur Brust im Schlamm von anderen Golems und konnten sich nicht rühren, um zu fliehen.

Die Schatten dagegen waren schnell genug, um etwas zu tun, aber ihr Befehl hatte gelautet, für die Sicherheit der Fürstin zu sorgen. Zu versuchen, den Ausgang des Saals zu erreichen, der zu den Höhlen führte, war sinnlos; nicht nur war er verschlossen, sondern es standen, zerflossen, türmten sich dort außerdem die Golems. Also zogen die Schatten die Fürstin an ihren Armen zu der kreisrunden Scheibe, durch die Res mit dem Teppich in das Ei geflogen war; einer von ihnen versuchte die Scheibe wieder zurückzuschieben. Aber als die

Schatten sie berührten, missverstand die Fürstin, überwältigt von dem, was vor sich ging, ihre Absicht, glaubte, sie seien ebenfalls mit Res im Bunde, und schrie und wehrte sich.

»Lasst mich los, ihr grässlichen Ungeheuer!«

Schließlich überließen die Schatten die Fürstin sich selbst und glitten durch den schmalen Spalt, der sich inzwischen geöffnet hatte, nach draußen.

Als sie Lehm statt Sand um sich herum spürte, der immer rascher an ihr hochkroch, begann Res, wie sie es geplant hatte, Arme und Beine wie beim Schwimmen zu bewegen. Die träge Tonmasse ließ sich unendlich viel schwerer beiseite schieben als Wasser, aber sie blieb an der Oberfläche. Dann wurde der Lehm unter ihr immer härter und begann sich zu verfestigen. Der Schweiß, der ihr bisher auf der Stirn gestanden hatte, brach ihr nun aus allen Poren aus, und sie kämpfte und strampelte verzweifelt, um den Lehm am Erstarren zu hindern.

Eine feste Hand packte die ihre und zog sie nach oben. Es riss sie beinahe entzwei; endlich gab der Lehm nach, und Res spürte nichts als Luft um sich. Sandfreie, lehmfreie Luft und erstarrenden Ton, auf dem sie lag.

Als sie wieder zu Atem kam, schaute sie sich um. Das Ei war etwa zur Hälfte mit ehemaligen Golems aufgefüllt. Auf der neuen Oberfläche knieten, lagen und standen zwei Wortschmiede, die Katze, Yen Tao-tzu, Halbert der Zwerg, die zum ersten Mal elend und abgerissen wirkende Fürstin und die zwei Leonesinnen. Eine von ihnen kniete direkt neben Res. Es musste ihre Hand gewesen sein, die Res aus dem Lehm gezogen hatte.

Der Fürstin standen Tränen in den Augen. »Wie ... was ... sie können dir unmöglich verziehen haben!«, schluchzte sie.

»Nein«, entgegnete Res und stellte fest, dass ihre Stimme

ebenfalls heiser klang, »doch sie haben mir geglaubt, dass du gelogen hast, als du ihnen versprachst, sie könnten mich am Ende töten. Sie haben mir geglaubt, dass du sie nur als Einschüchterungsmittel gebrauchen und anschließend wegwerfen würdest.«

Sie hob ihre rechte Hand; in der Handfläche hing noch immer, festgebissen, der graue Käfer, doch der Lehm schien ihm den Garaus gemacht zu haben; er wirkte leblos. Rasch ließ sie die Hand wieder sinken.

»Aber warum haben sie dir geholfen?«, stieß die Fürstin hervor.

Res kroch zu ihr hin, strich eine lehmverschmierte Locke zur Seite und flüsterte ihr ins Ohr: »Weil ich meine Versprechen halte. Und mein Angebot war besser.«

Dann richtete sie sich auf, mühsam, denn es kam ihr immer noch vor, als habe sie die Hälfte ihres Körpers im Lehm gelassen. Alle Glieder schmerzten ihr, doch sie zwang sich, aufrecht zu bleiben und zu den Wortschmieden hinüberzugehen.

Sie wichen vor ihr zurück. »Mör-der-in«, sagte einer von ihnen, und bei jeder Silbe zitterte sein ganzer Körper.

Eigentlich hatte sie sagen wollen, dass es ihr Leid tat und dass die Wortschmiede zumindest die Golems neu erschaffen konnten, wenn auch nicht ihre verlorenen Kameraden, doch was stattdessen über ihre Lippen kam, war etwas ganz anderes. »Ihr habt einen Handel mit einer Mörderin abgeschlossen«, erwiderte sie scharf. »Wagt nicht zu behaupten, dass ihr nicht wusstet, was die Fürstin von Kading ist. Ihr habt euch zu ihren Handlangern gemacht, ihr alle, ob aus dem Schattenland oder aus Sefirot, und ich weiß genau, weswegen. Sie hat versprochen, euch vor dem Nichts zu bewahren, wenn es kommt, nicht wahr?«

Die beiden Wortschmiede nickten langsam.

»Sie hätte auch dieses Versprechen gebrochen«, stellte Res fest. Ohne sich umzudrehen, setzte sie hinzu: »Yen Tao-tzu, hat die Fürstin von Kading jemals jemanden gerettet, der ihr nicht mehr nützlich sein konnte?«

»Nein«, antwortete er, und es klang erschöpft.

Von hinten hörte sie einen erstickten Schrei und einen Aufprall. Langsam wandte sie sich um. Die Fürstin lag auf dem Boden, ihr Gesicht gegen den nassen Lehm gepresst, und auf ihrem Rücken saß, ihr ein Messer an die Kehle haltend, Halbert der Zwerg.

»Ich weiß nicht, was für ein Gehexe sie gerade vorhatte, als sie aufgestanden ist«, schnaufte er, »aber es gibt keinen Grund, warum wir's herausfinden sollten.«

»Danke«, sagte Res leise.

»Gern geschehen. Hör zu, du weißt, dass ich nur mitgekommen bin, weil sie mich gezwungen hat. Nun ja, und weil das Nichts vor Kading auftauchte und kurz davor war, die Zeitzauber zu durchbrechen. Wer hätte da schon nein zu einer Tür nach draußen gesagt? Aber dass es gegen dich ging, tat mir Leid.«

»Ich weiß«, antwortete Res; und sie ahnte, was nun folgen würde.

Halbert enttäuschte sie nicht. »Du bist ein vernünftiges Mädchen.« Er grinste und schaute sich beifällig im Raum um, wo die feuchte Masse teilweise immer noch zuckte, aber mehr und mehr erstarrte. »Und du weißt, wie man mit seinen Feinden fertig wird. Dann lass uns einen Handel machen. Ich arbeite nur noch für dich. Ich werde dein Vollstrecker sein. Pass auf, in kürzester Zeit sitzt auch du auf einem Thron!«

»Mein Vollstrecker?«, wiederholte sie und nickte. »Ja, du würdest mir dienen.« Von Halbert und der Fürstin schaute sie zu Yen Tao-tzu und der Katze, die zusammengerückt waren und aneinander gelehnt auf dem Boden kauerten, wahrscheinlich, ohne sich des Zusammenhalts bewusst zu sein. Sie schaute zu den beiden Leonesinnen, die nun wieder die Gestalt von Res aus Siridom angenommen hatten, und ihr eigenes Gesicht starrte reglos zurück. Sie schaute zu den verbliebenen Wortschmieden. Die violetten Gestalten schluckten. Dann knieten die Wortschmiede langsam vor ihr nieder.

»Das würdet ihr alle tun«, sagte Res kalt. »Bis die nächste Tyrannin aufkreuzt. Oder der nächste Retter.«

Sie kehrte zu der Stelle zurück, wo die Fürstin lag, obwohl jeder Schritt ihre Muskeln immer noch Protest schreien ließ, kniete neben ihr nieder und zog sich die unzerstörbare Schlinge mit dem Dolch vom Hals. Mit einer knappen Kopfbewegung wies sie Halbert an, Platz für sie zu machen.

»Würdest du mir auch dienen?«, fragte sie die Fürstin sachte, während sie den Dolch an ihre Kehle legte.

»Ich hasse dich«, zischte die Fürstin, und Res lachte, was ihr Halsschmerzen verursachte, die sie nicht beachtete.

»Darüber hast du mir ein paar Weisheiten erzählt«, entgegnete sie. »Wo ist mein Teppich?«

»Du würdest mich nicht töten«, erklärte die Fürstin gepresst.

Res ließ ihren Dolch von der Kehle hoch über die Wangen der Fürstin bis zu ihren Augen wandern. »Nein. Dazu hätte ich ja Halbert. Aber ... sag mir, wenn ich mich irre ... du brauchst deine Augen wirklich sehr, oder?«

Einen Moment lang hörte die Frau auf dem Boden auf zu atmen.

»Du hättest mir nie mein Spiegelbild zeigen dürfen«, sagte Res.

Als die Fürstin wieder Atem schöpfte, wusste Res, dass sie

besiegt war. »Der Teppich befindet sich in einer runden Kristalltruhe auf der Spitze des Berges«, keuchte sie.

»Hol ihn mir, Halbert«, befahl Res.

Der Zwerg nickte, nahm nach kurzem Überlegen seine Axt vom Rücken und schlug auf der Seite, wo unter einer Flut von Lehm der alte Ausgang zu den Höhlen begraben war, ein Loch in das Ei. Dann ließ er sich mit einem Seil, das er um die Brust gerollt getragen hatte, auf der anderen Seite zum Boden der Höhle herab.

Als er verschwunden war, räusperte sich Yen Tao-tzu und begann: »Res ...«

»Überlege dir genau, was du sagst«, unterbrach sie ihn hart, und er verstummte. Schweigen herrschte, und niemand rührte sich, bis Halbert mit dem Teppich zurückkehrte.

»Nun schaff uns einen ausreichend großen Ausgang zur Luftseite«, sagte sie, und der Zwerg gehorchte. Jeder zuckte zusammen, als ein heller Sonnenstrahl in die Öffnung fiel, die durch die neu gebrochenen Zacken entstanden war. Danach wies sie ihn an, ihre Stelle bei der Fürstin einzunehmen, hängte sich die Schlinge wieder um den Hals, breitete den Teppich vor dem neuen Ausgang aus und stellte sich darauf.

»Ihr habt alle Angst«, sagte Res. »Angst davor, euch für eure Taten selbst zu verantworten. Immer ist es die Schuld eines anderen. Es ist das Nichts, es ist die Fürstin, es ist die Verbrecherin, die ich jage. Aber wenn wir erst einen Helden finden, der uns erlöst, eine Retterin, die alles besser macht, einen Herrscher, der uns unsere Sorgen abnimmt und dem wir die Schuld geben können, wenn die Dinge schlecht laufen, ja dann ist alles gut.«

*Auf den Teppich,* fügte sie in Gedanken hinzu, und die Katze lief ohne zu zögern zu ihr. Nach einem Moment folgte ihr Yen Tao-tzu.

»Aber nicht mehr mit mir«, schloss sie, als sie sicher war, dass beide auf dem Teppich saßen. »Nein, ich will nicht eure neue Herrscherin sein. Ich will nicht mehr die Heldin sein, die euch rettet. Vielleicht hatten sie ja alle Recht, und ich war es nie. Auf jeden Fall habe ich genug. Rettet euch selbst.«

Auf den Mienen aller Überlebenden standen nur Ratlosigkeit, Furcht und aufkeimender Zorn geschrieben, bis auf die der Leonesinnen, die natürlich vorher gewusst hatten, was Res tun würde.

»Teppich, flieg. Irgendwohin.«

# KAPITEL 21

Sie waren alle lehmverkrustet, von den Haaren bis zu den Zehen, und der Flugwind sorgte dafür, dass alles sehr schnell trocknete. Schnurrspitz insbesondere sah mehr wie die Tonfigur einer Katze aus, an die jemand ein paar Fellbüschel geklebt hatte.

*Ich kann es nicht fassen, dass wir alle noch am Leben sind*, sagte die Katze. *Oder dass die Sandweiber ihr Wort gehalten und uns aus dem Schlamm gezogen haben. Das war der irrsinnigste Plan aller Zeiten.*

Sie versuchte sich etwas von dem Lehm abzukratzen und gab es nach einer Weile auf. *Ich werde mich* – sie schauderte – *waschen müssen. Nun ja, besser im Wasser zu schwimmen als im Lehm. Ich hatte die ganze Zeit Angst, dass die Wortschmiede sofort beginnen, die Golems neu zu erschaffen, aber sie waren zum Glück zu eingeschüchtert. Du, äh, warst wirklich gut mit dem Schauspielern, Res.*

»War ich das?«, fragte Res ausdruckslos zurück.

»Golems zu erschaffen dauert lange«, berichtigte Yen Tao-tzu, als auf diese Antwort erneut unbehagliches Schweigen einkehrte. »Es genügt nicht, ihnen nur einfach das Wort auf die Stirn zu gravieren, das ihnen Leben verleiht. Die Wortschmiede müssen dazu außerdem in einem friedlichen, konzentrierten Zustand sein.«

*Den werden sie so schnell nicht erreichen*, sagte die Katze in schadenfrohem Tonfall und spähte zurück. *Mit Halbert und der Fürstin in der Nähe und den Sandwei... Res, weißt du, dass die Leonesinnen uns folgen?*

Res gestattete sich ein Schulterzucken. »So war es vereinbart.«

*Ja, aber du kannst doch unmöglich die Absicht haben, dieses Versprechen zu erfüllen. Du willst doch nicht wirklich ...*

»Ich habe nicht gelogen«, entgegnete Res. »In gar nichts.« Sie öffnete ihre rechte Hand, drehte den toten Käfer ein paarmal um sich selbst und zog ihn dann mitsamt seiner Kneifzangen aus ihrer Handfläche. Er nahm ein paar Hautfetzen mit sich, aber das machte nun auch nichts mehr aus. Res ließ ihn zur Erde hinabfallen und folgte ihm mit den Augen, bis er zu klein war, um sich noch in der Luft abzuzeichnen. »Es tut mir nur Leid um das Kleid«, sagte sie abwesend. »Es war wirklich besonders schön.«

*Um das Kleid?*, wiederholte die Katze. *Res, wir müssen so bald wie möglich landen. Du hast eindeutig nicht mehr alles Futter in der Schale. Du brauchst Ruhe und Erholung, damit du wieder dem Verein der Vernünftigen beitreten kannst.*

»So ungern ich das auch sage«, stimmte Yen Tao-tzu zu, »aber die Katze hat Recht.«

»Ich werde bald alle Ruhe haben, die ich benötige«, gab Res zurück. »Aber zuerst ...« Sie blickte hoch zur Sonne und erinnerte sich wieder, wo sie sich befand. »Nach Nordosten, Teppich«, befahl sie. »Nach Hause. Nach Siridom.«

Die Katze maunzte auf und kroch, gegen den Flugwind

geduckt, zu Res. Sie begann Res' Finger zu lecken, was sie lange nicht mehr getan hatte. *Res*, sagte sie weich. *Du kannst nicht zurück nach Siridom. Das weißt du doch. Du ... du wirst dort deine ... du wirst dort nicht finden, was du suchst. Du wirst* nichts *finden. Es wird dir nur wehtun, und du bringst uns alle in Gefahr. Das weißt du.*

»Ich werde dir sagen, was ich weiß, Katze«, antwortete Res träumerisch. »Ob Phantásien nun gerettet wird oder zerstört, kümmert mich nicht mehr. Du hast Recht, der Einäugige hat Recht, die Fürstin hat Recht, ihr habt alle Recht – ich kann es nicht ändern. Ich will nur noch eins. Ich will meine Mutter wiedersehen. Und ich werde sie wiedersehen, in unserem Haus, und Pallas im Arachnion, und Kunla auf der Straße nach Siridom hinein, und Siridom, jede einzelne Kuppel von Siridom. Und deswegen fliegen wir jetzt dorthin.«

*Aber ...*

Yen Tao-tzu griff die Katze beim Genick und begann sie zu streicheln, was er noch nie getan hatte. »Sei still«, sagte er fest, aber nicht unfreundlich.

In einiger Entfernung folgte ihnen die Sandwolke.

Es dauerte nicht lange und sie fanden die Stelle, an der das Nichts in Sefirot eingebrochen war. Um nicht in den Strudel zu geraten, der von ihm ausging, mussten sie bis weit in das Nachbarland Palali ausweichen. Als Res endlich einwilligte, zu landen und eine Pause zu machen, war es Abend. Sie fanden einen See, dessen Ufer aus Kieselsteinen bestand, nicht mehr aus Lehm. Die Katze tauchte eine Pfote in den See, schauderte, sprang zurück und näherte sich erneut widerwillig dem Wasser.

*Wenn es denn sein muss ...*

Die verkrustete Robe auszuziehen erwies sich als wesentlich schwerer, als das Ankleiden gewesen war. Schließlich verlor Res die Geduld und riss sie sich herunter. Einige Perlen sprangen ab und kullerten zwischen die Kieselsteine. An den Rissstellen war der Lehm abgefallen, und man erkannte die ursprüngliche Farbe.

Tränenblau.

Sie hätten alle sterben können. Guin war gestorben, ebenso einige der Wortschmiede. Alle Golems. Vielleicht konnten sie wiedererweckt werden. Vielleicht war aber auch jeder Golem ein Einzelwesen, und selbst wenn derselbe Wortschmied einen weiteren Golem schuf, war es ein anderer, konnte nicht mehr derselbe sein.

»Die Weberin, die seinen Teppich geschaffen hat, benutzte Tränenblau, um ihn darzustellen, und du weißt, was das bedeutet«, sagte Pallas in Res' Erinnerung. Pallas mit ihren festen weißen Fingern und der freundlichen Gelassenheit, die ihre eigene Furcht bekämpft, das Arachnion verlassen hatte und mit zu ihrer Mutter gegangen war, damit Res Siridom verlassen konnte. Um es zu retten.

Ihre Mutter mit dem Purpurhaar, das nachts im Kerzenlicht wie geronnenes Blut schimmerte. Ihre Mutter am Webstuhl. Siridom.

Erst als sie auf die Knie fiel, wurde Res gewahr, dass sie mittlerweile bis zur Hüfte im Wasser gestanden hatte. Der Schrei, den sie so lange zurückgehalten hatte, drang aus ihr hervor, und das Wasser trug ihn davon wie den Lehm auf ihrer Haut und ihre nutzlosen, hilflosen Proteste, die immer leiser wurden und bald nicht mehr waren als die Wellen, die sich an ihren Armen brachen, als sie immer tiefer ins Wasser ging. »Nein, nein, nein, nein, nein ...«

Schließlich ließ sie sich treiben, auf dem Rücken liegend, während die rote, abendliche Sonne ihre letzten warmen Strahlen auf ihrem Gesicht tanzen ließ. Es war friedlich, so im Wasser zu liegen, es dem Wasser zu überlassen, was man als Nächstes tat, wohin man trieb.

Ob man an der Oberfläche blieb.

Als sie das erste Mal untertauchte, erwartete sie halbwegs, jemanden wie den Wassermann an der Grenze zum Schattenland zu sehen, aber in diesem See gab es nichts als Wasser und immer dunklere Schatten. Schatten ohne Substanz, wie sie feststellte, als sie mit den Händen zwischen sie fuhr. Aber vielleicht schaute sie einfach nicht genau genug nach. Sie tauchte wieder auf, schöpfte Atem und ließ sich erneut sinken. Diesmal hielt sie es länger aus, aber sie konnte immer weniger erkennen. Dann wurden die Schatten von einem heftigen, soliden Etwas auseinander getrieben. Jemand packte sie unter den Armen, und sie tauchte prustend und protestierend wieder auf.

»Was hast du dir nur dabei gedacht«, schrie Yen Tao-tzu, während er sie an Land zog. »Was hast du dir nur dabei gedacht!«

»Nichts«, erwiderte Res endlich wahrheitsgemäß, als sie wieder auf den Kieselsteinen saßen, um das Feuer herum, das er inzwischen entfacht hatte. »Ich ... ich habe einfach aufgehört zu denken.«

*Das kann man laut sagen,* murrte die Katze.

Res wärmte ihre Hände an den Flammen. Nach einer Weile sagte sie zögernd: »Es tut mir Leid.«

»Mir auch«, entgegnete Yen Tao-tzu, immer noch aufgebracht. »Wir sind deine Freunde. Wie kannst du ... wie kannst du uns nur allein lassen wollen!«

In Anbetracht seiner eigenen Geschichte erschien Res das

unfreiwillig komisch, doch sie verbiss sich das Lachen. »Ich bin froh, dass ihr meine Freunde seid«, sagte sie und entdeckte, dass sie es so meinte, »und hier bei mir, hier, wo alle Dinge ihrem Ende entgegengehen.«

Dann erhob sie sich und ging zu den Leonesinnen hinüber, die in einiger Entfernung vom See lagerten. Yen Tao-tzu wollte ihr nachlaufen, doch sie rief über ihre Schulter, sie komme gleich wieder. Dennoch folgten er und die Katze ihr in einigen Schritten Entfernung. Res seufzte.

»Ich habe mein Versprechen nicht vergessen«, sagte sie zu den Leonesinnen. »Aber ich kann es erst einlösen, wenn wir zurück zu meiner Heimat geflogen sind.«

»Glauben dir«, gab eine der beiden zurück.

»Wollen Heimat selbst wieder«, fügte die andere hinzu.

»Ich fürchte nur«, meinte Res, »das ist für uns alle drei unmöglich.«

*Aber wenn du nicht mehr glaubst, dass es Siridom noch gibt*, fragte die Katze, als sie zurück zu ihrem Strandfeuer gingen, *warum willst du dann immer noch dorthin zurückkehren?*

»Weil ich auch glaube, das es noch dort ist und auf mich wartet«, sagte Res müde. »Und ich werde es erst wissen, wenn ich es mit eigenen Augen gesehen habe.«

In dieser Nacht träumte sie einen seltsamen Traum. Nicht von Siridom; auch nicht von der Fürstin oder den zerstörten Golems. Sie träumte von einem Raum, wie sie ihn noch nie gesehen hatte; voller Tische aus Metall, Kästen unter den Tischen und viereckigen, flimmernden Kästen auf den Tischen. Vor einem solchen Tisch saß eine Gestalt, und sie hätte nicht sagen können, ob es sich um einen Mann oder eine Frau handelte, um einen Untoten oder um einen Lebenden. Das Wesen benutzte hin und wieder Worte, die sie nicht begriff, wie »automatisch« oder »Tendenz«. Aber sie erkannte das Bild auf seinem flimmernden Kasten, in den er hineinsprach. Es war das der Katze, und sie antwortete ihm, laut, wie sie es das eine Mal in den Flammen der Zeit getan hatte.

»Mein Auftrag ist so gut wie erledigt«, sagte die Katze. »Sie ist nie auch nur in die Nähe der Lösung gekommen. Kann die Firma mich jetzt nicht gehen lassen?«

»Warum so eilig, Wanderer?«, erwiderte die Gestalt hinter dem Tisch. »Dein Auftrag ist erst erledigt, wenn es kein Phantásien mehr gibt. Die bisherigen Versuche zeigten die unangenehme Tendenz, in letzter Sekunde zu versagen. Das Mädchen ist ein Risikofaktor, also bleib, wo du bist.«

»Aber sie kann doch gar nichts mehr tun«, sagte die Katze. »Dazu bräuchte sie ein Menschenkind, und der einzige Mensch, der sie kennt, ist ein alter Zweibeiner, der längst keine Wünsche mehr hat. Außerdem ist sie die ganze Angelegenheit leid, und wer kann es ihr verübeln?« Die Katze zögerte, dann setzte sie hinzu: »Es war schwer für sie. Lasst sie wenigstens in Frieden ihr Ende finden. Und lasst mich gehen. Ihr habt mir versprochen, dass ich wieder zwischen den Welten wandern kann, wenn ich eine mögliche Heldin vom Weg abbringe. Ihr habt es mir versprochen, ihr alle.«

»Und die Firma hält ihre Versprechen«, entgegnete die Gestalt geschmeidig. »Wenn die Gegenleistung erbracht ist. Du bleibst, wo ... einen Moment.« Das Wesen runzelte seine Stirn, und das geschlechtslos wirkende Gesicht neigte sich etwas tiefer. »Da stimmt etwas ... da hat sich jemand eingehackt. Aber das ist unmöglich. Dazu müsste einer der

Gesprächsteilnehmer ... du verräterisches kleines Biest!«, rief es mit einem Mal. »Du hast sie mithören lassen!«

»Ich doch nicht«, widersprach die Katze, aber das Wesen drückte mit seinen Fingern gegen den Tisch, und mit einem Mal herrschte nichts als Schwärze.

Res wachte auf.

Eine Zeitlang blieb sie liegen, ohne sich zu rühren. Dann drehte sie sich langsam um, zu der Katze, die an ihrer rechten Seite lag, während Yen Tao-tzu zu ihrer Linken schlief. Die Katze war wach; ihre blauen Augen glühten in der Nacht.

*Was genau,* fragte Res in ihrem Kopf, *ist ein Wanderer?*

Wenn die Katze eine andere Frage erwartet hatte, so ließ sie es sich nicht anmerken. Sie versuchte auch nicht mehr, Unwissenheit oder Missverständnisse vorzugeben.

*Du stammst aus dieser Welt,* erläuterte sie, *und Yen Taotzu aus derjenigen der Menschen. Aber es gibt Wesen wie mich, die keine eigene Welt haben. Dafür können wir uns zwischen den Welten bewegen. Für euch ist das sehr schwer, fast unmöglich, und die einzige erfolgreiche Methode zerstört den Kern eures Wesens. Für uns ist es mühelos – normalerweise. Aber ich fand mich eines Tages in Phantásien ohne eine Möglichkeit, in eine andere Welt zu wechseln. Das lag daran, dass zu diesem Zeitpunkt das Nichts begonnen hatte, sich auszubreiten, und es ... um es einfach auszudrücken, es vergiftet die gewöhnlichen Verbindungen zwischen Phantásien und anderen Welten oder unterbricht sie ganz, bis auf eine, und die ist mir nicht zugänglich.* Sie machte eine Pause. *Res, keine Katze kann es vertragen, irgendwo eingesperrt zu sein. Und wäre das Gefängnis auch noch so groß. Und Phantásien wird immer kleiner.*

Also hast du einen Handel abgeschlossen.

*Ja.*

»Und deine Aufgabe war es sicherzustellen, dass ich die rechte Lösung nicht finde«, sagte Res, merkte zu spät, dass sie laut gesprochen hatte, und verstummte. Doch an den ruhigen Atemzügen des schlafenden Yen Tao-tzu änderte sich nichts.

*Ja,* entgegnete die Katze wieder und fuhr fort: *Es gab mehrere Phantásier, die in sich die entsprechenden Möglichkeiten trugen. Auf jeden wurde ein Wanderer angesetzt. Der Gesandte der Kindlichen Kaiserin war natürlich der wahrscheinlichste Held, also schickte man ihm einen Werwolf hinterher.* Sie rümpfte die Nase. *Unsereiner ist mit dem Wandererleben zufrieden, aber Werwölfe gefallen sich darin, in Selbstmitleid den Mond anzuheulen, wenn sie einem nicht an die Kehle gehen. Das kommt von der Verwandtschaft mit Hunden, wenn du mich fragst. Nur sind die Biester eben die gefährlichsten von uns.*

*Was ist mit dem Gesandten geschehen?*

*Das weiß ich nicht. Von dem Werwolf hat auch niemand mehr etwas gehört.*

*Was,* fragte Res und wunderte sich, warum sie keinen Hass, keine Bitterkeit mehr empfand, *was ist die richtige Lösung?*

Die Katze schwieg.

*Du hättest mich nicht mithören lassen, wenn du diesen Handel nicht leid gewesen wärst,* bemerkte Res.

Die Katze vergrub ihren Kopf zwischen den Vorderpfoten. *Die Kindliche Kaiserin braucht einen neuen Namen, dann wird sie geheilt, und Phantásien mit ihr. Nur ein Mensch kann ihr diesen neuen Namen geben, und der einzige Weg, der noch von der Menschenwelt aus nach Phantásien offen ist, kann nur beschritten werden, wenn es einem Phantásier gelingt, die Aufmerksamkeit eines Menschen zu erregen.*

»Ich hatte sie Schwanentochter genannt«, sagte Yen Tao-tzu ruhig, und Res begriff, dass er die ganze Zeit schon wach gewesen war.

*Was für ein Zeitpunkt, um den Rest deines Gedächtnisses wiederzufinden,* kommentierte die Katze in säuerlichem Ton. *Nur kannst du diese Heldentat nicht wiederholen, und du weißt das. Jeder von euch begegnet der Kindlichen Kaiserin nur einmal.*

»Ich weiß«, bestätigte Yen Tao-tzu. »Aber warum verrätst du uns nicht, wieso du dich zu diesem letzten Seitenwechsel entschlossen hast?«

Die Katze bohrte ihre Krallen in den Boden. *Nun ... es ist ohnehin schon zu spät, die Auskunft nützt nichts mehr, also habe ich meinen Auftrag erfüllt. Das werden sie zugeben müssen. Noch weiter zu täuschen ... also, um offen zu sein, Res, ich fand, du hast es verdient, wenigstens in Ehrlichkeit und mit dem Wissen um die Wahrheit unterzugehen.*

»Und falls Phantásien doch nicht untergeht und sich im letzten Moment erneuert«, ergänzte Res mit einem schwachen Lächeln, »dann weiß ich, dass du letztendlich doch auf meiner Seite warst, und kann dich notfalls gegen wütende Werwölfe oder dergleichen verteidigen.«

*Ich wusste, dass ich es dir beibringen kann, ganz wie eine Katze zu denken.*

Eine abgrundtiefe Traurigkeit erfasste Res. »Aber ich bin keine Katze«, sagte sie. »Ich ... ich war einmal ein gewöhnliches Mädchen. Vielleicht zu neugierig und zu sehr überzeugt, im Recht zu sein, aber nicht ... Was ich jetzt bin, das weiß ich nicht. Diese Reise hat mich zu einem Ungeheuer gemacht, Schnurrspitz, und du hättest mir das ersparen können.«

*Siehst du?*, sagte die Katze. *Zu Beginn der Reise hättest du mir stattdessen vorgeworfen, ich hätte Phantásien die Ausbreitung des Nichts ersparen können. Aber das wäre weniger ehrlich gewesen. Du und ich, wir denken zuerst an die Auswirkungen, die Ereignisse auf uns selbst haben, wir machen uns nichts mehr darüber vor, und es hält uns am Leben. Ich würde sagen, das ist kein schlechter Tausch gegen das Mädchen, das in seinem Zimmer saß und schmollte, weil seine Mutter andere Pläne für es hatte.*

Es war sinnlos. Sie redeten aneinander vorbei, obwohl ein Teil von ihr fand, dass die Katze im Recht war.

»Morgen fliegen wir nach Siridom«, sagte Res und beendete damit das Gespräch. Doch keiner von ihnen konnte in dieser Nacht noch schlafen.

Am Morgen suchten sie sich einige Beeren; die Katze hielt vergeblich nach Mäusen Ausschau, dann, widerwillig, nach Käfern oder Würmern, und kehrte mit dem Bericht zurück, es gebe keine mehr.

*Überhaupt keine mehr*, schloss sie. *Und das ist unmöglich. Als ob sie alle fortgelaufen wären, aber wohin können Mäuse, Käfer und Würmer schon laufen?*

»Ich habe das ungute Gefühl, dass wir es herausfinden werden«, sagte Yen Tao-tzu.

An diesem Tag konnten sie keine zwei Stunden fliegen, ohne wieder irgendwo dem Nichts ausweichen zu müssen. Ob Gegenden mit Städten, Ebenen oder Moraste, hügelige

Wiesen oder feuchte Urwälder – Phantásien war wie eine mit Sprüngen und Brüchen durchzogene Tonplatte, auf der einmal Figuren gestanden hatten, bis jemand begann, die Platte schräg zu halten, nicht einfach umzukippen, sondern schräg zu halten, damit sie, eine nach der anderen, abstürzten.

Das war das Schlimmste: Es gab auch keine Massen mehr, die vor der blinden Vernichtung flohen. Die einzige größere Menge von lebendigen Wesen, die sie von oben ausmachen könnten, stürzte sich geradewegs in das Nichts hinein.

Phantásien hatte sich aufgegeben.

Und warum auch nicht, dachte Res. Ich hatte ein Ziel, und ich habe es ebenfalls aufgegeben. Man erreicht einen Punkt, an dem man nur noch etwas will, das man in Händen halten kann. Nicht Rettung für jedermann, nicht Freiheit für alle, nicht Herrschaft oder Heldentaten – nur diejenigen, die man liebt, noch einmal in den Armen halten. Und das ist alles.

Aber es war einmal anders gewesen, das wusste sie noch. Es hatte Orte wie das Sternenkloster Gigam gegeben, in denen die klügsten Wesen von ganz Phantásien sich zusammenfanden, um über die großen Ungelösten Fragen nachzugrübeln, nicht weil es ihnen etwas nützte, nicht weil es sie persönlich betraf, sondern weil Denken etwas Gutes war und alle anging. Es hatte Leute wie Timotheus den Walführer gegeben, die misstrauischen Fremden einfach so halfen, ohne Gegenleistung, und später keine bösen Absichten offenbarten, sondern nur gute Wünsche. Es hatte ... es gab jemanden wie Pallas, die ihr Leben damit verbrachte, Teppiche wiederherzustellen, die sie doch nie sehen konnte, um der Welt ihre Schönheit zu bewahren.

Als ein Tropfen auf den Teppich fiel, schaute Res nach oben, auf der Suche nach Regenwolken, fand aber nur einen wolkenlosen blauen Himmel. Da erst merkte sie, dass sie zu weinen begonnen hatte. Es waren keine wütenden oder verzweifelten Tränen, und sie hatten kaum etwas mit ihr selbst zu tun. Es war das verlorene Phantásien, das sie beweinte.

Die nächsten Tränen rannen nicht mehr ihr Gesicht hinunter, sondern gefroren zu kleinen salzigen Kristallen auf ihren Wangen.

*Täusche ich mich, oder ist es viel zu kalt hier?*, beschwerte sich die Katze und kletterte auf Res' Schoß. Yen Tao-tzu schaute hinunter, wo nichts als schneeige Berge in blendendem Weiß zu sehen waren.

»Kein Wunder«, bemerkte er und rückte dicht neben Res.

»Die Leonesinnen«, sagte sie plötzlich. »Sie werden das vielleicht nicht schaffen.«

*Na und? Umso besser! Falls du es vergessen hast, die wollen immer noch ...*

»Ich habe es nicht vergessen«, sagte Res und drehte sich um. Die kleine Sandwolke veränderte ständig ihre Form und schien tatsächlich mit ernsthaften Schwierigkeiten zu kämpfen. »Teppich, flieg zurück, unter die Sandwolke.«

*Was?!*

»Ich verstehe«, sagte Yen Tao-tzu. »Jedes Leben ist kostbar, vor allem, wenn überall sonst Leben untergeht.«

*Ja, vor allem mein Leben,* gab die Katze zurück und beließ es dabei.

Als der Teppich unter der Sandwolke verharrte, rief Res: »Fliegt mit uns! Wenn wir alle unsere Wärme miteinander teilen, werden wir auch alle das Gebirge überqueren können.«

Die quellende, ständig mit der Erstarrung kämpfende Sandwolke zog sich zusammen. Dann strömte sie in zwei kleinen Säulen auf den Teppich und formte sich zu zwei etwas zu großen Katzen, die aber weniger Platz wegnahmen, als es zwei weitere Gestalten in Res' Größe getan hätten. Schnurrspitz machte Anstalten, sie anzufauchen, und gab es auf, als sie nicht reagierten, sondern stattdessen bei Yen Tao-tzu Schutz suchten. Er strich einer von ihnen über den Kopf, ehe er sich darauf besann, wer sie waren.

»Sand in der Hand«, sagte er zu Res, nachdem sie den Teppich wieder in die umgekehrte Richtung gebracht hatte. »Als ich nach Phantásien kam, war ich von Reimen wie gebannt. Die Gedichte in meiner Heimat reimen sich nicht, musst du wissen. Reime waren neu, und ich lernte so viele wie möglich.«

»Weißt du inzwischen, was du in deiner Heimat getan hast?«, fragte sie. Mittlerweile war es so kalt, dass sie Mühe hatte, ihre Lippen zu bewegen. Sie wunderte sich, warum es Yen Tao-tzu weniger auszumachen schien.

Er nickte und öffnete erneut den Mund, doch kein Laut drang hervor. Stattdessen schirmte er seine Augen ab und blickte wieder auf die eisigen Gebirgsspitzen unter ihnen. Er schüttelte den Kopf und sah noch einmal hin, als traue er seinen Augen nicht. Dann deutete er stumm auf das, was er entdeckt hatte.

Die Berggipfel machten Platz für eine endlose, schneebedeckte Ebene. Und mitten in dieser Hochebene, deutlich gegen das gleißende Weiß erkennbar wie ein Stück Himmel auf der Erde, stand ein kleiner, schmaler Berg aus leuchtendem Blau.

»O nein«, sagte Res, und sogar ihre Zähne wurden taub in der Kälte. »Zweimal falle ich nicht darauf herein.«

*Ich wäre ja ganz deiner Meinung,* verkündete die Katze bibbernd, *aber ich glaube nicht, dass die Fürstin in der Lage war, ausgerechnet hier oben noch einen gefälschten Wan-*

*dernden Berg zu bauen. Außerdem, als wir sie zurückgelassen haben, war sie nicht eben in der besten Verfassung.* Hoffnungsvoll fügte sie hinzu: *Beim Alten vom Wandernden Berge ist es bestimmt warm.*

Den Alten vom Wandernden Berge konnte man nicht suchen, nur finden. Und nun, da Res ihn nicht mehr gesucht hatte, hatte sie ihn gefunden.

Eigentlich gab es nichts mehr, was sie von ihm wissen wollte. Aber die Katze war nicht die Einzige, die zitterte; und wenn schon sonst nichts, so konnte er ihr zumindest verraten, was mit Siridom geschehen war. Vielleicht auch, ob der Gesandte der Kindlichen Kaiserin noch auf der Suche nach einem Menschenkind war.

Andererseits mochte es besser sein, all das nicht zu wissen und sich noch ein paar Stunden länger an die letzten Hoffnungen zu klammern, die ihr noch geblieben waren. Res zögerte, bis Yen Tao-tzu einen verwunderten Schrei ausstieß, in dem Freude und Trauer zugleich mitschwangen.

»Sieh nur!«, rief er. »Sie ist es!«

*Die Fürstin?,* fragte die Katze.

»Nein«, gab Res zurück.

Die kleine Gestalt dort unten war zuerst nicht zu erkennen gewesen, weil ihr weißes Haar und ihr weißes Gewand mit dem Schnee verschmolzen. Aber nun kletterte sie den blauen Berg hoch, an einer Leiter aus Buchstaben, die an der kreisrunden Öffnung des Eis endete. Res hatte sie nie zuvor in ihrem Leben gesehen, und doch wusste sie, um wen es sich handelte. Sie wusste es, wie jeder Phantásier es wusste, wenn er das Glück hatte, der Goldäugigen Gebieterin der Wünsche zu begegnen. Kein anderer Anblick konnte diese Mischung aus Ehrfurcht und Liebe hervorrufen, aus Staunen über etwas völlig Fremdartiges und dem Wiedererkennen von etwas grenzenlos Vertrautem. Gleichzeitig kämpfte sich in Res ein Satz an die Oberfläche ihrer Gedanken, den sie immer aufs Neue wiederholte, bis sie ihn selbst verstand, denn in seiner kleinen, scharfen Säure stand er so ganz und gar im Gegensatz zu der tiefen Freude, die von diesem Anblick ausging.

Wo warst du?, lautete er. Wo warst du so lange? Warum nur hast du uns nicht eher geholfen?

Dort unten, auf dem Weg zum Alten vom Wandernden Berge, kletterte die Kindliche Kaiserin.

# KAPITEL 22

Es dauerte eine Weile, bis Res sich über ihre widersprüchlichen Gefühle im Klaren war. Dann sagte sie gepresst: »Teppich, fliege zum Eingang des Eis.«

Doch zum ersten Mal gehorchte der Teppich ihr nicht. Sie wiederholte den Befehl, und noch immer tat sich nichts. Ein Verdacht kam ihr, und um ihn zu überprüfen, ordnete sie an, ein wenig zurückzufliegen. Das tat der Teppich ohne Zögern. Also wollten entweder die Kindliche Kaiserin oder der Alte vom Wandernden Berge nicht, dass irgend jemand außer der Kindlichen Kaiserin das Ei betrat.

Inzwischen hatte die Kindliche Kaiserin die Leiter aus Buchstaben erklommen. Sie schaute sich um, und obwohl sie so weit entfernt war, dass sich kaum die feinen Züge ihres Gesichts ausmachen ließen, war es Res, als treffe ihr goldbrauner Blick sie ins Herz.

*In deinem Ende ruht dein Anfang*, sagte eine Stimme in ihrem Kopf, und es war nicht die der Katze. Dann wandte sich die Kindliche Kaiserin wieder der kreisrunden Öffnung im Ei zu. Diese schloss sich augenblicklich hinter ihr, mit einem gewaltigen Echo, das von jedem der Berggipfel jenseits der Hochebene widerzuhallen schien. Aber es war nicht das

Echo einer Tür, die ins Schloss fiel, oder das Knirschen einer schweren Platte, die verschoben wurde; es hörte sich vielmehr an wie das tausendfach verstärkte Zuklappen eines Buches.

»Es ist vorbei«, sagte Yen Tao-tzu ruhig.

*Wie meinst du das?*, fragte die Katze sichtlich verstört.

»Haben dir deine Auftraggeber nie verraten, was die Kindliche Kaiserin ist?«, gab Yen Tao-tzu zurück, doch er tat es ohne Groll, mit einer Abgeklärtheit, als liege dieser Moment schon lange hinter ihm. »Sie ist der Ursprung von Phantásien, die Quelle, durch die alles, aber auch alles in dieser Welt entsteht. Der Alte hingegen ist das Ende. Er zeichnet auf, was auch immer geschieht, und in dem Moment, da er es aufzeichnet, ist es nicht länger lebendige Wirklichkeit, sondern Geschichte. Sie ist ewige Veränderung; er ist Unveränderlichkeit. Aber nun, da sie zu ihm gekommen ist, wird es keine Veränderung mehr geben. Sein Ei ist der eine Ort, in dem ihre Macht nichts bewirkt, und er selbst hat nie die Möglichkeit zur Veränderung gehabt. Sie wird das Ei nie mehr verlassen können.«

*Du meinst ... es wird keine Erneuerung geben? Die Firma wird hier alles übernehmen können, wenn das Nichts erst ...*, begann die Katze in äußerst beunruhigtem Tonfall, stockte, schaute zu Res und erklärte zögernd: *Ich ... ich werde ein gutes Wort für dich einlegen, wenn es so weit ist. Das sind nicht die angenehmsten Gesellen, meine Auftraggeber, aber schau dir an, mit wem du schon fertig geworden bist.*

»Danke«, erwiderte Res, »doch ich werde nicht da sein, hast du das vergessen? Du und Yen Tao-tzu vielleicht, aber von uns Phantásiern niemand.«

Sie konnte noch immer nicht glauben, dass die Kindliche Kaiserin Phantásien den Rücken gekehrt haben sollte, um genau wie ihre Untertanen ein Ende zu suchen. Nicht sie. Das war einfach unmöglich. Vielleicht hatte die Kälte ihr diesen Anblick nur vorgegaukelt.

»Teppich, bring uns so schnell wie möglich fort aus diesem Gebirge«, sagte sie, und der Teppich gehorchte. Aber bereits am Fuß des Gebirges, als die Kälte auf ein erträgliches Maß gesunken war, endete ihr Flug erneut. Was auch immer jenseits des Gebirges lag, war nicht mehr zu sehen.

Von Horizont zu Horizont spannte sich das Nichts.

Res spürte seine Anziehungskraft; noch nicht so gewaltig wie schon einmal. Vielleicht hielten der Alte vom Wandernden Berge und der Blick, den die Kindliche Kaiserin in ihr Herz gesenkt hatte, das Bedürfnis noch zurück. Aber es war bereits vorhanden, wie ein schwaches Kribbeln, nicht unähnlich dem Gefühl, das ihr Blut hinterließ, als es jetzt, nach der Kälte, wieder schneller durch ihre Adern strömte.

Über die beiden Leonesinnen glitt ein Schauer hinweg, und Res wusste, dass sie es schon stärker spüren mussten. Langsam verformten sie sich, von Katzen zu Wolken zu Mädchen, und eine von ihnen ergriff Res an den Händen. Ihr Mund, der noch halb der einer Katze war und halb schon der einer Frau, öffnete sich mühsam.

»Schmerzt. Versprechen jetzt einlösen. Frieden geben.«

Solange jemand hier noch Frieden fand.

»Ja«, sagte Res.

*Nein!*, rief die Katze. *Du meine Güte, diese Welt bricht auseinander, und ihr beiden könnt nur daran denken, dass ihr Res vorher umbringen müsst, obwohl sie ohnehin gleich umkommt? Ich weiß, dass sie euch das als Gegenleistung für eure Hilfe versprochen hat, schließlich habe ich die Botschaft ja selbst überbracht, aber lasst euch eines von einer echten Katze sagen: Einen Handel kann man immer ändern! Und wenn die Gegenleistung nichts wert ist, dann sucht man sich eine bessere!*

Die sandigen Finger in Res' Hand rührten sich nicht. Doch auch die Leonesinnen blieben starr und hörten auf, sich zu verformen. Langsam zog Res die Hand der Leonesin, die nach ihr gegriffen hatte, näher und legte sie auf ihr Gesicht.

»Wenn ihr mich ersticken wollt«, sagte sie, »dann tut es jetzt. Uns bleibt nicht mehr viel Zeit. Ich werde mich nicht wehren oder fliehen, ganz wie ich es versprochen habe. Aber wenn ihr ebenso genug von Zerstörung habt wie ich, dann lasst uns das Ende zusammen abwarten, ohne ihm auch noch zu helfen.«

Die hellen Strahlen der Sonne, die immer noch hoch über ihnen stand, in jenem Teil des Himmels, den das Nichts noch nicht bedeckte, fielen auf die rötlichen Sandgestalten, die still blieben; auf Yen Tao-tzu und die Katze, die sie beobachteten; auf Res, die mit ihrem zerrissenen Kleid, an dem immer noch Lehmbrocken hingen, den Leonesinnen nicht einmal sehr unähnlich sah. Die Sonne fing sich in dem Messer aus klarem Fenelin-Silber, das ihr vom Hals hing und das Licht zurückwarf, wie es der Schnee vorher getan hatte, nur mit noch größerer Klarheit.

In einem Spiegelbild.

»Was für eine herzergreifende kleine Ansprache«, sagte die Fürstin. Das Spiegelbild im Messer ließ sie direkt vor Res auftauchen, ähnlich zerfetzt gekleidet wie Res, aber nicht länger gebrochen. In ihren Händen hielt sie einen Krug mit Wasser, den sie, noch während sie sprach, über den Leonesinnen leerte. Anders als bei der Leonesin, die sich in Sassafranien auf den nassen Teppich geworfen hatte, blieb den beiden Schwestern noch nicht einmal Zeit für einen Schmerzensschrei, doch der nasse Sand, der in sich zusammenglitt, suchte einander mit verzweifelter Hast.

Mit einem Satz sprang die Katze an der Fürstin hoch, um ihr die Krallen ins Gesicht zu schlagen. Die Fürstin war schneller und schlug sie mit einer einzigen Handbewegung zur Seite, vom Teppich hinunter. Der kleine Körper drehte sich mehrfach um sich selbst und raste immer schneller dem Boden entgegen, bis er von der gewaltigen Kraft des Nichts erfasst und zur Seite gerissen wurde.

»Teppich«, schrie Res, doch die Fürstin lachte und hielt ihr den Mund zu. Hinter ihr erhob sich Yen Tao-tzu. »Nicht doch«, sagte die Fürstin und nützte ihre Flügel, um mit Res über den Teppich zu schweben, außer Reichweite von Yen Tao-tzu.

Res versuchte, sich freizukämpfen oder zumindest an ihren Dolch zu kommen – umsonst. Gerade, dass sie einen Arm frei hatte, um sich die Schlinge über den Kopf zu streifen, aber dann gelang es der Fürstin, ihr den Finger zurückzubiegen, den kleinen, verstümmelten Finger, und Dolch wie Schlinge fielen.

»Was denn«, spottete die Fürstin, »du willst dich von Fremden ersticken lassen, und mir gönnst du nichts?«

Res bekam ihren Mund frei und rief nach dem Teppich. »Du kannst es nur herauszögern«, sagte die Fürstin, »weil ...« Sie hielt inne. »Was – was ist das?«

Es war die Anziehungskraft des Nichts, die sie spürte, und nicht allein diese. Mit dem Teppich hob sich ihnen eine nassdunkle Sandmasse entgegen und warf sich mit einem letzten klagenden Knirschen auf die Fürstin. Mit aller Kraft, die ihr noch verblieben war, riss Res sich los, und der Stoß schleuderte die Fürstin und das, was von den Leonesinnen noch übrig war, mehr als eine Baumlänge weit vom Teppich fort.

Sie fielen nicht zu Boden, und das lag nicht an den flatternden Flügelschlägen der Fürstin. Der Sog, der vom Nichts ausging, hatte sie erfasst und riss sie immer schneller der riesigen, blinden Vernichtung entgegen.

»Res ...«, rief die Fürstin, ein lang gezogener, klagender Schrei, doch selbst ihre Stimme verklang rascher und rascher.

Was auch immer die Wirkung des Nichts auf Res verlangsamt hatte, war inzwischen auch abgeklungen. Sie machte Anstalten, sich der Fürstin hinterherzustürzen, als Yen Tao-tzu ihr die unzerstörbare Schlinge um das Handgelenk warf. Das andere Ende hatte er um seinen Arm gewickelt; den Dolch, durch dessen Spiegelbild die Fürstin zu ihnen gekommen war, hatte er fortgeworfen. So tief die Schnur auch in Res' Arm schnitt, sie riss nicht. Es war schlimmer, als im Lehm zu schwimmen; jedes kleine bisschen in ihr schrie danach, sich ins Nichts zu stürzen.

»Die Katze«, schluchzte sie, als sie inmitten all des reißenden Schmerzes wieder zu einem Gedanken in der Lage war, »wir müssen ...«

»Die Katze ist bereits ins Nichts gestürzt«, entgegnete Yen Tao-tzu. »Aber vergiss nicht – sie stammt nicht aus Phantásien. Sie ist ein Wanderer. Ich weiß wieder, wohin das Nichts führt, Res. Es führt in die Menschenwelt. Ein vergifteter Weg, denn ihr Wesen aus Phantásien werdet durch ihn eurer wahren Gestalt beraubt, werdet dort Lügen genannt und dient dazu, die Menschen zu verwirren. Doch es ist ein Weg, und ich bin sicher, ein Wanderer übersteht ihn, ohne seinen Kern zu verlieren.«

Es war überaus unwirklich, ihn das so ruhig und fest auseinander setzen zu hören, als säßen sie friedlich auf einer Wiese und hätten alle Zeit der Welt, statt über dem Rachen zu verharren, der in kürzester Zeit alles verschlingen würde, was von Phantásien noch übrig war. Doch jedes einzelne Wort gab Res etwas Halt, mehr, als es die unzerstörbare Schlinge tat.

»Und du«, ächzte sie, gegen den Sog ankämpfend, »kannst du auch diesen Weg gehen?«

»Wahrscheinlich, aber es gibt in der Menschenwelt nichts mehr für mich. Oder zu viel. Res, ich habe das schwarze Pulver erfunden, das Schießpulver, und ich bin nur froh, dass ich es wenigstens nicht nach Phantásien gebracht habe. In meiner Welt ...«

Bei den letzten Worten hatte er lauter und lauter werden müssen, denn inzwischen hatten sich die Windriesen eingefunden, die zu den wenigen Bewohnern Phantásiens gehörten, die vom Nichts noch nicht erfasst worden waren, und stürzten sich dem Horizont entgegen. Der Teppich wurde erfasst, und Yen Tao-tzu sprang mit Res hinab, um nicht mitgerissen zu werden. Mittlerweile verstand sie Yen Tao-tzus Worte kaum mehr, sosehr er auch brüllte. Aber wie sie es einmal in Sassafranien und ein andermal in Sefirot getan hatte, sperrte sie alles andere aus und sah nur noch einen einzigen Punkt. Sie klammerte sich an Yen Tao-tzu fest, und er hielt sie, während sie stürzten, ohne noch zu wissen, wohin. Es gab keine Angst mehr vor der Zukunft und kein Bedauern über die Vergangenheit. Es gab nur das Hier und Jetzt.

Dann herrschte mit einem Mal völlige Stille, als hielte die Zeit selbst ihren Atem an. Von irgendwoher rief die Stimme eines Jungen:

»Mondenkind! Ich komme!«

Und Phantásien wurde neu geboren.

# EPILOG

Der Zug, der Bastian Balthasar Bux, den Retter Phantásiens, zum Elfenbeinturm führen sollte, wurde mit jedem Tag länger. Bewohner aus allen Ländern wollten den Menschen sehen, der mit dem Namen Mondenkind der Kindlichen Kaiserin die Rettung und Phantásien Erneuerung gebracht hatte. Auch seine Legende wuchs mit jedem Tag mehr, und man erzählte sich seine Geschichte überall: wie der Gesandte der Kindlichen Kaiserin, Atréju, ihn unter unsäglichen Mühen gefunden hatte; wie die Kindliche Kaiserin so weit gehen musste, sich selbst in das Ende Phantásiens, das Ei des Alten vom Wandernden Berge, einzusiegeln, um das Überwechseln des Retters aus der Welt der Menschen in die ihres Reiches zu erzwingen; wie Bastian seit seiner Ankunft den Glanz trug und Heldentat nach Heldentat vollbrachte; wie selbst die Magierin Xayíde von ihm besiegt worden und nun zu seiner eifrigsten Anhängerin geworden war.

Bastian ritt an der Spitze des Zuges, und da mit jedem Tag neue Gesandte eintrafen, gab es Angehörige der Karawane, die noch nie persönlich mit ihm gesprochen hatten und sich auch nicht einig darüber waren, wohin es eigentlich ging. Einige behaupteten, Bastian suche nach einem Rückweg in die Welt der Menschen, doch die meisten glaubten zu wissen, dass er nach dem Elfenbeinturm suchte, um mit der Kindlichen Kaiserin zusammenzutreffen.

»Aber«, fragte der Sassafranier Lavan, nachdem er sich der Karawane angeschlossen hatte, »begegnet man der Goldäugigen Gebieterin der Wünsche nicht nur ein einziges Mal?«

Der Dschinn, der ihn unter seine Fittiche genommen hatte, weil er Lavan insgeheim noch für zu jung hielt, um allein durch die Welt zu reisen, hob vielsagend die Hände. »Wer kann schon wissen, ob für den Retter Phantásiens das gleiche gilt wie für unsereins?«

Natürlich wurde bei einer solchen Menge auch viel getuschelt. Es fiel allgemein auf, dass Atréju, einst Gesandter der Kindlichen Kaiserin, mit seinem Drachen Fuchur anfangs dem Zug als Späher vorausgeeilt war und viel Zeit mit Bastian verbracht hatte und nun ganz am Schluss der Karawane reiste. Der eine oder andere Weggefährte hatte bereits den Versuch gemacht, Atréju über die Gründe auszuhorchen, doch der Junge von den Grasleuten schwieg sich aus.

»Wenn ihr mich fragt«, erklärte der Dschinn Linus abends beim Lagerfeuer den neuesten Ankömmlingen, die er von früher her kannte, »liegt es an Xayíde.« Er schaute sich um, ob irgendwo einer der schwarzen Panzerriesen, die Xayíde dienten, zu sehen waren, entdeckte keinen und fuhr bedeutsam fort: »Mein Vetter Illuán steht vor Bastians Zelt Wache, und er schwört, dass Xayíde unserer verschwundenen Fürstin gleichkommt.«

Seine alten Bekannten blickten sich an und erklärten beunruhigt, dann sei es umso wichtiger, dass sie mit dem Retter sprächen.

»Das schlagt euch lieber gleich aus dem Kopf, ihr zwei. Zum einen seid ihr nicht die Einzigen, die mit ihm sprechen wollen. Das will hier jeder. Zum anderen würde mir Illuán nie vergeben, wenn ich zwei Mitglieder eines«, er senkte die Stimme so sehr, dass man ihn nur mit größter Anstrengung noch verstehen konnte, »*Mördersyndikats* auch nur in die Nähe seines Herrn lasse.«

»Lässt er *dich* denn in die Nähe des Retters?«

»Schschsch«, sagte der Dschinn, und seine Fingerspitzen wurden zu blauem Rauch, als er aufgeregt mit den Händen in der Luft herumwedelte. »Niemand weiß hier von den, äh, nicht so rühmlichen Teilen meiner Vergangenheit. Und bitte versucht nicht, mich zu erpressen. Als Illuán mir gestattet hat, hier mitzureisen, musste ich ihm schwören, alles zu tun, um Mörder von Bastian fern zu halten, und unter uns Dschinn ist ein Eid bindend. Ich würde mich sofort für immer in Rauch verwandeln und vermutlich in Xayídes Wasserpfeife landen, wenn ich ihn bräche. Ich flehe euch an, lasst mir doch mein neues Leben. Haben wir nicht alle noch einmal eine Chance bekommen?«

Die beiden Besucher schweigen. »Nun gut«, sagte einer von ihnen schließlich. »Aber ein Geschenk übergeben darfst du dem Retter bestimmt. Es ist ganz und gar nicht schädlich, das kann jeder Zauberer hier im Zug überprüfen, einschließlich Xayídes.«

»Das lässt sich machen«, entgegnete der Dschinn Linus sichtlich erleichtert.

»Dann haben wir nur noch eine Frage: Hast du irgendwo in dieser Karawane eine Katze gesehen?«

Das Zelt, in dem Bastian lebte, war das prächtigste des Zuges, und die edle Seide, die feinen goldenen und silbernen Stickereien, aus denen es bestand, hatten sein Auge so verwöhnt, dass es eine Weile dauerte, bis ihm ein neuer Teppich auffiel, der über den weichen Kissen im Zeltinneren ausgebreitet lag. Dann allerdings sah er ihn sich näher an, denn der Teppich zeigte nicht einfach nur Muster, er zeigte Gestalten. Einige erkannte er wieder; da war Mondenkind auf der Leiter des Alten vom Wandernden Berge, dort jemand, der ein Silbergreis oder ein Sassafranier sein musste. Andere waren ihm völlig unbekannt; Sandstürme, die Gesichter besaßen, Wale mit Inseln auf ihren Rücken, eine Stadt aus Kristallpyramiden. Immer wieder tauchten drei Figuren auf, mit denen er überhaupt nichts anfangen konnte: ein Mann, ein Mädchen und eine Katze, die aus unerfindlichen Gründen alle in einem eigenartigen Blau erschienen. Auf einem Abschnitt des Teppichs standen die drei inmitten äußerst merkwürdiger Gebäude neben einem Affen. Er versuchte gerade, sich einen Reim auf das Ganze zu machen, als der Dschinn Illuán eintrat und Xayíde ankündigte.

»Ah«, sagte sie mit ihrer verschleierten Stimme, wobei sie mit einem Blick den Teppich streifte, »wie ich sehe, hast du ein Geschenk der Weberinnen von Siridom erhalten, Herr und Meister.«

»Ich habe noch nie von ihnen gehört«, antwortete Bastian neugierig.

Xayíde umschritt den Teppich und meinte: »Sie sind für ihre handwerkliche Kunst berühmt, aber nicht für ihren Verstand. Man stelle sich vor: ein Teppich über die Bedrohung durch das Nichts und über Phantásiens Errettung, und du bist nirgendwo darauf zu sehen!«

»Das stellt der Teppich dar?«, fragte Bastian und spürte leise Enttäuschung und einen Hauch von Empörung in sich aufsteigen. Gewiss, er konnte sich nicht mehr an alle Kleinigkeiten der *Unendlichen Geschichte* erinnern; aus irgendeinem Grund gab es, je länger er in Phantásien weilte, immer mehr Lücken in seinem Gedächtnis, was seine Welt betraf. Aber ihn einfach wegzulassen war unerhört und undankbar, das wusste er.

»Kümmere dich nicht weiter um diese Taktlosigkeit«, sagte Xayíde mit einer wegwerfenden Handbewegung. »Wenn du erst den Elfenbeinturm erreicht hast, mein Herr und Gebieter, wird es in ganz Phantásien kein Wesen mehr geben, das nicht dein Loblied singt.«

Sie malte Bastian aus, wie er der Kindlichen Kaiserin als Ebenbürtiger gegenübertreten würde, und erzählte ihm von den Wundern, die ihn im Elfenbeinturm erwarteten. »Lass mich dir ein Geschenk geben, nur eine Kleinigkeit, die deiner würdiger ist«, sagte sie irgendwann und zauberte aus ihrem violetten Gewand eine kleine, perlenumrahmte Silberplatte hervor. »Einen Spiegel.«

Erst beträchtliche Zeit, nachdem Xayíde ihn verlassen hatte, fiel Bastian der Teppich wieder ein. Er erwog, ihn nach Siridom zurückzuschicken, und entschied, dass dies denn doch übertrieben wäre. Vermutlich hatten es die Weberinnen nur gut gemeint, und ganz gleich, was er darstellte, es war ein wunderschönes Stück. Er wollte ihn sich noch einmal ansehen, doch er fand ihn nicht mehr. Einen Herzschlag lang überlegte er, ob Xayíde ihn mit sich genommen hatte, ob sie ihn mit dem Spiegel nur hatte ablenken wollen, dann verwarf er die Idee wieder. Xayíde würde so etwas nie tun, ohne ihn vorher zu fragen. Sie ehrte und fürchtete ihn. Verwirrt rief er Illuán zu sich.

»Nein, Herr, den Teppich habe ich nicht weggeräumt«, erwiderte der blaue Dschinn sichtlich betreten. »Ich war mir überhaupt nicht sicher, ob ich ihn für dich annehmen sollte, aber mein Vetter Linus bat sehr darum. Er hatte es seinen Freunden versprochen, und es handelte sich um eine schöne Gabe. Und nun ist er fort, sagst du? Das schmeckt nach Trickbetrügerei. Gestatte mir, das Zelt zu durchsuchen, Herr.«

Auch Illuán fand den Teppich nicht wieder und schloss endlich mit grollender Stimme, wenn ihm die Freunde seines Vetters in die Finger kämen, dann würde er dafür sorgen, dass ihnen dieser seltsame Scherz auf Bastians Kosten Leid täte. »Und natürlich«, schloss er mit einer Verbeugung, »werde ich verhindern, dass sie dich jemals wieder belästigen.«

Aber Bastian, der mit den Gedanken erneut beim Elfenbeinturm und seinem Wiedersehen mit Mondenkind war, hatte die Angelegenheit schon längst vergessen.

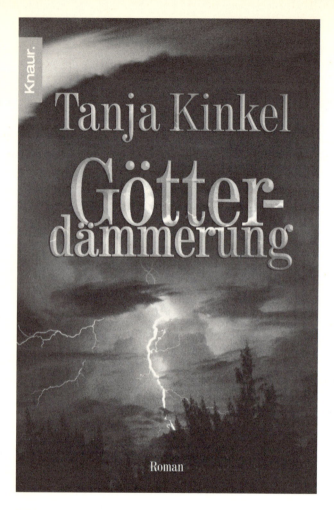

Exklusives Bonusmaterial in der Taschenbuchausgabe!

KNAUR TASCHENBUCH VERLAG

# Tanja Kinkel
# Götterdämmerung

Roman

Zuerst scheint es nur Routine zu sein: Der Journalist Neil LaHaye recherchiert für ein Buchprojekt über Aids. Dabei stößt er immer wieder auf den Pharmakonzern Livion – und schließlich mitten hinein in ein Wespennest von politischen und wissenschaftlichen Verstrickungen, die direkt ins Pentagon führen. Doch was steckt dahinter? Die Suche nach der Wahrheit führt Neil zu Beatrice Sanchez, die in einem Sicherheitslabor weitab der staatlichen Kontrollen mit dem Unvorstellbaren experimentiert ...

Wissensdurst und Machtgier sind zentrale Themen des neuen Romans der Bestsellerautorin Tanja Kinkel. *Götterdämmerung* ist ein brisanter Thriller über die Gefahren der Gentechnik und skrupellose Wissenschaftler – packend, bedrohlich und von erschreckender Aktualität!

»Brillant recherchiert: Gänsehautfeeling mit Niveau.«
*Freundin*

KNAUR TASCHENBUCH VERLAG

# Ulrike Schweikert
# Die Seele der Nacht

Roman

*»Was für ein herrliches Land!«*
*»Vielleicht«, brummte er leise, »vielleicht aber auch nicht.«*
*Er dachte an die seltsamen Gestalten in der Nacht. Hatte*
*dieses Land ein zweites, finsteres Gesicht?*

In Phantásien ist alles möglich – auch, dass ein einzelnes Land wächst und wächst und wächst ... Und dies ist nicht das einzige Geheimnis von Nazagur. Die junge Tahâma muss sich auf eine gefahrvolle Reise begeben, um sie zu lüften. Dabei begegnet sie dem Jäger Céredas, zu dem sie sich leidenschaftlich hingezogen fühlt. Doch der trägt selbst ein dunkles Geheimnis in sich ...

KNAUR TASCHENBUCH VERLAG

# Wolfram Fleischhauer
# Die Verschwörung der Engel

Roman

*»Das weiß doch jedes Kind.
Die Stierwächter haben Mangarath erbaut,
um Phantásien vor dem Nichts zu retten.«*

Jeder Phantásier möchte einmal im Leben die Stadt Mangarath besuchen. Schon aus der Ferne sieht man sie glänzen, und bereits am Stadttor wird der Reisende von einem vielstimmigen Glückschor empfangen. Später locken andere Attraktionen wie die wohltuenden Klangtermen und ein Besuch im Geräuschdom. Doch Mangarath hat nicht nur hell klingende Seiten – sondern auch ein dunkles Geheimnis, dem der junge Schmetterlinger Nadil auf die Spur kommen muss ...

KNAUR TASCHENBUCH VERLAG

Ralf Isau

# Die geheime Bibliothek des Thaddäus Tillmann Trutz

Roman

*»Was befindet sich eigentlich hinter diesem Regal?«*
*»Das hängt immer von dem ab, der drum herum geht.«*

Karl Konrad Koreander ist kein Held: Sein größter Wunsch ist es, in einer ruhigen Bibliothek zu arbeiten, umgeben von den Geschichten und Legenden, die ihm so wichtig sind. Als er das Antiquariat von Thaddäus Tillmann Trutz betritt, scheint er seinem Ziel einen Schritt näher zu kommen – denn noch kann er nicht ahnen, welche phantásischen Geheimnisse sich hinter Büchern verbergen ...

KNAUR TASCHENBUCH VERLAG

Peter Freund

# Die Stadt der vergessenen Träume

Roman

*»Traumfänger? Heißt das, Ihr seid einem begegnet?«*
*»Einem?« Das Rasende Gerücht schien bestürzt.*
*»Es war bestimmt ein Dutzend!«*

Was passiert mit Träumen, die nicht länger geträumt werden? Nachdem Kayúns Mutter ein Opfer des Vergessens geworden ist, muss sich der Junge auf die Reise nach Seperanza begeben, die Stadt der vergessenen Träume. Doch der Weg ist lang und gefährlich: Seit Phantásien vor dem Nichts gerettet wurde, verändert es sich immer mehr – und geheimnisvolle Traumfänger haben begonnen, durch das Reich der Phantasie zu streichen ...

KNAUR TASCHENBUCH VERLAG

# Peter Dempf

# Die Herrin der Wörter

Roman

*»Ich habe den Alp gesehen!«*
*Eisige Stille herrschte im Versammlungsraum.*
*Der Uralte Jorg unterbrach als Erster die Stille.*
*In seiner Stimme lag Düsternis.*
*»Die Zeit ist gekommen.«*

Als Bewahrer von Worten und Geschichten spielten die Nebelzwerge schon bei der Erschaffung Phantásiens eine bedeutende Rolle. Doch nun geraten sie in Gefahr: Der Sammler ist zurückgekehrt, der ihnen das Gedächtnis rauben kann – und mit ihm ein Alp, der das Reich der Phantasie bedroht. Kann die sagenumwobene Herrin der Wörter die Nebelzwerge retten? Das Mädchen Kiray muss sich auf die abenteuerliche Suche nach ihr begeben ...

KNAUR TASCHENBUCH VERLAG